TIJAN

OS PRIVILEGIADOS

Traduzido por Marta Fagundes

1ª Edição

The GiftBox
EDITORA

2023

Direção Editorial:	**Revisão Final:**
Anastacia Cabo	Equipe The Gift Box
Tradução:	**Arte de capa:**
Marta Fagundes	Bianca Santana
Preparação de texto:	**Diagramação:**
Ana Lopes	Carol Dias

CIP-BRASIL. CATALOGAÇÃO NA PUBLICAÇÃO
SINDICATO NACIONAL DOS EDITORES DE LIVROS, RJ
Gabriela Faray Ferreira Lopes - Bibliotecária - CRB-7/6643

T45p

Tijan
Os privilegiados / Tijan ; tradução Marta Fagundes. - 1. ed. - Rio de Janeiro : The Gift Box, 2023.
348 p. (Os privilegiados ; 1)

Tradução de: The insiders
ISBN 978-65-5636-301-1

1. Romance americano. I. Fagundes, Marta. II. Título. III. Série.

23-86451   CDD: 813
              CDU: 82-31(73)

Para todos os "diferentes" que nunca foram/são tão diferentes assim.

Tinha alguém no meu quarto.

Eu senti a presença deles na mesma hora em que apaguei as luzes. Este é o pesadelo que toda garota tem em algum momento da vida. Bem aqui e agora. Acontecendo comigo, não com qualquer outra pessoa. Comigo. Ao sair do banheiro, a caminho do meu quarto, avistei a sombra pela minha visão periférica.

Um arrepio erriçou os pelos da minha nuca e se alastrou por todo o meu corpo.

Um piscar de olhos. Nem um segundo a mais, foi o tempo que levei para processar o que estava prestes a acontecer antes que uma mão agarrasse meu braço, e outra cobrisse a minha boca.

— Shhhh!

Ele se moveu rápido demais, me puxando contra a parede. Era alto, por muitos centímetros, e forte. O calafrio se multiplicou, e ele abaixou a cabeça, sussurrando no meu ouvido:

— Em dois minutos, alguns homens invadirão a sua casa e a levarão como refém.

Perdi o fôlego na mesma hora.

Esse tipo de coisa não acontecia com pessoas como eu. Eu não era especial nem nada. Tudo bem, isso não era de todo verdade. A única coisa especial sobre mim era o apelido ridículo que ganhei no ensino fundamental, mas isso foi anos atrás. Eu era Bailey Hayes, tinha 22 anos e estava em vias de começar a pós-graduação em três meses. Minha mãe me criou sozinha, trabalhando em turnos dobrados no hospital local. Nós tínhamos uma casa de 93 metros quadrados, três quartos, um porão e um quintal fuleiro com uma casa de árvore inacabada. Nascida e criada no Meio-Oeste. Minha mãe e eu mal estávamos conseguindo nos sustentar. Ela era enfermeira. Eu era um gênio. E era mesmo, para dizer a verdade. Essa era a única coisa "especial" sobre mim. Bailey Sabichona. Um apelido ridículo e nada mais.

Um gemido me escapou, e o homem pressionou a mão com mais força.

TIJAN

— Shhh!

Eu ia morrer. Não ele. Eu!

— Pare com isso!

Ele me imprensou com mais violência à parede. Meu olhar se focou na minha mão livre. Eu poderia enfiar os dedos em seus olhos, mas como se ele estivesse lendo meus pensamentos, o estranho agarrou minha mão. Com um movimento súbito, agora eu estava com ambas as mãos presas por apenas uma das dele, acima da minha cabeça. Estava paralisada, incapaz de revidar.

— Me escuta! — ele rosnou, gritando e sussurrando ao mesmo tempo, ajustando o agarre firme. — Se você quer sair daqui com vida, pare de lutar e preste atenção. Eu não vou te machucar. Entendeu? Mas se der um pio, nós dois morreremos. Balance a cabeça se tiver entendido.

Assenti de leve.

Sua voz se tornou mais suave outra vez:

— Fui enviado para te pegar. Arcane está esperando que eu te leve. Se eu não aparecer com você, eles invadirão sua casa. Eles vão me perguntar por que demorei tanto. — Sua mão se moveu na velocidade da luz outra vez, rasgando a parte da frente da minha camiseta. O olhar nunca se desviando do meu. — Entendeu? Eles pensarão que te estuprei, e você vai gritar.

Assenti outra vez.

— Você vai gritar.

Isso não era um problema. Outro soluço me escapou, mas foi abafado pela sua mão.

— E vai sair mancando quando eles te arrastarem para fora daqui. Mancar. Seu corpo se tornará sua arma. Você não tem a menor chance de sobreviver se sair daqui com eles. Então, você estará no território deles. Mantenha-os aqui. Obrigue-os a permanecer na sua casa. Entendeu? Seu território. É sua única chance de viver.

Minha única chance.

Palavras que não deveriam estar se atropelando na minha mente, mas que agora estavam.

Concordei mais uma vez.

— Sair mancando. Meu corpo é minha arma.

Acho que eu nunca mais me esqueceria disso.

E, de repente, ele sumiu.

Eu me afastei da parede; o quarto agora deserto.

Com um olhar na direção da janela, um pensamento se formou na minha cabeça, mas desapareceu assim que…

Craaaash!

Baaam!

Eles chutaram a porta, e foi como se a casa inteira estremecesse.

Eu deveria correr e tentar fugir pela janela, mas a voz do cara estava na minha mente. Era esperado que ele entrasse e me prendesse, me estuprasse.

Passos pesados subiram pelas escadas, no andar abaixo.

Eu tinha um segundo apenas.

Eles estavam vasculhando a casa – *para onde o cara havia ido?*

A janela. Estava me chamando. Foda-se, fui na direção dela.

Dei apenas um passo antes que ele voltasse. Ele agarrou meu braço com brutalidade e gritou:

— Peguei ela, chefe!

Depois disso, tudo se tornou um borrão.

Perdi a noção do tempo.

Mancar... Me arrastar para longe dali. Meu corpo é minha arma.

— É ela? — Uma bota me acertou um chute nas costelas.

Boots.

Senti gosto de sangue.

— Pensei que ela fosse rica. O pai dela não a sustenta ou algo assim? A coisa toda depende do pai, porra.

Meu pai? Eu não tinha um pai.

— Você checou o piso superior, certo, Chase?

Chase. Esse era o cara que apareceu primeiro. Chase talvez fosse meu aliado.

— É melhor que tenha conferido, ou as duas bombadas não foram suficientes?

O cara das botas deu uma gargalhada.

— Cala a boca, Rafe. Clemin. Os dois. — A voz de Chase soou meio tensa.

Eu estava sendo erguida no ar.

Minha única chance. Minha única escapatória. Minha vizinha.

Um grito estridente e horripilante escapou da minha boca.

— Aaaaaahhhh! — arquejei. — S-socooooorro!!!

Por favor, Sra. Jones. Por favor, me ouça.

Chase me jogou de volta no chão, e ao invés de uma mão, avistei uma bota se levantando para...

Então...

Sirenes.

Os tiras estavam chegando.

TIJAN

Eu estava sendo levada para a delegacia.

No hospital, me disseram que eu estava bem. Mas depois de também dizerem que estava em choque, depois de pronunciarem todas as palavras difíceis e cujos significados eu conhecia, como "dissociação", "minimização" e "deflexão", eu só conseguia focar em uma coisa agora. Depois de sair do hospital, eu não estava a caminho da delegacia. Eu conhecia o mapa da cidade, a geografia, e sabia muito bem para que direção deveria estar indo.

Certo? Mas, não. O hospital estava ficando para trás, assim como a delegacia.

Nós estávamos saindo de Chicago, e talvez em meia hora estaríamos deixando a pequena cidade onde eu e minha mãe vivíamos.

Espera aí. Pensando bem – o local onde costumávamos morar?

O que minha mãe fará agora? Como Chrissy Hayes permanecerá naquela casa depois de eu ter sido atacada e quase levada dali como refém? Eu chamava minha mãe de vários jeitos – Chrissy Hayes, Chrissy ou mãe. Bem, de outro punhado de nomes também, porque dizer que ela era uma figura era um eufemismo. E nós duas tínhamos um relacionamento interessante, para dizer o mínimo.

Devia estar desviando do assunto aqui.

Anestesiada. Eu estava anestesiada. Deveria estar mijando nas calças, mas, ao invés disso, estava ruminando a forma como me referia à minha mãe.

Eu seria capaz de ficar naquela casa depois do que aconteceu?

Planejei passar um tempo com Chrissy, para ajudá-la a organizar a casa e também trabalhar na loja de eletrônicos da cidade, para ganhar um dinheirinho extra antes de sair para a faculdade. Mas agora… não sabia mais de porra nenhuma.

Inúmeros xingamentos passaram pela minha cabeça quando me dei conta de que Chrissy teria que se mudar.

Calafrios irromperam pelo meu corpo quando repassei todos os eventos da noite, mas em seguida paramos em uma entrada de carros, com uma cabine ao lado. Um imenso e largo portão nos impedia de seguir adiante.

Assuntos de polícia, o caralho.

Mas, pensando friamente, nada parecia "oficial". Disseram que eu seria levada até minha mãe, mas saí da delegacia com dois detetives. Bright e Wilson. Eles se apresentaram e depois afirmaram que ela não conseguiu ir me ver lá no hospital. Os dois não explicaram o motivo, mas eu estava indo até ela.

Eu me sentei no banco traseiro do carro à paisana deles alguns minutos depois.

Bright baixou o vidro da janela e mostrou o distintivo.

— Estão nos esperando.

O segurança assentiu e apertou um botão para abrir o portão, deixando à mostra uma propriedade repleta de prédios. Alguns de tijolos aparentes, outros com janelas reflexivas de cima a baixo; mais alguns pintados de preto. Um imenso estacionamento situado entre as construções. A placa "Phoenix Tech" se encontrava diante do primeiro prédio, mas passamos por ele, contornando o edifício e seguindo em direção a um bem menor no canto oposto do estacionamento.

Minha língua estava grudada no céu da boca. Nós estávamos na sede da Phoenix Tech!

Cobicei fazer um estágio aqui, todos os anos, desde a minha quinta série, e também durante todo o curso na faculdade. Eu me inscrevia, mas nunca fui selecionada. Alguns poderiam até dizer que estava desesperada. Preferia o termo "determinada". Era uma qualidade honrosa. Além do mais, eu não estava esperando que eles tivessem pena de mim em algum momento. Funcionou, porque embora eu não tivesse sido boa o bastante para frequentar suas instalações, fui boa o bastante para receber a caridade deles. A Phoenix Tech me concedeu a maior parte dos subsídios durante a escola, de forma que consegui ir para a faculdade sem dívidas. Esperei que isso mudasse durante a graduação, mas não rolou. Bem, meio que aconteceu.

Fui contratada como assistente de pós-graduação, começando no outono, o que me garantiu um salário, mas o resto foi coberto por outra bolsa fornecida pela Phoenix Tech.

A Phoenix Tech era umas das maiores e mais conceituadas companhias no ramo de segurança cibernética. Eu estava me especializando em sistemas de informação, o que de certa forma era muito parecido. Um trabalho aqui seria um sonho.

— Minha mãe está aqui? — perguntei, assim que Bright estacionou o carro, e ela e o parceiro desceram do veículo.

Sem nem ao menos me dar uma resposta.

Bright abriu a minha porta e gesticulou para que eu descesse, deslizando os óculos escuros para cobrir os olhos.

— Está na hora de você descobrir algumas respostas.

— O quê?

Eles seguiram em direção às portas do prédio, e eu corri logo atrás.

— Achei que vocês iam me interrogar.

— Pouco provável. Nós somos apenas os intermediadores.

Estávamos andando rápido; seguindo pelos corredores. Quando ela chegou à última sala, a porta se abriu pelo lado de dentro. Wilson estava andando atrás de nós, mas permaneceu no corredor.

Bright entrou comigo. Era uma sala de interrogatório, ou se parecia com uma. Esse tipo de detalhes ainda estava meio nebuloso na minha cabeça, sobre o que eu deveria esperar ou não. Uma única luminária ficava bem acima da mesa, que se situava bem no meio do cômodo. Os cantos da sala estavam imersos em penumbra, e um segurança estava parado logo atrás da porta. Assim que ele saiu, a porta se fechou com um clique.

— Querida?

— Mãe?

Chrissy Hayes estava sentada em um canto ao fundo, e deu um passo para sair das sombras. Seu cabelo estava uma bagunça, todo espetado. Seus olhos estavam vidrados, as pupilas dilatadas. Olheiras escuras mostravam sua preocupação, assim como as rugas marcadas ao redor da boca.

Minha mãe era uma mulher bonita. Eu sabia disso. Eu sofria as consequências dessa realidade enquanto crescia, quando professores, carteiros, ou até mesmo donos de restaurantes tentavam me bajular para chegar até ela. Ela era uma mulher pequena, com uma bela cabeleira loira; as mechas sempre caindo sobre os olhos azuis. Mas não era só sua beleza que falava mais alto. Ela tinha uma personalidade que mesclava bravura com momentos em que era avoada e inconstante. Ela era muito engraçada também. Chrissy Hayes gostava de bons negócios, bom momentos e boas aventuras. Ela sempre foi muito clara sobre seu lema de vida, mas essa versão da minha mãe não era uma que eu estava acostumada a ver.

Ela estava devastada. Total e completamente. Destruída.

Meu coração apertou. A angústia atravessou o muro de entorpecimento.

Eu era quase o completo oposto, com olhos castanho-claros, cor de mel, e cabelo escuro. Meu cabelo era tão preto que os fios pareciam azuis-escuros em alguns momentos. Muitos cabeleireiros já haviam me perguntado que coloração de tinta eu usava, mas era a cor natural dos fios. Eu costumava detestar a cor, mas, assim como meu cérebro esquisito, passei a gostar.

Nós tínhamos o mesmo porte físico, no entanto. Ambas baixinhas, embora eu fosse alguns centímetros mais alta que ela.

— Ah, meu bem. — Ela correu até mim, a camisa de flanela que ela usava me engolfando quando me fez repousar a cabeça em seu ombro. O tempo todo, ela acariciava minha cabeça, alisando os fios do meu cabelo. Minha mãe estava tremendo enquanto me segurava em seus braços. — Eu estava tão preocupada.

Ela pressionou o rosto contra o meu ombro, depois deu um beijo na minha testa. Afastando-se um pouco, colocou uma mecha do meu cabelo atrás da minha orelha, e segurou meu rosto entre as mãos. Seus olhos me analisavam de cima a baixo. Então balançou a cabeça, mordiscando o lábio inferior.

— Sinto muito que isso tenha acontecido com você.

Coloquei as mãos em seus braços.

Reparei que ela estava usando uma calça jeans apertada, com glitter espalhado sobre o tecido. Era a peça que ela usava quando ia sair com alguém, além da camisa de flanela. Estava desabotoada, com uma regata branca por baixo.

De pronto, eu disse:

— Achei que você estivesse trabalhando noite passada. — Não. Ainda estávamos na mesma noite. Então, corrigi: — Digo, esta noite. Mais cedo. — Meu Deus, que horas devia ser? — Você estava em um encontro.

Ela franziu o cenho, ainda mordendo o lábio inferior.

—Sim, mas isso é importante agora? Você quase foi sequestrada, querida.

A detetive Bright pigarreou de leve, dando um passo em direção à mesa.

— As duas podem conversar melhor depois. Há um punhado de coisas que precisamos discutir primeiro.

Escolhi me sentar em uma das cadeiras próximas à parede.

— Você não costuma mentir sobre encontros. — Mas me lembrei de que ela sempre mentia sobre *um* cara. — Você estava com Chad Haskell?

TIJAN

— Eu não gostava dele. Ninguém deveria gostar desse babaca. — Ele espancou a mãe de Simone Ainsley, lembra?

Chrissy desviou o olhar para o teto e acenou.

— Ah, qual é. Você foi amiga daquela garota por quatro meses durante o segundo ano do ensino médio. Ela era uma mentirosa. Você ficou brava porque ela estava te usando para conseguir namorar aquele garoto, Bobby, do seu grupo de debates.

— Mãe... sério? — Meu sangue estava fervendo. — E não era um grupo de debates, era um clube de computação, e... — Lancei um olhar para a detetive Bright. — E ela não estava me usando para poder namorar com Bobby Riggs... ela me usou para se aproximar do irmão dele, Brian, a quem eu estava dando monitoria, já que, ao contrário do Bobby, ele não era o mais inteligente do time de futebol.

Chrissy estava tentando segurar um sorriso.

— E você era meio caidinha pelo Brian Riggs, não era?

Eu me aprumei na cadeira.

— Eu só estou tentando te dizer que, quando era amiga de Simone, ela me contou que a mãe dela levou uma surra de Chad Haskell. Não saia com ele, mãe. Confie em mim. — Tamborilei o indicador na minha cabeça. — Entre nossas cabeças, a minha não se esquece das coisas. Nunca.

Ela suavizou o semblante.

— Eu sei, querida.

Ouvi o "mas" se aproximando...

— Mas — disse, por fim —, ele é dono da pista de boliche. Você vai poder se divertir lá de graça nos fins de semana.

Ela estava fora de si. Estávamos embarcando na ilha da fantasia de Chrissy Hayes. Uma ilha em que, de vez em quando, eu tinha permissão de visitar.

— Você pode levar todos os seus amigos nas noites de sexta-feira. Ah! Você pode ajudar a configurar todo o sistema dos computadores dele. Aposto que ele pode te colocar para fazer parte da equipe de TI de lá.

Era sobre isso que conversaríamos agora? Aqui? Que ela estava saindo com Chad Haskell para que eu pudesse jogar boliche de graça nas noites de sexta-feira?

Massageei minha testa, sentindo a aproximação de uma enxaqueca. Chad havia conseguido influenciar Chrissy Hayes. Chassy. Esse era o nome shippado perfeito para eles.

Ela agora poderia ser chamada de Chassy.

Chassy se virou para a detetive Bright e disse:

— Você sabia que minha filha já foi premiada com todo tipo de bolsa escolar importante e entrou na Hawking? Ela vai estudar lá para cursar a pós-graduação.

— Na verdade... — A detetive gesticulou para Chrissy se sentar na cadeira ao meu lado, com o tom todo profissional. — É por isso que você está aqui.

Pense num microfone sendo largado no chão.

Os caras que tentaram me sequestrar, os tiras insistindo e pressionando, o fato de a minha mãe ter sido trazida para esta sala de interrogatório, ao invés da usual na delegacia – tudo começou a fazer sentido.

Minha mãe estava devastada, mas continuava suspirando por uma ilusão que nunca aconteceria. Ela estava preocupada, mas não parecia confusa.

Com o cenho franzido, comentei:

— Aqueles caras me queriam por algum motivo. — Eu não sabia se teria coragem de olhar para minha mãe ao lado. — Não me lembro de todos os detalhes, mas eles mencionaram meu pai.

Chrissy ofegou ao lado.

E eu estava tensa. Muito tensa. O que isso significava?

Agora, sim, decidi olhar para ela.

— Eles *mencionaram* meu pai.

Ela não estava olhando para mim, e isso me dizia muito, talvez até demais.

Baixando o tom de voz, eu disse:

— Você me falou que ele era militar, e que morreu em missão.

Quando ela contraiu os lábios, ficou muito claro.

Senti o estômago revirando. Mas continuei:

— Você fez com que Barney falasse dele para mim. Pike. Masteron.

Houve outros, todos amigos da minha mãe no clube de veteranos de guerra. Então comecei a me lembrar das vezes em que eles me contavam histórias o meu pai, de suas posturas inquietas, dos olhares que trocavam entre si, sem nem imaginar que eu percebia tudo. As repuxadas nos cantos de suas bocas, como se estivessem incomodados, ou como observavam minha mãe quando ela estava na mesma sala que nós.

Ela me disse que o nome dele não estaria em nenhum banco de dados, porque ele estaria em arquivos confidenciais. Dizia que ele era afastado da família. Que não havia nenhuma foto dele, porque ela destruiu todas num acesso de raiva, uma vez, quando ainda estava de luto.

Ela possuía até mesmo uma bandeira dobrada e guardada em uma caixa toda de vidro.

A detetive Bright se sentou ereta na cadeira, com os braços cruzados, atraindo nossa atenção. Ela observava minha mãe, com a cabeça inclinada ao lado, até que abaixou os braços.

— Você é muito esperta, Bailey.

Antes que eu tivesse tempo de digerir essa observação, ela continuou:

— Você foi trazida aqui porque aqueles homens não a queriam para trabalhar em algum código de *software*. Eles tentaram sequestrar você.

Ela fez uma pausa.

E eu comecei a calcular mentalmente.

Por um segundo, Bright ficou em silêncio.

Uma tentativa de sequestro.

O olhar da detetive se desviou e permaneceu fixo na minha mãe.

Eles mencionaram meu pai.

Cabisbaixa, Chrissy encarou o próprio colo. Bright franziu os lábios, olhando para ela com um semblante de desaprovação.

Nós estávamos na Phoenix Tech.

— Por que estamos aqui mesmo? — Minha voz saiu rouca. — Por que não na delegacia? Por que não em outro lugar?

Bright estava esperando. Ela sabia que eu estava juntando as peças.

Todas aquelas bolsas estudantis.

A maneira como meu cérebro funcionava.

Somente 2 a 15 por cento das crianças possuíam memória fotográfica, e a porcentagem se tornava ainda menor em um adulto. E eu estava dentro dessa faixa. E sabia muito bem que outra pessoa também possuía essa característica. Seu rosto e nome estavam em todos os lugares – sites, capas de revistas e documentários de TV.

Ele tinha o cabelo escuro que, em algumas fotografias, chegava a parecer tingido de um azul-escuro. Os detalhes podiam até ter passado despercebidos. Mas eu era muito sagaz com computadores, e ele era meu ídolo desde criança. Eu era obcecada em saber tudo sobre ele – outro gênio da computação que trabalhava com o governo e comandava um império multimilionário especializado em segurança de dados.

Meu cérebro começou a destravar.

Click.

Click.

Tudo isso foi conectado ao último som da trava sendo acionada.

A detetive Bright rompeu o silêncio:

— Você foi trazida aqui porque seu pai biológico é...

Eu falei ao mesmo tempo que ela, as duas juntas pronunciando o nome dele:

— Peter Francis.

Peter Francis, o CEO da Phoenix Tech.

A voz de Bright soou inexpressiva, quase fria.

— Meu parceiro e eu estamos aqui como um favor pessoal ao seu pai. Já trabalhamos com ele antes e estamos bem familiarizados com seu caso.

Pai. Eu tinha um pai. Não o que pensei, mas outra pessoa. Alguém novo e muito poderoso. Claro que ele precisava ser cuidadoso.

No canto da sala havia uma câmera apontada para nós.

Bright pigarreou de leve.

— Você está aqui por precaução.

— Contra o quê?

Ela não me respondeu, apenas me observou por um tempo antes de seu olhar se desviar para minha mãe.

Eu não conseguia fazer o mesmo. Não conseguia nem olhar para ela. Se o fizesse, se falasse com ela, perderia o controle.

Ela tinha mentido. Por todo esse tempo.

Chrissy Hayes me criou direitinho. Violência era ruim, a não ser como forma de autodefesa. E mesmo que parecesse que eu estivesse sendo atacada nesse momento, eu estava chocada demais aqui sentada, fingindo que era uma adulta funcional.

Mas...

Puta merda.

Peter Francis.

— Querida... — Chrissy sabia que era hora de assumir o comando. Eu tinha que lhe dar o crédito pelos seus instintos de sobrevivência. Sua voz soou calma, quase tímida.

Eu não podia olhar para ela, mas baixei ainda mais o tom de voz ao dizer:

— Você me deu meu primeiro computador na quarta série. Eu descobri o pacote guardado bem antes. Era para ter sido um presente de Natal, mas você me deixou ficar com ele de qualquer jeito. Você tinha encomendado diretamente do Reino Unido. — Eu me lembrava da sensação naquele momento, a importância, quase como se os céus tivessem se aberto e um coral de anjos entoasse uma melodia. — Fizeram uma reportagem sobre ele. Em 20 de novembro. — Eu vi a foto dele, como seu cabelo era superpreto, os olhos da cor de mel, mesmo ocultos por óculos. — Eu posso dizer o nome do jornalista, a legenda da foto na matéria: "Gênio da computação, Peter Francis."

— Meu bem…

Eu não tinha terminado ainda. Não agora, quando estava apenas começando.

Minha voz soava fria como a de Bright, em um tom desprovido de emoção.

— Eu tenho dois tios, um que mora na Califórnia, o outro em Nova York. Os dois trabalham nas equipes da Phoenix Tech. Tenho quatro primos da parte do tio que vive na Califórnia. E mais outro do de Nova York. Dois meios-irmãos. Uma meia-irmã. Ele tem uma propriedade no subúrbio de Chicago, em Ashwick.

Que ficava a cerca de uma hora de onde eu morava.

Eu pesquisei essa informação. Eu tive que fazer isso.

Minha mãe continuava encarando o próprio colo, as mãos se enrolando nas mangas, e depois de um suspiro, ela levantou a cabeça.

Ainda sem nenhuma palavra. Beleza. Então eu podia continuar:

— Você disse que trabalhou para ele uma vez. — Na minha quinta série. Ela me disse pelo telefone, quando perguntei se podia participar do clube de informática. Eles tinham um programa extracurricular. — Quase fiz xixi nas calças quando você me contou isso.

— Eu cuidei da mãe dele quando estava estudando enfermagem. Em Saint Louis.

— Eu te perguntei se você o conheceu. — Meu tom de voz disparou, assim como meu sangue. — Eu te perguntei, e você disse que não!

— Eu não disse isso… — Mas ela desviou o olhar, porque sabia muito bem que havia dito.

— Tudo bem, vamos fazer uma pausa. — Bright levantou a mão. Ela estava fazendo careta. — Você está gritando.

Eu não tinha percebido.

E não dava a mínima também.

A redação que redigi para me inscrever foi sobre meu pai, o pai que era uma mentira dos infernos. Eu pensava que ele havia servido no exército e queria mostrar meu respeito à minha maneira. Mas era uma mentira.

Calma. Eu precisava me manter calma. Isso era um sinal de maturidade. Eu tinha 22 anos. Então, poderia me acalmar.

Foda-se. Eu não conseguia ficar calma.

Erguendo os braços, empurrei a cadeira para trás e me levantei.

— Sobre o que mais você mentiu?!

— Nada! — Chrissy se levantou de um pulo, as mãos erguidas em rendição. — Eu juro. Nada mais. Foi…

Parei. E tudo ao meu redor parou também. Senti meu coração bater forte.

— O quê? Foi o quê? — Inclinei a cabeça, me movendo inquieta. — Você o quê?

— Nada. — O espírito combativo e temporário desapareceu. Com os ombros curvados em derrota, ela se sentou novamente, descansando os cotovelos sobre a mesa e enterrando a cabeça entre as mãos. — Sinto muito, Bailey. Eu realmente sinto. Eu… — Tropeçou na palavra seguinte, me encarando com os olhos assombrados.

Sem aguentar mais, desviei o olhar. Eu não queria ver a angústia em seu rosto.

Fechei a cara, mas estava com raiva. Eu tinha o direito de estar. Havia uma família inteira a quem eu não conhecia, e ela tomou essa decisão sozinha. Não eu. Ele… não, não, não. Minha cabeça estava girando sem parar, e eu estava me sentindo sobrecarregada.

Eu me virei, indo em direção à porta.

— Preciso sair daqui. Não consigo pensar…

A porta abriu e o detetive Wilson entrou.

Eu me afastei, tentando agarrar a maçaneta assim que ele entrou. No entanto, ele não arredou o pé diante da porta, com as mãos entrelaçadas à frente.

— Você não vai sair desta sala.

Minha mãe interferiu, com um suspiro:

— Deixe-a ir. Ela só precisa caminhar um pouco. Ela voltará com oitenta por cento das respostas já resolvidas.

A reação de Wilson foi cruzar os braços sobre o peito, mantendo o contato visual comigo.

— Sente-se. Você precisa tomar uma decisão antes de podermos continuar.

Uma decisão? Eu precisava sair dali. Eu precisava de ar e espaço, mas também precisava de respostas.

Olhei diretamente para minha mãe.

— Eu fico — um instante se passou —, se ela sair.

Chrissy escancarou a boca.

— Bailey...

Eu normalmente não era uma pessoa fria ou irritada. Eu era brincalhona. Contava piadas ruins, mas era meu estilo. Já era de manhã naquele momento. O ataque na minha casa foi na noite passada. Parecia um evento tão longínquo. Eram 4:18h da manhã quando fui levada para o hospital. Mais duas horas esperando, sendo examinada. Mais uma hora para ser liberada e a última hora que levou para ser trazida até aqui.

Então, entendi por que estávamos aqui.

Tudo isso – tudo o que aconteceu depois que eles tentaram me levar – foi por causa dele.

Meu olhar se concentrou na câmera no canto.

Ele estava me observando.

Eu desisti.

— Você tem que ir, mãe.

E ela se foi.

Tudo aconteceu ao mesmo tempo depois disso.

O telefone de Bright vibrou, em seguida ela sinalizou para o parceiro e a porta se abriu novamente.

Eu não sabia quem estava por trás daquela porta. Poderia ter sido Chrissy voltando ou meu pai decidindo me conhecer pessoalmente, mas eu não estava esperando pelo homem que entrou na nossa sala. Se eu pudesse chamá-lo de *homem*, porque ele parecia jovem, como se tivesse apenas alguns anos a mais do que eu. Mas não. Pensando bem, eu estava certa da primeira vez. Ele era *todo* homem.

E era atraente.

Olhos cor de mel, cabelo quase tão escuro quanto o meu, um queixo forte e definido. Havia covinhas ladeando sua boca, tornando seus lábios proeminentes e tentadores. As maçãs de seu rosto eram altas e esculpidas. Ombros largos e fortes. Corpo magro e atlético.

Não havia um grama de gordura nele.

Eu estava admirando, e não deveria, mas estava, minha mente calculando. Sim. Esse cara estava em forma.

Ele era fascinante.

Possuía uma aura de poder e autoridade e sabia como se valer disso.

Ele entrou na sala como se fosse dono do lugar. Para dizer a verdade, parecia ter estado lá o tempo todo, como se todos e tudo pertencessem a ele e nós ainda tivéssemos que assimilar esse fato.

A sala pareceu encolher ao redor dele.

O ar se tornou eletrizante.

Bright e Wilson se endireitaram, aprumando os ombros.

Eles não foram os únicos afetados ali.

Esse cara nem olhou para mim, mas senti sua atenção. Senti que se eu mexesse sequer um fio de cabelo, ele saberia. Meu interior estava virado do avesso porque, quem quer que fosse esse cara, eu já me sentia possuída e odiava esse fato.

Meu corpo estava se aquecendo. Um fogo ardendo lá dentro, aumentando. Minha garganta estava seca.

Eu me sentia atordoada, todas as minhas terminações nervosas agitadas, e só porque esse homem entrou na sala.

Ele cumprimentou os detetives com um aceno sutil, e ambos inclinaram as cabeças em retorno.

Uma cadeira arrastou pelo piso. Um clique de saltos e ambos os detetives se foram.

A porta se fechou com um baque surdo.

A brevidade da situação me atingiu com força, bem no centro do peito, e engoli em seco para tentar me livrar do nó repentino na garganta. Não estava certa se era um nó do tipo bom ou ruim, mas aqui estávamos.

Era eu e ele. Estávamos sozinhos na sala. E então outro fato me atingiu de repente. Não era meu pai que estava me observando através da câmera. Era esse homem.

Quem era ele?

Todos os pelos do meu corpo se arrepiaram, meu corpo começou a formigar. Eu estava sentindo algo… mais.

Não estava certa se gostava desse sentimento.

Ele me encarou sem piscar, me mantendo imóvel.

Então, declarou:

— Meu nome é Kashton Colello, e sou um dos sócios do seu pai. Não, sua mãe não me conhece e, sim, eu sei quem você é. Sei o que aconteceu com você mais cedo esta noite, e estou aqui para lhe dar duas opções. Você pode sair daqui comigo, conhecer seu pai e seus irmãos, ou pode desaparecer em um programa de proteção a testemunhas com sua mãe. — Fez uma pausa sutil. — Sair comigo para conhecer seu pai ou desaparecer com sua mãe. — O canto de sua boca se curvou em um sorriso irônico. — A escolha é sua.

Um segundo.

Dois.

Eu o encarei conforme ele se sentava, daí me levantei, sentindo como tivesse levado um tapa na cara.

Levou mais de dois segundos para eu descobrir qual resposta daria a ele.

Reclinando-me à frente, apoiei uma mão na mesa e disse em um só fôlego:

TIJAN

— Vá se foder.

Eles me deram 24 horas.

Eu tinha um dia e uma noite para decidir. Só isso.

O Sr. Arrogante Kashton Colello nem parecia ofendido pela minha resposta. Não houve nenhuma reação em sua expressão, antes de ele dizer:

— Ótimo. Sua mãe está lá fora, esperando em um SUV. Vamos levá-la até um hotel perto daqui. Você pode decidir amanhã cedo.

Decidir.

Eu queria mostrar o dedo médio para ele, e quase fiz isso. Eu já estava erguendo a mão quando ele falou novamente, a voz fria como gelo:

— Houve outras tentativas.

Se antes eu me senti esbofeteada pela sua presença, suas palavras de agora me esmurraram. Com força. Um soco bem na boca do estômago.

Ele não esperou para me deixar processar a informação, e prosseguiu:

— Eles tentaram sequestrar seu pai, porém não foram bem-sucedidos. A segurança foi redobrada. Então, eles mudaram o foco para os seus irmãos, chegando perto de conseguir por duas vezes. O esquema de segurança foi triplicado. — Uma breve pausa. — Eles estão concentrados agora nos parentes à margem, os que não estão protegidos.

Eu era um desses à margem.

Uma estranha.

A excluída.

— Eles pegaram o caçula por dez minutos. — Ele se levantou. — E é isso o que sabemos sobre esse tipo de gente. Eles tentarão novamente, e não se importam com as ex-namoradas ou ex-amantes, então, sua mãe ficará segura, mas você não. Se voltar para Brookley, a pacata cidade onde vive, eles tentarão outra vez. Se você me acompanhar, sua mãe não precisa ter a vida desmantelada. Ela pode voltar para lá, viver sua vida feliz, mas longe de sua filha, enquanto você nos dá tempo para procurar seus sequestradores e eliminar essa ameaça.

E aqui estamos nós, indo para um hotel, com dois SUVs em nosso encalço.

Não havia palavras para descrever isso.

Tudo era completamente diferente.

Lancei uma olhadela para minha mãe. Chrissy estava encarando a paisagem do lado de fora da janela, com um leve sorriso animado no rosto. Quando desci do carro, ela olhou para mim, mas tudo o que eu disse era que conversaríamos mais tarde. Podia até ser que as palavras tenham saído mais como um grunhido ou um rosnado. Eu não sabia. Ainda estava irritada, então tinha mudado de estação do *Trem do Entorpecimento* para o *Trem do não tô nem aí*. De qualquer forma, ela parecia meio aliviada.

Estávamos dirigindo pelo centro de Chicago, seu olhar subindo cada vez mais para acompanhar os arranha-céus que nos rodeavam.

Eu reconhecia aquele brilho em seu olhar. Ela achava que tudo ficaria bem agora. Estava aliviada, mais do que qualquer outra coisa.

Enquanto isso, eu retorcia minhas mãos entrelaçadas no colo.

Ela tinha um emprego em Brookley. A noite do bingo na Associação de Veteranos de guerra local. Minha tia Sarah. Chrissy era madrinha de dois dos meus primos. Meus dois tios. Meus avós. Sua irmã mais nova. Havia uma tribo familiar lá, e todos possuíam seus próprios amigos, que eram os amigos da minha mãe. Sim, havia problemas e contendas, mas ela queria estar lá.

Minha mãe era durona. Trabalhadora. Ela nunca quis ajuda, e as recusou todas as vezes. Ela entrou na escola de enfermagem, abandonou o curso por um ano para me dar à luz, e depois concluiu no ano seguinte.

Eu tirei um ano dela.

Como poderia tirar tudo mais agora?

— Oh! — Agarrou meu braço e deu um aperto. — Bailey.

Estávamos entrando no estacionamento de um hotel. O *Francois Nova*. Era daqueles hotéis enormes e superaltos, desses que víamos em capas de revistas. Um dia atrás, eu poderia até ter ficado impressionada.

Agora, significava que era apenas a última vez que veria minha mãe.

Por um tempo. Foi o que aquele idiota disse. Ele precisava de tempo. Quando as coisas estivessem de boa, mais seguras, eu poderia voltar.

Certo. Eu me apegaria a isso. Essa perspectiva não fazia com que eu sentisse que meus intestinos estavam sendo estripados.

— Chegamos — declarou Chrissy, assim que as portas dos dois lados do SUV se abriram e saímos.

TIJAN

Estávamos cercados por concreto no estacionamento subterrâneo e escuro.

Seis seguranças se postaram ao nosso redor, a maioria de frente para as extremidades do estacionamento, mas um deles se dirigiu até a porta que dava acesso ao edifício. Ele bateu uma vez, e a porta se abriu.

Outros dois seguranças se encontravam do outro lado, junto com um funcionário do hotel. Na verdade, dois funcionários. Uma mulher com a plaquinha de identificação atarraxada à camisa, vestindo uma saia-lápis e cabelo preso em um coque apertado nos esperava. Outro funcionário se manteve o tempo todo atrás dela – um maleiro usando o traje completo do hotel, com direito até às luvas brancas.

A mulher nos conduziu até nosso quarto, que primeiro teve que ser inspecionado pelos seguranças.

Minha mãe entrou, e eu me virei para encarar os homens da equipe. Todos eles retribuíram o olhar, com os rostos impassíveis. Eu estava seguindo meu instinto aqui.

— Vocês trabalham para ele, não é?

Eu não sabia como funcionava a estrutura, a hierarquia, mas por mais que meu pai fosse o chefão, eu sabia que o idiota do Kashton também era chefe deles.

Não recebi uma resposta. Nem mesmo esperava por uma.

— Darei minha resposta amanhã, e só.

Então entrei, porém não sentia um pingo de satisfação.

Dei uma conferida no olho-mágico, avistando dois seguranças do lado de fora da porta. Eu tinha certeza de que havia um em cada escada, talvez até mesmo no elevador também.

Chrissy saiu do seu quarto.

— Este lugar é incrível.

Sim. Com certeza era. Incrível.

Ela foi para o banheiro.

— Eles nos deram roupas... e o que é isso? — Ela pegou uma sacola pequena, abrindo o zíper. — Uau, artigos de higiene pessoal. Há quase tudo que precisamos aqui, mas não... — Ela estava vasculhando tudo. — Vou precisar de um antiácido. Com o vinho que estou planejando beber esta noite, meu refluxo virá com tudo.

— Provavelmente deve ter na recepção. Eu pego pra você depois.

Eu não tinha forças para fazer as perguntas que queria.

Talvez eu já tivesse tomado minha decisão.

Talvez quisesse aproveitar este último dia com a minha mãe.

Ou, talvez, eu já estivesse cansada, ciente de que amanhã nos separaríamos, sem fazer ideia de por quanto tempo.

Ou... talvez, apenas talvez, eu não quisesse ouvir as desculpas esfarrapadas pelas mentiras que ela me contou a vida inteira.

Não. Eu só queria um dia com a minha mãe. Era assim que eu preferia pensar.

Nós pedimos o almoço pelo serviço de quarto. Pedimos café. Pedimos vinho.

Depois do jantar, senti a necessidade de um ar fresco, para clarear a cabeça. Então usei a desculpa de que ia tentar arranjar os antiácidos que ela queria.

Os seguranças não queriam me deixar sair, mas eu precisava de espaço.

— Olha... — De repente, eu estava exausta. — Tenho a impressão de que Peter Francis é dono desse hotel. Estou certa?

Eles não responderam. Mas, outra vez, eu não esperava que fizessem isso.

— Isso significa que vocês, provavelmente, têm todo o hotel monitorado por câmeras de circuito-interno que devem resguardar um perímetro estabelecido em torno do edifício. E que qualquer pessoa suspeita ou que levante suspeitas será removida de forma discreta, porém rapidamente. Certo?

Ainda sem resposta.

— Então, a avaliação de risco deve ser inferior a dez por cento se eu for ao saguão atrás de alguns antiácidos para a minha mãe.

Ainda sem resposta. Eles apenas me encaravam.

— Sessenta por cento da população adulta sofre com algum tipo de refluxo. Isso dá cerca de sete milhões de pessoas. — Eu estava citando direto do site de saúde. — Não estou pedindo para ir comprar uma arma. Minha mãe vai passar a noite toda vomitando se eu não conseguir algumas pastilhas pra ela.

Dane-se.

TIJAN

Comecei a caminhar pelo corredor.

— Eu vou de qualquer jeito, quer vocês queiram ou não.

Mas eles vieram logo atrás de mim, e eu estava certa. Havia um segurança no final do corredor, perto da porta de saída, e ele se postou de frente à porta do quarto de onde eu tinha acabado de sair. Minha mãe estaria segura.

O saguão estava deserto quando chegamos lá.

Um tapete dourado e vermelho cobria boa parte do piso de mármore, com poltronas de estofado vermelho e branco recostadas às paredes. A própria recepção tinha um acabamento dourado nas bordas, e havia duas escadarias amplas que levavam ao segundo andar, separadas por dois grandes postes. O mesmo tapete vermelho e dourado cobria as escadas e o segundo andar.

O saguão era pequeno, mas aconchegante e luxuoso. Isso não deveria ser surpresa alguma, se eu estivesse certa e Peter Francis fosse o dono.

Fui em direção ao atendente, mas então avistei uma pequena loja do outro lado do *lobby*. Sem demora, perguntei ao rapaz:

— Posso pegar alguns antiácidos e colocar a cobrança na minha conta?

Ele começou a concordar, as mãos já a postos no teclado, porém o ar ao redor pareceu parar e tudo começou a ser mover em câmera lenta. Esta era a segunda vez hoje que algo semelhante acontecia.

As portas do hotel se abriram e lá estava o Babaca Kashton entrando.

Assim como aconteceu com Bright e Wilson mais cedo, os seguranças endireitaram a postura, ombros para trás, cabeças erguidas, mãos cerradas ao lado. O atendente fez o mesmo sem perceber. Ele ficou ereto como uma tábua, a personificação do profissionalismo conforme acenava com a cabeça em um único movimento firme.

— Sr. Colello.

A tensão se espalhava em torno deste homem.

Que adorável. Eu já estava cansada dele.

Ele não olhou para mim, mas estava ciente da minha presença. Eu tinha certeza disso, assim como tinha noção de que eu possuía duas mãos. Sei lá. Eu só sabia.

— Ele está lá dentro?

As palavras do recepcionista quase saíram aos tropicões, na pressa em responder:

— Sim, Sr. Colello. Também paramos de aceitar mais hóspedes.

Sr. Colello.

Foi assim que ele chamou o cara. Eu poderia dar a ele um apelido diferente.

Sr. Babaca.

Babaca do caralho.

Eu poderia continuar por horas.

— Tudo bem. Obrigado.

Eu estava do outro lado do saguão, entre duas estantes de prateleiras que faziam parte da loja.

Ele se virou sem hesitar.

Seus olhos se conectaram direto com os meus, sequer se desviando para os seguranças.

As mesmas sensações de antes estavam de volta, se espalhando por todo o meu corpo, deslizando pela minha coluna e gerando calor no meu ventre.

Eu o desejava.

E eu o desejava *muito*, e, meu Deus, odiava isso. Odiava sentir isso, saber disso, e quando seus olhos escureceram, ficou nítido que ele sabia do fato. O canto de sua boca se curvou em um sorriso arrogante. Eu queria praguejar baixinho, porque ele sabia exatamente o efeito que estava causando em mim e achava divertida essa porcaria.

Uma nova onda de humilhação me atingiu.

Nunca havia sido afetada por alguém assim antes.

Ele se dirigiu ao elevador.

Senti alívio na mesma hora, mas também uma pontada de decepção. Isso me fez franzir o cenho. Porém, nosso embate não havia terminado, porque o segurança disse às minhas costas:

— Senhora. Precisamos limpar o saguão.

O que significava que eu também precisava ir até o elevador.

Ele estava bem à minha frente. Era quase como se ele fosse uma arma ambulante. O homem possuía uma graça atlética inerente.

Eu me aproximei ao lado, mas fiz questão de dar um pequeno passo atrás. Era uma atitude besta, e eu tinha quase certeza de que todo mundo sabia por que fiz isso, mas eu não dava a mínima.

Eu não queria ficar ao lado dele, pois isso significaria que estava ali para interagir com ele, como se eu fosse uma igual. Ficar muito para trás significava algo totalmente diferente, como se fosse submissa a ele, como se ele fosse o chefe e eu fosse mais um dos seus funcionários.

Então optei por ficar ao lado, mas ligeiramente para trás. Eu não queria interagir, porém também não aceitava me submeter.

E ele também sabia disso.

Seu sorriso se alargou ainda mais.

Um segundo depois, ouvimos o *ping* das portas do elevador.

Ele entrou, se afastou para o lado e focou o olhar em mim. O tempo todo, ele me observou tomar o lugar ao seu lado e acenou com a cabeça para os seguranças.

— Fiquem aqui. Eu vou mandar descer.

— Ah, não. De jeito nenhum. — Fiz menção de sair, mas ele agarrou meu pulso.

Senti um choque elétrico na mesma hora.

Ele me puxou de volta e me arrastou para ficar ao lado dele.

— O que você está fazendo?

Assim que as portas se fecharam, ele me soltou e se afastou para se recostar à parede. Ele sorriu de novo, mas os olhos estavam fixos nos meus lábios.

— Pode relaxar. Não estou aqui por você.

Fechei a boca, mas não antes de resmungar:

— Você que tem que relaxar.

O sorriso se alastrou pelo rosto.

— Você tem atitude.

Desviei o olhar e tentei ignorar o inferno que seu toque acendeu dentro de mim.

— Você é o gerente da equipe?

Porque soltei essas palavras, eu não fazia ideia. Também reparei que o elevador seguia rumo à cobertura.

Com os olhos entrecerrados, ele se afastou para o lado. Ele baixou a cabeça, porém o olhar permaneceu fixo em mim.

Eu estava esperando.

E ainda assim, nada.

— É uma piada, sabe? A maioria das *startups* de tecnologia possui uma cadeia hierárquica normal hoje em dia. O líder agora é chamado de "gerente da equipe". Você gerencia a equipe. Certo?

Foi um insulto velado. Ele, com certeza, não fazia o perfil de profissional que se interessava por igualdade e um ambiente de trabalho positivo – a nova tendência nos departamentos de TI.

E eu estava sendo passivo-agressiva. E não estava nem aí.

— Por que você desceu ao saguão?

Eu não conseguia lidar com aqueles olhos. Ainda de frente, eu me recostei contra a outra parede do elevador.

— Fui atrás de antiácidos para minha mãe.

— Você teve que pegar pastilhas para sua mãe?

Eu estava pau da vida, e ele estava aqui; e eu não gostava dele, e estava tentando ignorar como meu corpo reagia de forma oposta, então decidi descarregar minhas frustrações em cima dele.

Eu me virei e o encarei de frente.

— Quem é você? Quero dizer, de verdade.

Um sorriso débil curvou o canto de sua boca, e ele recostou o ombro novamente na parede, me encarando sem o menor pudor.

— Pensei que eu fosse o gerente da equipe?

Ele estava gostando disso. E não deveria estar. O que tornava tudo pior.

— Eu sei que você não é um gerente de equipe. Você disse que é um dos sócios do meu pai. Você está bem lá em cima na hierarquia, mas que cargo ocupa? Chefe de segurança?

Seus lábios se contraíram, dando a impressão de que ele segurava o riso.

— Um nível mais elevado de segurança?

Ele coçou a mandíbula.

O tempo todo, acompanhei o movimento de sua mão, e não deveria ter feito isso.

Minha boca secou.

— Eu sou um tipo de consultor para o seu pai.

— Você faz consultoria para ele? *Com* ele? *Sobre* ele?

Uma expressão confusa cintilou em seus olhos quando ele me encarou de volta, me avaliando com a mesma intensidade com que eu o interrogava.

— O que você está fazendo, Bailey?

Merda. A maneira como ele disse meu nome... fez meu sangue correr mais rápido, a ponto de eu ter que desviar o olhar.

Estávamos chegando à cobertura, e à medida que fazíamos isso, comecei a ouvir música. O volume aumentava cada vez mais, e eu já não conseguiria ouvir nada que ele dissesse.

Quando chegamos ao andar, tudo o que eu podia ouvir era o som de um baixo e um gato guinchando a mesma palavra repetidamente.

As portas dos elevadores se abriram e o ruído se tornou ensurdecedor.

Ele olhou para mim. Sem nenhuma despedida. Ou aceno.

Nem mesmo um sorrisinho de deboche.

Tudo bem, então.

Ele saiu e seguiu adiante. O elevador não se abriu para um corredor, e, sim, para a cobertura em si.

Não consegui conter a curiosidade e apertei o botão para manter as portas abertas, e fiquei espreitando. Com as costas pressionadas à parede metálica, inclinei a cabeça para fora, apenas o suficiente para espiar.

Ele se dirigiu para a sala principal e, outra vez, a música se tornou mais alta quando uma porta se abriu de algum lugar ali dentro. Um cara passou por Kashton, seguindo para o outro lado do aposento. Sem camisa. Um porte físico longilíneo como o de Kashton, porém mais magro, a calça jeans pendendo na cintura. Ele tinha cabelo loiro-escuro espetado, como se estivesse com gel, e esbarrou no ombro de Kashton ao passar por ele. O cara mal ergueu a cabeça antes de desaparecer de vista e retroceder em seus passos. Bem devagar. Dessa vez, não houve uma caminhada casual; ele parou bem diante de Kashton... olhando diretamente para mim.

Eu me recostei à parede assim que o Babaca Colello se virou para olhar para mim também, e soltei o botão.

Eu sabia quem havia acabado de ver. Era o meu meio-irmão, filho do primeiro casamento do Peter.

Matt Francis era quase uma figurinha carimbada nos sites de fofocas. Suposto herdeiro do império de Peter Francis. Foi relatado que ele não tinha interesse algum em aprender sobre segurança cibernética ou qualquer coisa que tivesse a ver com computadores. Senti tristeza pelo meu ídolo – literalmente sofri quando li isso em um artigo. Que tipo de filho de um gênio bilionário era esse, que não queria ter nada a ver com a empresa de seu pai? Era blasfêmia.

Seus interesses eram todos voltados para festas, ser fotografado com modelos e mais baladas. O último escândalo o expôs horrores através do site de fofocas superpopular de Camille Story. A garota era convidada para todas as festas mais badaladas e chiques, e fofocava sobre tudo e todos, porém, de alguma forma, ainda conseguia fazer parte do círculo social dos famosos.

Eu só li a última matéria sobre ele porque uma colega de quarto me enviou um link, com a frase toda animada no assunto do e-mail:

"EU SEI QUE VOCÊ AMA O PAI DELE! MORRA DE INVEJA!"

Eu tinha acabado de voltar para casa depois de me formar e queria ler sobre ele. O jovem havia sofrido um acidente de carro após mostrar o dedo médio para os *paparazzi*. Ao finalizar de ler o artigo, realmente senti um baita ciúme dele. Foi uma reação estranha. Eu tinha admitido isso para mim na época, perguntando por que estava com inveja das coisas que o garoto rico fazia, mas então dei de ombros e fui fazer uma macarronada para que minha mãe pudesse comer depois de voltar do trabalho.

Quando voltei ao meu andar, meu estômago estava se contorcendo todo.

Até minha mão tremia.

Só quando abri a porta do quarto foi que me lembrei...

Eu havia esquecido das pastilhas antiácidas.

Chrissy estava vasculhando o frigobar quando voltei da minha segunda ida ao saguão, dessa vez com as pastilhas em mãos. Uma pilha de garrafas de bebidas alcóolicas em miniatura estava sobre a mesa, junto com barras de chocolate, balas açucaradas e sacos de batatas fritas. Ela apareceu, usando um roupão, pés descalços e o cabelo enrolado numa toalha.

— Oi, querida! — Então avistou os antiácidos na minha mão. — Que bom! Você conseguiu.

Ela pegou toda a comida e álcool, seguindo para o banheiro. A banheira estava cheia, com as bolhas quase transbordando. Ela tinha colocado várias toalhas ao lado, e colocou todas as guloseimas e bebidas na tampa do vaso sanitário.

— O que você está fazendo? — Parei à porta.

Ela testou a temperatura da água, então tirou o roupão. Tipo, literalmente. Desamarrando o cinto, estendeu os braços às costas e deixou o roupão cair no chão.

— Mãe! — Eu me virei de costas. — Eu não preciso te ver pelada. Ninguém precisa ver o próprio pai ou mãe sem roupa.

Ela apenas riu, e eu ouvi a água se agitando.

— Eu me preparei para um banho gostoso de banheira. Como não aproveitar isso? Você sabe quantos hotéis possuem uma banheira com pés? Nenhum que eu saiba. Isso é tão raro e... Uuuuh... que delícia. Faça um favor para mim, querida.

— Você está coberta pela espuma? É seguro olhar?

Ela riu.

— Eu tenho as mesmas partes que você, apenas um tamanho diferente. Toda mulher deve ser apreciada. Se todas nós fôssemos iguais, não haveria diversão na vida.

— Sério, Chrissy.

Isso não era um período de férias, mas voltando ao meu discurso inflamado de antes, ela achava que era. Ah, dane-se. Peguei uma das garrafas de vinho e me acomodei no chão ao lado da banheira.

Eu não sabia mais que horas eram, mas encher a cara fazia mais sentido.

Chrissy sorriu para mim, com a cabeça apenas sobre as bolhas e uma taça de vinho na mão.

— Saúde, querida.

Sim. Saúde. Brindamos nossas garrafinhas.

Ela tomou um gole do vinho, depois pegou uma das barras de chocolate.

— Sirva-se. Eu fiz uma limpa em tudo.

Meu estômago estava metaforicamente no chão.

— Mãe, precisamos falar sobre o que aconteceu.

Já era hora.

— Oh. — Gesticulou com um aceno de mão. — Não agora. — Terminando sua bebida, ela se recostou à banheira, fechando os olhos. — Eu sei que o que aconteceu foi traumático, mas você está segura e... — Sua voz falhou. — Você realmente quer trazer todas as coisas ruins à tona hoje à noite? Estamos vivendo no luxo nesse momento.

— Mãe.

Ela abriu os olhos novamente, franzindo a boca.

— Okay. — Assentiu com a cabeça, sentando-se outra vez, espirrando água nos meus pés. — Tudo bem, você está certa. Você deve ter um milhão de perguntas...

Antes mesmo que ela terminasse, eu comecei:

— Como?

Ela ofegou, antes que um sorriso perspicaz curvasse sua boca.

— Bailey... Se você ainda não sabe como um bebê é feito, então...

— Mãe. — Eu não estava achando graça, e fiz questão de que ela soubesse disso.

Ela riu.

— Tá. Chega de brincadeira. Me dá outra dessas coisinhas de vinho. Elas não são grandes o suficiente.

Peguei uma garrafinha de cima da tampa do vaso sanitário e entreguei a ela. No entanto, ela agarrou meu pulso e me puxou.

— Ah!

Eu estava ajoelhada para lhe entregar o vinho, e perdi o equilíbrio, caindo dentro da banheira.

— Chrissy!

Ela estava rindo, com a água se espalhando por todo o piso.

— Vem cá. Vamos tomar um banho juntas. Você e eu. Mãe e filha.

Ignorei seu comentário. Alguns dias ela era a mãe. Em outros, ela era a filha. Eu também costumava alternar meu papel, exceto que eu nunca deveria ser a mãe. Esse era o trabalho dela.

Eu tentei me levantar da banheira, molhando ainda mais o banheiro.

— Quem é a criança em nosso relacionamento agora?

— Ah, euzinha, com certeza. Isso é óbvio.

Em seguida, saí da banheira, com a calça completamente encharcada.

— Estou molhada.

Ela acenou, mão e braço cobertos de espuma.

— Vista o roupão. Peter sempre foi o melhor em planejar para qualquer excluído… palavra dele, não minha.

E, assim, do nada, fiquei sóbria.

Não foi por conta do uso da palavra *excluído*, embora ainda doesse. Foi a forma como ela disse o nome de Peter.

Ela disse o nome dele pela primeira vez como se o conhecesse. Foi um vislumbre ao relacionamento deles quando me fizeram. Eu ansiava por mais. Precisava de mais, mas fiz como ela sugeriu. Eu me desvencilhei da minha calça e camisa molhadas, vesti o roupão e me livrei do resto.

Eu estava voltando para o banheiro quando ouvi uma batida suave na porta.

Um guarda estava do outro lado.

— O veículo estará lá embaixo às seis da manhã.

Seis da manhã.

Era tão cedo, mas enquanto minha garganta ardia, não era tempo suficiente.

Nem de perto tempo suficiente.

Estávamos deitadas no sofá.

Minha mãe havia devorado metade do conteúdo do frigobar e estava gemendo, massageando o estômago.

— Posso estar com dor agora, mas não vou me arrepender desta noite. Nem um pouco. — Sorriu, olhando para mim. — E você? — Seu olhar se tornou preocupado. — Notei que mal tocou na comida ou bebida a noite toda. Está tudo bem?

Agora. Tinha que ser agora.

Era quase onze da noite e eu sabia que minha mãe desmaiaria dentro de uma hora.

Eu me sentei e peguei um travesseiro, acomodando-o no colo, como uma espécie de proteção contra o que estava por vir.

— Eu preciso saber de tudo, mãe.

— Bailey. — Ela suspirou. — Que tal termos essa conversa amanhã? Podemos pegar um café a caminho de casa e conversar sobre tudo na casa da Carla.

— Por que na casa da Carla? — Ela era a colega de trabalho, vizinha e a pessoa mais próxima que minha mãe tinha como melhor amiga.

— Estou imaginando que nossa casa ainda esteja toda detonada. — Ela se levantou devagar e começou a limpar a bagunça espalhada.

Agora ela resolveu faxinar?

Mamãe franziu a testa para a caixa de pizza.

— Você não quer nenhuma fatia para o café da manhã?

Neguei com um aceno de cabeça e ela se virou para a porta.

— Eu poderia oferecer as últimas fatias aos seguranças lá fora. Devem estar com fome.

Aí estava minha mãe.

Procrastinando e evitando o assunto, até mesmo sendo evasiva. Vamos adicionar um comportamento de *deflexão* aqui. Era minha nova palavra favorita.

Então fiquei ali, observando-a limpar o quarto, ciente de que deveria ser a filha obediente e ajudar. Só que eu não conseguia. Eu não conseguia me mover desse sofá. Se fizesse isso, não teria coragem de continuar pressionando. Ela se esforçaria ainda mais em evitar o assunto, pedindo para me abraçar ou tentando me convencer a assistir a um filme aninhadas debaixo das cobertas. De qualquer forma, não chegaríamos a lugar nenhum, ou *eu* não chegaria a lugar nenhum.

Os seguranças recusaram a pizza, então ela deu de ombros e enfiou a caixa dentro do lixo. Em seguida, enxaguou as garrafinhas de vinho vazias e as colocou na lixeira de reciclagem.

Todas as embalagens de doces foram para o lixo.

Ela foi ao banheiro. E o tempo todo eu a ouvia se movimentando.

Dez minutos depois, ela voltou. Senti o cheiro de pasta de dente e enxaguante bucal quando ela retornou ao sofá. Ao ver que eu não tinha me movido dali, minha mãe arqueou uma sobrancelha e se sentou, com os ombros agora curvados.

— Tudo bem. — Balançou a cabeça em concordância. — Okay, Bailey. Sou toda sua. O que você gostaria de saber?

— Tudo.

Não consegui dormir.

Mamãe apagou por volta das três da manhã; ela quebrou sua regra das onze horas por minha causa. Eu fiquei acordada e a observei dormindo. Não avisei que estava indo embora. Expliquei tudo em um bilhete, mesmo que uma parte minha estivesse se sentindo covarde por isso. A outra parte sabia que se eu contasse, ela não me deixaria ir. Chrissy até podia ostentar uma atitude jovial e despreocupada em alguns momentos, mas eu a conhecia. Ela teria usado todos os truques maternais que possuía e, de alguma forma, nós estaríamos ingressando em um programa de proteção à testemunha logo depois. Mas eu a conhecia. Ela sentiria falta de Brookley, então fiz questão de afirmar na carta que, durante esse tempo, eu estaria segura. E ela também.

E o outro fator determinante: eu ia conhecer meu pai.

Um arrepio de antecipação percorreu meu corpo quando me vesti com um conjunto de roupa daquela bolsa de viagem que me deram, e me inclinei para beijar a bochecha da minha mãe. Sua respiração era profunda e estável. Afastei um pouco do seu cabelo loiro da testa, sussurrando:

— Te amo, mãe. — Minha voz falhou em um soluço, e antes que perdesse a vontade de fazer isso, eu me virei e saí.

Dois seguranças diferentes estavam do lado de fora.

— O quê? Vocês não são sobre-humanos? Não trabalham vinte e quatro horas?

Piadas. Bem a minha cara, porque foi a maneira que encontrei de me distrair da porcaria que estava rolando.

Estive aqui o dia todo, pessoal. Resmunguei internamente. No entanto, senti falta dos outros seguranças.

O percurso no elevador foi silencioso. Mais assustador ainda foi caminhar pelo saguão igualmente silencioso. Na recepção estava o mesmo atendente da noite anterior – que me encarou o tempo todo. Semblante inexpressivo. Total. Um arrepio se alastrou pelo meu corpo, eriçando todos os pelos da nuca.

Por que eu tinha a sensação de que estava caminhando para minha morte?

Mas então as portas da frente se abriram. Uma SUV toda preta se encontrava próxima à calçada, à minha espera. Dois seguranças se desencostaram da parede e seguiram à minha frente. Um abriu a porta traseira. Assim que me aproximei, espiei o interior do veículo e não vi ninguém. Uma parte minha relaxou, aliviada; a outra ficou... desapontada?

O que há de errado comigo? Mas então era isso. Eu estaria fazendo essa viagem para encontrar meu pai sozinha, afinal de contas.

Assim que entrei, descobri que estava errada.

Em um assento que havia sido convertido para ficar de frente para mim estava Kashton Colello.

Ignorei a pulsação agora acelerada. Isso ainda era indesejado.

Seus olhos estavam semicerrados.

Meu Deus. Por que isso o fazia parecer ainda mais sexy?

Nós nos encaramos por um instante.

— Gerente da equipe.

Ele grunhiu de volta, o olhar fixo em mim:

— Excluída.

Desanimei na mesma hora. *Excluída.* Uma palavra mais acadêmica para "marginalizada".

Eu me arrastei no banco para o canto oposto, abraçando a bolsa no colo, e me virei para olhar pela janela conforme o SUV se afastava do hotel.

— Você se despediu de sua mãe?

— Aquele era meu meio-irmão na noite passada?

Ele não tinha permissão para me perguntar sobre Chrissy. Ela era a última coisa que seria tirada de mim, mesmo que eu estivesse sendo tirada dela. Por essas razões, fechei a boca e, de propósito, concentrei toda a minha atenção no lado de fora da janela.

— Sim, era ele.

Eu estava transbordando de perguntas, mas não queria fazê-las de imediato. Tudo era avassalador demais.

— Ele não sabia quem você era.

Olhei para ele.

— Hã?

— Ele perguntou quem era a "garota gostosa" na noite passada.

— Oh. — Isso foi… constrangedor. E nojento.

— Eu disse que ele te conheceria mais tarde.

— Você disse?

E, assim, qualquer humor ácido que pudesse ter se mostrado em seus olhos desapareceu.

— Brincadeiras à parte, há uma razão pela qual estou viajando com você hoje. — Pegou uma pasta de arquivo e um telefone que estavam ao seu lado, no banco, e os jogou para mim.

Quando abri a pasta, deparei com uma fotografia do meu pai. Era a mesma foto que foi usada em muitas matérias de jornais e mídias. Mudando para a próxima página, eu li rapidamente, lendo um punhado de fatos sobre ele. A segunda página do arquivo continha uma foto da esposa, minha – meu coração apertou – madrasta. A página seguinte trazia a mesma coisa que eu havia lido na do meu pai: uma lista de informações que não faziam sentido.

— O que é isso? — Ergui o celular.

— Você não pode usar o seu antigo. Pode até guardar com você, ou manter o chip, mas o aparelho deve permanecer desligado o tempo todo. — Apontou para o telefone na minha mão. — Este é o seu novo aparelho para usar, e você não ligará para sua mãe. Siga até a minha página.

— Sua página? — Mas lá estava ele, logo após minha madrasta.

Eu peguei sua foto, reparando que não era uma imagem de estúdio profissional como as outras. A fotografia dele havia sido tirada com uma lente de alcance, e o mostrava saindo de um prédio com um celular ao ouvido.

Ele parecia rude e malvado.

DISFARCE: Amiga da família de Kashton Colello (chamado de Kash por amigos e família).

Motivo da visita: "Término conturbado". Se questionada: abuso emocional e mental, necessidade de realocação e "novo ambiente mais saudável".

Quando/como se conheceram: Conhece Kash através da família do pai. Vizinha da tia Judith. Eram amigos quando Kash a visitava entre os 4 aos 8 anos de idade. Mantiveram contato após a infância.

Nomes que devem ser citados: Tia Judith, prima Stephanie, tio Martin.

Lista de outros nomes a memorizar: Página 4

Lista de eventos/datas a memorizar: Página 5

Eu estava fervilhando de raiva.

— O que é isso?

— Você não será apresentada à família Francis como a filha bastarda de Peter.

Filha bastarda.

Retesei o corpo, como se tivesse sido esbofeteada pelo simples uso da expressão.

— Este é seu disfarce enquanto fica hospedada nas propriedades Chesapeake.

— Chesapeake. — Sorri ao ouvir a forma pomposa como eles se referiam às propriedades. A casa em Yorktown seria chamada de casa de Chrissy.

— O Sr. Francis...

Franzi o cenho mais uma vez. O Sr. Francis já não era mais referido como seu pai, nem mesmo de Peter. Era Sr. Francis. Como se ele fosse – o disfarce encaixou direitinho – o patrão do meu amigo de infância.

Como se eu fosse inferior a ele.

Como se eu não significasse nada.

Kash continuou informando:

—... cada uma de suas propriedades é identificada por nome, e você ficará na mais segura de todas.

Se esse era o meu disfarce, se eu seria uma mentira, então precisava decorar meu papel.

— Então... sou uma amiga da sua família?

Eu estava lendo a lista de eventos e datas que precisava memorizar.

Fiquei esperando uma resposta, mas como não obtive nenhuma, ergui a cabeça e o encarei.

Pela primeira vez desde que o vi entrar naquela sala na Phoenix Tech – cuja presença praticamente submeteu a todos no saguão do hotel, o leve divertimento demonstrado no elevador, e mesmo agora, com o quão profissional estava agindo –, notei seu desconforto. Não houve nenhuma reação visível da parte dele, mas enquanto permanecia congelado por um segundo, sem olhar para mim, sem mover um músculo, eu soube que o havia desestabilizado com aquela pergunta.

Era o meu disfarce.

Eu não entendia o porquê, mas então ele acrescentou em voz baixa:

— Haverá certa curiosidade sobre você por causa do seu disfarce. — Pigarreou de leve, voltando à sua atitude indiferente. — Apenas seja cuidadosa com suas respostas. Como faço parte da família Francis, pouco se sabe sobre meu passado. Pretendo manter isso dessa forma. Peter, assim como eu e outros sentimos que, se você fosse vinculada à minha família, seria bem menos questionada.

Primeiro: eu não estava chocada. Segundo: a maneira como ele disse "Peter" revelou muita coisa. Ele falava sobre meu pai como se Peter fosse o pai dele, na verdade.

— O que eles sabem?

— Que meus pais morreram quando eu era jovem. Vim morar com a família Francis depois disso. Mantive contato com a família por parte de pai e foi assim que você e eu nos conhecemos. — Acrescentou: — Pensamos que isso daria uma camada adicional de proteção a você.

Franzi o cenho.

— Proteção? Não é o suficiente eu estar nesta mansão?

— Estamos esperando que sim. Mas você ficará na minha vila na propriedade.

Eu... como é? Vila dele?

— Tipo... sozinhos? — Era isso que ele estava dizendo? — Você e eu?

— Você ficará na minha vila, na propriedade particular e mais segura dos Francis. Haverá pessoas curiosas sobre você, mas pediremos que fique o máximo possível na vila. Você deve manter total discrição. Então, sim, hospedar-se na casa que uso quando estou na propriedade de Chesapeake irá garantir outra barreira de privacidade. — Ele pausou, olhando para fora da janela. — Para você e para a família Francis.

Para a *família Francis*. Recostei a cabeça contra o suporte do banco.

Lá estava de novo. Eu não era parte da família desse homem, e ele fez questão de deixar isso bem claro.

Raiva e mágoa duelavam dentro de mim, retorcendo e espremendo meu coração. A dor quase abriu meu peito ao meio.

Eu ficaria lá apenas para minha segurança, nada mais. Isso estava sendo deixado muito claro, e eu estava começando a querer saber cada vez menos sobre meu pai.

Considere esse tópico conferido. Fui colocada em meu devido lugar.

Eu estava sendo levada para a propriedade por uma única razão: para não ser sequestrada, para que Peter Francis não tivesse a morte de um de seus filhos pesando na consciência, mas eu não era um deles. Eu era uma mentira. Eu era um disfarce. Eu era... eu era alguém sem importância alguma.

— Quando chegarmos à propriedade, você conhecerá Marie. Ela é a única outra pessoa, além de mim e Peter, que sabe a verdade sobre você. Ela é a governanta e será de grande ajuda para você. Se precisar de qualquer coisa, basta procurá-la. Não a mim. Nem mesmo ao seu pai. Marie. Considere-a uma espécie de supervisora.

Kash e Marie, meus babás ou guardiões.

O homem acrescentou, pegando o telefone:

— Memorize as informações. Seu disfarce é imprescindível. Matthew já está curioso a seu respeito.

Meu coração saltou uma batida. *Ele estava?*

Kash olhava a tela do seu telefone.

— Ele está convencido de que você e eu temos um tórrido caso de amor. — Ergueu o olhar, quase me incendiando com o brilho ardente. — É importante que você reafirme que somos apenas amigos.

Meu peito se contraiu. Ele reparou em minha reação ontem. E estava fazendo questão de garantir que eu entendesse o recado. Não havia nada, além de negócios.

— Por quê? — perguntei. — Você tem uma namorada ou algo assim?

Eu não dava a mínima.

Mas…

Ele se importava com isso?

Kash voltou a olhar para o telefone, me dispensando com sua atitude.

— Se você for apresentada como alguém de meu interesse, a curiosidade de Matthew não terá limites. No momento, ele se encontra hospedado em seu hotel, com sua própria equipe de segurança, mas acredite em mim quando digo que não queremos seu meio-irmão ansioso para te conhecer. Ele tem tendência a expor qualquer coisa possível, se isso lhe aprouver.

Eu sabia meu lugar.

Eu era como as músicas de elevador: irritante e em segundo plano.

Chesapeake era realmente quase como uma cidade do caralho. O lugar era enorme, e eu estava começando a entender por que Peter Francis tinha que dar nome aos seus lugares.

E, sim, não iria me referir a ele como pai ou qualquer coisa do tipo.

Depois de pararmos diante de um imenso portão com a cabine de segurança, subimos uma longa estrada sinuosa que passava por duas fontes. Não uma, mas duas. Era como se estivéssemos no meio de um campo de golfe, com aqueles tipos de fontes sofisticadas em frente à casa principal, exceto que este lugar era maior do que um campo de nove buracos. E eu sabia disso porque tive que configurar a segurança cibernética para o campo de golfe de Brookley. Recebi muito pouco pelo trabalho, mas eles não seriam hackeados novamente. Não que eles tenham sido hackeados antes por outras pessoas, porém... tenho que confessar que eu mesma quebrei o sistema de segurança deles. Eu estava precisando desesperadamente de grana; eles precisavam de um sistema melhor e mais seguro. Então, para dizer a verdade, eu os ajudei. Veja só que tipo de pessoa caridosa eu sou. Essa era uma das características que eles esqueceram de adicionar ao meu currículo do disfarce – ou pelo menos eu estava supondo. Eles só me deram um arquivo completo sobre quem eu deveria fingir ser.

— Desde que passamos pelas portas, você suspirou, riu, rosnou e agora está lançando um olhar furioso. — Kash arqueou uma sobrancelha, aparentando ser um cara gentil e calmo. — Você está planejando o assassinato de alguém?

— Talvez. — Dei a ele um olhar significativo. — O seu?

Ele apenas sorriu de volta, o olhar pousando nos meus lábios. Um olhar longo e agora sombrio.

— Bem, isso será divertido.

Voltei a sentir o zumbido pelo corpo, mas decidi ignorar a sensação.

— Então você também mora aqui?

Ele assentiu.

— Eu tenho uma vila aqui, sim.

Foi a minha vez de arquear a sobrancelha.

— E ainda não vai me dizer o que você faz para o meu pai… — Droga. — Para Peter Francis?

Seu semblante franziu diante da minha mudança brusca de palavras.

— Você vai descobrir. Em algum momento. Até lá, apenas siga o que consta no arquivo. Você já memorizou?

Bati a ponta do dedo na têmpora.

— Memória fotográfica aqui.

Esperei, mas nenhum de nós comentou de onde herdei essa característica. Eu amava minha mãe, mas ela tinha o oposto de uma memória fotográfica. Mostre algo para ela lembrar e era a primeira coisa que ela esqueceria.

Estávamos passando por um prédio menor, com três vagas de estacionamento ao lado. Parecia o quartel-general da equipe de segurança. Dois carrinhos de golfe estavam estacionados do lado de fora. Uma calçada serpenteava pelo gramado, percorrendo a distância até a mansão principal – nosso destino. E…

Passamos direto por ela.

A construção, em si, parecia um mausoléu, ou um pequeno castelo medieval. Era toda construída com tijolos aparentes e pedras. Uma entrada grandiosa que, provavelmente, devia se estender por todos os três andares. Os degraus que levavam às portas deixavam a escadaria da minha última escola secundária no chinelo. Havia arcos pontiagudos em alas que se destacavam da casa.

Então viramos para um lado e contornamos a mansão, seguindo à direita. Tive um vislumbre do quintal – tão impressionante quanto a residência. Uma piscina. Uma quadra de tênis. Um pátio de paralelepípedos que se estendia em diferentes níveis. Uma seção contava com fogueira central, rodeada por cadeiras de balanço. Outra área abrangia uma imensa churrasqueira e cozinha externa toda de pedra. Uma terceira parte do quintal compreendia a junção da calçada com a parte dos fundos da casa. Havia mais coisas lá atrás, mas estávamos longe demais para eu ver. Além de uma fileira inteira de árvores bloqueando minha visão.

Estacionamos e eu me virei, ficando boquiaberta mais uma vez.

Meu queixo devia estar, literalmente, no chão. Ou eu poderia estar babando. Brincadeiras à parte, eu não estava com a boca tão aberta assim. Por fora, provavelmente meus olhos estavam arregalados e aguçados conforme eu assimilava tudo, mas por dentro... meu queixo estava, sim, varrendo o chão do meu interior.

A porta se abriu, e eu saí para dar de cara com outra mansão.

Vila era uma palavra fofa para esta casa. O lugar era enorme, só não tão grande quanto a outra residência.

Uma calçada de paralelepípedos levava à frente, uma varanda inteira de tijolinhos brancos e aparentes. Um conjunto de portas de ferro forjado se abria para uma entrada principal, e havia outro conjunto de portas logo após. E, depois disso, todo o interior era masculino.

Acabamentos elegantes em cinza escuro. Piso de granito que cobria todo o primeiro andar. O andar principal tinha um *layout* aberto. Dava para ver a sala de estar com a lareira que ia até o teto. A parede à minha frente era composta principalmente de janelas – do chão ao teto. A cozinha tinha prateleiras europeias e uma ilha de cozinha em cascata. A faixa de azulejos brancos se destacava.

As escadas levavam ao andar superior à minha direita. Uma passarela conectava a casa à parte dos fundos.

— Você só trouxe essa mala? — Kash tocou a minha lombar com um gesto sutil, antes de passar por mim e seguir em direção à cozinha.

Inspirei fundo.

Ele se concentrou na montanha de correspondências em cima da bancada, pegando um dos envelopes. Como eu não havia respondido ainda, ele ergueu a cabeça.

— Bailey?

— Hmm? — Saí do transe em que me encontrava.

Eu estava uma bagunça por dentro. Depois de ver tudo o que meu doador de esperma possuía, e ciente de que abandonei minha mãe – que eles nem mesmo a deixariam vir aqui... Bem, eu estava me sentindo um pouco amarga.

Ela era minha mãe. Eu era filha do cara. Se ele tivesse dado um pouco mais para ela, ela poderia ter... não, não, não! Eu não podia fazer isso. E não faria. Pensar assim era tóxico. *Devemos ser gratos pelo que temos na vida.* Seja grato e você nunca terá que sentir a dor da síndrome do "Por que não eu?". Isso podia se tornar um veneno se você deixasse tomar conta.

— Você está bem?

Minha nuca estava esquentando, mas dei uma tossida para disfarçar. Por que ele tinha que realmente parecer se importar? Todo preocupado e simpático.

— Sim. Sim. Então…

Eu deveria ficar aqui? Com ele? Eu ouvi essa informação antes, mas não tinha parado realmente para pensar no assunto. Ele. Eu. Esta casa. Além disso, todo o segredo sobre a minha identidade. Eu estava tendo a impressão distinta de que estava em apuros.

— É só isso, Sr. Colello? — O motorista veio por trás de mim, com uma maleta em mãos. — Você quer que eu leve isso para o seu quarto?

Kash assentiu com um aceno de cabeça.

— Obrigado, Edward. Você pode deixar bem ali mesmo.

Eu conheci um Edward uma vez. Edward Vance. Ele foi meu professor de matemática no sétimo ano. Ele deveria me ensinar álgebra e, em vez disso, ofereci para descobrir como ele poderia obter um bônus de restituição de imposto como crédito extra. No final daquele ano letivo, ele convidou minha mãe para sair e os dois namoraram durante o verão. Foi estranho. Eu não precisava ouvir o cara se gabar todo dia a caminho de casa.

— Bailey?

— Sim! — Voltei à realidade. — Onde fica o meu quarto?

Eu estava surtando.

Isso era resultado pós-sequestro.

Após descobrir uma mentira enorme.

Era uma reação do tipo "não-saber-o-que-ia-acontecer-no-meu-futuro".

Isso era simplesmente uma loucura.

Tudo estava me atingindo de uma vez.

Meu estômago se retorcia por dentro.

— Bailey. — Kash franziu o cenho, largando as correspondências na bancada.

Cobri a boca com a mão.

— Não estou me sentindo bem.

Com as sobrancelhas arqueadas, ele se postou ao meu lado em um piscar de olhos. Em seguida, abriu uma porta e me empurrou enquanto erguia a tampa do vaso para que eu pudesse vomitar.

Pior. Dia. De. Todos.

Espera. Vamos riscar isso. Eu esqueci do sequestro.

Segundo. Pior. Dia. De. Todos.

— Bem… — gemi, desabando contra a parede às minhas costas. — Isso foi constrangedor.

Kash deu alguns passos para trás.

Eu arquejei, fiz ânsia de vômito sem expelir nada. Foi como um episódio de ejaculação precoce.

Não coloquei nenhuma tripa para fora. Nada. Só ar. Foi tudo o que saiu de mim – e um pequeno catarro que escorreu do meu nariz.

E, quando me lembrei disso, limpei com o dorso da mão e baixei a mão. Eu ia esfregar a sujeira no chão, mas isso era nojento. Kash estava aqui, me observando, e esse piso impecável era da casa dele.

— Aqui. — Ele arrancou algumas folhas de papel higiênico e me entregou.

Aceitei a oferta, sentindo aquele calor por todo o meu corpo agora. Que mico.

— Obrigada — murmurei, incapaz de encontrar seu olhar.

Ele se recostou à pia, cruzando os braços.

— Tudo isso deve ser muito difícil de aceitar.

Bufei uma risada de escárnio.

— Um pouquinho?

E mais uma meleca escorreu. Argh. Que vergonha. Limpei rápido, rezando para que ele não tivesse visto, mas ciente de que não tinha tanta sorte. Esse cara tinha olhos de águia. Ele via tudo. Duvidava que houvesse muita coisa por aí que ele não reparasse.

— Olha… — Sua voz suavizou e ele se sentou à minha frente, seus pés ladeando as minhas pernas.

Eu deveria ter me afastado um pouco, para estabelecer uma distância respeitável entre nós, mas não fiz nada. Suas pernas tocaram as minhas e eu… não conseguia me afastar. Pelo contrário, acabei encostando um pouco a perna à dele.

TIJAN

Eu estava doente. Era por isso.

Ele recostou a cabeça contra a pia do banheiro.

— Você passou por um evento traumático. — Seu olhar suavizou. — Por tudo o que você passou, eu fui… eu poderia ter sido mais gentil ontem. — A voz se tornou áspera. — Você foi forçada a escolher entre um pai desconhecido e sua mãe. É uma situação difícil, e eu…

Se ele dissesse "simpatizar", eu ia beliscar as bolas dele.

Esperei, mas ele apenas disse:

— Você teve só um dia com sua mãe, mas como as coisas aconteceram muito rápido, eu entenderia se você precisasse de uma noite.

— Você quer que eu me recomponha?

Ele fez uma careta.

— A família sabe que estou prestes a receber uma convidada. Eles sabem que você ficará hospedada aqui, então vão querer te conhecer. Seraphina é a mais animada. Ela me enviou dez mensagens perguntando quando minha "amiga" chegará.

Senti a garganta apertada.

— Quantos anos tem Seraphina?

— Você está tentando me dizer que não sabe? — Ele me deu um olhar sagaz, os lábios curvados em um sorriso irônico.

Meu rosto ficou vermelho.

Puxei a barra da minha camiseta, alisando o tecido.

— Você sabe como funciona a minha cabeça. — Não era uma pergunta, e, sim, uma afirmação.

— Sim. — Mais uma vez, a voz suavizou. — Eu sei. — E continuou, em um tom quase íntimo que se esgueirou por trás do meu muro protetor: — Sei que você, provavelmente, leu sobre seu pai, sobre a família dele, a sua família, mas não entendo o porquê quer que eu te conte. O que representa o fato de ser eu a te dizer a idade da sua irmã?

Minha garganta queimava.

Como eu poderia explicar isso? Que isso me faria sentir normal, que eu queria que alguém me contasse sobre a minha família, que, desta vez, eu não queria saber a resposta antes que alguém me contasse? Especialmente sobre ela, sobre Matthew, sobre meu outro irmão.

Como eu poderia dizer tudo isso a ele?

Dei de ombros, desviando o olhar.

— Apenas me conte sobre ela.

— Nós a chamamos de Ser — disse ele, em voz suave. — Ela tem 12 anos e será um pouco tímida quando te vir pela primeira vez, mas pode acreditar em mim, ela está morrendo de vontade de ter outra garota por perto, alguém com a idade um pouco mais próxima à dela.

— Quantos anos têm as mulheres por aqui?

— Quinn tem 35. Ela se casou bem jovem com seu pai, mas Ser não a considera como sua mãe. A maioria das mulheres da equipe da mansão têm 40 ou 50 anos. Quando Quinn entrou em cena, grande parte das empregadas mais jovens foi demitida ou transferida para outras propriedades, assumindo outros cargos oferecidos pelo seu pai.

Caramba. Quinn parecia ter problemas.

— Elas não foram demitidas?

Ele negou com um aceno.

— Elas foram realocadas. Além de você e alguns membros da equipe, a única outra mulher permitida perto de Ser é Victoria.

Estava prestes a perguntar quem era Victoria quando ele continuou:

— E então tem o Cyclone.

— Cyclone?

— Seu irmãozinho, e ele é um garoto levado. — Deu uma risada leve antes de se levantar, depois pausou. Ao olhar para mim, seus olhos escureceram antes de ele balançar a cabeça. — Você parece melhor, já não está tão pálida. Deixe-me pegar algo para você beber. Não se levante.

Então saiu, e eu recostei a cabeça na parede.

Uma irmãzinha que parecia não ter companhia feminina, que era tímida, mas animada. Um irmão que eu tinha a sensação de que poderia ser um terror. Quero dizer, duvidava que o nome verdadeiro dele fosse Cyclone. E Matthew. Mesmo pelos tabloides e sites de fofocas, eu sabia que ele era complicado.

E isso poderia ter sido o meu destino.

Se eu tivesse sido registrada e criada aqui, poderia ter sido eu nos tabloides.

— Beba. — Kash voltou e estendeu o copo de água. Quando peguei de sua mão, nossos dedos se tocaram. Desviei o olhar, e ele recuou. — Eu tenho que ir a um lugar.

Ele parou e eu levantei a cabeça de novo.

Aqueles olhos… estavam fixos em mim. Eles expressavam algo profundo, como se houvesse uma tempestade acontecendo em sua mente, como se de alguma forma essa tempestade tivesse algo a ver comigo, como se ele não gostasse disso. Então, como antes, Kash fechou os olhos e quando os abriu novamente, a tempestade desapareceu.

Eu não sabia do que se tratava, mas senti como se tivesse perdido algo, algo importante, algo que eu poderia ter desejado desesperadamente.

Um monte de sensações se atropelou dentro de mim.

Ele pigarreou de leve, a expressão séria, e, sim, fui completamente excluída do que quer que tenha acontecido em sua cabeça. Novamente.

— Você vai ficar bem aqui esta noite?

— Sem surtos. — Balancei a cabeça bruscamente. — Vou ficar bem.

Kash me lançou um olhar duvidoso, e eu não podia culpá-lo. Eu também não acreditava em mim mesma.

Eu me corrigi:

— Sério, vou fazer o meu melhor.

— Okay. — Suas sobrancelhas estavam franzidas, mas quando seu celular tocou, ele suspirou. — Eu realmente tenho que ir. — Apontou para o teto. — Você pode escolher qualquer quarto lá em cima. Meu quarto fica no térreo, mas fique à vontade. Relaxe. Acomode-se. Tem comida na geladeira ou, se quiser que algo especial, é só solicitar na cozinha da casa principal. Basta discar o número um no telefone e a chamada cairá no balcão de recepção.

Um balcão de recepção.

Para uma casa.

Sim. Nem um pouco normal.

Ele retrocedeu mais alguns passos.

— Se uma mulher mais velha aparecer, é a Marie. Como eu disse, ela é a única que realmente sabe o motivo para você estar aqui. Ela é de confiança. Você pode procurar por ela, caso precise de alguma coisa.

Seu telefone tocou novamente. Ele praguejou baixinho ao ler a mensagem na tela.

— Eu realmente tenho que ir. — Ele se afastou, porém parou em seguida. — Ah. Ontem deixei tudo organizado e deve haver roupas para você lá em cima. Se não estiverem no quarto da sua preferência, é só chamar a Marie, que ela pedirá que a equipe remaneje tudo de lugar.

Mais uma pausa, outro olhar para trás.

— Você precisa de algum favor meu?

Eu precisava da minha mãe. Eu precisava que nada disso tivesse acontecido. Eu precisava de um novo pai.

Dei um sorriso forçado.

— Não preciso de nada.

— Tudo bem. — Então, sumiu.

Sim. Não precisava de nada…

Eu estava bisbilhotando. Sem a menor vergonha.

Uma hora depois, eu estava no quarto dele. Ele tinha uma biblioteca particular e sua própria varanda. Sem mencionar a cama. A cama! Era grande o suficiente para cinco pessoas dormirem ali.

— Nós matamos gatos curiosos aqui.

Dei um pulo enquanto fechava as portas da varanda e me virei.

Pensei que fosse Kash, mas não… Era outra pessoa.

Meu estômago embrulhou na mesma hora ao reconhecer quem estava à minha frente.

Matthew Francis se recostava ao batente da porta, um sorriso no rosto, vestido como se estivesse indo para uma balada. O cós baixo do jeans. Uma jaqueta de couro. Uma camiseta dessas que já vinha rasgada de fábrica. Seu cabelo estava bagunçado de propósito, embora eu tivesse certeza de que havia algum produto nele. A jaqueta acrescentava um pouco mais de volume ao que eu tinha notado ontem, mas ele ainda era magro.

— Vocês matam gatos aqui?

Com as sobrancelhas arqueadas, seu sorriso se tornou sagaz.

— Então você é a convidada misteriosa do Kash, e já está bisbilhotando por aí?

Dei um sorriso tímido.

— Ainda estou curiosa sobre o comentário do gato… — Entrelacei as mãos às costas e olhei para baixo.

Era um movimento que refletia meu nervosismo, mas droga. Meu irmão estava *falando* comigo.

— Eu sou Matthew Francis. Kash trabalha com o meu pai. — Ele me analisava de cima a baixo, me dissecando. Havia curiosidade sincera e um leve lampejo de raiva misturados em seu olhar. Quando ergueu a mão, havia um copo de bebida do qual tomou um gole. Entrecerrou os dentes e sibilou diante da ardência do líquido; depois tossiu de leve e baixou a mão. Moveu os dedos e passou a segurar o copo pela borda, recostando a cabeça contra o batente. — Kash é o rei dos segredos e mistérios por aqui, então pelo que imagino, você está fugindo de alguém ou alguma coisa está acontecendo. — Endireitou a postura. — Qual é, gatinha? Eu me apresentei. Agora é a sua vez.

Minhas narinas inflaram quando também aprumei a postura. Levantei a cabeça e girei os ombros. O tempo inteiro, ele me observava; parecia estar surpreso, mas disfarçou rapidamente a reação.

— Imagino que se Kash quisesse que você soubesse quem sou eu, ele teria contado. — Eu não tinha certeza se era a coisa certa a dizer, mas tinha a sensação de que se despejasse tudo que Kash me passou por conta do disfarce, ele não ficaria impressionado, e, sim, desconfiado.

Eu sabia nomes, datas e as mentiras para soltar de uma vez só. Tia Judith. Tio Martin. Prima Stephanie. Um término doloroso. Kash e eu mantivemos contato desde quando ele os visitou dos 4 aos 8 anos. Não havia nada naqueles arquivos sobre o motivo pelo qual ele parou de fazer isso, então eu teria que inventar alguma mentira também.

Kash subestimou meu irmão. Ele ficou desconfiado o suficiente para me procurar nem bem passando uma hora desde que cheguei à propriedade.

— Eu te vi no hotel. Você estava no elevador com Kash. — Ele abaixou um pouco a cabeça. Parecia ter acreditado no pouco que revelei. — Se você estava lá e era a garota de Kash, por que ele não te acompanhou até seu quarto? Se você realmente conhecesse Kash, ele nunca te deixaria ir para o quarto sozinha. Ele pode ser um idiota protetor, às vezes.

Cacete.

Abri a boca. Não tinha certeza do que deveria dizer, mas provavelmente seria uma surpresa tanto para mim quanto para ele… porém, outra pessoa se adiantou e disse:

— Ela não é minha garota — Kash retrucou às costas de Matthew.

Ah, merda.

Eu fui pega no flagra pelos dois, e quando olhei para Kash, engoli em seco. Seus olhos estavam me fuzilando. A mandíbula estava travada. A boca contraída. O cara estava puto, e uma lembrança me sobreveio. Foi como vê-lo entrando naquela sala de interrogatório pela primeira vez. Ele podia até ter aliviado sua intensidade desde o percurso no carro, mas agora estava de volta com força total. Ele era perigoso e estava furioso. Não era uma boa mistura. No entanto, seu olhar se fixou em mim, me incendiando, antes de se desviar para Matthew. E ali permaneceu... até que a atitude arrogante do meu meio-irmão começou a desaparecer.

Matt baixou ainda mais a cabeça. Ele parecia ter ficado um pouco... constrangido?

— O que você está fazendo aqui, Matt? — Kash perguntou, friamente, passando por ele.

Isso também estava errado.

Ele passou por ele, entrou no quarto e... também passou ao meu lado. Seu olhar se voltou para mim, não se desviando em momento algum conforme entrava no closet. Quando saiu, ele havia tirado a camisa e estava com outra na mão. Kash jogou a peça na cama e as mãos foram para o cós da calça.

Eita. Uau.

Eu não desviei o olhar.

Era o que deveria fazer. E podia ter feito isso.

Mas não fiz.

De jeito nenhum.

O corpo dele era esculpido à perfeição, os músculos tonificados por todo lado. Nada exagerado, mas o suficiente para lhe dar uma compleição longilínea. Ele era como um jaguar, esguio e pronto para atacar. Seu olhar se conectou ao meu outra vez, e eu engoli em seco antes de desviar meu olhar para Matthew e ficar por ali. Ele tinha encontrado seu alvo.

— Eu te fiz uma pergunta. O que você está fazendo aqui, Matt? — Ele afastou as mãos da calça e optou em vestir a camisa, o tecido se encaixando perfeitamente.

Surpreendente.

— Vim conhecer sua nova amiga. Qual é o nome dela? Ela ainda não me disse.

— Porque não é da sua conta — Kash retrucou.

Matthew riu, mas era nítida sua inquietação.

— É a primeira vez que você traz uma garota aqui, e você acha que não vou dar uma conferida nela? Tá maluco?

— Aí está. — Kash inclinou a cabeça para trás, respirando fundo. — Primeira vez. Primeira. Vez. Você não acha que eu gostaria de privacidade, mesmo que ela fosse *minha* garota?

Um ar de dúvida passou pelo rosto de Matthew, e ele franziu o cenho.

— Você está sempre metendo o bedelho nos *meus* assuntos. — Matt ainda estava falando. — Você nunca se importa se fico pau da vida ou não.

— Isso é diferente.

O garoto bufou uma risada.

— Como?

— Porque você é um idiota que geralmente precisa que eu te coloque no seu lugar ou que faça isso com outra pessoa. É por isso.

Fiquei ali esperando uma resposta do meu irmão. Não saiu nenhuma. Ele acenou em concordância, passando uma mão sobre a cabeça e segurando o pescoço por um momento.

— Isso é justo. — O canto de sua boca se curvou em um sorriso, e ele voltou a me avaliar. — Mas sério. Quem é ela?

Kash soltou um suspiro, pegando a camisa descartada.

— Ela é uma amiga da família. *Minha* família. Bailey Hayes. — Ele amassou a peça de roupa em uma bola e a jogou em Matthew, com força. Foi o suficiente para bater em seu peito de longe. — Isso é tudo o que você precisa saber. Respeite o desejo dela. Ela não está aqui de férias.

Meu olhar se concentrou de novo nele, meu corpo inteiro aquecendo.

Lá estava aquele idiota protetor que Matthew mencionou, mas agora essa atitude estava voltada para mim. Eu sabia que era uma mentira. Ele só estava me dando uma ajuda por conta do meu disfarce, mas não podia negar que era bom ouvir isso. Quase desejei que fosse verdade.

— Como você vai lidar com a Victoria?

Victoria? Kash tinha mencionado ela antes. Esperei para ver o que ele diria, mas Kash apenas deu de ombros, antes de desafivelar o jeans.

— Eu me resolvo com ela. — Pausou, nos encarando. — Vocês dois podem me dar licença? Preciso trocar de calça.

Matthew começou a rir.

— Agora eu sei que ela realmente não é sua garota. — Ele acenou para mim, ainda sorrindo. — Vamos lá, garota misteriosa. Se vai bisbilhotar a casa do Kash, não vai encontrar os lugares certos. Vou te mostrar onde ele guarda as bebidas boas.

Meu olhar se desviou para Kash diante da menção da palavra "bisbilhotar", mas ele não pareceu se importar. Sua cabeça estava inclinada de leve para o lado, os dedos pairando sobre a braguilha da calça – ele parecia irritado. Seguindo Matthew, tentei assimilar as coisas.

Meu irmão estava bem na minha frente.

Ele me pegou no flagra, questionou minha presença e depois tentou me interrogar. Agora estava me mostrando onde Kash escondia suas bebidas – que nem era um lugar secreto. Seguimos pelo corredor, até a cozinha. Ele contornou a bancada central e foi para a despensa, parando diante de uma estante inteira de garrafas enfileiradas.

— Uau — comentei, esperando à porta enquanto ele pegava algumas delas. — Você está certo. Nunca teria encontrado essas coisas.

Ele me lançou um sorriso, passou por mim e as colocou sobre a bancada.

— É o único lugar com coisas legais na casa do Kash.

Então se virou para mim.

Pensei que ele apenas precisava passar por mim para pegar os copos, mas não era essa sua intenção. Ele se inclinou, invadindo meu espaço pessoal de propósito, o olhar severo. Suas palavras soaram com grosseria:

— Não sei o que caralho está acontecendo, mas sei que tem alguma coisa rolando. Se você realmente conhecesse o Kash, saberia muito bem que ele guarda todas as coisas pessoais em seu apartamento no centro.

Oh.

Merda.

— Por que você continua pensando que eu estava bisbilhotando?

— Porque você estava.

Sim. Bem...

— Por que você continua insistindo que eu estava procurando as "coisas pessoais"? Como sabe que eu não estava lá em cima por causa da biblioteca que ele possui? Você viu aquelas estantes? Me processe. Eu gosto de ler. Esconda alguns livros em algum lugar, e eu vou farejá-los até encontrar. É um dos meus talentos secretos.

Ele endireitou a postura novamente, caçoando:

— Tanto faz. Você saberia que ele só usa esta casa quando é obrigado a ficar aqui, o que não é muito frequente. Está aí outra coisa que você não sabe sobre o meu amigo, então, por que não para de mentir? *Nerdice* à parte, quem é você? De verdade.

Exalei um suspiro.

Kash estava vindo descalço pelo corredor, quase na cozinha. Agora vestia uma calça de moletom que se encaixava com perfeição nos quadris. Matthew continuava de costas para ele, sem saber que Kash estava ali. Franzi o cenho de leve quando um breve flash de familiaridade me incomodou. Aquele homem andava tão silenciosamente que era quase inaudível.

Ele havia me ajudado no quarto, mas aqui estava o teste de verdade.

Kash lançou um olhar sombrio de advertência. Eu o ignorei, olhando para o meu irmão, então recuei um passo para pensar no que dizer.

— Tudo bem. — Fiz questão de que minha voz vacilasse. — Você está certo.

A expressão no rosto de Matthew se tornou triunfante. Ele entrecerrou os olhos.

— Ainda esperando…

— Mas também está errado sobre a maior parte disso. Eu não conheço o Kash tão bem, mas conheço sua família. Eu era vizinha de Judith e Martin. — Parei, perguntando: — Você os conhece?

Ele retesou a postura.

— Kash quase nunca fala sobre sua família.

Então ele realmente era um mistério, até para eles? Mesmo que tenha crescido com eles, como afirmou?

— Eu era amiga íntima da prima dele, Stephanie. — Não parei para perguntar se ele a conhecia. Eu apostava que a resposta era negativa. — E, de qualquer maneira, estou passando por um momento difícil agora. Tive um término conturbado, okay? — Minha voz vacilou. Meu lábio inferior tremulou.

Será que eu conseguiria soltar uma lágrima?

Tentei. Tentei mesmo. Chrissy seria ótima nisso, mas não era uma das minhas habilidades. Ainda assim, eu estava convencendo, porque meu meio-irmão me encarou com uma mistura de pena e culpa.

Ótimo. Ele deveria se sentir culpado por desperdiçar todos os privilégios que teve como filho mais velho de Peter Francis. Não se interessar em nada por computadores – era ridículo. Peter Francis podia até ser meu doador de esperma, mas eu *ainda* mataria por um estágio na Phoenix Tech.

Estava no meu sangue. Literalmente.

Eu me virei, agarrando a beirada da bancada central. Não dava para cutucar a superfície, já que era mármore puro, então fiz o melhor que pude, esfregando as pontas dos dedos contra a pedra fria.

— E-eu… estava no fundo do poço, entendeu? Stephanie ficou preocupada com isso — gesticulei na direção de Kash —, e pediu que ele ajudasse. Lembro do Kash quando éramos mais novos. Ele foi nos visitar algumas vezes, mas já faz quase vinte anos que não o vejo. Não importa. Stephanie disse que eu precisava sair de lá, disse que eu deveria ficar aqui até me recuperar. Uma mudança de ambiente faria bem para mim.

Esperei, prendendo a respiração.

Não ousei olhar para cima. Meu irmão era muito sagaz. Ele tinha percebido algo estranho e essa era sua segunda tentativa de descobrir.

— Eu me sinto um idiota.

Quase caí de joelhos de alívio. Ele acreditou.

Em vez disso, olhei para cima, certificando-me de manter a expressão inalterada.

— É mesmo?

Ele revirou os olhos.

— Não sei por que pensei que algo divertido estava acontecendo. Kash nunca traz garotas aqui, mas não sei nada sobre a família dele. Quem sou eu para interrogar você, né?

Dei um sorriso singelo.

— Está tudo bem. Você está sendo protetor.

Ele riu.

— Não sei por quê. Se tem alguém que não precisa disso, é ele. — Ele estava me observando de novo. Ainda com uma leve suspeita. — Mas você saberia disso, não é mesmo?

Uma mão tocou a parte inferior das minhas costas – parecia um toque de aço. E era assim que eu me sentia, porque ele ainda estava me testando.

Agora já deu. Fingi não ter notado sua aproximação e me afastei.

— Hmm, sim. Ele sempre foi assim quando era pequeno. — Abrindo uma prateleira, perguntei: — Você sabe onde estão os copos? Se vamos beber, precisamos de alguns.

Ouvimos uma porta se fechar ao longo do corredor – Kash deve ter voltado para o cômodo sem que eu tivesse percebido. Ele fez questão de nos alertar, ou alertar ao Matthew. Ao sair, ele bocejou e jogou o telefone no sofá enquanto passava pelo móvel.

Examinei seu semblante, mas não consegui descobrir se ele tinha ouvido qualquer coisa.

Ele também era muito bom em mentir. Seu olhar permaneceu fixo ao meu por alguns segundos a mais antes de observar a cena e tudo que estava sobre a bancada.

— Vamos beber? Você não se meteu em problemas suficientes ontem à noite?

Notei meu irmão ficando tenso ao meu lado. Sua mão apertou com força o gargalo de uma das garrafas.

— Nunca me meto em problemas suficientes. Que papo é esse, Willis[1]?

Kash ignorou a citação da sitcom, e seguiu até o congelador para pegar uma bandeja de gelos. Em seguida, empurrou até nós por cima da bancada.

— Tudo bem, Matt. Se você quer beber algumas doses, pelo menos faça direito, certo?

Um pouco mais tarde, quando Matthew foi ao banheiro, Kash agarrou meu pulso e me puxou para um canto da sala. Com os braços cruzados, ele me encarava de cima... e de perto. Muito perto.

Ou era isso que eu estava tentando dizer a mim mesma.

— O que ele queria?

Ele estava me avaliando, mas seu olhar se focou nos meus olhos primeiro, até que baixou para a minha boca. E permaneceu ali.

E continuou focado nos meus lábios.

Céus, estava uma sauna aqui. Alguém abriu as portas da antessala do inferno.

Entreabri meus lábios, surpresa com sua proximidade, mas ele não recuou em momento algum.

Ele precisava se afastar, ou eu faria algo do qual ambos nos arrependeríamos.

Minha mão estava coçando.

Meu Deus. Sua mandíbula. Era tão suave, tão definida, tão forte. Eu estava louca para tocá-la, ou talvez seu peitoral. Aquela camisa parecia tão macia. Ou seus braços, como estavam cruzados firmemente sobre o peito, ressaltando ainda mais os músculos... aquela reentrância entre eles...

Ele se aproximou, exalando um suspiro e um sibilo ao mesmo tempo.

— Escuta...

Meu olhar se voltou para o dele, e eu engoli em seco porque os olhos de Kash eram intensos, *muito* intensos.

Ele espalmou uma mão na parede às minhas costas, me enjaulando ali, mas com apenas uma mão. Seus olhos ainda estavam cravados nos meus, então se focaram na minha boca de novo.

— Isto. Você. Eu.

Eu queria ficar na ponta dos pés, só para me aproximar mais dele. No entanto, fiquei quieta no lugar – mas, minha nossa... como eu queria.

---

1   Referência a uma épica frase dita por Arnold, personagem interpretado por Gary Coleman, na famosa série da década de 80, Diff'rent Strokes, que aqui no Brasil se chamava 'Arnold'.

Então, de repente, uma barreira caiu entre nós. Não uma barreira literal, mas qualquer coisa que estivesse em sua cabeça. Senti a fria rejeição quase fisicamente. Ele se afastou, o semblante se tornando de pedra, e eu me afastei com força contra a parede.

Porém nem sequer senti o impacto.

Ele praguejou baixinho, esfregando o rosto com a mão.

— Jesus. O que ele queria?

Eu não conseguia falar. Por três segundos inteiros. Droga, aquela rejeição doeu.

Então, murmurei:

— Nada. Ele só estava tentando dizer que não te conheço. — Minha própria culpa aumentou, empurrando as outras coisas para longe. — Olha, desculpa. Eu queria explorar sua casa. Eu não estava bisbilhotando do jeito que ele quis dar a entender...

Kash balançou a cabeça de um lado ao outro.

— Eu não me importo com isso. Você é uma estranha. De jeito nenhum eu te deixaria ficar aqui se tivesse algo de valor nesta casa.

Ele não deixaria?

Sim. *Uau.* Outra bofetada na cara. Esse cara só distribuía golpes a torto e a direito.

— Sua história foi boa. — Ele concordou, se afastando de mim quando ouvimos a descarga no banheiro. Ele me examinou de cima a baixo. — Você é uma boa mentirosa.

Era o que eu mais queria da vida. Meu objetivo mais alto alcançado.

Então ele se afastou, voltando para a bancada da cozinha assim que Matthew retornou. Eu tive que me estapear por dentro. Por que eu me importava se ele pensasse que eu era uma boa mentirosa? Eu estava aqui para me esconder, e era um caso de vida ou morte. Só isso.

Quando a ameaça desaparecesse, eu iria embora.

— Sr. Colello.

Uma mulher estava batendo à porta da frente. Um pouco mais baixa que eu, ela devia ter cerca de 1,64m, com o físico mais robusto. Fui até a galeria do segundo andar e fiquei ali parada por um momento. Seu cabelo era escuro e estava preso em um coque apertado. A parte de cima de sua roupa mais se parecia ao tipo de uniforme que minha mãe usava no hospital. Calça escura. Sapatos também escuros.

Ela era durona, e era nítido isso. Seu físico mais encorpado não era por excesso de peso, e, sim, por músculos hipertrofiados. Ela levantou a mão para bater novamente.

— Sr. Colello.

— Já vou — Kash respondeu, de dentro do quarto.

Um segundo depois, ele saiu, puxando a camisa por sobre os ombros. Seus músculos contraíram com o movimento, me deixando com a boca seca.

Kash abriu a porta, dando um passo para trás.

— Bom dia, Marie.

Esta era a Marie?

Senti uma leve inquietação por dentro. Ela era a única pessoa – além de Kash – que sabia minha verdadeira identidade. Depois de ontem à noite, de jeito nenhum eu recorreria a Kash por qualquer coisa. Sim, sim. Havia uma atração ali. E não dava para negar isso. Mas agora era passado.

Ele era muita areia para o meu caminhãozinho.

No fim da noite, eu estava maravilhada, porém também um pouco horrorizada por ele ser o cara com quem eu moraria pelos próximos meses. Kash havia fortalecido meu disfarce com meu meio-irmão. Sua atuação foi tão boa que até mesmo eu estava começando a acreditar nele.

Fui dormir tendo que me lembrar que, na verdade, eu não conhecia nenhuma Stephanie e nunca fui às compras com ela para comemorar a Ação de Graças.

— Sim, ela está…

Os dois se viraram para olhar para mim.

Merda. Não me escondi a tempo.

Marie entrou na casa e fechou a porta. Nenhum deles sorriu. Ambos apenas me encararam.

Ergui a mão, então me lembrei de algo.

— Matthew ainda está aqui?

Por ter sido o único a beber até ficar embriagado ontem à noite, quando fomos para nossos respectivos quartos, ele estava roncando na sala de estar.

Kash parecia cansado.

— Ele saiu por volta das quatro da manhã, disse que queria amargar a ressaca na própria cama. — Gesticulou para a mulher. — Esta é Marie, Bailey. Desça para conhecê-la.

Minhas pernas estavam duras como dois troncos de madeira conforme eu descia a escada.

Isso era sério. Depois de conhecer esta mulher – outra estranha –, eu sabia o que viria a seguir. Eu teria que ir para casa principal. Veria meus outros irmãos, minha madrasta… e o meu… *Argh*. Peter Francis. Eu iria conhecê-lo.

Sequei as mãos suadas na calça, sentindo-as tremendo de leve.

— Senhorita Bailey.

A mão da mulher era firme, como imaginei. Ela apertou minha mão rapidamente, os olhos castanhos fixos em mim. Essa mulher não estava para brincadeira.

— Marie. — Eu já estava aterrorizada por causa dela. — Como vai?

Ela não respondeu; seu olhar se voltou para Kash, que observava tudo atentamente. Ele havia recuado alguns passos, com os braços cruzados, e me encarava com intensidade, com uma expressão perturbada no olhar, até que balançou a cabeça, como se estivesse clareando as ideias.

— Marie está encarregada a partir de agora. Você dorme aqui. Descanse, faça o que tiver que fazer, mas, além disso, ela é a pessoa a quem tem que procurar. Entendeu?

— Entendi.

Sério. Tive que me segurar para não bater continência. Essa atitude não seria nem um pouco madura.

— Hmm…

Kash já estava se afastando para o quarto, mas parou e me encarou com a sobrancelha arqueada, diante do som que deixei escapar.

Minhas mãos começaram a tremer de novo, então as mantive para baixo, grudadas nas laterais das coxas.

— Existe uma maneira de eu pegar meu antigo laptop?

— Seu computador?

— Sim. Preciso dele, tipo, como preciso do ar para respirar. — Marie sabia? — Sou uma *hacker*, Kash. O fato de eu ter passado tanto tempo sem meu computador é um milagre. Fique grato por eu não ter encontrado um dos seus aqui e me divertido.

Marie me avaliou com atenção, inclinando a cabeça para o lado. Eu a ignorei. Kash apenas estreitou os olhos antes de assentir bruscamente.

— Tudo bem. Você está certa. Peter é igualzinho. — Ele se virou para Marie. — Vou pedir que alguém busque o dela, mas, enquanto isso, dê a ela um desktop extra da casa. — Ele deu dois passos e parou outra vez. — Você não tem trabalho para fazer enquanto estiver aqui, tem?

— Eu estava trabalhando em um novo programa de segurança, mas não tenho nada acertado, para dizer a verdade.

E foi tudo o que ele precisava. Ele conversou com Marie novamente, em um tom autoritário, como se estivesse acostumado a dar ordens.

— Se houver algum projeto que você precisa fazer na casa, coloque-a para ajudar.

O rosto de Marie se tornou pétreo. Suas palavras vieram encharcadas de desdém:

— Projeto? Como o quê? Imprimir receitas para a equipe da cozinha?

— Como criar o código para um coelho robô em que Cyclone está trabalhando. Projetos assim.

Um coelho robô?

Isso me deixou animada. Conte-me mais sobre o assunto…

— Pensei que esse lance de inteligência fosse herdado da mãe — caçoei.

Kash resmungou alguma coisa, mas dessa vez se afastou para o quarto. Quando já estava quase fora de vista, ele disse por sobre o ombro:

— Quem disse que você é inteligente?

Aquilo me deixou irritada pra caramba.

Ele tinha acabado de me detonar?

Avancei alguns passos e retruquei:

— Ei, Colello, não fique com ciúmes só porque sou capaz de criar um programa para te expulsar da sua própria casa e que você nem teria ideia de como consertar. — Eu estava sorrindo. Não deveria estar, mas estava.

Então me virei e deparei com o olhar astuto de Marie. Seu olhar era mais severo do que antes, e até mesmo o sorriso gentil havia desaparecido. — Oi.

Sim. Agora eles eram fendas.

— Não brinque com o Sr. Colello.

— Estávamos flertando. Preliminares. — Sacudi as sobrancelhas.

Ouvi outro resmungo vindo do quarto dele.

Marie não entendeu a piada. Ela se virou para a porta novamente.

— Vá se vestir e depois siga para a casa principal. Esteja lá em vinte minutos. Não se atrase. Ouviu?

Definitivamente, eu não deveria irritá-la. Assenti em concordância, já ciente de que havia feito isso.

— Sim. Entendi.

Ela murmurou outro som antes de sair e eu fiquei ali sozinha, ainda com meu pijama da noite anterior.

— Você está lutando contra isso — Kash comentou às minhas costas.

Suas mãos estavam enfiadas nos bolsos, a cabeça abaixada. Seu cabelo estava um pouco bagunçado, dando-lhe um ar sombrio, mas isso não estava me afetando. Aquela pequena comichão no meu estômago não era por causa dele.

Não mesmo.

Ignorei a sensação e também não fingi que não fazia ideia do que ele queria dizer.

Ele acrescentou:

— Nós não somos o inimigo, Bailey. Esses homens que tentaram te sequestrar, sim. Não se esqueça disso. Entendo que você não gosta da forma como está sendo apresentada à família, mas é inevitável. — Levantou a cabeça, seu olhar nunca se desviando do meu. — Você vai se dar conta disso, em algum momento, e ficará agradecida. — Indicou a porta. — Aquela mulher é quase uma segunda mãe para mim. Se a magoar, você e eu teremos um problema. Eu não tenho problemas. Eu os elimino. Entendeu?

Ui.

Caracas.

— Sim. — E então perguntei: — Você tem certeza de que minha mãe está em segurança?

— Ir atrás da mãe seria uma maneira de ferir o filho, não o alvo. Peter Francis não costuma se importar com suas ex-parceiras depois que se separam. Ele não faz isso por maldade. É apenas como ele é. Sua mente funciona de maneira diferente. Ele já está no próximo projeto. — Começou a se afastar em direção ao seu quarto, me deixando com a frase: — Tenho a sensação de que talvez você seja assim também.

Eu não era.

Ouvi sua porta se fechar um segundo depois.

Eu não era nem um pouco parecida com meu pai nesse sentido.

Parecia errado entrar sozinha na casa de estranhos. Quando fui para a mansão principal, era como se estivesse invadindo a privacidade deles, porém ninguém se importou. Ninguém me questionou. Ninguém sequer se importou em perguntar quem eu era, ou por que estava lá.

A porta lateral se abria para um corredor. Pisos de mármore. Paredes pintadas de branco. Ouvi pessoas conversando em uma determinada área e segui naquela direção. Lustres dourados e com cristais cintilantes pendiam do teto. Quando me aproximei da porta, as pessoas estavam correndo de um lado para o outro.

— Mais um!

— A bandeja está pronta.

— Cuidado!

Estrondo.

Buuum.

— Ah, não!

Palmas estridentes e contínuas.

— Vamos continuar. Nada de atraso, pessoal.

Mais correria de um lado ao outro.

Parada à porta, não dava para acreditar no que estava vendo. Eles não estavam vestidos como Marie, mas usavam um uniforme semelhante. As camisas eram azuis com bolsos dourados, combinando com os lustres – que também existiam neste cômodo. Aquilo era uma cozinha, e quando disse "cozinha", queria dizer um espaço amplo como um refeitório usado para fazer a comida de uma empresa inteira. Este lugar tinha o dobro do tamanho do refeitório da minha escolha de ensino médio.

Eu tinha certeza de que minha língua estava arrastando no chão.

Vinte e tantas pessoas estavam lá dentro, se movendo em um ritmo frenético. Bandejas e mais bandejas estavam sendo abastecidas, conferidas, colocadas sobre o ombro de um funcionário e levadas para fora por uma porta à parte. Até mesmo a forma como o funcionário se aproximava da dita porta era cerimonioso.

Era um trabalho para três pessoas.

A pessoa erguia a bandeja, ficava a postos e acenava para alguém na porta. Essa pessoa olhava pela janela, acenava para outra pessoa e esperava um sinal antes de abri-la. Em seguida, alguém a mantinha aberta para a pessoa com a bandeja passar.

Havia pessoas na churrasqueira. Mais pessoas diante de um fogão separado da área. Pessoas cortando outros alimentos, colocando-os em recipientes – esses recipientes sendo cobertos e depois colocados em uma fileira de geladeiras que revestia uma parede inteira do lugar.

— Ah, desculpa. — Alguém esbarrou em mim.

Lancei uma olhada para trás e deparei com o menino mais fofo do mundo ali imóvel. Seus olhos azuis brilhantes eram meio caidinhos nos cantos, como gotas de lágrimas. Cabelo loiro ondulado e sardinhas espalhadas por todo o rosto bronzeado.

Este era Cyclone.

Fiquei atordoada.

Ele estava prestes a passar por mim, correndo, mas quando me virei de frente, ele parou de supetão e me encarou. Então olhou para mim de cima a baixo.

— Quem é você? Onde está seu uniforme?

Ele pensou que eu fosse alguma funcionária.

Bem, talvez eu fosse.

— Oi, garoto.

Ele franziu a testa, seu nariz se enrugando, então pareceu refletir nas palavras e começou a rir.

— Garoto. Gosto disso. Vou te chamar de garota.

— Cyclone! — Marie gritou, de dentro da cozinha. Ela estava vindo em nossa direção, acenando. — Venha aqui.

Ele a viu, e me deu um aceno.

— Foi bom te conhecer, garota. — E saiu correndo em direção à cozinha.

— Cyclone!

Ele ria conforme ziguezagueava por entre todos. Duas pessoas levantaram suas bandejas para que ele pudesse passar. Outra caiu, esparramando toda a comida pelo chão, bem como os cacos da bandeja de vidro.

— Cyclone!

Cerca de três pessoas gritavam. Um membro da equipe reprimia um sorriso, enquanto outros balançavam as cabeças, resignados. A porta dos fundos se abriu de uma vez e o garoto sumiu.

— Marie! — Uma das outras mulheres vinha na nossa direção, o semblante fechado de raiva. — Ele não pode entrar aqui. Essa criança está arruinando todo o nosso esquema. Só essa bandeja custou mais de sessenta dólares, sem contar a comida desperdiçada.

— Eu sei. Eu sei, Theresa. — Marie parou antes de chegar até mim. — Vou falar com a Sra. Quinn, mas você conhece o Cyclone.

— Seraphina não era assim.

— Mas o Matthew era. — Ambas as mulheres trocaram um olhar. A outra gemeu quando Marie acrescentou: — Ele era pior, se você se lembra.

— Sim, sim. — Theresa não estava feliz. — Eu sei disso. — Seu olhar pousou em mim e ela parou o que ia dizer. Então ergueu o queixo, em uma atitude de altivez. — Quem é essa? — Ela me olhou de cima a baixo. — Ela não está usando uniforme, e não fiquei sabendo que outro membro se juntaria à equipe.

— Ela é... — Marie franziu o cenho e me encarou.

Dei um passo à frente, pois era minha deixa:

— Sou amiga do Kash... — Eu ia acrescentar o sobrenome dele, mas isso levantaria suspeitas. — Ele disse para procurar Marie enquanto ele estava trabalhando.

Ao mencionar o nome de Kash, um silêncio recaiu sobre a cozinha.

Eu estava ali, momentos atrás, completamente invisível, mas o nome dele fez todos nos observarem.

— Estou entrando! — alguém gritou do outro lado da porta. Quando a pessoa que estava na porta não respondeu, gritaram novamente: — Entrando! — A porta foi empurrada e se chocou contra o funcionário que estava me encarando. — Eita! Aahhh! — A bandeja acertou as costas da outra pessoa... que conseguiu impedir a queda da bandeja, mas não das louças. Mais dois pratos se espatifaram no chão.

Theresa se virou na mesma hora, livre do transe. Então ergueu o braço.

— Mick! Preste atenção.

Eu estava imóvel, ainda sentindo a atenção de todos enquanto eles voltavam ao trabalho.

Marie se aproximou de mim e eu perguntei em tom baixo:

— Por que isso?

Pela primeira vez desde que a vi, uma expressão de simpatia ficou estampada em seu rosto.

— Venha comigo. Vou explicar um pouco mais.

Ótimo. Eu não podia dizer à minha nova família que era da família. Não podia dizer ao pessoal quem eu era, e Marie estava com pena de mim. Por algum motivo, não achei que isso fosse um bom sinal. O que Kash estava omitindo?

Nós seguimos pelo corredor, e eu lancei um olhar por cima do ombro.

— O que estava acontecendo ali atrás?

No entanto, eu estava mais distraída por ter acabado de conhecer meu irmão. *Cyclone*. Ele disse que eu podia chamá-lo de garoto.

Garoto. Garota.

Começamos com o pé direito. Então me dei conta de que ele talvez nunca soubesse quem eu era.

Senti uma pontada dolorosa e afiada que quase me partiu ao meio, e tive que parar por um segundo.

— Venha logo. — Marie gesticulou para que eu continuasse a andar. — Vou responder a todas as suas perguntas no meu escritório.

Voltei a segui-la.

Tentei não me concentrar no vazio repentino que se instalou no meu peito. Passamos por um corredor, depois outro. Estávamos seguindo até uma ala mais distante. Os sons provenientes da cozinha se dissiparam até que só pudéssemos ouvir o som de nossos próprios passos.

— Chegamos. — Ela parou diante de uma porta e digitou um código.

A porta se abriu, e, na mesma hora, senti o cheiro gostoso de bolo e doces.

Ela me instigou a entrar e se sentou atrás de uma mesa atolada de papéis.

Era óbvio que ali era o espaço de Marie, e depois de conhecê-la na casa de Kash, pensei que seu escritório fosse limpo e imaculado. Ao invés disso, sua mesa estava entulhada de documentos e arquivos. Um balcão ficava no canto, cheio de guloseimas e doces; havia um bolo de baunilha em um prato. No meio da sala tinha uma mesa com uma porção de artesanatos iniciados e abandonados. Um monte de miçangas estava espalhado em um canto, com fios ao lado, e uma pulseira, pela metade. A sala também contava com um jogo de três cadeiras. Um PlayStation estava conectado abaixo de uma TV, os consoles largados no chão entre as cadeiras e o móvel. Havia até mesmo um pacote de batatas fritas amassado entre duas das cadeiras.

Ela tinha um armário de arquivos no outro canto, cheio de porta-retratos.

A metade de uma parede me impedia de ver o que havia mais adiante, mas dava para vislumbrar o encosto de uma cadeira giratória.

Era um espaço amplo, mais parecido com uma sala de aula de jardim de infância do que com o escritório de alguém que comandava a equipe na propriedade de Peter Francis.

— Entre, entre. Feche a porta. — Acenou, impacientemente.

Eu me sentei na cadeira em frente à mesa.

Marie estava me observando, já revirando alguns de seus papéis, e com os cantos da boca contraídos. Tentei não me incomodar com sua desaprovação, mas era difícil. O sentimento me cobria como uma onda quente de vergonha.

Ela gesticulou para alguma coisa às minhas costas.

— Aquilo é para as crianças. Eles gostam de passar um tempo aqui.

— Cyclone e Seraphina?

— Cyclone. — Balançou a cabeça. — Seraphina vem, quando consegue escapar de Victoria ou da mãe. E algumas das outras funcionárias trazem seus filhos se estiverem doentes ou a escola estiver fechada. Os patrões são muito tolerantes, caso a equipe não tenha opção de creches em caso de emergência. — Indicou outra vez o escritório. — Eles vêm para cá. Nós ligamos para algum profissional, quando há crianças o bastante, mas você está certa. — Seu olhar se fixou em mim, por sobre a borda do papel em suas mãos. — É principalmente para Cyclone, e para algum de seus amiguinhos. Os pais preferem que ele receba os amigos aqui. Seraphina também, mas suas amigas preferem sua própria ala em vez dessa.

Minha. Nossa. Senhora.

Uma *ala*?

Era nítido o tom afetuoso e repleto de orgulho em sua voz. Ela estava orgulhosa do que fazia na propriedade, para quem trabalhava, ou talvez do que proporcionava às crianças. Ela oferecia um santuário para elas, e isso era importante para ela.

Ela apontou para a área dividida atrás de mim.

— Tem uma mesa atrás dessa parede. É para você.

— Para mim?

— Assim que Kash me informou que você viria, mandei a equipe de manutenção trazer uma mesa para você. Será o seu canto quando estiver dentro da casa principal. Solicitei isso depois que a vi na casa de Kash, e eles também trarão um computador. Talvez já esteja até aí, mas você pode verificar mais tarde. Agora… — Ela colocou tudo de lado sobre a mesa e me encarou. — Vamos falar sobre você.

Engoli em seco, pois não tive uma sensação muito boa diante do seu tom.

— Eu?

— Você. — Entrecerrou os olhos. — Você será um problema.

Essas eram as palavras que toda filha ilegítima desejava ouvir.

E, sem conseguir controlar a língua, soltei:

— Por favor, explique.

Ela me olhou fixamente, a boca se contraindo ainda mais. A mulher não estava achando a menor graça.

Tentei dar o meu sorriso mais sincero.

— Por favorzinho?

Era melhor assim? Então apenas suspirei. Kash estava certo antes. Eu estava lutando contra o fato de estar aqui, mas ele poderia me culpar? Alguém poderia? No entanto, esse não era o problema dela. Era meu. Era do meu p… da pessoa que me gerou. Ela estava apenas fazendo o trabalho dela.

Aprumei a postura, me sentando o mais ereta possível na cadeira.

— Okay. Pode despejar. Diga como não ser um problema para você, e farei o melhor que puder. — Assenti. — Prometo.

Ela entrelaçou os dedos à mesa.

— Você não quer ser um problema para mim? — Nem ao menos esperou minha resposta: — Você deveria ir para casa, voltar para o lugar onde sua mãe está, e não entrar em contato com o Sr. Colello ou com o Sr. Francis novamente.

Eu corrigi meus pensamentos de antes.

Essas eram as palavras que toda filha ilegítima desejava ouvir.

— Como é que é? — Fingi limpar os ouvidos. Eu não tinha ouvido direito, tinha?

— Você ouviu o que eu disse. — Era como se ela pudesse ler minha mente. Ela me lançou um olhar afiado. — Você só vai perturbar essa casa. Não há lugar para você aqui. Se o Sr. Francis quisesse te incluir na família, ele a teria apresentado como sua filha, não como essa fachada de ser amiga da família do Sr. Colello. Você está perturbando os patrões, os filhos deles e também o próprio Sr. Colello. Ele já tem preocupações suficientes. Não precisa adicionar uma estranha de quem tem que tomar conta à mistura. — Baixou o tom de voz, mas isso só a tornou mais aterrorizante: — Se quiser arrumar suas coisas e precisar de uma carona para sair da propriedade e voltar para sua verdadeira família, posso providenciar. Você poderia fazer isso de forma discreta, esta noite, quando o Sr. Colello estiver na cidade resolvendo outros assuntos de sua vida.

Outros assuntos de sua vida? O que ele fazia exatamente?

— Pensei que Kash trabalhasse para… o Sr. Francis. Ele não trabalha?

Algumas das emoções se acalmaram, mas ela ainda agia com frieza total.

— Vamos nos ater ao que você precisa saber, e é isso: se ficar aqui, você vai perturbar o equilíbrio desta família.

Certo.

Esta família. Não a minha.

Deles.

Ela continuou:

— Se ficar, Cyclone se apegará a você. Seraphina passará a gostar de você. São boas crianças. Sua presença é um risco. Existe a possibilidade de descobrirem quem você alega ser, e se descobrirem, o que acontecerá? Você está vivendo sob um disfarce. Não está aqui como um membro desta família, nem nunca estará. Isso já aconteceu antes, sabe? Quando alguém apareceu sob o pretexto de alegar ser filho de Peter Francis. Quando descobrirem que você não é, essas crianças adoráveis serão magoadas. Seus corações serão arrancados, tudo porque o Sr. e a Sra. Francis tiveram a bondade de trazê-la para seu círculo, mesmo que o Sr. Colello insista em manter sua presença em segredo para que eles não se apeguem.

Apego.

Disfarce.

Pretexto.

Ela achava que eu estava mentindo. Achava que eu era uma fraude.

— Você acha que estou enganando meu pai biológico?

Cerrei os punhos sobre o colo.

As narinas de Marie se dilataram e, espalmando as mãos na mesa, ela se inclinou para frente.

— O Sr. Colello nunca permitiria que isso acontecesse, mas é alarmante que você tenha livre acesso à propriedade.

Ela poderia muito bem ter me dado um murro direto na garganta. Era assim que eu estava me sentindo.

— Você acha que estou aqui… por quê? — *Pense, Bailey.*

— Por que as pessoas geralmente afirmam ser uma filha perdida de Peter Francis? — A resposta fria veio carregada de zombaria.

Eu me encolhi.

— Certo.

Marie contraiu a boca.

— Por que você ficaria sob minha restrita responsabilidade se o Sr. Colello não estivesse investigando suas afirmações? Ele me assegurou que você não ficaria aqui por muito tempo.

Aquilo quase me fez rir.

— Ele disse isso porque começo a minha pós no outono. — Eu me inclinei para a frente. — Uma pós em Segurança Cibernética. Eu sou *hacker*, Marie. Não acha que é uma grande coincidência, se estiver pensando que sou esse tipo de golpista?

Ela suspirou fundo e em seguida deu de ombros.

— Acho que você subestima o que algumas pessoas seriam capazes de fazer só para serem consideradas filhas de Peter Francis.

Então ela simplesmente não acreditava em mim.

Bem, isso era fácil de resolver.

— Certo — murmurei.

Eu não achava que qualquer coisa que eu dissesse faria sentido, além disso, não tinha certeza se queria que ela acreditasse em mim. Talvez houvesse uma razão para ela estar tão desconfiada? Kash poderia ter resolvido isso quando contou que eu chegaria, mas não o fez.

Talvez fosse o melhor? Quero dizer, de certa forma, ela estava falando a verdade. Eu iria embora em breve. Ela só não sabia o verdadeiro motivo.

E, do jeito que as coisas estavam, sabe-se lá se eu sequer chegaria a conhecer meu pai. Já era o terceiro dia e ninguém mencionou nada sobre a presença dele por ali. Eles me cederam uma mesa no prédio dos funcionários, pelo amor de Deus. Eu não era bem-vinda aqui.

Beleza.

Eu me levantei.

— Aonde você vai?

— Você pode pedir que levem o computador para a casa do Kash? Posso trabalhar um pouco de lá, ao invés daq... — Lancei uma olhada pelo ambiente, sentindo o coração pesar. Se esta fosse minha casa, se ela estivesse encarregada da minha família, eu adoraria passar um tempo aqui. A sala era agradável e convidativa, só que não para mim. Minha garganta apertou. — Vou ficar fora do caminho o máximo possível, até que o Sr. Colello termine a investigação dele.

Não esperei por qualquer resposta. Saí dali e atravessei um corredor na direção de onde pensei ter vindo, porém tive que parar.

Havia três corredores se ramificando do ponto onde eu estava, mas nenhuma porta. Nem a cozinha.

Eu estava completamente perdida.

O carma era uma cadela vingativa mesmo.

TIJAN

Eu estava descendo o corredor de número 233.

Okay, isso foi sarcasmo, mas parecia que eu estava vagando por esse mausoléu por uma hora. Parte disso era minha culpa. Eu poderia procurar alguém e pedir ajuda para saber que direção seguir – mesmo que ainda não conseguisse superar o fato de que precisava de um GPS para essa casa. No entanto, o objetivo de me esgueirar para longe dali era exatamente isso: fugir na surdina. Ir atrás de alguém e perguntar como sair da casa violava todo esse conceito. Por causa disso, toda vez que eu ouvia vozes em algum canto, eu escolhia seguir por outro corredor. Não importava se levava para cima, para baixo, para a esquerda ou para a direita, e se eu tivesse que parar no lugar e voltar, eu fazia isso.

Eu não precisava de mais nenhum lembrete de que minha presença era indesejada ali. Eu estava apenas tentando seguir em frente, convencendo a mim mesma de que não "arrancaram meus órgãos" quando descobri que eu tinha uma família e irmãos. Eles só não me queriam – o pai, de qualquer maneira.

— *Como vocês se conheceram?* — perguntei a Chrissy, duas noites atrás, com os braços envolvendo meus joelhos, o coração trovejando conforme esperava seu relato.

— *Ah, meu bem…* — Ela enxugou uma lágrima.

E então me contou tudo.

Eles se conheceram quando ela estava no estágio da faculdade de enfermagem. Ela havia sido contratada para cuidar de alguém em fase terminal.

Os olhos da minha mãe permaneceram fechados; sua mão não se afastou da garrafa. Ela ficou segurando a coisa no ar, como se tivesse congelado no tempo.

Então, com um suspiro ofegante, continuou:

— *Eu cuidei da mãe dele por um ano, um ano inteiro…*

Ela não olhou para mim enquanto revelava as coisas. Ele era casado.

Estava infeliz. Eles não deveriam ter feito o que fizeram, mas só aconteceu na última noite.

— *A noite em que ela morreu, ninguém estava lá para apoiá-lo. A esposa nunca apareceu.* — Sua voz ficou rouca. — *Eu estava chorando. Ele estava chorando. O pessoal chegou e levou o corpo, e eu fui até ele.*

Outra pausa. Seus olhos se fecharam. Outra lágrima escorreu.

— *Nunca vou me arrepender disso. Foi uma noite só. Sua esposa apareceu no dia seguinte e nós agimos como se nada tivesse acontecido.*

Isso não foi tudo. Tinha muito mais coisa revelada, mas essas eram as palavras que eu não conseguia tirar da cabeça.

Meu telefone vibrou no bolso. Kash.

> **Kash:** Onde você está? Marie disse que você está na minha casa, mas não estou te vendo através das câmeras.

Merda.

E... espera aí... ele estava me monitorando?

> **Eu:** Virei para o lado errado cerca de 823 voltas atrás. Esta casa é enorme. Estou em um shopping. Um shopping vazio e abandonado. Todo mundo está na Gap.

> **Kash:** O quê?

> **Eu:** Estou perdida.

> **Kash:** Você está perdida?

> **Eu:** Sim.

> **Kash:** Onde?

> **Eu:** Na casa.

> **Kash:** Que casa?

> **Eu:** A grande kahuna.

TIJAN

> Kash: Você pediu ajuda?

Dei um sorriso.

> Eu: Por que eu faria isso?

> Kash: Então você está perdida.

Mesmo pelo telefone, era nítido que ele estava irritado.

E eu estava adorando isso. Mais preliminares.

> Eu: E se eu estiver apenas perdida na vida?
> Sem ninguém para me ajudar com isso.

> Kash: Que diabos é isso?

Estaquei em meus passos e ele parou de digitar. Isso não era um bom sinal, até meu telefone tocar na minha mão.

Bosta.

Atendi, mas nem sequer conferi o visor. Eu sabia quem era. E antes que ele pudesse partir para o ataque primeiro, eu comecei:

— Você precisa entender que uma garota na minha posição, com meu histórico, não tem muito a oferecer.

Ele rosnou:

— *Do que você está falando?*

— Você vê o que *não* vê. Eu não tenho muito aqui, do meu lado. Não sou aquela criança que viu coisa demais enquanto crescia, mas vi uma porção de caras frequentando a nossa casa. Vi alguns que trataram bem a minha mãe. Vi outros tantos que não trataram, e descobri quem eu queria ser quando ficasse mais velha.

Parei por um segundo.

— Agora, não posso dizer que sei quais são os princípios de Peter Francis, mas sinto que posso dizer com quase oitenta por cento de certeza que adquiri meus valores morais e éticos com a minha mãe. Chrissy tentou. Ela realmente tentou. Ela trabalha duro, é superesforçada. Ela estava cursando o terceiro ano de enfermagem quando engravidou. Largou tudo por um ano para cuidar de mim, depois voltou. Ela concluiu os estudos enquanto trabalhava, e acho que nunca mais conseguiu dormir mais que cinco horas seguidas por semana.

Eu estava começando a divagar, mas ele estava calado... só ouvindo. Não havia ninguém por perto, então continuei:

— Então, quando chego nesse lugar e me dizem que sou uma mentirosa, e que eu deveria voltar para casa, e que todos estariam melhores sem mim, bem... Ficar vagando por essa casa gigantesca não é lá grande coisa. Não o suficiente para você me ligar todo bravinho, rosnando, porque eu tenho integridade, sabe? E, se não se importa, vou manter o último resquício que possuo para encontrar o caminho de saída dessa casa, em algum momento, sem pedir ajuda.

Nem sequer lhe dei chance de responder. Encerrei a chamada e desliguei o celular só por precaução. Eu o enfiei no bolso e me virei... recuando em meus passos na mesma hora.

Eu não tinha muita certeza, mas como a mulher era sofisticada e o cabelo era de um tom loiro sedoso, preso no alto da cabeça, deduzi que estava cara a cara com Quinn Francis.

Seus olhos eram azuis claros, da mesma tonalidade que os de Cyclone. O rosto era perfeito em formato de coração, e ela possuía os lábios mais macios que já vi na vida.

Ela era deslumbrante.

Não havia outras palavras para descrever, e ela estava me encarando, sem um pingo de raiva, suspeita ou até mesmo cordialidade. Havia confusão, como se ela não tivesse certeza se eu era de verdade ou não.

A imagem foi completada por um vestido rosa com uma gola arredondada, uma camada de renda branca e uma barra que se ajustava logo acima dos joelhos; o resto era da mesma cor rosa do tule que caía até o chão. Ela não usava nenhuma joia, nem mesmo nas mãos. Meu coração doía porque eu sabia que minha mãe manteve contato com Peter Francis, e se esta era a mulher com quem meu pai havia se casado, então minha mãe tinha se comparado com ela. E não havia comparação. Minha mãe teria vencido, sem dúvida alguma, só pelo fato de ser Chrissy Hayes – e ninguém poderia competir contra Chrissy Hayes.

Eu me preparei, imaginando que ela tinha me ouvido ao telefone, e esperei para ver o que diria.

A mulher abriu a boca, me avaliando de cima a baixo, e, droga... eu sabia que eu romperia o silêncio primeiro.

TIJAN

— Estou aqui apenas para... *você sabe*... — Ela sabia, né? Como não poderia saber? Desviei o olhar para o chão. Era muito mais fácil encarar o piso. — E, hmm... assim que pegarem eles, o pessoal do Arcane... irei embora. Não estou aqui para perturbar ninguém ou causar problemas. — E eu não conseguia nem falar direito. Dane-se a gramática. — Eu estava tentando encontrar o caminho para a vila do Kash de novo e acabei me perdendo.

Ela continuou a me encarar. Nenhuma ruga marcava seu rosto, até que, trinta segundos depois, apontou para um lugar às suas costas.

— Ande até o T, vire à direita e continue. Há uma porta dos fundos perto da piscina. Você pode contornar a cerca e pegar a calçada que passa pelo campo de golfe. Siga em frente e a vila do Kash estará mais adiante.

Claro. Isso era fácil o suficiente. As chances de me perder eram de cem por cento, mas eu estava topando tudo.

— Qual é o seu nome, querida?

Ela não sabia meu nome? Considerei mentir por um segundo, por causa da minha integridade, mas me ouvi respondendo com a verdade:

— Bailey. — E porque ninguém poderia se comparar à minha mãe, acrescentei: — Chrissy Hayes é minha mãe.

Saí de lá depois disso, mas não tinha certeza se imaginei o suspiro suave que a mulher deu ou não.

Não fiquei para conferir.

Eu estava babando. Literalmente, a saliva escorria pelo canto da boca.

Ao voltar para a casa de Kash, sem ninguém e com um desktop deixado em cima mesa da cozinha foi como um momento "Eureka" para mim. Minhas mãos tremiam de antecipação pelo meu pequeno escritório montado em meu quarto, e eu sabia que poderia desaparecer em meros instantes.

Eu precisava organizar tudo primeiro.

Encontrei uma mesinha no porão e carreguei a coisa pesada pelos dois lances de escada. Em seguida, foi a vez da cadeira – que se mostrou um pouco mais difícil. Eu estava cansada por causa da mesa. A cadeira deveria ter sido mais fácil, mas tinha rodinhas. O que significava que tive que curvar a coluna, e a última vez em que me exercitei foi... nunca. Depois de colocar os móveis no lugar ao canto, foi a vez do computador. Bastava só colocar ali em cima e conectar. Eu resolveria o lance da conexão com o Wi-Fi, mas essa era a última etapa antes de me tornar a *hacker*.

Coisas essenciais. Eu precisava delas.

Fones de ouvido, de preferência um headset com um cabo de mais de 90 cm. Podiam até ser os mais baratos no mercado, mas eram os mais vendidos por um motivo. Os sofisticados paravam de funcionar após seis meses ou mais. Depois, salgadinhos e bebidas. Em um dia normal e de virar a noite, eu escolheria café ou bebidas energéticas, sendo que preferia muito mais a segunda opção. No entanto, descobri que Kash não era fã de energéticos, já que após saquear a cozinha, não encontrei nada. Isso era algo que eu precisava me lembrar de perguntar mais tarde. Até lá, café. Muuuuuito café.

Com um saco de batatinhas em mãos, e algumas balas, eu estava mais do que pronta.

Tudo estava espalhado ao meu redor. Os salgadinhos tinham que ficar na mesa, mesmo que estivessem atrás da tela. As bebidas no lado esquerdo do teclado. Eu precisava do mouse à direita.

E, por último, a roupa ideal.

Eu optava sempre pelo confortável. Calça esportiva soltinha, regata, um top por baixo e o cabelo preso em um coque bagunçado. Era o melhor tipo de uniforme.

Depois disso, a conexão com a internet.

Ao acessar as redes, deu para sacar qual era a principal rede de segurança, a que o Kash poderia usar como sua própria, e alguns outros pseudônimos usados na computação. Quem diria que o departamento de paisagismo do meu pai tinha sua própria conexão com a internet. A equipe da cozinha também.

Percorrendo lentamente a lista, cliquei em *Hotboi2012*. Minha intuição me dizia que o pequeno Cyclone tinha sua própria rede, e enquanto clicava com o botão direito do mouse, me dei conta de outra coisa. O garoto não tinha estabelecido nenhuma senha de segurança. Bastou um clique e entrei.

Sacudi a cabeça, murmurando:

— Tsc, tsc, tsc... Ah, menininho... você ainda tem algumas coisas para aprender.

Peguei seu endereço de IP – porque ele deixou lá, dando sopa. Qualquer coisa que eu fizesse, eles pensariam que tinha sido ele. Isso não parecia certo. Meleca. Eu estava movendo o mouse antes de pensar duas vezes e cliquei na rede que eu tinha certeza de que era a usada por Marie. Eu usaria o endereço de IP dela, mesmo que tivesse planos de hackeá-la. Eu resolveria isso.

Depois de me conectar, eu me acomodei melhor à cadeira, com um sorriso no rosto... então, comecei a trabalhar.

A primeira a ser atacada foi a Sra. Quinn Francis, só pelo fato de ter sido a última pessoa que vi. Ela não era um alvo fácil, e não demorou muito para acessar seus perfis das redes sociais, salvar metade de seus e-mails na minha nuvem e dar uma checada em suas mensagens privadas. Uma voz interior sussurrava que isso era errado, mas eu a calei. Ela nem soava tão alta assim no meu subconsciente, e já tinha um bom tempo desde que coloquei as mãos em um computador.

O próximo alvo ainda era fácil – ou os próximos três alvos. Meus irmãos.

Só dei uma passada de olho rápida nas coisas deles. Naquele momento, a voz estava falando um pouco mais alto e senti um pequeno nó se retorcendo no estômago quando pensei em checar os e-mails do pequeno Cyclone. Mas... caramba, aquele garoto tinha muitos e-mails. Não fiquei surpresa, já que ele estava construindo um coelho robô. Encontrei o arquivo dele e salvei no meu celular. O resto foi para a minha nuvem.

Eu ia ajudá-lo. Foi o que eu disse a mim mesma.

Seraphina foi a próxima, e não vi nada de interessante lá. Conversas com suas amigas. Arquivos inteiros só com fotos de modelos masculinos. Uma de suas amigas tinha um livro de fofocas do tipo "garotas más", e quando cliquei na coisa, vi que as meninas eram bem cruéis com seus colegas de classe. Caramba. Elas avaliavam cada pessoa baseada em roupas, cabelo, comportamentos, grupinhos, personalidade e inteligência. Havia um nível de classificação geral para o quanto eram descoladas, e – grande surpresa – apenas as moderadoras do arquivo tinham a pontuação mais alta nesse quesito.

Fui direto na classificação da própria Seraphina e parei em sua pontuação geral.

Ela ganhou um dez para roupas, para cabelo, comportamento e grupo de amigos; ganhou quatro para personalidade e seis para inteligência. Seu nível de "descolada" era cinco.

Estremeci na hora. Ela podia ver essa porcaria. Isso estava em sua rede. Aquelas garotas fizeram isso com ela, sabendo que ela veria.

Eu não tinha conhecido minha irmã, mas, pelo amor de Deus, laço sanguíneo significava muito para mim. Aquelas vadiazinhas tinham acabado de entrar na minha lista de alvos médios.

Não bisbilhotei as redes sociais e nem os e-mails de Matthew. Aquilo era tudo o que consegui encontrar sobre ele, mas deduzi que ele tivesse um computador remoto em sua própria casa.

Havia mais um membro da família, mas hesitei por um segundo. Ele era a cartada final, logo, eu o deixei para depois. Agora era hora do meu alvo mais complexo: Marie.

Não demorei quase nada para *hackear* a rede administrativa de Chesapeake, nem levei muito tempo para encontrar os arquivos de Marie. A partir daí, abri meu caminho para o computador pessoal dela. Se ela estivesse online, veria que mais alguém tinha acesso.

Perdi a noção do tempo ao passar por tudo isso. Concluí que passei mais tempo ali do que imaginei, porque minhas costas estavam travadas, bem como o pescoço. Minha bunda também estava reclamando e eu não tinha ido ao banheiro em... putz, eu não fazia ideia, mas a bexiga estava berrando comigo.

Ignorei tudo isso e coloquei as mãos à obra.

Peguei todos os arquivos da Marie. *Todos*. E não havia nenhuma voz me dizendo que isso era errado. Aquela mulher me magoou. Eu não dava a mínima se, naquele momento, ela só queria o meu bem. Ela me cortou em pedaços, ao dizer que eu era uma fraude. Bem, querida, vamos ver quem é a fraude depois desta noite...

Desligar!

Minha tela congelou, deu uma piscada e começou a desligar imediatamente.

Não, não, não.

Eu estava me tremendo toda, o pulso acelerado.

Eles me encontraram. E foi bem rápido. Eu era boa no que fazia — muito boa. Poderia encobrir meus rastros. Entrei através de portas dos fundos que eles nem sabiam que existiam. A menos que... Porra. Engoli em seco. A menos que meu pai mesmo tenha escrito os próprios códigos de medidas de segurança, mas quem realmente fazia isso? O cara era o maioral agora, não devia ter tempo para isso.

Ainda assim... Minha tela começou a piscar. Eu tinha apenas segundos para apagar meu último rastro.

Quatro.

Porra, porra, porra.

Três.

Gritei, empurrando a cadeira para trás e digitando mais rápido do que havia feito em anos.

Dois.

— Não! — Eu me levantei de supetão e puxei o cabo, interrompendo a conexão, e assim que fiz isso, fui incapaz de me mover.

O que acabei de fazer?

Coloquei a mão na testa, sentindo a pele pegajosa de suor. Eu estava hiperfocada. Fiz coisas que nem mesmo havia percebido que estava fazendo. A vergonha se espalhava pelo meu corpo em um ritmo alarmante, e acabei desabando, de joelhos, arfando.

O que eu tinha feito? Meu Deus. O que eu tinha feito?

Eu estava magoada. Aceitei a ofensa e a digeri. E, então, o estalo veio quando vi minha "madrasta", pois me dei conta de que minha mãe teria se comparado àquela mulher. Fiquei cega com a necessidade de contra-atacar.

Eu não tinha... nem estava pensando direito. Quando saí daquela casa, sentindo uma bomba prestes a explodir dentro de mim, eu simplesmente reagi. Eu precisava fazer o que fiz, e o computador representava isso para mim.

Mas... droga.

Minhas mãos estavam tremendo. Assim como os joelhos. Eu nem conseguia me levantar.

Eles descobririam que fui eu. Não tinha como não ficarem sabendo. Bastava um alerta para o Kash e ele saberia na mesma hora.

Olhei ao redor. Eu tinha que sair daqui. Para onde... eu não fazia ideia, mas tinha que sumir dali. Agora.

Eu me levantei de um pulo, peguei algumas roupas do armário e enfiei tudo em uma bolsa de viagem. Eu já estava de tênis. Bolsa. Carteira. Eu tinha alguns itens essenciais comigo. O celular... peguei e o encarei com um olhar pesaroso. Eu sentiria falta do amiguinho, mas era o jeito mais fácil de me rastrear.

Como sair daqui sem que eles percebessem?

Cyclone comentou que ia rolar um evento. Eu poderia muito bem pegar uma carona no porta-malas de alguém. Eu poderia dar um jeito depois que estivesse longe. Olhando pelo lado bom – eu poderia ver minha mãe novamente.

Não podia acreditar que estava fazendo isso, mas depois da violação de segurança que acabei de cometer, eles não poderiam me manter aqui. E não iriam. Fiz um buraco do tamanho de um punho no sistema deles. Não era algo que seria descoberto de cara, mas estava lá.

Dei uma olhada no relógio e vi que já era quase seis da tarde. Caracas... o tempo passou rápido ou foi impressão? Uau. Quando eu me focava em uma coisa, podia perder a noção de dias inteiros.

Não importava.

Era hora de ir.

Seis passos. Foi o máximo que consegui dar. Lancei uma olhada por cima do ombro, para ter certeza de que a porta estava fechada, mas nem sequer completei a última passada antes de dar de cara com um peito duro como pedra e sentir as mãos agarrando meus ombros. Ouvi um *"Oh-ou"* disparando na cabeça e olhei para cima.

Um par de olhos furiosos me fuzilava. Sim. Eu deveria ter ouvido aquela voz na minha consciência mais cedo.

Kash disse, asperamente:

— Entre. Agora.

Eu iria para a cadeia.

TIJAN

— *Ela invadiu todos os nossos discos rígidos! Todos eles!*

Eu estava sentada do lado de fora de um escritório em uma área separada da propriedade, e podia ouvir Quinn Francis gritando ali dentro. Depois do breve encontro no corredor, eu nunca teria imaginado esse lado dela.

Mas ali estava.

Kash estava dizendo algo.

— *Eu não me importo!*

Estremeci. Para ser justa, eu achava que essa atitude tinha muito a ver com sua versão "mãe zelosa". A mulher estava pau da vida quando falou sobre seus arquivos. Sua voz subiu mais um decibel quando se tratou de Seraphina. Eu ouvi o nome de Matt mencionado e ela aumentou o tom novamente, mas quando chegou a vez de Cyclone... ela surtou e partiu para os gritos. Eu não conseguia dizer se era porque ele era o caçula ou seu favorito. Minha aposta é que era um misto dos dois.

—... *tudo será devolvido.*

— *Pode ter certeza de que você dará um jeito de devolver tudo!* — ela retrucou.

Minha cadeira nem estava posicionada ao lado da porta. Havia uma distância de cerca de cinco metros me separando da porta, e quando alguém entrou, tive um vislumbre dela do outro lado da sala. O nível de raiva de Quinn era impressionante; ela estava fervendo.

Kash estava falando novamente, porém eu não conseguia distinguir as palavras. Por mais que ele estivesse sendo discreto, dava para ver que estava frustrado. A julgar pela forma como me tratou quando foi atrás de mim em casa, ele estava tão irritado quanto ela. A diferença era que estava mantendo a compostura. Depois de um tempo sentada aqui, eu sabia que receberia outra bronca assim que estivéssemos a sós. Isso, se ficássemos a sós outra vez. Se eu fosse denunciada ou expulsa dali, eu tinha certeza de que Kash Colello encontraria tempo para me dar uma surra. Eu tinha a sensação de que se alguém fizesse algo errado com qualquer uma das pessoas sob sua proteção, ele os aniquilaria.

Suspirei fundo, encostando a cabeça na parede.

Havia dois seguranças a postos, um em cada extremidade do corredor. Por culpa deles, acabei não prestando muita atenção até ouvir:

— Uma amiga de Kash, hein?

Ah, que merda.

Matthew Francis vinha na minha direção, as mãos enfiadas nos bolsos e os olhos fixos em mim. Ele usava uma calça jeans skinny da moda, uma camisa preta de manga comprida com capuz e um boné de beisebol com a aba cobrindo quase toda a testa.

Eu não sabia qual mentira contar, então fiquei calada, apenas o observando com certa cautela.

Ao invés de se sentar ao meu lado, ele arrastou a cadeira e a posicionou na minha frente, montado contra o espaldar. Com os braços cruzados acima do encosto, ele se inclinou para me avaliar com mais cuidado.

Isso me fez baixar a cabeça. O jeito como ele me encarava era intenso demais.

— Tudo besteira — suspirou, audivelmente.

— O quê? — Olhei mais uma vez para ele.

As narinas de Matthew se inflaram.

— Eu digo que não passa de besteira. Se Kash sair daquela sala…

— *Não importa de quem ela é filha, eu quero que ela vá embora!*

— *Você não tem autoridade para exigir isso.*

Não foi o berro de Quinn que nos assustou, embora tenha sido histérico. Foi a resposta calma de Kash que nos surpreendeu.

Podíamos ouvi-la ofegar lá dentro.

— *Sem ofensas* — Kash retrucou —, *mas o lugar onde ela ficará não compete a você, ao Peter ou qualquer outra pessoa. Essa decisão é minha apenas. E eu digo que ela fica aqui.*

— *Kash…*

— *Chega, Quinn.* — Ele estava se aproximando da porta, a voz mais clara agora. — *Farei com que ela apague todos os arquivos que pegou, mas ela fica onde está. E ponto final.*

— *Kash! Não saia por essa porta, não depois do que ela fez. Kash…*

Ele abriu a porta, me viu e também reparou na presença de Matt, então passou a mão pelo cabelo.

TIJAN

— Caralho — resmungou, estalou os dedos e apontou para mim antes de exigir: — Venha. Agora.

E não parou.

Matt se levantou da cadeira, seguindo em nosso encalço.

— Ei, Kashy. Como você está? — Riu, baixinho, enfiando as mãos nos bolsos.

— Agora não, Matt.

Assim que chegou à porta de saída, Kash se virou, segurou meu braço e abriu a porta com as costas. Ele me puxou sem a menor hesitação para o seu lado. A mão forte tocou a parte inferior da minha coluna, mas assim que notou que eu o estava acompanhando, ele afastou a mão. Kash curvou um pouco a postura e enfiou as mãos nos bolsos, do mesmo jeito que Matt fez ao se aproximar pelo corredor.

Meu irmão agora não andava daquela forma despreocupada. Pelo contrário, ele correu, passou por nós e se pôs a andar de costas. Seu olhar intercalava entre nós, com um brilho divertido e um sorriso curvando seus lábios.

— E aí... Podemos falar sobre o elefante na mansão aqui?

— Matt — Kash advertiu. — Não comece.

Ignorando-o, Matt sorriu para mim.

— Podemos oficializar isso? Ela é minha irmã de sangue total ou meia-irmã? Do que estamos falando aqui?

— Matt — Kash rosnou, em advertência.

O rapaz de aproximou ainda mais de Kash, se postou na frente dele, mas ao invés de Kash dar a volta por ele, simplesmente ergueu a mão e o empurrou para o lado. Tudo sem desacelerar os passos.

Rindo, Matt começou a andar de lado, as pernas longas quase se entrelaçando.

— Qual é, Kash. Ela está aqui. Ninguém nunca vem aqui. O que ela fez, o segredo sobre a identidade dela... posso estar me precipitando, mas é meio óbvio quem é o pai dela. Estou chocado que mais pessoas não tenham chegado a essa conclusão ainda. — Ele entrecerrou os olhos. — Ela deve ter a minha idade, então, em algum momento, no fim do divórcio do pai, talvez naquele período logo depois que eu nasci? Ouvi dizer que durante uns cinco anos só teve confusão entre os dois. Sabe como é... minha mãe com depressão pós-parto e meu pai traindo adoidado. Uma época muito ruim para ambos.

A mãe dele sofreu com depressão pós-parto?

— Pare, Matt. Estou falando sério.

Estávamos chegando à calçada do lado de fora da vila. Eu não sabia como havíamos chegado ali tão rápido, mas imaginei que Kash conhecia alguns atalhos. Assim que chegou à porta, ele a abriu, entrou primeiro e se afastou. Entrei em seguida e ele estendeu a mão impedindo que Matt avançasse.

— Eu disse não. — Sua voz voltou ao tom autoritário que ele usou ao falar com Quinn mais cedo. Sem dizer outra palavra, enquanto Matt recuava por instinto, Kash fechou e trancou as portas corrediças.

Matt ficou boquiaberto.

— Ah, não! Você tá falando sério? — Ergueu as mãos, em frustração. — Qual é!

Kash apertou um botão na parede e duas cortinas baixaram, obstruindo completamente a visão de Matt para o interior da casa. Então, quando ficamos apenas os dois, Kash direcionou o olhar furioso para mim.

Um frio se alastrou pela minha barriga.

Isso não ia ser bom.

— Descul...

Ele ergueu a mão e massageou a testa com a outra.

— Pode parar por aí.

Fiquei calada na mesma hora e me sentei no sofá.

Ele continuou com as mãos nos quadris, encarando o chão. Kash não havia se afastado da porta, e quando começou a falar, sua voz soava em tom baixo:

— Você não tem ideia do quão ocupado eu estava quando recebi o telefonema duas horas atrás, informando que houve uma violação de segurança online. Então, eles descobriram e começaram a rastrear a localização. Já tivemos violações antes e simplesmente bloqueá-las não é o que costumamos fazer. Gostamos de eliminar completamente os riscos. Foi o que fizeram. Mas, por mais que normalmente eles sejam rápidos e tomem medidas mais rápidas ainda, a equipe ficou chocada quando se viu impedida de avançar, porque esse *hacker*... tinha erguido paredes de segurança atrás dela. Atrás "deles". Foi assim que se referiram a você, sabia? Esses especialistas em computação que estão entre os melhores do mundo e que trabalham para seu pai, que é considerado o melhor. Então, citando as palavras deles: "Esses caras só podem fazer parte de uma equipe. Eles estão se movendo rápido e ao mesmo tempo instalando cortinas de fumaça para cobrir os rastros em uma velocidade que nenhuma pessoa sozinha poderia gerenciar". Não uma pessoa. Uma equipe. E um deles relatou que isso deve ter sido planejado por meses, não por conta do capricho repentino de uma criança irritada...

Eu me levantei de um pulo.

— Eu não sou uma criança!

— Você está agindo como uma!

Não consegui argumentar contra aquilo. Ele estava certo. Então, apenas suspirei.

— Estou me sentindo um peixe fora d'água aqui. Eu...

— Eu entendo. Pode acreditar... eu entendo! — Kash começou a andar de um lado ao outro, com a cabeça inclinada e massageando a nuca.

O cansaço emanava dele em ondas. Cansaço e frustração. Foi então que notei a roupa que ele usava. Tudo preto. Sapatos pretos. Calça preta. Camisa de mangas compridas preta. Tudo. Preto. Algo me parecia familiar. Havia algo nele, na forma como estava ali parado, na sua voz, em suas roupas... No entanto, eu não conseguia identificar.

— Caralho, Bailey! — Ele parou, ergueu a cabeça e seus olhos faiscaram em minha direção, me fuzilando. — Um dia. Só um dia, porra, e você desmantelou a segurança online deles como se fosse a coisa mais fácil do mundo. Como se fosse Halloween e tudo o que você precisasse fazer fosse colocar uma fantasia, bater na porta e receber as guloseimas. Uma pessoa. Uma *única tarde*! Foram necessárias três horas para localizá-la. Três horas. Suas paredes de proteção foram tão boas que eles tiveram que desativar seus próprios programas por conta dos vírus poderosos que você instalou. Esses caras são os melhores do mundo, e você os derrubou em um dia. Porra, não chegou nem a ser um dia inteiro.

Eu não tinha percebido o tamanho do prejuízo que causei.

— Me desculpe — sussurrei, com a voz rouca, então me sentei outra vez.

— O que você tinha na cabeça? — Ele se aproximou de mim. — Você queria atenção? Seu pai não está aqui. Ele está na Nova Zelândia. Foi por vingança? Você disse que as pessoas te falaram coisas terríveis... Eram essas pessoas que você queria ferir? Você vasculhou as redes sociais de seus irmãos, os e-mails; baixou uma cópia do diário online de Seraphina. Por que fez isso? Ela está aos prantos! Eu a ouvi chorando quando Quinn me ligou. Ela está se sentindo humilhada pelo que quer que você tenha visto lá.

Ele parou por um segundo.

—Marie... — Respirou fundo, então prosseguiu um pouco mais calmo:

— Ela disse que perdeu tudo no computador... que tudo desapareceu. Você tirou todos os arquivos e deixou apenas um ícone do dedo médio piscando na tela como papel de parede. Ele aparece toda vez que ela tenta logar a conta.

Contraí meus lábios quando ele mencionou isso.

Não era engraçado.

Não mesmo.

Então dei uma tossida ao me lembrar de que tinha rido sozinha quando programei isso. Porém, ouvir de Kash não teve a menor graça. Bom, só que era hilário, sim. Tossi de novo, afastando esse pensamento. Daria muito ruim externar isso.

— Sim. Eu sin...

Kash resmungou:

— Você nem está arrependida. Parece estar prestes a pedir desculpas por chegar trinta minutos atrasada para o toque de recolher. Não sou seu pai. Essa não é uma situação em que você só fica de castigo. As coisas que temos contra você poderiam mandá-la para a prisão. Só para você ver o quão grave é. Seu pai tem arquivos nesses computadores. Arquivos de segurança nacional. Você lançou um ataque que poderia comprometer tudo isso. Basta que eu simplesmente diga uma palavra, dê uma aprovação e os advogados do seu pai poderiam levar isso para a esfera judicial. Você poderia ser presa e nunca mais ver sua mãe de novo.

Senti o sangue esfriar na mesma hora. A tosse foi substituída pelo medo, um medo verdadeiro, do tipo que formava uma camada de suor frio na pele.

Ele estava certo.

Ele estava mais do que certo. Eu conhecia a lei. Sabia dos riscos, assim como sabia que meu pai tinha contratos de trabalho com o governo. Isso era coisa de gente grande. Eu mexi com um profissional, um grande e poderoso profissional que talvez não tivesse nenhum sentimento afetuoso por mim. Para ser sincera, ele não devia ter nenhum mesmo. Eu era um risco para o império que ele construiu.

Então perguntei:

— Ele está na Nova Zelândia?

— O quê?

— Teve um evento aqui mais cedo. Eu pensei...

— Foi um *brunch* de caridade. Quinn sempre oferece em prol de organizações sem fins lucrativos. Mas, não. Seu pai não estava presente.

Ah.

Engoli em seco, sentindo o nó na garganta.

Por que eu me importava com isso?

Não deveria dar a mínima. Quero dizer… por que aquilo me incomodava tanto?

Kash suspirou.

— Você queria chamar a atenção do seu pai?

— Não — respondi às pressas.

— Está tudo bem se tiver sido essa a sua intenção.

Caramba.

Outra onda de vergonha percorreu meu corpo. Ele estava certo. Eu estava agindo como uma criança. Eu tinha quase 23 anos, e agi como uma adolescente rebelde. Quase o equivalente a beber demais, usar drogas, fazer rachas… O que alguns jovens ricos deviam fazer. Mas não eu. Eu simplesmente detonei com a internet deles. Tipo, basicamente cheguei na porta da casa e, em vez de bater como uma pessoa normal, ateei fogo.

— Sinto muito.

Kash ficou em silêncio por um momento.

— Sinto muito mesmo. — Alisei o tecido da minha camiseta antes de olhar para cima outra vez.

Ele estava parado ali perto, com os braços cruzados e as sobrancelhas franzidas. Ele não acreditava em mim.

Então, repeti:

— Eu sinto muito. Eu… eu não estava pensando direito. E você está certo. Meio que me mandaram voltar para o lugar de onde saí, então eu só reagi. Fiquei pau da vida, estava magoada, e descontei do jeito que eu *podia*. Sinto muito, de verdade.

— Eu sei. Posso ver isso. — Seu olhar suavizou. Até mesmo as rugas nos cantos de sua boca suavizaram. — Olha, eles não vão saber quem invadiu a privacidade deles. Não saberão que foi você.

— Matt sabe.

— Matt não sabe nada. Ele ficará sabendo o que eu quiser que ele saiba.

Ele afirmou isso com muita segurança, com uma pitada de rispidez, e aquela sensação de familiaridade voltou a me assombrar. A forma como ele disse aquelas palavras, o olhar frio… O que havia ali que estava me incomodando?

— Você precisa restaurar tudo o que pegou e deletar as cópias que fez.

Agora a equipe conseguiu tirar a maioria dos seus bugs dos sistemas deles. Você terá que ir até lá e remover o restante.

— Ir até lá? O que você quer dizer?

Não… De jeito nenhum. Ele me lançou um olhar significativo.

Arregalei os olhos na hora.

— Você quer dizer… ir até a sala de segurança e usar um dos computadores deles?

Eu não sabia dizer se estava salivando por causa da chance de ver com o que eles trabalhavam, ou se estava temendo o fato de que me veriam pessoalmente.

— Quinn quer você fora da propriedade. Eu não permitirei. No entanto, você não terá livre acesso para andar por aí, não até que tenha reconquistado a confiança.

— Confiança de quem?

— A *minha* confiança. — Seu olhar se tornou ardente outra vez. — Você terá que merecer minha confiança. Depois de remover os vírus instalados, você perderá o privilégio de mexer em um computador.

— Você não pode fazer isso! Eu preciso trabalhar no meu projeto de pós-graduação. E-eu… eu… — Levantei-me de um pulo.

— Quer apostar? — Ele se postou à minha frente.

Eu não me movi. Nem ele. Estávamos quase nos tocando; ambos nos encarando com raiva, ofegantes, até que eu, de repente, estava me sentindo queimar por um motivo completamente diferente.

Deus do céu.

Eu precisava desviar o olhar. Eu precisava. Mas não consegui.

O que eu mais queria fazer era tocá-lo, e meu olhar baixou para o peitoral forte. A camisa se moldava aos músculos, abraçando-o com perfeição, e eu podia imaginar desesperadamente a sensação dele contra mim. Tão forte, firme. Antes, eu havia pensado que não havia um centímetro de gordura em seu corpo, e agora estava salivando, querendo testar minha teoria.

Kash cedeu primeiro, recuando. Sua voz saiu rouca:

— Sua punição é esta: você ficará nesta casa. Só sairá pela propriedade com um dos seguranças, e à medida que eu achar que se tornou confiável, você ganhará cada vez mais liberdade.

— Meu Deus — murmurei, mas não tinha certeza se estava reagindo por conta da punição ou de algo mais. Recuei um passo, inspirando fundo. Eu precisava arejar a cabeça, porque estava enevoada.

— Prisão — ele disse. — Eles podiam dar um sumiço em você. É uma medida drástica, mas, de certa forma, isso resolveria os problemas de seu pai muito mais facilmente para nós. Você precisa ter uma noção do que estou te salvando. Quinn quer você fora daqui. Ela não se importa em te proteger. Sou eu que estou fazendo isso. Você fará o que estou mandando, e sem reclamar, ou juro por Deus, Bailey, você será fodida de mil maneiras diferentes aqui. Nenhuma delas prazerosa. Então, agora aceite.

Sério. Essas palavras exatas.

Tudo bem.

Aquilo doeu.

Eu queria o verão inteiro com meu computador. Eu queria adiantar meu projeto de pós-graduação, e agora não podia fazer nada disso. Eu tinha estragado tudo, mas, caramba, seria difícil de engolir.

Ele começou a se afastar, depois parou. Kash estava meio de lado, a cabeça inclinada e virada para trás, e com os olhos tempestuosos me encarando.

— Você nunca perguntou quem notou sua invasão primeiro.

Senti o nó na garganta, por algum motivo.

— Como assim? Pensei que o sistema deles tivesse me detectado.

Seu telefone zumbiu em sua mão, mas ele o ignorou.

— Você desativou o sistema de alerta quase imediatamente. Foi uma pessoa que percebeu que você estava no sistema. Se ele não tivesse percebido, quem sabe quando eles teriam reparado na sua invasão. Quinn e seus irmãos sequer sabiam até que foram avisados para verificar suas contas. Eles estavam logados, ao mesmo tempo que você pegava todos os arquivos. — Ele parou de falar, os olhos entrecerrando de leve. — Foi a mesma pessoa que te derrubou, também.

Eu senti… A ardência voltou com força total. Estava se espalhando da minha garganta, para o meu estômago, para os meus pés. Viajando pelas pernas, acionando todas as terminações nervosas.

— Quem foi?

Um olhar flamejou nos olhos de Kash. Ameaçador, uma advertência, mas havia algo mais lá. Não tinha certeza do que era. Até que ele disse:

— Seu pai. Foi ele quem te pegou. Você conseguiu o que queria.

Uma pausa.

Ele olhou para o telefone.

— Seu pai está voltando. Ele está no avião nesse exato instante.

A adrenalina corria solta.

Ele estava chegando. Meu ídolo de infância. O cara que foi o meu doador de esperma. Passei por etapas variadas de empolgação, medo, desdém, raiva, impaciência... e voltei à empolgação. Não importava o contexto em casa, não importava como ele havia magoado minha mãe...

E... eita. Estaquei na mesma hora. *Espera um pouco.*

Ele magoou minha mãe.

Isso cagava com tudo.

Assim que me lembrei desse fato, o medo me dominou durante aquela noite e pelo dia seguinte. Mas eu estava pisando em ovos, esperando um guarda bater na porta a qualquer momento.

Ninguém apareceu.

O telefone não tocou.

Kash teve que voltar para o lugar em que se encontrava antes de todo o incidente do *hacking*, e nem se deu ao trabalho de me mandar qualquer mensagem.

Nada. Todo mundo havia desaparecido. Era como se eu estivesse em isolamento.

Passei o primeiro dia inteiro só esperando. Fiquei aguardando para conhecer meu pai. Esperando Matthew se esgueirar por ali. Esperando Kash aparecer e me repreender por algo. Esperando, esperando, esperando. No segundo dia, essa espera diminuiu um pouco.

O tédio me atingiu com força naquela tarde. Um tédio drástico, maçante, consumidor de almas. Cheguei até mesmo a ir para a garagem só para ver que peças havia por ali, se tinha alguns fios extras espalhados. Talvez fosse a hora de construir um robô para fazer companhia ao coelho robô do Cyclone, e assim que esse pensamento cintilou na minha cabeça, me dei conta de que estava com todo o arquivo dele salvo. Era exatamente o que salvei no meu celular, não no computador ou na internet. Meu telefone, a única coisa à qual ainda tinha acesso. Quando optei em manter o arquivo ali, foi puramente uma resposta automática, pois eu sabia que iria querer ler tudo mais tarde. Era esse o tipo de leitura que eu fazia antes de dormir.

Kash não disse que eu não podia…

Na verdade, ele disse, mas será que ele ficaria chateado, mesmo se eu estivesse tentando ajudar o Cyclone? Será que eu poderia fingir que não li? Ele disse "sem Wi-Fi". Tecnicamente, meu telefone não tinha mais Wi-Fi. Tinha conexão via satélite, mas eu estava honrando nosso acordo. Ele disse "sem coisas de computador". Era difícil. Era doloroso. Mas eu estava cumprindo.

Então, naquela noite, eu me aninhei no sofá e comecei a ler. E continuei lendo o arquivo dele, durante toda a noite, até perceber que eram três da manhã. Três e trinta e dois, para ser mais exata. Larguei o celular, sentindo o estômago roncar de fome, mas ignorei tudo e fui me deitar. Tomei uma ducha, escovei os dentes, vesti um pijama e me enfiei debaixo das cobertas… Só para pegar meu celular novamente. Então vi uma mensagem que deixei passar batido de alguma forma.

Quando cliquei, vi que era de Kash.

> Kash: As câmeras mostram que você está se comportando. Você mexeu nas câmeras?

Dei uma risada, depois apaguei o sorriso no meu rosto. Não era para achar isso engraçado.

> Eu: Estou me comportando. Lendo no meu telefone, se quiser saber os detalhes.

O celular zumbiu outra vez.

> Kash: Alguém dará um pulo aí amanhã, logo depois das sete da manhã. Você será levada para o escritório para terminar de limpar sua bagunça.

Mais uma mensagem chegou.

> Kash: Vá até lá, resolva o que tem que resolver e volte para casa.

Um terceiro zumbido.

> **Kash: Seu pai teve que passar em DC por algum motivo, só para te informar.**

Ah. Aquilo…

Não, eu não dava a mínima. Ele tinha magoado minha mãe. Era só isso que me interessava agora.

> **Eu: Okay.**

Estava prestes a voltar a ler, mas decidi mandar outra mensagem. Não deu para evitar.

> **Eu: Você quebrou a regra principal.**

> **Kash: Qual?**

> **Eu: Você não perguntou o que eu estava lendo. Não é possível que você tenha tantos livros na estante sem ser um amante de livros. Você deveria conhecer essa regra.**

> **Kash: Eu já sei o que você está lendo, e você mentiu.**

Quase deixei o celular cair. Como ele sabia…

Então me dei conta. Eu havia me esquecido por um segundo. Praguejando baixinho, digitei mais uma vez.

> **Eu: Não é justo. Não é certo. Cadê a privacidade?**

> **Kash: Você perdeu esse privilégio.**

Um segundo zumbido.

> **Kash: Faça por merecer.**

Eu não tinha resposta para isso, e depois que parei de enviar mensagens, ele também parou. Com um suspiro profundo, me acomodei ao travesseiro e puxei a coberta até o queixo, cruzando os braços por cima e levantando o celular até a altura dos olhos. Li quase todo o arquivo naquela noite, parando por volta das cinco da manhã.

Só acordei por conta do toque insistente da campainha.

Só *despertei* mesmo por conta da pessoa que tocou a campainha. Peter Francis estava na porta de Kash.

Ele disse que "alguém" passaria aqui.

Bem, esse era o "alguém".

Tive até esperanças, mas podia jurar que seria um segurança que me buscaria. Não meu p... Peter Francis.

Era realmente ele ali.

Eu não desmaiaria. Não. De jeito nenhum.

Meu coração estava acelerado e, caramba, minhas mãos estavam suando. Quando isso aconteceu?

Permaneci em silêncio, porque era ele quem devia comandar a coisa toda. Ele apareceu. Sem dúvida, ele estava irritado e eu era a filha diferente, bagunçando sua segurança cibernética, e ele teve que voar de volta só por minha causa.

Eu deveria estar radiante.

Okay. Eu meio que estava.

Este era meu pai. Puta merda.

As mãos começaram a suar de novo.

Ele tinha sido meu ídolo quando eu era criança. Esse sentimento de admiração não desaparecia assim do nada. Está no sangue, mas eu estava rapidamente me lembrando das minhas circunstâncias, e que eu ainda não era bem-vinda aqui, então isso ajudou com a empolgação que se alastrava pelo meu corpo.

Acalme-se. Eu podia fazer isso.

Engoli em seco.

Ele estava me encarando, me estudando. Eu estava fazendo o mesmo. Cabelo escuro. Tão preto que quase chegava a parecer azul. Olhos cor de mel como os meus.

Eu tinha herdado a inteligência dele.

Este era o meu doador de esperma. Isso era certo.

Ele era mais alto pessoalmente.

Eu sabia de todos os seus dados. Sabia qual era o seu peso – 86 quilos. A altura exata – 1,83 metros. Ele provavelmente fazia a barba uma vez por dia, mas como havia alguns fios despontando, imaginei que não teve tempo essa manhã.

E ele era um dos homens mais poderosos no mundo da tecnologia.

Eu estava prestes a hiperventilar aqui.

— Você está pronta?

Isso foi tudo. Essas foram as primeiras palavras que meu pai disse para mim.

Eu estava pronta?

Pisquei várias vezes. Eu não poderia ter ouvido direito.

— O quê?

Ele deu um passo para trás, se afastou e apontou para a casa principal.

— Kash disse que você consertaria tudo, já que pode fazer isso mais rapidamente. Vou te observar enquanto você faz.

Ele ia me observar.

Ele me levaria até lá, ficaria de olho e então, o quê?

— Sério? Isso é tudo o que você tem pra me dizer?

Ele se moveu novamente, a cabeça baixa e os lábios franzidos.

— Algumas de suas violações são urgentes. Você as quebrou. Kash está certo. Você é a pessoa indicada para consertá-las. Eu poderia, mas demoraria mais tempo.

Isso foi ideia de Kash? Pensei que tivesse sido de Peter.

Ele já estava se afastando, mas parou. Estava esperando por mim. O homem não olhou para trás outra vez, porém ainda estava ali imóvel. Era óbvio. Captei a mensagem não dita e com um suspiro pesado, fui atrás dele.

Meu coração foi partido ao meio.

Enquanto caminhávamos, minhas partes estilhaçadas iam formando um rastro.

Ele estava aqui para trabalhar. Para corrigir *coisas urgentes*. Porque eu poderia consertar tudo mais rápido do que ele.

Lá se foi outra parte, só de pensar nisso.

Continuamos andando, porém, minha mente estava a mil.

Eu deveria obrigá-lo a explicar tudo para mim.

Eu deveria confrontá-lo sobre Chrissy, sobre a forma como a abandonou, o motivo pelo qual fez isso. Por que fez tudo o que fez. Ele não sabia sobre a minha existência? Se sabia, por que não entrou em contato comigo? Por que nunca quis falar comigo? Ou enviou um cartão? Qualquer coisa.

Por que eu não era boa o suficiente?

O que havia de errado comigo?

Por que ele não me amava?

Todas essas perguntas estavam ricocheteando em minha mente, mas ao mesmo tempo eu estava memorizando tudo sobre ele.

Eu estava caminhando ao lado do meu pai. Se acabaria gostando dele depois disso, ou não, se o amaria ou odiaria… este era um dia do qual nunca me esqueceria. Estaria em minha mente, e não por causa da minha memória fotográfica. Este era um dia que qualquer criança em meu lugar, esquecida ou relegada, lembraria até o dia em que seu coração parasse de bater.

Ele não estava vestido como um pai de negócios se vestiria – ou talvez estivesse. Ele usava uma calça cáqui, um agasalho azul-escuro. Dava para ver um colarinho branco por baixo, o que podia indicar que estivesse usando uma camisa polo.

Ele usava um Rolex Daytona no pulso. Pulseira de ouro rosê.

Uma aliança de casamento.

Nos pés… tênis Nike.

O cabelo estava penteado para o lado, com os fios meio bagunçados como se tivesse passado os dedos várias vezes. Seu rosto estava bronzeado. As mãos também. Ele passava tempo sob o sol, talvez jogando golfe. Eu não sabia. Eu me lembrei de uma matéria de revista que disse que ele gostava de remar.

Quem remava por aqui?

Bem, talvez ele remasse.

Eu ainda apostava no golfe. Sua casa ficava no meio de seu próprio campo de golfe particular.

Ele caminhava com um leve saltitar, como se buscasse impulso para acelerar os passos. Ao sentir que eu o observava, enfiou as mãos nos bolsos do casaco e baixou a cabeça. Os ombros se curvaram conforme aumentava ainda mais o ritmo. Ele queria acabar logo com isso; queria encerrar qualquer contato comigo.

Passamos pela casa principal e demos a volta pela lateral até chegar a um prédio com as três garagens que notei quando passamos por ali de carro. À medida que nos aproximávamos, um guarda abriu a porta dos fundos e a segurou para que entrássemos. Nenhuma palavra foi trocada. O homem nem mesmo fez contato visual comigo.

Peter liderou o caminho, mas eu parei à porta e encarei o guarda. Não sei por que fiz isso. Talvez quisesse memorizá-lo também. Ou talvez quisesse um segundo a mais para me lembrar desta manhã. Sete horas, um ar matinal levemente frio. O céu estava cinzento. Eu podia ouvir pássaros cantando. *Patos*. Outros piavam.

Eu também sentia a neblina no ar. Sabia que choveria mais tarde.

Esta manhã foi o dia em que andei ao lado do meu pai.

Era isso que eu queria memorizar, porque assim que entrasse lá dentro, quando me sentasse atrás do computador, não pensaria mais nisso. Eu seria sugada para aquele mundo e tudo isso desapareceria. Respirei fundo, esperando um segundo, ciente de que tudo estava gravado na minha memória de longo prazo... e então entrei.

Ele estava me esperando com uma expressão engraçada no rosto. Abaixei a cabeça e evitei seu olhar. Peter abriu uma porta e, ao passar por ela, entrei na sala de controle principal.

Este era o meu mundo, o meu refúgio.

O computador central já estava ligado. Peter ficou esperando na porta, e não havia razão para dizer qualquer palavra depois disso. Eu me sentei e me aproximei do computador. Os fones de ouvidos já estavam a postos, e assim que comecei, alguém deixou uma caneca de café sobre a mesa. Eu não tinha pedido nada, e sabia que não havia sido ele a deixar a bebida ali, já que a pessoa possuía o pulso mais fino. No entanto, tomei um gole e continuei trabalhando. Demorou uma hora para restaurar todos os arquivos de Cyclone. Trinta minutos para os de Matt. Quarenta e dois minutos para Seraphina. Quarenta e um minutos para Quinn. Por mais que eu odiasse o fato, levei mais uma hora para repor os arquivos de Marie.

Eu não *hackeei* Peter.

O que eles queriam de mim foi feito. Restaurei tudo e poderia ter me afastado do computador, desligado tudo e voltado para a vila de Kash.

Mas não foi o que eu fiz.

Meus dedos já estavam digitando antes que eu pensasse sobre o assunto, mas decidi fazer outras coisas. Reforcei seus *firewalls*; instalei um novo programa de segurança surpresa que estaria preparado caso alguém invadisse o sistema de novo. E então comecei a escrever os códigos que fechariam os buracos que criei ao entrar.

Fiz questão de proteger o endereço de IP de Cyclone.

Também instalei um bloqueio duplo em todo o sistema, e até mesmo coloquei um pequeno sistema que detectaria qualquer um como eu e enviaria um alerta preliminar para todo o sistema de segurança.

Durante o tempo em que eu fazia isso, ele ficou atrás de mim. Eu sabia disso, porque podia senti-lo às minhas costas. Cheguei a me esquecer, em alguns momentos, de sua presença, mas um sexto sentido me cutucava e indicava que tinha a ver com sua vigilância. Ele não vacilou em momento algum, então apenas mantive o ritmo do trabalho.

Eu bebi quatro canecas de café e duas bebidas energéticas.

Quando terminei, eu me afastei do computador e tive que correr para o banheiro. Minha bexiga estava prestes a explodir. Na cabine, calculei que devo ter ficado ali reparando e aprimorando seu sistema por cerca de seis horas. Eu comecei pouco depois das sete, e já eram quase duas da tarde.

Por que fiz isso? Por que ajudei a melhorar o que ele faz para viver?

Eu não queria saber a resposta ou pensar sobre isso, mas não pude evitar. *Aprovação*. Eu queria a aprovação dele. E senti vergonha ao me dar conta disso.

Ele me rejeitou.

Eu não deveria querer sua aprovação ou qualquer coisa. Sua aceitação. Nada. Obviamente, ele não me daria nem uma coisa nem outra, ou teria dito algo a caminho daqui.

No entanto, ele ficou calado o tempo inteiro, mas, ainda assim, um pensamento continuava me alfinetando. Ele ficou atrás de mim por seis horas e observou tudo. Quem faria isso?

Ele não bebeu ou comeu nada durante aquele tempo. Eu teria percebido, porque por mais que odiasse o fato, ainda estava muito consciente da presença dele. Peter não saiu da sala nem para usar o banheiro, o telefone. Nada. Não ouvi nem sinais de alertas de mensagens de texto.

Isso devia significar alguma coisa. Certo?

Não era possível. Aquilo tinha que significar algo, já que ele ficou ali o tempo todo me observando trabalhar, sem sair uma vez sequer.

Ou talvez minha esperança estivesse começando a despertar novamente, e eu precisava esmagá-la. Sim. Era isso. Eu tinha que acabar com qualquer expectativa. Era o trabalho dele. Meu trabalho. Ele queria ver o que eu podia fazer.

Por isso ele me observou o tempo todo.

Sim.

Senti a amargura se espalhar por mim. A dor me rasgando em pedaços. Mas era o que mais fazia mais sentido.

Negócios. Os negócios dele. Essa é a única razão pela qual ele não se moveu um centímetro enquanto eu trabalhava.

Saí da cabine e lavei as mãos, sentindo meus pés se movendo como se eu estivesse caminhando em cimento ainda molhado. Era difícil avançar. Quando cheguei ao corredor, ele já não estava mais lá.

Viu só?

Eu estava certa.

No entanto, como eu tinha terminado ali, então podia voltar para a vila. Quando segui em direção à saída, ouvi as vozes distintas assim que me aproximei da porta.

— Caralho, pai. Era isso que você estava fazendo hoje?

Estendi a mão para tocar a maçaneta.

— Acalme-se, Matthew. Eu queria ver o nível de habilidade dela pessoalmente.

Parei e esperei, prendendo a respiração.

Ambos estavam irritados, discutindo. Mas a voz de Matt tinha um toque extra de irritação, enquanto a de Peter expressava algo mais... Confusão, talvez?

Ele continuou:

— Ela tem um dom. É incrível. Eu gostaria que você tivesse esse dom.

Matt resmungou:

— Claro. Você teve seu sistema todo detonado e já está aí babando só porque ela o consertou. Ainda por cima, está fazendo questão de me dizer que sou um merda. Legal, pai. Você é um pai muito amoroso.

— Você está colocando palavras na minha boca, mas está certo. Não preciso de um filho que festeja o dia inteiro, tem apenas um trabalho a fazer e, mesmo assim, não consegue colocar a vida em ordem. Kashton faz seu trabalho por você na maior parte do tempo...

A risada áspera de Matt irrompeu pelo ambiente.

— Pelo amor de Deus. Você acha que Kash só faz o *meu* trabalho? — Seu tom mordaz agora expressava zombaria. — Nós dois sabemos que ele administra metade dos seus negócios.

— Só um!

Dei um pulo para trás ao ouvir o berro irritado de Peter.

— Um emprego apenas! Somente um maldito hotel para gerenciar. E você nem mesmo se dá ao trabalho de fazer isso. Você tem gerentes para fazer isso. Eles deveriam se reportar a você, mas sempre estou sentado ao lado de Kashton quando ele recebe os relatórios deles. Um hotel para supervisionar e até mesmo isso você estragou. Que tipo de filho é você?

O último questionamento saiu carregado com um frio cortante.

E não fui a única afetada ali. Matt ficou em silêncio. Quase segui em diante, mas ouvi a resposta que ele deu em um tom derrotado:

— Você está certo, pai. Sou um fracasso. E, no entanto, dos dois, tenho quase certeza de que sou o único aqui que compartilha o mesmo sangue e está esperando por ela.

Ele não disse mais nada.

Peter também não.

Ele só ficou em silêncio.

Kash: Como foi?

Eu: Só... foi.

Na noite seguinte, eu estava deitada na cama. Não dormindo... só tentando dormir.

Tentando não pensar sobre o dia anterior; em como empurrei a porta e saí, deparando com os dois se afastando dali. Um segurança estava à minha espera e me levou de volta à vila de Kash.

Eu fiquei lá o dia todo, sem querer pensar, sentir ou admitir quão arrasada estava. A tarde passou, daí consegui comer alguma coisa no jantar, mas eu quase não tinha fome. Bebi uma xícara quente de chá, depois me acomodei na cama.

O alarme ressoou pela casa, assim como uma luz vermelha começou a piscar do lado de fora.

O medo me fez sentar de supetão, então congelei. Eu estava paralisada, meu coração quase saindo pela garganta.

Alguém tinha invadido a casa.

A porta do quarto se abriu e eu consegui me libertar da paralisia, pulando para fora da cama.

Não fui em direção à pessoa. Meu instinto de lutar ou fugir estava funcionando total. Saí correndo, sem nem ao menos ver para onde, porque era só nisso que estava focada. No mínimo, eu devia estar parecendo uma personagem do Matrix, porque pulei e nem esperei para ver onde meus pés tocavam no chão. Tropecei com o colchão, mas consegui manter o equilíbrio.

O intruso veio até mim, mas eu o atropelei. Literalmente. Eu o derrubei como se ele fosse um pino de boliche e eu a bola, e não parei.

Ouvi um grunhido, o meu nome sendo chamado, mas... nem pensar. De jeito nenhum, mano. Era óbvio que o intruso sabia meu nome, já que invadiu a casa atrás de mim. Eu tinha certeza de que não estavam atrás de Kash ou queriam ser apresentados à minha pessoa. Caí com tudo no chão, com o coração na garganta, mas disparei pelo corredor, pela escada, e estava correndo até a porta de saída quando a pessoa se recuperou o suficiente para chegar ao corrimão do segundo andar.

Então, ele gritou:

— Sou eu! O Matt! Pare!

Matt?

Eu não era burra, logo, não parei nem com essa informação. No entanto, olhei por cima do meu ombro conforme virava um canto e o avistei com a mão estendida na minha direção.

Argh!

Meus pés continuavam martelando o piso. Parar? Continuar a correr? Se eu quase não tivesse sido sequestrada antes, talvez até fizesse sentido parar, por ser a coisa mais racional a fazer, mas esse foi um evento de uma vez só. De jeito nenhum eu permitiria que acontecesse de novo. Eu já estava correndo pela calçada quando um punhado de seguranças vinha na minha direção. Eles estavam vindo de todo lado. Pela frente, por trás, esquerda e direita. Eu não ficaria surpresa se alguns deles simplesmente tivessem brotado do chão.

— Senhorita Hayes! — um deles gritou, a mão estendida para mim enquanto a outra mantinha a arma em punho apontada para o chão. — Senhorita Hayes.

O mesmo cara estava quase me alcançando, no entanto, havia diminuído os passos. Todos eles estavam desacelerando – bom, pelo menos aqueles que me cercavam. Eu não podia parar. Simplesmente, não podia. Meu cérebro ainda não comandava meus pés, então acabei trombando com alguns seguranças no meio do caminho. Eles me seguraram e só então olhei por cima do ombro outra vez. Havia um outro grupo separado se aproximando da casa de Kash. Eles empunhavam armas, avançando em completo silêncio. Eu podia ver que faziam um monte de sinais entre eles, alguns tocando os comunicadores em seus ouvidos.

Eu não podia ficar ali. Não podia parar de tentar correr, lutar ou fugir. Por causa disso, quase derrubei o segurança que ainda me segurava de pé. Ele grunhiu e firmou o agarre.

— Pare, senhorita Hayes. Pare. Estamos aqui e você está segura.

Não dava para entender suas palavras, e eu não conseguia parar quieta. Ele praguejou baixinho, rosnando.

— Leve ela daqui. Leve-a para a mansão.

Um segurança assentiu atrás de mim. Eu sabia que precisava me acalmar, mas não era acostumada a sentir um medo tão brutal quanto aquele. Um medo que me dizia que se eu parasse de me mover, eu poderia morrer. Se eu parasse de seguir adiante, eles me pegariam de novo. Se eu parasse de correr, Rafe, Clemin e Boots me levariam embora. Arcane.

Eu não podia parar. Nunca.

E por causa disso, eles precisaram de um segundo homem para me levar no colo, tirando meus pés do chão e ainda se movendo. Era como se eu estivesse pedalando no ar. Continuei me movendo conforme eles me levavam para a mansão, passando pelos funcionários que haviam se aglomerado no corredor. Reconheci a sala onde estava um segundo antes de a porta se abrir e Marie aparecer, com os olhos arregalados, o rosto pálido e o corpo atarracado bloquear o caminho para que eles não seguissem em frente.

— Saia da frente, Marie. — O segurança nem sequer esperou pela permissão. Ele esbravejou e um segundo depois a mulher se afastou para o lado.

Ele me colocou no chão e eu comecei a andar de um lado ao outro. Meu cérebro não tinha mais nenhum controle sobre mim. Meu coração estava acelerado, e eu precisava me acalmar, então passei a circular a mesa gigante no meio da sala. Sem parar. Dando voltas e voltas.

Não parei em momento algum, nem mesmo quando os seguranças fizeram menção de sair.

— Por favor, não vão embora. Por favor… — murmurei.

Não parei nem quando Marie se sentou, apenas me observando. Eu não estava prestando mais atenção a ela, ou aos seguranças – que ficaram ali após o meu pedido. Um ficou parado à porta, e o outro se manteve observando minha movimentação frenética.

Eu não fazia ideia de quanto tempo havia se passado até que ouvimos uma agitação no corredor. Mais seguranças pararam por ali, conversando entre si, então o que guardava à porta se afastou e Matthew entrou na sala.

— Bailey?

Não. Eu não ia aceitar isso. Continuei rodeando a mesa, porque era a única coisa que fazia sentido na minha vida naquele momento. A mesa – longa, retangular e perfeita para se caminhar ao redor, então era isso que eu faria.

— Bailey… — A voz de Matt suavizou. Ele se aproximou de mim com cautela. — Pare. Você pode parar agora.

Ele estendeu a mão quando passei por ele, e eu a afastei com um tapa.

— Não. Não faça isso! — Continuei rodeando a mesa.

— Eu sei o que aconteceu com você.

Isso me fez desacelerar, mas, ainda assim, não consegui parar. Sentir-se indefeso e impotente te obriga a fazer qualquer coisa para afastar esses sentimentos. Era a coisa mais aterrorizante que uma pessoa poderia experimentar.

Eu não poderia suportar isso de novo.

A voz de Matt baixou o tom quando ele disse:

— Eles tentaram levar o Cyclone também.

Ah, meu Deus.

Cyclone.

Um garotinho.

Matt continuou falando conforme eu rodeava a mesa:

— Ele tinha quatro anos e não se lembra, mas foi o dia mais traumatizante de nossas vidas. Eles o pegaram. Eles realmente chegaram a ficar com ele por alguns minutos. Então Kash os encontrou e acabou com a raça deles. Esses sequestradores estão na prisão agora e nunca serão soltos. E estou falando que eles estão naquele tipo de prisão que ninguém sabe onde fica, ou se existe de fato. Meu pai se certificou disso, assim como o Kash. — Ele hesitou. — Houve outros dois grupos que tentaram de novo. Nas duas vezes, Kash os pegou. Ele os deteve, e também deterá quem tentou te sequestrar. Eu prometo.

Eu não sabia que estava chorando até que levantei a mão para secar alguma coisa que fazia cócegas na bochecha. Ao sentir as lágrimas, encarei minha mão de um jeito estranho. Eu não chorava. As mulheres Hayes não choravam. O que era essa umidade toda?

Só podia significar que meus globos oculares estavam suando.

Kash. Eu precisava falar com Kash. Eu não sabia o porquê. E nem mesmo estava questionando isso. Eu só precisava dele. Ele me enviou uma mensagem mais cedo, mas não tive coragem de responder. Agora ele era o único de quem eu precisava.

— Onde está Kash?

Matt pausou, franzindo o cenho.

— Você quer falar com ele?

Assenti, em concordância.

— Por favor.

Só então parei. E nem tinha percebido isso também. Tinha um monte de coisa que eu nem estava mais prestando atenção, mas essa era a razão para continuar andando – para ficar anestesiada. Eu queria desligar o mundo. E era dessa forma que as coisas funcionavam para mim. Assim que eu me sentisse segura de novo, eu voltaria ao normal.

No entanto, eu ainda estava esperando isso acontecer.

— Sinto muito por ter te assustado. Eu não sabia — Matt disse, agora mais perto, com um celular na mão. — Eu queria falar com você, mas quando você reagiu... eu soube na hora o que aconteceu com você. Sinto muito, Bailey. Realmente sinto muito. Cyclone tem pesadelos. Ele não se lembra do que aconteceu, mas é como se sua mente lembrasse, ou sei lá, a parte do subconsciente que faz com que seus sonhos recordem. Não é tão frequente... talvez uma ou duas vezes por ano. Eu já ouvi seus gritos, e fico arrepiado sempre que ouço. Passo mal só de imaginar o que poderia ter acontecido. Sinto muito. Estou tão arrependido. — Ele continuou repetindo essas últimas palavras enquanto, gentilmente, tentava me abraçar.

Quando, por fim, conseguiu me tomar em seus braços, Matt praguejou baixinho antes de intensificar o abraço.

— Por que você não veio até nós antes? Meu Deus.

Eu retribuí o abraço e avistei as pessoas nos observando. Era quase coisa demais para suportar. Os seguranças. Marie. Theresa atrás de Marie. E ainda mais distante, no corredor, vi Quinn segurando a mão de Cyclone. Uma garota mais jovem estava ao lado dela, cobrindo a boca com a mão. Eles não deviam nem estar conseguindo nos ver dali, mas, de alguma forma, os guardas se afastaram para o lado, quase como se não tivessem certeza se deveriam ficar ou sair, e ficamos expostos para mais de vinte pessoas naquele corredor.

Eu simplesmente fechei meus olhos, porém desejando duas coisas: que tivesse procurado por essa família mais cedo; e que fosse Kash me abraçando naquele momento.

— Ninguém que já não soubesse ouviu o que eu disse — Matt estava falando ao telefone, com Kash do outro lado da linha. Ele andava em círculos, com a mão pressionada em sua outra orelha para ajudá-lo a ouvir.

— Eu sei. Eu sei… Não. Acredite em mim. Ninguém ouviu. Quer dizer, Marie já sabia, além dos seguranças. Bem… droga. Theresa também sabe agora, mas só ela. Theresa é filha de Marie, então, tudo bem. Ela não falaria nada de qualquer forma. Ninguém mais poderia ter ouvido.

Ele levantou a mão para chamar a atenção de um dos seguranças, fazendo um gesto para o corredor conforme dizia:

— Theresa precisa assinar aquele NDA, só por precaução. É um específico sobre… — Gesticulou para o lugar onde eu me encontrava sentada.

Isso se "sentada" fosse a palavra apropriada para descrever como eu estava.

Eu estava meio agachada no chão, meio encolhida e meio apoiada nas pontas dos pés, saltitando no lugar. Meus músculos das pernas reclamariam na manhã seguinte, mas, por enquanto, eu não sentia nenhum incômodo. Bem devagar, ao longo da última hora, o choque tinha começado a diminuir, mas ainda havia uma quantidade razoável percorrendo meu corpo.

Todos foram orientados a voltar para suas respectivas camas.

Os seguranças estavam do lado de fora, então estávamos somente eu e Matt na sala quando Kash ligou. Fiquei esperando até que ele terminasse de atualizar.

— Okay… tudo bem. — Matt pausou, concordando com a cabeça. — Sim, sim. Vou fazer isso. Okay.

Ele se virou para mim, me encarando e ouvindo Kash do outro lado, e então concordou novamente.

— Ela está aqui. — E me entregou o celular.

Eu peguei o aparelho, me sentindo boba em um segundo e grata no outro. Eu não deveria me sentir dessa forma, necessitando tanto conversar com ele. Só que eu me sentia debilitada e com medo o bastante para não lutar contra esse anseio. Só dessa vez.

Eu me afastei para o outro lado da sala.

— Alô?

Sua voz soou baixa e rouca:

— *Você está bem?*

Um arrepio se alastrou até minhas pernas. Eu não sabia o motivo, mas, de repente, estava segurando o celular como se fosse um bote salva-vidas, e mordendo o lábio inferior para evitar me tremer todinha. Sério. Superembaraçoso.

Respondi com um pouco de dificuldade:

— S-sim... — Mordi a boca com mais força. Respirei fundo. Eu podia fazer isso sem que a voz vacilasse. — Estou bem. Sim.

— *Por que não acredito em você?*

Aquilo me arrancou uma risada.

— Se serve de consolo, eu não acredito em mim mesma.

Ele ficou em silêncio.

— *Então por que está fingindo?*

— Você não sabe até agora? É por isso que estou aqui. Para fingir.

Ele ficou em silêncio novamente. Então ouvi um suspiro suave.

— *Não posso sair de onde estou agora, senão faria exatamente isso.*

Por que ele estava me dizendo aquilo? Eu não deveria dar a mínima.

— *Bailey?*

Caramba. Por que ele tinha que parecer tão preocupado? Isso estava me destroçando. Eu podia sentir que estava suando cada vez mais. Tentei falar com normalidade, mas apenas um sussurro escapou:

— E-eu... só f-fiquei com medo.

Merda.

Cabisbaixa, caminhei até a parede e recostei a testa contra a superfície fria. Minhas costas estavam viradas para Matt, então sussurrei, com a voz trêmula:

— Foi como antes... quando eles entraram na minha casa. Só tive um segundo para me dar conta, antes que... — Eu não conseguia falar. Minha garganta estava fechada, e aquelas lágrimas esquisitas voltaram a escorrer pelo meu rosto.

— *Respire, queri... respire, Bailey.* — Sua voz soava quase com ternura conforme tentava me tranquilizar.

Inspirei fundo e a tensão aliviou um pouco.

Ele continuou:

— *Você passou por um evento traumático que deixaria, sem dúvidas, alguns efeitos residuais; isso é apenas um deles. Você ficará bem. Eu prometo.*

Eu segurava o celular com muita força.

— Você promete? — Meu Deus. Eu odiava chorar. Mulheres Hayes não choravam. — Grite comigo.

— *O quê?*

— Grite comigo — resmunguei, fechando os olhos com força. — Por favor. Eu preciso de uma distração.

Ele riu.

— *Se é tudo com o que está preocupada, acho que você ficará bem.* — Ele ficou

TIJAN

em silêncio por um segundo, e nós dois ouvimos meu soluço. — *Preciso permanecer onde estou por um tempo. Essa informação te faz parar de chorar?*

Mordi meu lábio inferior. Saber daquilo me fez parar de chorar, sim, mas havia uma dor irradiando pelo meu peito. Por que essa merda de dor estava lá?

— *Bailey?* — ele me instigou.

Eu queria que ele voltasse, mas isso era ridículo. Ao invés, apenas murmurei:

— Pare de me espionar o tempo todo. É estranho.

Uma risadinha ressoou do outro lado da linha.

— *Você parece melhor agora. Matt disse que seu celular provavelmente ficou na minha casa. Me ligue quando chegar lá.*

— Por quê?

— *Apenas faça isso* — ele me interrompeu com brusquidão e, do nada, isso me relaxou.

Estávamos em terreno firme novamente – terreno em que estava familiarizada.

— Tudo bem.

Entreguei o telefone de volta para Matt, que trocou mais algumas palavras antes de desligar. Ele se virou para mim e, com as sobrancelhas arqueadas, perguntou:

— O que você gostaria de fazer agora?

Nós dois sabíamos que eu não conseguiria dormir.

Respirei fundo e tentei me recordar do que eu precisava fazer para me sentir segura.

Eu precisava conhecer a estrutura da propriedade. Queria saber todas as medidas de segurança que estavam em vigor – físicas e cibernéticas –, e queria avaliar quaisquer brechas por mim mesma.

— Quero fazer um tour.

Matt respondeu:

— Então, vamos dar um passeio.

Eles tinham uma pista de boliche. Uma piscina com uma cachoeira. Uma quadra de tênis. Eu já sabia sobre a quadra de basquete, o campo de golfe de nove buracos. Sabia sobre as fontes, mas havia uma dentro da casa também. Uma sala de cinema. Cyclone tinha uma sala onde seus amigos podiam jogar hóquei de mesa, pebolim, sinuca, uma cesta de basquete que eu só tinha visto em fliperamas. Seraphina também tinha sua própria sala para receber as amigas, com um palco de desfile de modas, um estúdio para sessões de fotos, uma cabine de *selfie* e um closet rotativo com uma enorme variedade de roupas. Havia três penteadeiras, com tudo de maquiagem, recostadas à parede.

Matt não me levou à ala que pertencia a Quinn, mas deu uma passada em seu antigo quarto na mansão. Além de ter sua própria área de entretenimento do lado de fora de seu aposento – assim como os irmãos –, um sofá em L que abarcava toda a sala, uma tela de cinema contra uma parede e um bar completo contra a outra, seu quarto era "relativamente" normal. Havia uma escrivaninha, uma cama enorme, um banheiro, além do closet, e sua própria entrada privativa. Os quartos dos irmãos menores não tinham isso.

Eu estava abismada. Total e completamente chocada.

Era esse o tipo de vida que eu não poderia ter. Não havia como eu ficar com essas pessoas, com esse tanto de luxos. Isso não era o que as mulheres Hayes faziam. Nós trabalhávamos. Nós nos esforçávamos. As mulheres Hayes continuavam seguindo em frente, não importava o que acontecesse conosco.

As mulheres Hayes perseveravam.

Matt deve ter notado minha ansiedade, a contar pelas sobrancelhas arqueadas.

— O que quer que esteja passando pela sua cabeça, não se preocupe com isso. Eu sei que encho o saco do Kash, mas o cara já me salvou uma dezena de vezes. Se ele diz que você está segura aqui, então pronto. Não fique assustada desse jeito, porque eu que fui idiota por ter invadido a casa.

Ele estava confundindo meu silêncio, mas em relação a isso, estava certo.

Observei seu quarto por mais alguns segundos.

— Vocês têm… um monte de coisas por aqui.

O tour demorou muito tempo e, para ser honesta, eu não estava prestando muita atenção no tempo. Já havia amanhecido, porque os raios do sol se infiltravam pelas janelas. Se Matt estava cansado, ele não transpareceu em momento algum, sendo paciente durante todo o passeio pela mansão.

Ele assentiu e me conduziu até a área de entretenimento em sua ala. Em seguida, desabou em um dos sofás, apoiando uma das pernas na mesinha de centro à frente. Recostado contra as almofadas, Matt abriu os braços sobre o estofado e franziu o cenho ao olhar para mim.

Preferi me encolher contra o canto mais distante. Eu estava tentada a pegar um travesseiro para colocar no meu colo, mas apenas tirei os sapatos e puxei os joelhos para cima, abraçando-os. Eu o encarei de volta, descansando o queixo sobre meus braços cruzados.

Ele estava prestes a dizer alguma coisa, quando uma suave tosse feminina ressoou no corredor, logo após a porta que conectava a "ala" de Matt com o resto da casa. Quinn estava ali, trajando não um vestido de festa como no outro dia, porém parecendo tão sofisticada quanto com um *body* de caxemira macia. A parte da frente estava cruzada sobre os seios, as pontas amarradas na cintura. Dava para ver o detalhe do corselete rendado por baixo, muito elegante. Seu cabelo estava preso em um coque lateral francês e, como no outro dia, ela não usava joias. A mulher ostentava um visual simples, natural, mas eu sabia que sua maquiagem era impecável como se um profissional a tivesse maquiado.

Puxa vida. Era assim que ela se parecia tão cedo pela manhã?

De jeito nenhum eu tinha estrutura para andar com essa gente. Eu ainda estaria tateando a minha cozinha em busca da cafeteira e, provavelmente, esbarrando com tudo e todos pelo caminho.

Antes de falar qualquer coisa, avistei dois rostinhos aparecendo por trás dela.

O olhar travesso de Cyclone pousou em mim, antes de ele se adiantar e empurrar a mãe para o lado, para poder vir na minha direção.

— E aí, garota! — Ele rodeou o sofá e saltou sobre a mesa para se jogar em cima de Matt. — E aí, perdedor!

Ele estava completamente desperto.

Quando essas pessoas acordavam? Esse tipo de coisa era normal?

Matt ergueu os braços, pegando o irmão caçula no ar.

— Ah, é mesmo? Eu sou o perdedor? — Começou a rir, mudou a posição de Cyclone e fez cócegas no garoto. — Eu sou o perdedor?

— Perdedor! — Cyclone riu, esperneando, até que acertou um chute no rosto de Matt. — Nossa! Desculpa. Desculpa, Matt.

Matt recuou, cobrindo um lado do rosto com a mão e virou a cabeça para longe.

Silêncio. Silêncio total.

— Matt? — Cyclone arregalou os olhos, apavorado.

Um soluço ressoou por trás da mão de Matt, antes que ele pulasse em cima do irmão de novo, imprensando o corpo do garotinho e fazendo cócegas sem piedade.

— Ahá! Te peguei, seu pirralho. É isso que você ganha por chutar o seu irmão mais velho. Hein? Hein? Não é?

Cyclone tentava lutar, mas não era páreo para o irmão mais velho.

Havia na expressão de Quinn certo toque carinhoso, mas também uma paciência resignada, como se isso fosse uma ocorrência comum.

Foi aí que notei que Seraphina havia se afastado um pouco da mãe, mais para o lado – ambas de mãos dadas. Elas eram muito parecidas. Possuíam os mesmos olhos azuis-claros, mesmo tom de cabelo loiro, cor de mel, porém o da garota era um pouco mais claro. O penteado não podia ser comparado ao da mãe, pois o cabelo de Seraphina era esvoaçante, com um pouco mais de volume. Algumas de suas mechas escapavam da trança. As maçãs de seu rosto eram definidas, formando um coração perfeito com o queixo pequeno. Ela poderia ser uma modelo. Braços e pernas longas indicavam que ainda estava em fase de crescimento, no entanto, ela não tinha os olhos meio puxados como os de seu irmão e os da mãe. Ela deve ter puxado ao pai, como o resto de nós.

O resto de nós.

Foi a primeira vez que me incluí junto com eles, como se eu fizesse parte da família. Mas eu não era. Eu era a diferente ali. O *deslize*.

— É nítido que não fomos os únicos acordados cedo esta manhã. Acho que todos estamos um pouco "temperamentais" pela falta de sono. — A mesma ternura saiu mesclada com frustração. Quinn empinou o queixo quando os dois garotos pausaram a luta, que já havia ido parar no chão. — Matthew, talvez você e... — Seu olhar se voltou para mim. — A amiga de Kash... possam se juntar a nós para um almoço mais tarde? Seraphina tem suas lições às três, lembra?

Matt deu uma risada zombeteira, agarrando Cyclone e o levantando no colo conforme se colocava de pé.

— Não percebi, querida *mãe*, que minha presença aqui poderia incomodar as preciosas lições de Seraphina sobre como ser uma dama.

Quinn não achou a menor graça; pelo contrário, seus lábios contraíram em irritação.

Seraphina soltou uma risadinha, olhando para o chão.

Matt sorriu, ainda mantendo o irmãozinho cativo. Cyclone estava tentando escapar, mesmo que não estivesse se esforçando o suficiente para realmente ser libertado.

— Estou surpreso que Victoria esteja vindo hoje. Ela não se deu conta de que Kash não está aqui? — O sorriso se transformou em uma expressão mais maliciosa. — Ela estaria perdendo tempo.

Cyclone parou de espernear.

Pela minha visão periférica notei que Seraphina arregalou os olhos, mas manteve o olhar fixo no chão.

A única pessoa que reagiu de alguma forma foi Quinn, quando entrecerrou as pálpebras.

— Seja legal, Matthew, ou eu não serei também. — Ela me encarou, a ameaça evidente no tom.

Cyclone a observou também, e levantou a cabeça.

— Por que você seria má com a amiga de Kash? Ela é amiga do Kash — ele disse aquilo como se fosse a coisa mais lógica do mundo, com a mesma naturalidade como se respondesse qual era o seu nome. — Dãããã.

— Sim, bem...

Dessa vez, Seraphina ergueu a cabeça e observou a mãe com os olhos ainda arregalados. Sua boca se abriu apenas um centímetro.

Quinn reparou que era o alvo dos olhares dos filhos e seu semblante se fechou. Ela me lançou um sorriso tenso.

— Seraphina esteve pedindo para conhecer a amiga de Kash, assim como Cyclone também tem falado sobre você. Ambos estão ansiosos para conhecer um pouco mais nossa convidada misteriosa. Gostaria de se juntar a nós para o almoço mais tarde?

Eu a encarei.

A mulher era realmente bonita, e levei um segundo para me dar conta de que ela estava falando comigo. E esperando por uma resposta.

Voltei a olhar para Seraphina, notando a curiosidade que havia ali. Era uma reação contida, ocultada por trás de suas paredes de proteção e um pouco de timidez, mas eu notei. E também senti. Ela e Cyclone. Eu queria conhecer os dois... e Matt.

— Sim — minha voz soou rouca por algum motivo. Com um leve pigarrear, respondi com mais clareza: — Sim. Eu adoraria, na verdade.

Seraphina sorriu timidamente. Cyclone bufou uma risada.

Quinn disse para Matt:

— Estaremos na sala da família à uma hora, então. — Seu olhar se voltou para o caçula. — Cyclone, vamos. Você precisa se vestir apropriadamente.

Ele olhou para sua roupa – uma camisa polo amarela e short cáqui. Resmungando, enquanto Matt o colocava no chão, ele a seguiu.

— Pensei que estivesse vestido. Foi o que a Marie escolheu. — Seraphina os seguiu pelo corredor. — Eu tenho mesmo que trocar de roupa? O que há de errado com essa aqui?

Não consegui ouvir a resposta.

Matt se postou ao meu lado, nós dois observando a direção para onde os três foram.

— Você está preparada para isso?

Minha resposta foi automática:

— Não.

Ele olhou para mim.

— Mas são meus irmãos.

Eu queria conhecê-los. Nenhuma Quinn, nenhuma Victoria – seja lá quem fosse – me impediria.

— Precisamos nos vestir para essa coisa?

Matt riu.

— Meu Deus, não. Isso é coisa da Quinn. Você a assusta, sabe? Você não é como... — Ele procurava pela palavra certa. — Você não é como o resto de nós. Não tem medo dela. Talvez seja a melhor maneira de dizer?

— Ela me aterroriza.

Ele riu, e tomou a dianteira no caminho.

— Não deixe ela saber disso. Vamos lá. A gente não dormiu. Duvido que Quinn tenha dormido também, mas temos algumas horas de descanso antes do almoço. Quer tomar café da manhã?

Eu o encarei, e ele deu uma risada.

— Beleza. Vamos assistir a um filme e ver se conseguimos não pensar, pelo menos, até o almoço, então.

Nós tomamos outro corredor.

Theresa saiu de um quarto, me avistou e seus olhos quase tocaram a raiz do cabelo. Em seguida, ela fez o sinal da cruz na testa e no peito.

Fiquei pensando que era eu quem mais precisava daquele sinal de proteção, mas... tudo bem.

Matt já tinha tomado duas doses de bebida antes de Quinn chegar acompanhada de Cyclone e Seraphina, que os seguia em um ritmo mais tranquilo.

O filme não me ajudou em nada.

Fiquei inquieta o tempo inteiro.

Matt passou de beber café para o álcool. Não dava nem para culpá-lo. Eu estava acostumada com meus primos mais novos tentando agir como se fossem descolados, porém mais contidos.

Cyclone não estava nem aí para isso. Ele era apenas ele mesmo. E essa atitude era revigorante.

Seraphina parecia apenas gentil, extremamente gentil.

Cyclone desabou na cadeira ao lado de Matt, ofegante. Ele sorriu para mim antes de se virar para o irmão mais velho.

— Quando você chegou, Matt? O que estava rolando noite passada, com todos os seguranças e a Srta. Bailey no quarto de Marie? Ela vai morrer? Está todo mundo bem? Mamãe disse que estava tudo bem, que a Srta. Bailey estava com frio e só precisava de um abraço para se esquentar? É porque o Kash não está aqui? — Ele inspirou fundo e fez uma pausa. O garoto não tinha terminado. Ele se recostou à cadeira e se virou para mim.

— Como você e Kash se conheceram? Por que o Kash não está aqui? Vocês brigaram? São amigos tipo como a mamãe e o papai? Vocês se beijam e depois se afastam um do outro? Eu pensei que o Kash estava com meu pai...

Minha nossa senhora.

O garoto era, de fato, como o Demônio da Tasmânia.

Ninguém mais parecia perturbado. Um sorriso tranquilo despontou no rosto de Quinn enquanto ela se sentava ao lado de Matt, na cadeira à minha frente. Sinalizando para um dos garçons – que lhe serviu uma bebida –, ela disse:

— Acho que a Srta. Bailey não é esse tipo de amiga do Kash. Acho que ela é do mesmo tipo que a Victoria é para a nossa família.

Ele franziu a testa.

Matt balançou a cabeça.

Cyclone disse:

— Mas a Victoria está sempre ficando em cima do Kash.

Matt tossiu para encobrir o riso.

Minhas sobrancelhas se ergueram.

Seraphina estava observando seu irmão mais novo como se tivesse tomado limonada azeda.

A única pessoa que não parecia nem um pouco afetada era Quinn. Ela mal piscou, sem brincadeira.

— Talvez possamos nos concentrar em comer em vez de fazer vinte perguntas, que tal?

Cyclone continuou:

— Mas por quê? A Marie me disse para sempre fazer perguntas se eu não entender alguma coisa. — Ele apontou para mim. — Eu não entendo quem ela é. Se é amiga do Kash, por que ele não está aqui? Se meus amigos estão aqui, eu não vou embora e deixo eles sozinhos. A Marie disse que isso é falta de educação. — O garoto levantou ainda mais a cabeça. — Você também disse que é falta de educação, mãe.

Matt pigarreou, levantando-se da cadeira.

— Eu preciso de algo mais forte do que isso. Com licença.

Eu queria ir com ele. Queria me esconder embaixo da mesa como se tivesse 10 anos de idade.

Em vez disso, me virei para ficar quase de frente com o garoto.

— Então, você já conheceu alguém que estava triste com alguma coisa?

Ele assentiu, o olhar atento conforme me ouvia.

— Bem, é mais ou menos o que estou passando. — Eu odiava mentir. Odiava mesmo. E ainda assim, eu era muito boa nisso. — Eu amava alguém, do jeito que sua mãe e seu pai se amam, mas essa pessoa decidiu que não queria ficar comigo.

Cyclone ainda estava em silêncio.

— E havia uma razão pela qual eu não podia ficar onde morava, entende? Porque eu o veria o tempo todo. Ele sempre estava por perto, e uma amiga minha é prima do Kash. Ela sugeriu que eu viesse para cá ficar com ele. É isso que está acontecendo. Kash está me ajudando nisso, mas ainda precisa trabalhar.

Eu estava falando com ele como se o garoto tivesse menos de 10 anos.

TIJAN

Eu sabia disso. Mas, às vezes, quando algo é confuso, essa é a melhor maneira de lidar com o assunto. Simplifique para os conceitos básicos e siga a partir daí.

E como eu não queria receber a simpatia do meu irmão mais novo por uma mentira, o distraí.

— Como está se saindo com o coelho robô? Seu pai te ajudou com o seu painel de interruptores?

Deu certo.

Seus olhos ficaram absurdamente arregalados. Ele sussurrou, maravilhado:

— Você sabe o que são painéis de interruptores?

— Sei.

— Como?

E foi isso. Isca, anzol e fisgada. O resto de nós nem precisava estar lá enquanto comíamos, porque Cyclone estava disparando pergunta atrás de pergunta para mim, todas sobre robótica, engenharia, painéis de interruptores e que tipo de cabeamento faria a conexão mais coesa. Eu quase podia ver os outros ali, entediados, mas ninguém reclamou.

Matt parecia estar se divertindo com a conversa toda. Ele ficou observando Cyclone, a mim, e depois balançando a cabeça para Quinn, com um sorriso debochado. Ao fim do nosso último prato servido – que eram apenas duas colheradas de sorbet com uma folha de hortelã por cima –, Seraphina estava bocejando. Ela ergueu as mãos para esfregar os olhos, mas Quinn segurou uma delas, impedindo-a.

— Não coce os olhos assim, querida. — Seu olhar percorreu toda a mesa, se demorando em mim e depois em Cyclone. — Meu bem, seu próprio tutor também está vindo. Você tem tempo suficiente para ir para o seu quarto, brincar ou tirar uma soneca antes que Benjamin chegue.

Cyclone enrugou o nariz.

— Eu quero trabalhar no meu robô. A Bailey pode ficar e me ajudar?

Agora eu era Bailey, não a *Senhorita* Bailey.

Senti um formigamento agradável na garganta com essa referência.

— Não. — Quinn foi direta, levantando-se da mesa enquanto Theresa entrava para começar a recolher o restante da louça. — Benjamin viaja uma grande distância para te ensinar alemão. Suas aulas são muito caras, então não queremos desperdiçar o tempo dele. Seraphina, querida… — Ela passou a mão no cabelo da filha, ajeitando o final de sua trança sobre o ombro. — Victoria chegará em breve. Você está pronta para suas lições do dia?

Seraphina, que ainda não havia dito uma palavra audível, lançou uma olhadela na minha direção e depois assentiu para sua mãe.

— Hum-hum.

— Pronuncie as palavras, querida. — Quinn segurou levemente o queixo da filha. Seu tom era desaprovador, mas o sorriso refletia amor. — Essa é a base de ser uma dama em nossa sociedade. O mundo espera que você use suas palavras. Entendeu?

Ela apertou o queixo da garota suavemente.

Seraphina sorriu, sussurrando:

— Sim, mãe. Entendi.

— Bom. — A mulher abaixou a mão, mas o sorriso se tornou ainda maior. — Você será maravilhosa.

— Obrigada, mãe. — Outro sussurro.

Quinn acenou para mim, e o sorriso quase se desfez.

— Foi um prazer tê-la conosco para o almoço. Suponho que Matthew cuidará de você a partir daqui?

Matt se levantou, o olhar sombrio fixo na madrasta.

— Mas é claro, Quinn. Sendo tão boa amiga do Kash e vindo aqui em sua hora de necessidade, ela é praticamente da *família*. — Ele pausou por um segundo. — Assim como os Bonham.

O olhar de Quinn se voltou de supetão para Matt, e ela pareceu congelar no lugar. Seu rosto se tornou pálido, mas então ela piscou e sorriu novamente.

— Drew e Amanda Bonham são amigos maravilhosos nossos. Não acho que a Srta. Bailey será o mesmo. Ela voltará para casa em breve.

Onde estava a pipoca?

Um sorriso lento se espalhou. Matt acrescentou:

— Sim. Eu sei o quanto os Bonham são próximos de você… e nunca se sabe com a Bailey. *Eu* não vou decepcioná-la.

Eu esperei. Seraphina e Cyclone também ficaram à espera. Quinn e Matt estavam em um impasse, mas Quinn deu uma risada forçada e seca.

— Sim. Claro. Eu vejo vocês depois, hmm? Estou a caminho de uma reunião beneficente. — Ela se virou com um movimento brusco. — Seraphina, me avise quando Victoria chegar, tudo bem?

— Claro, mãe.

Quinn saiu da sala.

Bracinhos finos envolveram minha cintura. Cyclone inclinou a cabeça para trás, olhando para cima, para mim.

— Nós temos noite de filmes em família quando o papai volta de suas viagens. O Kash vem também, às vezes. Você viria sem ele, se ele não viesse?

Ele estava me convidando para um evento familiar... A emoção me golpeou com força.

— Claro que sim. — Meu irmãozinho pediu, então eu daria um jeito. Dei um sorriso e o abracei. — Se precisar de ajuda com seu robô, pode me chamar. Daí verei se posso ajudar.

— Obrigado. — E ele foi embora, correndo da sala. — Tchau, Matt!

Matt riu, parando ao meu lado.

— O garoto está apaixonado por você.

Outra mão pequena se encaixou na minha, e aquele calor explodiu em algo mais profundo. Seraphina não estava olhando para mim. Ela estava quase virada para o lado, mas a ouvi sussurrar:

— Foi bom te conhecer... — Então apertou minha mão outra vez, com um toque suave. Tentei formular as palavras, mas a menina desapareceu da sala quase tão rapidamente quanto Cyclone.

Eles eram como ar – fácil de inspirar e expirar no mesmo fôlego –, e eu queria continuar respirando-os pelo resto dos meus dias.

Aquele almoço. Aquele abraço de Cyclone, o breve aperto de mãos de Seraphina – tudo valeu a pena. *Eles* valiam a pena.

— Obrigada. — Passei uma mão no meu rosto.

— E aí? — Matt me observou com um meio-sorriso cauteloso. Com uma das mãos enfiada no bolso, e a outra percorrendo os fios do cabelo, ele perguntou: — Qual é a programação agora?

— Você pode me contar tudo sobre os Bonham.

Eu: Quem são os Bonham? Matthew não quer me contar.

Kash: Só dão dor de cabeça. Por quê?

Eu: Rolou um diálogo esquisito entre Matt e Quinn hoje. Ele não quer me contar. E você não me deixa acessar a internet.

Kash: Você é uma ameaça. Os Bonham são uma armadilha. Não pise nela. Boa noite.

Eu: *Suspiro*. Você é chato. Boa noite.

Eu: Quero saber sobre os Bonham.

Kash: Armadilha. E eu não deveria estar mandando mensagens.

Eu: Por quê?

Kash: Você é curiosa demais.

Eu: Estou entediada. Um idiota tirou minha internet.

Kash: Cara esperto.

Eu: Você me fez rir. Isso não combina com a imagem que tenho de você, do tipo de cara que coloca o pau na mesa.

Kash: Imagem do cara que coloca o pau na mesa?

Eu: Você entendeu o que eu quis dizer.

Kash: Hum...

Eu: Pare de gaiatice.

Kash: Quem foi que falou em pau na mesa?

Eu: Não achei a menor graça.

Kash: As câmeras dizem o contrário.

Eu: Babaca.

Kash: Vá dormir. Me mande mensagem quando acordar.

Eu: Só se você me contar sobre os Bonham e o porquê não pode mandar mensagens.

Kash: Não me mande mensagem de manhã.

Kash: Volto hoje à noite.

Eu: Quem é?

Kash: Bailey.

Eu: Os Bonham. Por que você não pode mandar mensagens, mas está mandando?

Kash: Você é obstinada.

Eu: Diga a verdade. O corretor automático te ajudou a escrever essa palavra certo, não ajudou?

Kash: Vamos falar sobre a imagem do meu pau na mesa de novo.

Ele nunca me contou sobre eles.

Matt apenas disse que não gostava do casal, e eu larguei o assunto de mão. O que foi um choque. Mas a principal razão pela qual deixei para lá não foi porque ambos se recusaram a revelar qualquer coisa; e, sim, porque eu tive três dias gloriosos.

Passei um tempo com meus irmãos, e o mínimo com Quinn, que provou que o lance de caridade era praticamente seu trabalho em tempo integral. Ela tinha eventos de manhã, reuniões à tarde e banquetes à noite. Descobri que a tal Victoria aparecia uma vez por semana, mas ela não voltou desde o nosso almoço, então não a conheci. Depois do que fiquei sabendo sobre ela, não tinha certeza se queria conhecê-la, mas também não deixei que isso apagasse minha animação.

Naquela primeira noite após o almoço, jantei com meus irmãos. Marie e Theresa se juntaram a nós, assim como um homem mais velho chamado Barney – marido de Marie.

Marie e Theresa foram muito mais simpáticas do que da primeira vez, e o clima ficou tranquilo. Todos estavam mais relaxados – não havia regras, nenhuma pressão para agir de uma certa maneira, comer de uma certa maneira. Eles podiam beliscar a pizza se quisessem, ou devorar uma tigela inteira de macarrão com queijo. Depois daquela primeira noite, peguei Marie olhando para mim com um ar culpado. Matt me disse mais tarde que nossos "jantares" eram um segredo não oficial. Não era sempre que eles comiam assim quando Quinn não estava por perto, mas, nos últimos dias, acabei me inteirando da rotina deles. Se Quinn não estava por perto, todos ainda tinham que comer alimentos saudáveis em duas das três refeições do dia. Também havia um lanche saudável, mas as noites eram de descontração. Pizza queimada era uma das favoritas de Seraphina.

E o lance todo secreto era que ninguém contava para Quinn.

TUAN

Eu amava isso. Amava tudo.

Estávamos de bobeira em uma das salas de TV, três caixas de pizza no chão e o mais recente filme de super-herói na tela, quando o telefone de Matt vibrou.

Eu estava encolhida no canto, lugar que escolhi como o meu favorito.

Cyclone estava deitado ao meu lado, com a cabeça no meu colo. Seraphina estava esparramada no chão, a cabeça apoiada nas mãos e os pés chutando de leve na beirada do sofá. Marie tinha começado a assistir ao filme conosco, mas saiu trinta minutos depois, dizendo que voltaria na manhã seguinte.

Quinn estava em outro evento beneficente naquela noite.

O telefone continuava a vibrar, porém Matt recusou a ligação. Ninguém prestou muita atenção. Isso tinha acontecido nos últimos dias. A vida social dele era bem ativa, só que ele tinha passado a maior parte do tempo aqui, além de ficar na casa de Kash comigo. Ele dormia na cama de Kash, e eu na minha.

Mas esta noite, o celular não parava de vibrar.

Buzzzzz...

Buzzzzz...

Buzzzzz...

Depois de vinte minutos disso, Seraphina se sentou de supetão.

— Só atenda logo! É tão irritante.

Ele riu e pegou o celular assim que começou a tocar outra vez.

— E aí? O que você quer? — Ele se sentou direito. — Ah, eu... Não. Não apareceu pra mim aqui que era você...

Ele olhou para mim, alarmado.

— Ah, okay...

Eu me sentei mais ereta no sofá, e Cyclone fez o mesmo. Nós três estávamos esperando, mas Matt se levantou, com o celular grudado na orelha. Ele saiu da sala e só podíamos ouvir partes da conversa.

— É mesmo? Não. Quero dizer, é um filme... Ela está aqui. O quê? Eu já estive lá. Sim... Por quê? Aaaah... sério? Não acredito... Ele está?

De repente, sua voz se tornou mais alta, mais clara, indicando que estava voltando.

Cyclone se levantou do sofá, pegou o controle da TV e desligou o filme. A tela escureceu e o garoto foi até a parede para acender a luz.

Matt chegou à porta, ainda ao celular. Ao ver a tela desligada, ele abaixou a mão e olhou para cada um de nós. Em seguida, engoliu em seco, o olhar agora fixo em mim. Notei a apreensão e meu peito começou a apertar.

Ele murmurou:

— Sim... sim. Pode deixar. Obrigado.

Assim que encerrou a chamada, ele mexeu na tela do celular antes de seu olhar escurecer ao guardar o aparelho no bolso.

Então, a coisa mais falsa que testemunhei em muito tempo aconteceu.

Ele estampou um sorriso grande e brilhante no rosto.

— Adivinhem só, pessoal?

Seraphina se ajoelhou rapidamente.

— O quê?

Cyclone estava se pendurando na beirada do sofá. Ele ergueu o braço no ar.

— Cara, conta logo!

— Papai está voltando para casa. — Matt olhou para mim. — Hoje à noite.

— O quê? — Seraphina se levantou de um pulo, animada.

— Quando? — Cyclone começou a pular no sofá.

— Hmmm... — Matt checou o horário no telefone novamente. — Daqui a cerca de uma hora. Vocês têm que se apressar e colocar o pijama.

— O quê?

— Por quê? — Seraphina perguntou logo depois do resmungo de Cyclone.

— Porque sua mãe está planejando uma noite inteira de filmes. Então, se vocês tomarem banho, escovarem os dentes e colocarem seus pijamas, poderão escolher o primeiro filme para assistir com o papai.

— Sério mesmo?

— De verdade? — Seraphina perguntou.

Matt estava tenso enquanto balançava a cabeça em concordância.

— Sim. Vão se arrumar, depois voltem aqui com seus cobertores. Sua mãe disse algo sobre uma festa do pijama...

Cyclone pulou do sofá.

— Iuhuuu! — E saiu correndo pelo corredor.

Seraphina correu atrás dele, mas parou, virou e voltou para me dar um abraço apertado, enlaçando meu pescoço.

— Obrigada por hoje à noite. Foi muito divertido. — Antes que eu pudesse responder, ela saiu correndo da sala, gritando por cima do ombro:

— Tchau, Matt! Te amo.

TIJAN

— Então somos só nós dois, até Kash voltar também. — Matt me encarou, exalando um suspiro profundo ao enfiar as mãos nos bolsos. — O que vamos fazer?

Ele estava voltando.

Não que eu me importasse.

Não que eu estivesse esperando.

Não que estivesse ansiosa para vê-lo novamente.

Eu fiz o que ele pediu, liguei para ele assim que peguei meu celular novamente. Aquilo estabeleceu o precedente. Conversamos no dia seguinte. Mandamos mensagens de texto de manhã, de tarde, de noite. Bons momentos. E havia também as mensagens de boa-noite e de bom-dia.

Essas eram as que eu mais detestava.

Sim. Odiava com força. Abominava.

Por que ele não me desejou bom-dia hoje?

Eu não estava nem aí. Nem um pouco.

Eu estava mentindo. Eu era uma idiota toda preocupada.

Então notei o silêncio de Matt e comecei a procurar alguma coisa pelo chão.

— O que você está fazendo? — perguntou ele.

— Procurando a bomba que você está prestes a deixar cair.

— Rá-rá. — Ele esfregou a testa, ignorando meu sorriso sem-graça. — Desculpe. Eu realmente recebi duas ligações agora há pouco. Uma foi do Kash, me avisando sobre o pai, mas a outra foi da Quinn. Ela… — Ele baixou a mão. — Ela me pediu para garantir que você não esteja na propriedade quando o meu… quando o pai chegar em casa.

Aquilo me desestabilizou.

— Ele esteve trabalhando em um grande projeto em Washington, D.C., e acho que foi um lance bem tenso para ele. Aconteceu alguma coisa lá. Ela acha que será melhor se ele não tiver que lidar com nada extra.

Certo. Extra. Eu era o *extra*.

Um retrocesso.

Eu estava me sentindo expulsa da casa. Uma por uma, todas as portas estavam se fechando na minha cara, até que eu estava tão longe que me encontrava do lado de fora dos portões. Foi isso que Quinn acabou de fazer. Eu estava sendo expulsa.

— Entendo. — Encarei meu colo fixamente. Minhas mãos tremiam um pouco, então as enfiei entre as pernas para amenizar o tremor.

Estava tudo bem. Quero dizer, não era como se eu esperasse vê-lo novamente. Ou ansiasse em o ver novamente. Ele magoou a Chrissy. Ao me lembrar disso, meu corpo retesou. Ele magoou a minha mãe.

— Ela não quer nem que eu fique na casa do Kash?

Ele hesitou antes de se sentar no sofá ao meu lado.

— Não. Nem lá. Olha, vai ficar tudo bem. Eu costumo ter uma equipe de guarda-costas comigo quando saio, e já que a Quinn prefere que nenhum de nós dois esteja aqui... — Ele me cutucou com o ombro. — Não consigo deixar de implicar com ela, às vezes, então estava pensando em irmos para o centro, para o meu apê. Você ficará segura lá. Kash já me deu a aprovação de segurança antes.

— Francois Nova?

Ele assentiu.

— É onde normalmente fico. Saí desta casa há anos. Podemos ir para lá. Alguns dos meus amigos vão para uma nova boate, se você quiser ir também...

— Amigos?

Ele assentiu mais uma vez.

— Serão apenas um ou dois amigos. Eu te disse... Kash está de acordo. Tenho toda a equipe de segurança e tudo mais. E não será nada exagerado. Esses caras são legais. Pode ser bom você conhecer algumas das garotas, se elas estiverem lá. — Ele parou, revirando os olhos. — O que estou dizendo? Se há uma nova boate abrindo, elas estarão lá. — Seu ombro esbarrou no meu de brincadeira. — Talvez seja hora de conhecer algumas pessoas da gangue.

— Você tem uma gangue?

Ele se levantou, decidindo por nós dois, e segurando minha mão, me arrastou com ele.

— Uma coisa que você precisa aprender sobre esse mundo: podemos viver em um clube exclusivo, mas é um clube exclusivo *pequeno*. E uma vez que descobrem quem você é, todos vão querer se envolver. Pode ser uma boa ideia conhecê-los um por um, em pequenas doses e quando não sabem quem você é.

Eu não estava totalmente entendendo a teoria, mas não tinha escolha. Quinn queria que eu saísse e Matt estava fazendo a vontade dela. Ele estava apenas me acompanhando.

Eu assenti, cedendo.

— Devo então arrumar uma mala?

— Não precisa. — Seu sorriso torto ficou ainda mais evidente e ele colocou o braço sobre os meus ombros enquanto saíamos. — Desde que você esteja com seu telefone, está tudo certo. Eu tenho tudo o que precisamos em casa.

— Documento de identidade? Você tem roupas femininas em sua casa?

— Quando está comigo, não precisa de identidade. — Ele riu. — E ser rico te dá a vantagem de estar preparado para qualquer coisa. Vamos lá. Vamos esquecer do "estresse" familiar bebendo até cair.

Não era o que eu normalmente faria.

Mas... eu estava dentro.

Você não é bem-vinda.
Queremos que você vá embora.
Você é um grande problema.
Você só vai perturbar tudo. Vai chatear todo mundo.

Aqui estava eu, sentada no canto mais distante de uma cabine, com um DJ tocando música tecno estridente, luzes estroboscópicas piscando, gelo seco sendo espalhado pelo clube, tomando o drinque de número… sei lá, porque eu havia perdido a conta, mas não conseguia tirar esses pensamentos da cabeça.

Você não vale a pena.
Você não é digna.
Você não é nada.

Eu estava tentando, de verdade, bloquear isso. Mas não conseguia.

Matt liderou o caminho quando chegamos. Ele estava certo. Ninguém barrou nossa entrada ou solicitou nossos documentos de identidade quando entramos. Ele nem precisou ir ao bar, embora estivesse me levando nessa direção. Uma garota vestida em um collant como uniforme e, com uma bandeja de shots em mãos, o interceptou e Matt deu um beijo na bochecha dela, pegando uma dose para ele e para mim. Antes de seguirmos adiante, ele pegou mais duas doses. Eu recusei o segundo shot, querendo maneirar. Mas não Matt. Ele tomou os dois de uma só vez.

Então fomos para o bar, mas só para Matt se dirigir até uma área privativa. O bartender assentiu e estávamos sentados há mais de dez minutos, quando dois amigos de Matt apareceram.

Chester e Tony.

Chester era mais alto, parecido com o príncipe Harry, e mais magro do que Tony, que usava o cabelo escuro penteado para trás.

Eles pareciam garotos rebeldes da *Ivy League*. Riqueza. Privilégios. Superioridade. Tudo isso emanava deles.

O clube estava lotado, já que eram quase oito da noite de uma sexta-feira, mas não para aqueles caras. Não para Matt. Os três receberam o mesmo tratamento ao entrar. Olhares sedentos os acompanharam. Eu não sabia quem eram os pais de Chester e Tony, mas não tinha dúvidas de que eram importantes.

Isso foi uma hora atrás.

Desde então, foi um desfile de garotas passando por ali.

A primeira apareceu com um sorriso sedutor enquanto se sentava no colo de Matt. Os dois estavam cochichando, dando uns amassos e se beijando desde então. As mãos dela o apalpavam, mas as dele estavam distantes da garota. Matt estava sentado fora da cabine enorme, com um braço sobre o encosto.

Eu estava mais no canto, ao fundo.

Chester se postou ao meu lado, mas deixou um espaço grande o bastante para mais quatro pessoas. Cinco minutos depois que a primeira garota chegou, mais três apareceram, porém não se sentaram no colo de ninguém. Ficaram no final da mesa, conversando e flertando com os dois caras. Para o crédito de Chester e Tony, nenhum deles parecia estar flertando muito. Eles eram indiferentes, mas, ainda assim, conversavam. Eram as meninas que paqueravam descaradamente.

E quanto a mim… ninguém dirigiu uma palavra sequer.

Nem meu irmão. Certamente, não a garota com quem ele estava se pegando. Nem seus amigos. E a única coisa que recebi foi o desdém das outras três.

Então… era eu e minha bebida. Mais uma hora se passou.

— Francis.

Um dos amigos sinalizou para algo além da passarela. Seu tom em pausa atraiu a atenção de Matt, que levantou a cabeça de onde a havia enfiado no pescoço da garota.

Três meninas vinham na nossa direção. A que liderava o grupo tinha o cabelo castanho escuro pouco abaixo dos ombros e que chegava a roçar o colo dos seios. Também tinha olhos amendoados e grandes. A garota era deslumbrante. Alta. Esbelta… com altura e o porte perfeitos para ser uma modelo.

Uma das outras duas era mais baixa, por volta de 1,60m, com cabelo escuro e levemente repicado. Seu rosto era em formato de coração, mas um pouco mais cheinho. Eram os olhos que se destacavam, em tom castanho-claro com um toque esverdeado. A terceira garota era loira, tão alta quanto a primeira, mas não era tão esbelta. Ela tinha alguns quilos a mais, o suficiente para realmente ter curvas, e eu sabia, só de olhar para os caras, que era dela que eles mais gostavam.

Elas pararam, esperando que sua presença fosse anunciada. Essas garotas não agiam como as outras – elas eram bem diferentes.

Estavam esperando atenção.

E conseguiram, pois Matt se afastou um pouco da garota em seu colo, deixando o nome escapar com um suspiro frustrado:

— Victoria.

Victoria?

Tipo... a Victoria que ficava o tempo todo na cola do Kash, que dava aulas de etiqueta para Seraphina? Essa Victoria?

Seu olhar se voltou para mim, e ela empinou o nariz um pouco mais.

— Essa é a hóspede da casa de quem Ser estava falando outro dia?

Bosta. *Era* ela mesma.

Bosta dupla.

Ela não era mais deslumbrante. Era linda em outro nível. Não havia como competir com ela.

Quero dizer... não que eu estivesse competindo. Mas para qualquer outra pessoa, não havia chance. Qualquer uma que tentasse.

Matt me olhou de soslaio, com uma frieza que fiquei surpresa em ver.

— Deixa essa aí em paz, Vic. — Ele fez com que a garota saísse de seu colo e se sentasse ao lado, agora fazendo beicinho, então Matt recostou os braços sobre a mesa. Seu olhar estava totalmente focado em Victoria, e ele curvou o canto do lábio superior em um meio-sorriso. — Não mexe com ela. — Ele ergueu uma sobrancelha. — Entendeu?

Ninguém falou nada.

Ninguém se moveu.

Ninguém respirou.

As amigas dela ficaram um pouco boquiabertas, as sobrancelhas se arquearam, mas elas esperaram até que Victoria franzisse os lábios e me lançasse um olhar furioso. Se ela tivesse superpoderes, eu teria sido incinerada ali mesmo, mas ela se virou e soltou um rosnado estrangulado. Em seguida, se afastou e parou em outra cabine repleta de rapazes. Assim que os viu, Chester disse:

— Mattson e Atchins estão lá. — Passou o olhar avaliador pelo restante. — Não conheço os outros.

Tony grunhiu:

— E a gente dá a mínima pra isso? Mattson pode chupar meu pau.

E, assim, a questão foi resolvida. Qual era a questão, eu não fazia ideia, mas estava decidido. Os caras voltaram a se concentrar nas meninas diante deles. Tony se levantou e agarrou os quadris de uma delas, erguendo o queixo para Matt.

— Vamos para um lugar mais privado. — Seu olhar se voltou rapidamente para mim antes de se concentrar no meu irmão. — Vocês querem vir? — Ele olhou para a garota com quem Matt trocou uns amassos. O braço de Matt estava em volta da cintura dela, puxando-a contra a lateral de seu corpo.

Chester se aproximou da beirada da cabine, mas não se levantou. As duas amigas de Victoria ainda estavam diante da nossa mesa. Era nítido que elas estavam esperando que os caras as notassem. Matt olhou para mim, erguendo as sobrancelhas em uma pergunta. Eu não sabia o que "privado" significava, então apenas dei de ombros e peguei a outra dose que a garçonete servira dez minutos antes.

— Naaaan... — Matt puxou sua garota de volta para o colo. — Estamos de boa aqui.

— Beleza. Até mais, então. — Tony deu um tapinha no quadril da garota e ela liderou o caminho, se afastando com uma rebolada sedutora. As duas amigas dela olharam para Chester por um segundo, mas ele apenas balançou a cabeça e acenou para elas.

— Não estou interessado. Vocês podem ir e garantir que meu amigo seja bem cuidado, okay?

Elas coraram, entendendo o que ele queria dizer, e se afastaram apressadamente. Uma delas murmurou, entredentes:

— Idiota. — E lhe endereçou um olhar irritado.

Ele não deu a mínima, apenas revirando os olhos antes de se dirigir às amigas de Victoria:

— Vocês ainda estão aqui? — Ele parou por um segundo, antes de continuar: — Por quê, hein?

A loira inspirou fundo.

— Você é um babaca, Chester.

Ele ergueu um ombro, se acomodando contra a cabine de modo que a cabeça repousou no encosto e as pernas se esticaram abaixo da mesa. Ele coçou o pescoço, distraidamente.

— Parece que isso te deixou com tesão noite passada, Fleur.

Ela balançou a cabeça, virando o rosto para o outro lado.

— Matt.

Meu irmão havia voltado a acariciar o pescoço da garota em seu colo. Ele sequer ergueu a cabeça, mas deu uma pausa nas carícias.

— Matt.

Ele gemeu, olhando para cima agora, com o cenho franzido e demonstrando irritação.

— O que foi?

Ela tentou fingir não ter sido afetada, mas baixou o olhar para seus pés inquietos.

— Onde está Kash? Victoria está preocupada com ele. Já tem tempo desde que ele se ausentou assim por tantos dias.

Isso chamou a atenção de Chester.

Ele se inclinou mais para frente, apoiando os braços sobre a mesa como Matt fizera antes.

— Foi por isso que você ficou para trás? Para perguntar sobre Colello?

Matt de um sorriso irônico e sombrio. Ele apoiou a cabeça contra a cabine, assistindo a cena se desenrolar diante de seus olhos e desfrutando disso de forma cruel.

— Ela ficou para trás para fazer o trabalho sujo de Victoria. Não é, Fleur? — Então, como se tivesse ficado entediado com um brinquedinho novo, seu olhar irritado cintilou e ele estendeu o braço para enlaçar a garota com quem estava se pegando de novo. — Vá embora. Pare com essa porra de ser a cadela de Vic, perguntando sobre Kash. Se ele quisesse que ela soubesse, pode ter certeza de que ele diria. Só isso já diz o suficiente.

— Matt.

Ele ergueu a cabeça de novo, as narinas agora dilatadas.

— Dá o fora, porra. É difícil entender isso?

Chester se levantou de um jeito quase preguiçoso.

— Venha… — Enganchou o dedo em torno da mão dela e a puxou atrás dele, indo em direção ao corredor. — Vamos tomar alguns shots.

Lançando um último olhar furioso para Matt, ela seguiu o rapaz.

A última amiga permaneceu por ali, parecendo quase entediada.

— O quê?

Ela deu de ombros.

— Nada. Só que… você sabe a verdadeira razão pela qual ela está aqui. — Seus olhos, como todos os outros, se moveram em minha direção e ficaram ali.

Então entendi tudo. Ou pensei que havia entendido. Chester e Tony talvez não dessem a mínima para quem eu realmente era, mas essas três garotas, sim. As meninas de antes não faziam parte do "clube", como Matt explicou antes, mas Victoria, Fleur e essa garota faziam parte. Eu estava aqui, sentada na mesma cabine, e era óbvio que minha função não era ser um brinquedo sexual desses caras. Como Matt estava sentado na ponta da cabine, isso significava que eu era importante. Elas simplesmente não sabiam quem eu era.

Matt já havia dado um fora em Victoria por minha causa, e ele foi bem grosso, mas acabou sobrando para a outra garota. Eu tinha uma sensação incômoda de que o fato de ela ter perguntado sobre Kash não era bem para saber onde ele estava; parecia haver alguma história ali, algo mais rolando por baixo daquelas palavras. Eu não tinha certeza do que era, mas teria que me inteirar se fosse ficar...

O que eu estava fazendo?

Eu estava sentada aqui agindo como se fizesse parte deste mundo, mas não fazia.

Eu só estava aqui por causa de uma ameaça, mas depois disso, voltaria para minha mãe.

Matt, Seraphina, Cyclone. Eu poderia voltar a uma vida onde eles não faziam parte?

A dor me rasgou ao meio, me despedaçando.

Matt estava me observando, com a cabeça baixa.

— Você está bem?

Senti sua preocupação legítima e, puta merda, isso foi demais para lidar.

Quase me desfiz ali, sentindo as lágrimas nublando meus olhos. Piscando diversas vezes, assenti em concordância, mas sinalizei que precisava sair.

— P-posso sair... Tenho que ir ao banheiro.

Matt não se moveu, pelo menos não de imediato.

— Bailey.

— Xixi, Matt. Eu tenho que fazer isso, aqui ou lá. Eu preferiria lá.

Eu não olhei para ele em momento algum, não podia. Ele veria que eu estava magoada, mais do que ele poderia ter suspeitado agora. Eu não conseguia me conter. Não sabia o porquê, mas a parede que tentei erguer ao meu redor havia desaparecido e eu estava exposta ali. Eu não podia ficar desse jeito... não aqui, não entre essas pessoas. Este era o pior lugar para estar sangrando.

Quando ele ainda assim não se moveu, baixei o tom de voz e saiu apenas um:

— Por favor.

Ele soltou um leve murmúrio. Uma pausa na música foi a única razão pela qual ele me ouviu, e eu o ouvi, mas foi o suficiente. Ele se levantou, carregando a garota no colo e colocando-a de pé enquanto eu me apressava para passar por eles.

Ele estendeu a mão para mim. Como eu estava esperando por isso, abaixei o ombro e evitei seu toque. Então fui embora. Não sabia onde os banheiros ficavam, porém naquele momento não importava muito. Eu só precisava escapar dali. Doía demais, só de saber que eu seria forçada a deixar os três.

Empurrei por entre a multidão, parando apenas quando me senti engolfada pela névoa do lugar. Ninguém daquele mundo poderia me ver, e, ainda sentindo a ardência das lágrimas, comecei a vaguear sem rumo pelo clube.

Havia um guarda-costas me seguindo. Eu o vi algumas vezes. Eu sabia que havia outros dois que nos acompanharam até o clube, mas assim que entramos, não os vi mais. Eles haviam se misturado com todo mundo, porém quando cheguei ao andar superior e a multidão diminuiu drasticamente, avistei o homem. Ele fez um aceno com a cabeça, permanecendo a alguns metros de distância. Assim que cheguei a uma mesa vazia no canto mais perto da saída, eu me sentei. Eu só precisava me afastar um pouco. Precisava entender as coisas e só então seria capaz de erguer meus muros de proteção de volta.

O segurança não avançou. Ele ficou imóvel, com os braços cruzados enquanto mantinha guarda e observava qualquer pessoa que circulasse por ali. No entanto, ninguém fazia isso por ali onde eu estava sentada. Escolhi o lugar mais distante possível. Fiquei lá até perder a noção do tempo. Deduzi que Matt deve ter perguntado sobre o meu paradeiro, pois o guarda-costas pegou seu celular. A tela brilhava, indicando que alguém estava ligando, mas o homem só deu atenção ao aparelho por alguns segundos antes de colocá-lo de volta no bolso.

Dois funcionários entraram pela porta de saída, passando sem olhar para mim duas vezes. Acho que eles nem me viram, embora tenham notado o segurança. Ambos pararam, observando-o antes de passarem. Um deles estacou em seus passos e disse algo em voz baixa, mas o guarda-costas apenas sorriu e balançou a cabeça de leve. Ela seguiu em frente, e só me viu quando olhou por cima do ombro. A mulher arregalou os olhos e entreabriu a boca, mas continuou a se afastar.

Alguns minutos depois, ela voltou com uma bebida na mão.

Fiquei apenas observando, esperando que ela oferecesse o copo ao segurança, mas não foi isso que aconteceu. Ela me lançou um sorriso malicioso, passando por mim e estendendo a bebida.

TIJAN

— Por conta do bar.

— É mesmo? O que é isso?

— Uma das garotas disse que você estava sentada na área VIP mais cedo. Ela disse que é a mesma bebida que você tomou lá embaixo. — Ela tocou levemente o meu ombro, dando um sorriso curvo. — Peça ao seu Sr. alto, moreno e gostoso acenar para mim lá embaixo se você quiser outra. Ficarei de olho aqui.

Por um segundo, fiquei atordoada, depois acenei com a cabeça.

— Obrigada.

O pequeno gesto de bondade foi muito bem-vindo.

O segurança avançou até mim quando ela saiu. Ele pegou a bebida e tomou um primeiro gole. Esperei e depois de alguns instantes, ele disse:

— Está tudo bem. — E devolveu a bebida. — Você pode beber.

Depois de agradecer, tomei um gole e, por fim, me senti pronta para voltar. Desta vez, conforme eu caminhava, a reação das pessoas foi diferente. Elas me observavam... e se afastavam. Olhares me seguiam da mesma forma que fizeram quando Matt e seus amigos atravessaram o clube. Recebi o mesmo tipo de atenção. Era uma sensação desconcertante, até que olhei por cima do ombro e notei que meu guarda-costas estava mais perto do que eu havia percebido.

Estava pensando nisso quando uma mão surgiu do nada.

Fui puxada para um corredor. Aconteceu tão rápido que não consegui reagir.

Uma porta se abriu e eu fui arrastada para dentro, então ouvi um:

— Pare! — O tom autoritário antes de a porta se fechar.

A luz nem ao menos se acendeu.

Eu não fazia ideia de onde estava, mas não importava. Eu podia senti-lo – seja lá quem fosse – bem à minha frente. Suas mãos me ladearam, me enjaulando e prendendo no lugar, e enquanto estava ali paralisada, ele pairou sobre mim. Senti sua respiração me aquecendo, me provocando. O corpo forte avançou contra o meu. Ele estava me cercando. Não estava completamente grudado, mas minhas costas estavam coladas à parede, ainda sentindo seu calor antes que ele falasse em meu ouvido:

— O que você está fazendo aqui, porra?

Fiquei chocada.

De um modo abrupto e rude, fui levada de volta àquela noite.

Eu estava naquele ambiente escuro, mas não estava. Minha mente voltou para a casa da minha mãe, para o meu quarto. Uma mão cobria minha boca novamente.

Eu estava me lembrando...

"Pare de lutar e preste atenção".

Quem estava aqui?

— Bailey. — A voz áspera e rouca. — Eu te fiz uma pergunta.

Eu estava me sentindo puxada para baixo, bem para o fundo. Estava caindo. O cheiro daquele quarto novamente, sentindo a brisa fria enquanto ele se pressionava contra mim. O som de seus passos silenciosos enquanto me agarrava antes que eu pudesse correr, enquanto me empurrava contra a parede.

"Eles pensarão que te estuprei, e você vai gritar."

— Bailey.

Olhei para o lado, mas só vi escuridão. Eu só podia sentir a presença dele. Eu estava cativa novamente. Uma névoa nublava minha mente, me arrastando ainda mais para baixo, de volta para minhas lembranças.

Eu não queria ir lá, e um gemido escapou dos meus lábios.

— Bailey. — O tom foi mais suave desta vez.

Uma mão deslizou para a minha nuca. Sua testa tocou a minha, e senti o peito pressionado ao meu. Ergui a mão para tocá-lo, para segurá-lo ali.

"Eu não vou deixá-los te machucar. Entendeu?"

"Sua casa. Seu território. Sua única chance de viver."

Inspirei fundo. Uma mão se moveu em meu pescoço – não a mão de Chase, mas uma diferente. A mão de Kash.

Kash estava aqui.

Eu não estava lá.

Estava segura. Aqui. Com Kash. Não lá.

Seu polegar acariciava minha pele, deslizando por entre os fios do meu cabelo.

— Bailey — ele sussurrou, antes de se aproximar ainda mais. Nossas cabeças ficaram lado a lado. A bochecha áspera contra a minha, me mantendo ali cativa. Imóvel.

Inspirei fundo outra vez só de me lembrar daquela noite.

— Shhhh…

O choro entalado na garganta escapou. Comecei a balançar a cabeça de um lado ao outro. Era difícil respirar. Mais difícil ainda era me manter quieta. Uma pressão invisível estava me empurrando para baixo. A sala estava se fechando sobre nós.

Eu me agarrei a ele, abrindo os dedos sobre o peitoral forte, deslizando a mão pelos músculos firmes que eu estava registrando vagamente, sobre ombros tensionados, as costas retesadas.

Ele pairou acima de mim, ergueu a cabeça… me observando. Eu não conseguia ver seus olhos, mas sentia o peso de seu olhar.

Arfei.

— Kash?

Seus braços se dobraram ao meu redor, me puxando a ponto de não deixar o menor espaço entre nós. Ele enterrou a cabeça em meu pescoço, o corpo tremendo ligeiramente.

— Me desculpe. Eu não pensei direito… Eu não quis te assustar. — Exalou contra minha pele. — Está tudo bem. Você está segura. Você está segura — repetiu. — Sou só eu… Kash.

Uma luz se acendeu.

Ele agora segurava meu rosto entre as mãos. A testa quase tocando a minha. Os olhos focados nos meus. Havia uma ferocidade ali que me deixou paralisada.

— Diga que está bem. — Suas mãos apertaram meu rosto. — Diga, Bailey. Eu preciso ouvir as palavras.

Minha mente estava girando. Diferentes pensamentos se atropelavam em um ataque rápido, brutal e aterrorizante.

Eu parei, sentindo o coração martelar no peito.

Com um longo suspiro, respondi:

— Estou bem. — A voz soou fraca, trêmula, mas eu realmente estava bem. Então repeti em tom mais audível: — Estou bem. Desculpa. Eu só…

Suas mãos estavam afastando meu cabelo do rosto, e ele balançou a cabeça, roçando a testa à minha.

— Você está bem. Eu te agarrei com brusquidão. Não estava nem pensando direito. Sou eu.

Os braços fortes me envolveram ainda mais, e eu podia sentir o calor de sua respiração. Seus lábios estavam tão pertos dos meus, mas pouco depois ele disse:

— Nós podemos conversar depois. Eu prometo. Mas primeiro… — Ele se afastou um pouco, o mesmo brilho feroz nos olhos. — Que porra você está fazendo aqui?

— Aaah… — Recostei a cabeça à parede, sentindo o alívio me percorrer. — Matt disse que você ligou, avisando que o Peter estava voltando também. Quinn me queria fora de lá…

Sua mão retesou conforme eu falava, até o momento em que ele ouviu a última parte.

— Mas que porra…?

Eu não sabia o que dizer, então só dei de ombros, com indiferença.

— Os seguranças estavam com a gente…

— Eu sei. Foi por isso que te encontrei. Meu voo chegou há trinta minutos.

Trinta. Uau. Ele tinha vindo direto para cá do aeroporto.

— Estivemos tentando localizar a equipe de Arcane depois da última tentativa de sequestro. Eles estão escondidos depois do fracasso.

Isso era… uau. Isso era simplesmente *uau*.

— A última…

Última.

E então soltei:

— A última tentativa deles? — Agora meus olhos estavam fuzilando. — O que você anda escondendo de mim?

A expressão triste fez com que ele retirasse as mãos do meu rosto, mas ele não se afastou. Kash fechou os olhos, parando bem na minha frente. Seu tórax colado no meu peito. A testa recostada à minha.

— Essa foi a terceira tentativa deles — disse ele, baixinho.

Eu não tinha ouvido direito.

De jeito nenhum.

Não era possível.

Certo?

Terceira. Tentativa.

Nossa... era assim que parecia quando o mundo desabava sob os pés, porque eu perdi minhas forças.

Eu estava com raiva, irritada, mas também estava zonza.

Tipo... *muito* zonza.

Meus joelhos cederam e meu corpo amoleceu, porém Kash me segurou.

— Ei, Bailey — ele grunhiu, surpreso, mas agiu com rapidez e me pegou no colo.

— Não, Kash.

— Shhh... — Ele me ajeitou em seus braços, a mão acariciando meu cabelo de leve. Então fez com que eu encaixasse o rosto no vão de seu ombro e pescoço. — Vamos lá. Eu te levo para a minha casa.

Eu não conseguia processar o que estava acontecendo. Meu mundo tinha sido virado de cabeça para baixo de vez, e eu estava fora de mim.

Podia até ser pela ajudinha da bebida.

Senti quando ele avançou e deu um chute na porta, que se abriu do lado de fora.

— O qu...

— Ligue e peça que tragam meu carro até os fundos. Vamos sair por ali.

Kash estava me carregando pelo clube.

— Sr. Colello... — A voz feminina e ansiosa podia ser, talvez, de uma funcionária? — Está tudo bem? Devo chamar uma ambulância?

— Não — Kash se apressou em responder. — Eu só preciso do caminho livre para sair pelos fundos. Só isso.

— Sim, senhor. É claro.

Ela saiu correndo.

O segurança se aproximou, e eu o ouvi dizer:

— Matt está procurando por ela. Ele está preocupado.

— Matt? — Cada centímetro do corpo de Kash ficou retesado.

— Eu quis dizer o Sr. Francis — uma pausa —, senhor.

— Você vai dizer a ele que estou com ela, então sua tarefa é escoltá-lo de volta para o apartamento dele.

— E quando ele perguntar para onde você a está levando?

Kash parou novamente, virando com brusquidão.

— Como é que é?

O tom de voz do segurança soou contrito:

— Você sabe que ele vai perguntar, senhor. Ele virá procurá-la também.

A voz retumbante de Kash vibrou por todo o seu peito quando ele respondeu, porém, seguindo em frente:

— Diga que ela está comigo e que a estou levando de volta para a propriedade.

— E você está?

Kash parou e girou novamente.

O segurança acrescentou:

— Senhor.

— Por que caralhos isso seria da sua conta?

Ele esperou.

Nenhuma resposta.

Eu levantei a cabeça. Os dois estavam em um impasse. O segurança me observou e seu semblante se tornou fechado. Baixando o rosto, ele disse:

— Outras pessoas agora se preocupam e cuidam dela, senhor.

— Puta que pariu. — Os braços de Kash se apertaram sob mim, a mão cravando ainda mais na minha coxa. — Vá dar o recado ao Sr. Francis, e então você está liberado por hoje, Helms. Pegue uma folga de três dias e não apareça no trabalho. Nós dois teremos uma conversinha antes de você voltar ao serviço. Ou, juro por Deus, vou te dispensar agora mesmo.

Eu franzi o cenho. Minha cabeça estava latejando. Não conseguia entender a animosidade ali, mas Helms abaixou a cabeça em um aceno abrupto.

— Sim, senhor. — Ele recuou um passo e seu olhar se fixou em mim, antes de ele ser engolfado pela multidão. Ele havia se destacado antes, quando me seguiu desde o piso superior. Agora ele estava completamente oculto.

— O que foi aquilo? — tentei perguntar. Minha língua estava meio grossa, então saiu quase como: "Quêquefoiaquilo?"

Kash me ergueu um pouco mais no colo, me segurando com apenas um braço. Então resmungou:

— Nada. Recoste a cabeça no meu ombro. Chegaremos ao carro em alguns minutos.

— Por aqui, Sr. Colello — disse a mesma mulher de antes.

Reparei que era a garota que havia me dado a bebida de cortesia antes. Ela estava estendendo a mão em direção a um corredor nos fundos, com uma prancheta na mão e um fone de ouvido. Seus olhos se focaram nos meus por um segundo antes de ela desviar o olhar, engolindo em seco.

Todas essas pessoas estavam abaixo do comando de Kash. Ninguém havia ido contra ele, ninguém... até esta noite, e o homem que fez isso acabou sendo suspenso do trabalho por três dias.

Um arrepio percorreu meu corpo.

Sentindo minha reação, Kash continuou seguindo pelo corredor, mas se virou de leve para que seu olhar pudesse encontrar o meu. Seu rosto estava muito perto... Bastava um movimento sutil e nossos lábios se tocariam. Um toque apenas. Seu cenho estava franzido, e seus olhos pousaram na minha boca, permanecendo ali.

— Por aqui, Sr. Colello — a jovem anunciou, passando por nós para abrir outra porta.

Não havia ninguém aqui embaixo, até virarmos no segundo corredor. Vozes ecoaram do outro lado. Estávamos em uma área da cozinha. Kash a seguia, nos conduzindo por um labirinto de corredores e portas.

Ele me segurou com firmeza até que ela abriu a última porta, deixando uma brisa fresca da noite nos cumprimentar.

— Sr. Colello.

— Sr. Colello.

Duas vozes masculinas chegaram até nós.

Outra porta foi aberta. Kash se abaixou, comigo ainda em seu colo, e me acomodou no banco traseiro, me empurrando de leve para o meio. Em seguida, ele se sentou ao meu lado. A funcionária do clube nos seguiu e ficou esperando fora do veículo.

Kash enfiou a mão no bolso e tirou algumas notas, entregando à moça.

— Obrigado por sua discrição.

— Claro, senhor. — Ela deu um passo à frente, guardou o dinheiro e seu olhar se focou no meu. — Desejo melhoras, senhorita.

Eu me recostei ao banco, meu corpo se moldando ao couro, e senti as pálpebras pesadas novamente.

A rejeição de Quinn. As bebidas. O choque pela aparição de Kash.

Eu queria dormir por dias e dias.

A porta ainda não tinha sido fechada, e Kash disse algo incisivo para a mulher. Ela baixou a cabeça, dando um passo para trás.

— Eu mesma cuidarei disso. — Então voltou para o clube.

A porta traseira do carro se fechou; uma dianteira se abriu. O motorista entrou e fomos embora dali. Havia um carro bem na frente do nosso. Quando ele virava, nós fazíamos o mesmo. Quando ele diminuía a velocidade, nós diminuíamos. Havia outros seguranças lá dentro, ou pelo menos imaginei que sim.

Kash esperou um momento antes de se virar para mim. Ele me deu uma olhada e toda a tensão de seu corpo também desapareceu. Então estendeu a mão ao mesmo tempo em que me lancei em cima dele, subindo em seu colo.

Eu tinha sentido falta dele. Quero dizer, eu não tinha sentido saudade dele. Dãã.

Eu só o estava deixando me abraçar. Sim. Eu estava fazendo um favor a ele.

Não demorou muito, talvez uns doze minutos, até chegarmos a uma garagem subterrânea de um complexo de apartamentos. Quando o SUV parou em frente a alguns elevadores, Kash me cutucou.

— Bailey?

Seus braços pareciam tão quentes, tão fortes. Um abrigo seguro. Isso era o que eu sentia, juntamente com o frio na barriga e os arrepios que não deviam existir. Meu sangue estava fervendo lentamente, esquentando ainda mais à medida que eu permanecia em seu colo. Era tão difícil, minhas pálpebras pareciam estar coladas com uma tonelada de cimento, mas abri os olhos na marra e o encarei.

Então congelei.

Meu Deus do céu...

Bonito. Perigoso. Misterioso. E eu estava em seus braços.

Minha língua inchou na mesma hora. Uma série de sensações começou a vibrar pelo meu corpo. A exaustão tinha ido embora, naquele simples olhar, enquanto seus olhos ardentes me penetravam. Eu estava atordoada, como se ele tivesse tocado meu peito e me dado um choque elétrico.

Estava sem fôlego também.

Sem pensar, incapaz desse simples ato, ergui a mão e toquei sua bochecha.

— Você voltou.

Ele ficou imóvel, piscando diversas vezes, até que um sorriso lento se espalhou em seus lábios... e... minha nossa... Aquele sorriso, naquele momento; a forma como ele estava me olhando, me segurando, e meu coração agora acelerado. Todo o meu sangue se agitou, uma onda me açoitando com força.

Eu o queria.

— Eu voltei.

O mundo desapareceu.

Era apenas Kash e eu, e seus olhos focados nos meus lábios. Eu estava ansiando por isso, por ele. Queria sentir sua boca na minha. Queria sentir mais, muito mais, mas desejava sua boca em primeiro lugar.

Eu estava erguendo meu corpo...

Ele estava se inclinando para baixo...

E seu celular começou a tocar.

Assim, como em um passe de mágica, o encanto se rompeu.

Todo o corpo de Kash se transformou em um bloco de cimento. Ele inspirou fundo antes de virar a cabeça para o outro lado. Então ameaçou, com a voz sombria:

— Alguém precisa estar no hospital ou em um saco para cadáveres, caso contrário, eu mesmo vou enviá-los para a emergência ou para o necrotério.

Ouvimos uma tosse envergonhada, até que alguém disse:

— É o Sr. Francis. Matthew. Senhor.

— O que é agora? — Kash rosnou.

— Parece que há um problema na cobertura.

— Porra.

Exatamente.

Eu odiava isso, todo o meu corpo estava protestando, mas então me sentei direito. Kash me acomodou ao seu lado no banco. Ele se virou para o guarda-costas, mas olhou diretamente para mim.

— Você quer vir comigo?

Não era realmente uma pergunta ali.

— Com certeza.

De repente, eu estava acordada, tão acordada que achava que nunca mais conseguiria dormir de novo.

Ele fechou os olhos, gemendo baixinho antes de se ajeitar no assento.

— Nos leve até o apartamento de Matt.

Nós paramos na frente das portas automáticas do Francois Nova. As-sim que o SUV encostou, Kash nem ao menos esperou pelo guarda. Ele abriu a porta do carro e me tirou de lá. O porteiro mal teve tempo de nos cumprimentar com um aceno.

Assim que estávamos no saguão, senti a atenção imediata de todos ali. Não estava tão vazio como antes. Havia hóspedes do hotel. A equipe de *concierge*. O atendente da recepção era o mesmo da nossa estadia. Seus olhos agora estavam arregalados, nos observando. Kash andava com tanta pressa que os seguranças tiveram que correr para ficar na nossa frente. Ele soltou minha mão, mas nossos dedos mindinhos continuaram entrelaçados conforme seguíamos até os elevadores. Um guarda-costas chegou lá bem a tempo, e as portas se abriram para que não precisássemos esperar. Kash soltou meu dedo, a mão quente agora segurando meu cotovelo.

Assim que entramos, o segurança veio conosco.

Durante o percurso até a cobertura, senti o movimento do polegar de Kash massageando a parte interna do meu cotovelo.

Meu Deus do céu. Isso estava me causando todo tipo de coisas.

As portas se abriram e nós ouvimos as risadas estridentes, gritos, uivos e música alta. Havia uma fumaça de algo ilegal circulando no ar.

— Vamos lá! Beba. Tome tudo.

Os olhos de Kash se estreitaram.

Ele soltou o meu cotovelo e seguiu adiante. Os seguranças foram jun-tos, embora não parecesse que estavam ali para protegê-lo. O cômodo se abria para uma ampla sala de estar. Kash fez um sinal para um dos guardas, que caminhou até o console de entretenimento para desligar a música.

— Ei!

Matt estava recostado em um dos sofás de couro branco, com a calça desabotoada e abaixada o bastante para deixar à mostra os ossos pélvicos.

Ele estava sem camisa, o cabelo bagunçado, e segurava um baseado. O jovem estava levando o fumo à boca quando a música parou. Levou um segundo inteiro até que ele assimilasse tudo e se virasse, ficando todo animado quando viu Kash.

— Ei! É o Kashy. Ei, Kashy.

Suas pupilas estavam dilatadas, e ele mal conseguia se sentar direito. Seus movimentos eram lentos, e depois da segunda tentativa frustrada em se levantar, ele simplesmente desabou no sofá. As pernas ficaram imóveis e estendidas no chão. A garota ao seu lado usava apenas um sutiã e calcinha. Nada mais. E ela não era a garota com quem ele estava se agarrando na boate.

O resto da sala estava cheia.

Chester e Tony estavam no mesmo estado, mas em um sofá de canto mais ao fundo. E, ao contrário de Matt – que não tinha uma garota lhe dando um boquete com avidez –, os membros dos amigos estavam ao léu. Avistei a garota do clube de Matt chupando o pau de Chester. A que se encontrava ocupada com o de Tony talvez fosse uma funcionária da boate. Eu não tinha certeza. E nem fazia questão de olhar de perto.

Ainda havia outras meninas seminuas por ali, dançando e sacudindo seus apliques e garrafas de bebidas.

— Puta merda, Matt. — Kash observou tudo ao redor. — Nós acabamos de sair do clube não tem nem vinte minutos.

O sorriso de Matt era embriagado e solto quando ele pegou a cerveja na mesa ao lado.

— Eu já estava ficando loucaço antes de sairmos do clube. — Ele franziu o cenho, como se estivesse tentando se lembrar de alguma coisa... até que seus olhos me encontraram. — Ei! É minha irm...

— Pare com isso! — Kash o interrompeu, dando dois passos em direção ao sofá. Ele pegou o baseado, apagou e derrubou a cerveja da mão de Matt. — Todos para fora. Agora!

As garotas reclamaram.

Kash fez sinal para seus seguranças.

— Tirem elas daqui.

Não havia como argumentar com ele.

Uma garota ainda estava agitando os braços. Segundos depois, ela tropeçou e caiu para trás, direto na piscina que se projetava da sala de Matt em uma imensa plataforma de vidro temperado, então a impressão era que a pessoa estava nadando na beirada do prédio.

Água respingou para todo lado, mas logo ela se levantou e arrumou o cabelo. Sua garrafa de vodca quebrou no chão, e seu sutiã havia se soltado com o impacto da água. Dois seios infláveis ficaram bem à vista.

— Uau. — Ela riu, se jogando de costas de novo para boiar na água. — Isso é bom.

Kash fez um gesto para um dos seguranças.

— Pegue a menina e a tire daqui.

O cara entrou na piscina e começou a arrastá-la para a borda.

— Ei! — Ela retesou o corpo, antes de gritar: — O quê? Quem é você? Não! O que você está fazendo? Não!

A menina se contorcia contra o agarre do homem – ou ao menos tentava. Ele ignorou seus protestos e a levantou, entregando-a para outro segurança que esperava na beira já com uma imensa toalha aberta. Em um movimento rápido, ele a enrolou com o tecido e a carregou para fora da sala.

A jovem que estava com Matt começou a se ajoelhar, mas Kash enlaçou a cintura da menina e a levantou do chão.

— Ei! Espere! O qu...

Ele manteve o braço firme ao redor da cintura da garota, como se estivesse segurando uma criança de 2 anos dando birra, em um pleno acesso de raiva. A garota chutava, se contorcia, gritava.

— Ei! — berrou ela.

— Kashy. — Matt coçou a barriga, o peito e bocejou. — Isso não é legal. Isso não é nem um pouco legal. Espera. Onde está minha irm...

— Cala a boca. Pare de fazer merda, porra! — Kash gritou do outro lado da sala, enquanto entregava a menina para outro segurança.

— O quê? — Agora Matt estava entendendo, piscando rapidamente e tentando se sentar.

Kash cruzou a sala, voltou até onde Matt estava e apontou na direção do sofá onde estavam Chester e Tony.

— Para fora, os dois.

— Ei... — Chester resmungou, mas os seguranças voltaram e agarraram as meninas para retirá-las dali.

Tentei desviar o olhar a tempo, mas sem sucesso. Dois paus semieretos estavam no ar. Nem Chester nem Tony fizeram menção de se cobrir. Tony parecia confuso sobre o que estava acontecendo. Chester estava tentando se levantar do sofá, mas como Matt, mal conseguia se sentar.

— Eu vou acabar com você, Colello — foi o que ele afirmou.

Kash o ignorou, inclinando-se na frente de Matt.

Eu nunca teria acreditado se não tivesse visto com meus próprios olhos, mas em dois movimentos rápidos, ele levantou meu irmão no colo como se o cara não pesasse nada. Ele apoiou o ombro na barriga de Matt e o carregou como um saco de batatas.

— Aaaah... Ugh...

A pressão no estômago foi o suficiente para fazê-lo abrir a boca e vomitar. Kash fez uma careta, mas ignorou por completo. Ele acenou para seus seguranças que se aproximavam de Chester e Tony com grandes baldes de água. Em dois segundos, os dois rapazes tomaram um banho.

Eles se levantaram, xingando, cuspindo e encarando os homens com raiva.

Seus paus ainda estavam balançando para todo lado, as calças agora enroladas nos tornozelos. Chester se curvou para puxar a peça, mas tropeçou e caiu para frente. Dois seguranças gritaram e correram, enrolando o corpo de Chester no tapete e o carregando para longe dali, da mesma forma que a menina da piscina foi levada.

Tony foi o último, e ele ficou lá, com olhar meio perdido e chapado.

— Pra onde... foi todo mundo?

Os homens esperaram o comando de Kash, que se virou a caminho do quarto de Matt e respondeu para o jovem:

— Eles foram para outra festa. Guarde essa merda na calça e se manda daqui, Cottweiler.

— Hein? — resmungou, estremecendo, mas puxando a calça para se vestir.

Ninguém estava usando sapatos. Ninguém estava usando camisa. E todo mundo saiu dali daquele jeito. Os seguranças recolhiam as roupas espalhadas quando Kash me chamou:

— Aqui atrás.

Eu estava olhando embasbacada para o lugar. Não conseguia evitar. A cena inteira era algo que nunca poderia ter imaginado, mas aconteceu e estava tudo ali. A prova mais do que evidente de que as baladas épicas do meu irmão não eram invenção dos jornais sensacionalistas.

— Bailey!

— Estou indo.

Fiz questão de me certificar de que não pisaria em cacos de vidro ou – eca, tinha uma camisinha largada ali – qualquer porcaria que pudesse me transmitir uma DST.

Encontrei Kash e Matt no banheiro, com meu irmão ajoelhado no vaso, colocando as tripas para fora. Kash estava recostado à pia, com as mãos apoiadas no granito e os tornozelos cruzados à frente. Seu olhar semicerrado se focou em mim.

— Oi. — Eu estava meio hesitante aqui, pois não tinha certeza do meu lugar.

— Oi... — Gesticulando para Matt, ele acrescentou: — Vou ter que ficar para deixá-lo sóbrio. Você quer ficar ou prefere uma carona de volta para minha casa?

— Eu... — Eu não tinha certeza do que deveria fazer.

Matt fez um som desagradável de ânsia de vômito, encovando as costas pela intensidade do movimento.

Eu suspirei e me recostei ao batente da porta.

— Não parece certo ir embora.

— Essa confusão aqui não é culpa sua. Confie em mim. Eu sugiro encontrar um dos quartos de hóspedes e dormir um pouco, porém não tenho como prometer que as camas já não tenham sido usadas esta noite.

Estremeci diante da implicação.

— Caramba, Kash. Vinte minutos.

Foi todo o tempo que eles estiveram festejando aqui, ou até menos.

A não ser que Matt tenha me largado na boate bem antes...

— É provável que os quartos estejam de boa. Parece que a festa se concentrou na sala mesmo.

Matt parou de vomitar e olhou para cima. Suado, pálido, o rosto com um tom esverdeado, ele sorriu.

— Ei, é minha irmã. Kashy, é minha irmã. Olha. — Ele tentou dar um tapinha na perna de Kash e apontar, mas Kash se afastou do alcance de sua mão. Com o corpo meio desequilibrado, ele disse, sorrindo para mim: — Estou tão feliz que você veio festejar comigo hoje à noite. Da próxima vez será melhor. Prometo.

Quando afirmei que ele sorria para mim, quis dizer que ele estava sorrindo estupidamente para o lixo. Ele chegou até mesmo a estender a mão e dar um tapinha na lata.

— Você é uma boa irmã. Inteligente também. — Então ele gemeu, voltando a descansar a cabeça sobre o vaso sanitário.

Já havia se passado cinco minutos quando um segurança apareceu à porta.

— Todo mundo se foi.

Kash assentiu, esfregando o rosto com a mão.

— Peça para a equipe limpar tudo, inclusive os quartos.

— Pode deixar. — Ele apontou para Matt. — Um hóspede, três andares abaixo, reclamou do barulho e da música alta. A equipe do hotel não queria lidar com isso, então ligaram para um de nossos caras na mesma hora. Ele foi chamado, mas o proibiram de entrar no apartamento, então ninguém tinha certeza do que estava acontecendo aqui.

Kash fechou a cara.

— Um segurança não pode se permitir ser barrado de entrar. Isso vai contra todo o propósito pelo qual vocês são pagos.

— Concordo — ele retrucou. — Vou conversar com meus homens amanhã.

— Você vai suspender aqueles que estragaram tudo; Helms também. Eu disse a ele para tirar três dias.

— Senhor?

— Não deve haver nenhum apego emocional. Eles são contratados para fazer seus trabalhos, e só isso.

O segurança ficou confuso, mas baixou a cabeça.

— Sim, senhor. — Ele hesitou novamente. — Ordens para o resto da noite?

O olhar de Kash recaiu sobre mim, permanecendo ali. Ele perguntou ao homem:

— Quinn não a queria na propriedade?

O guarda-costas retesou a postura diante da pergunta.

— Hmm… Sim. Essas foram as ordens dela.

Uma tempestade estava se formando. Algo incômodo passou pelo ar. Até mesmo o segurança sentiu a mudança. Meu corpo reagiu com o arrepio de todos os pelos. O próprio Matt congelou, confuso, e se virou para olhar outra vez para nós. Dessa vez, ele confundiu a banheira com a gente, os olhos vidrados antes de se virar de novo para o vaso.

— Senhor?

Kash sacudiu a cabeça, afastando seja lá que pensamentos brotaram em sua mente.

— Turno de vigilância normal. Peça que uma enfermeira venha até aqui. Ela poderá ficar no nosso lugar aos cuidados de Matt.

— Sim, senhor. — O homem saiu logo depois.

Nenhuma palavra foi dita durante a próxima hora.

Kash pegou água para Matt, mas voltou à mesma posição recostada contra a pia do banheiro. Eu me sentei no chão, abraçando os joelhos, e depois de trinta minutos, apoiei a cabeça sobre os braços dobrados. Quando Matt fazia uma pausa, Kash lhe dava a água e instruía que bebesse goles curtos. Ele pegava o copo quando Matt terminava, então lhe entregava um pano para limpar o rosto e o recolhia antes que meu irmão se curvasse sobre o vaso novamente.

Pela expressão quase entediada no rosto de Kash, eu tinha a sensação de que isso era normal. Para eles.

Quando Matt parou de vomitar, Kash e um guarda-costas o carregaram até a cama. Ele foi gentilmente colocado no colchão, o que me surpreendeu. Outro cara poderia simplesmente tê-lo jogado na cama, mas Kash e o segurança não fizeram isso. Eles o colocaram deitado de lado, com os joelhos meio dobrados. Havia um copo de água na mesa de cabeceira. Um pano úmido e uma toalha dobrada. Kash colocou o lixo perto da cama, para que Matt pudesse se inclinar e vomitar ali caso precisasse. Ao mesmo tempo, o segurança posicionou a cabeça de Matt para que uma toalha ficasse embaixo do rosto dele, sobre o travesseiro e a cama.

Quando terminaram, eles recuaram e o estudaram.

O segurança olhou para Kash.

— Deixamos a calça?

Kash resmungou:

— Eu é que não vou tirar. — Lançou um olhar de soslaio para o homem. — Você se propõe?

— Isso faz parte da minha descrição de cargo? Despir um viciado em reabilitação?

Pela primeira vez naquela noite, a boca de Kash se curvou em um sorriso. Tudo bem que foi um sorriso sombrio e de escárnio – coisa habitual dele –, mas era nítido em seus lábios.

Ah, minha nossa. Meu coração saltou uma batida só de ver.

Mas Kash já estava dizendo:

— Acho que estamos bem aqui. Vá em busca da enfermeira.

O segurança saiu e Kash cobriu Matt com o lençol. O quarto estava imerso em escuridão, e um segundo depois, ouvimos o ressonar do meu irmão.

Uma mão encontrou a minha, nossos dedos se entrelaçando, então Kash me levou para fora do quarto.

A enfermeira estava vindo da sala e parou no corredor. Ela estacou ao notar nossa presença, os olhos se arregalando ao ver Kash, mas não disse nada. Um leve rubor surgiu em suas bochechas. Eu não podia culpá-la.

Kash parou e lhe deu instruções para o cuidado com Matt.

Então saímos dali e Kash nos guiou para o elevador. E da mesma forma como aconteceu quando deixamos o clube, já havia um SUV à nossa espera. Nós nos acomodamos e seguimos para outro estacionamento subterrâneo. Repetimos todos os movimentos de antes, até que as portas se abriram e deparei com o prédio onde Kash tinha um apartamento no centro da cidade. Era o lugar que ele mencionou antes, onde mantinha todas as coisas pessoais que não confiaria a um estranho.

Fiquei sem palavras ao me dar conta do que ele acabara de demonstrar ao me trazer para cá.

Kash confiava em mim. *Quando isso havia acontecido?*

Ele soltou minha mão quando saímos do elevador, esperando as portas se fecharem novamente. O segurança desceu outra vez, e Kash digitou algum tipo de código. Uma luz verde acima da moldura clicou para vermelho, e então ele se virou e me encarou.

Seu cabelo estava bagunçado. Havia olheiras e rugas de expressão ao redor da boca. Ele estava exausto, para dizer o mínimo. Mas aqueles olhos estavam vívidos e repletos de luxúria. Estavam quase negros quando ele começou a se aproximar de mim, me cercando.

Um passo de cada vez.

Eu me preparei, excitada, emocionada e superassustada. Ele parou pouco antes de me tocar.

— Nós não éramos exatamente amigáveis um com o outro antes de eu viajar. Isso foi há uma semana. Desde então… — Seu olhar me percorreu de cima a baixo, em uma lenta inspeção, me fazendo sentir nua diante dele. Ele sussurrou, se aproximando, erguendo a mão para tocar minha blusa: — As coisas aceleraram esta noite. Preciso saber se você está bem com isso.

Não teve uma intenção de pergunta ali. Ou um pedido.

Eu lambi meus lábios, sentindo a boca secar de repente. Balancei a cabeça com um aceno rígido e murmurei:

— Estou *super* bem com isso.

Ele agarrou um punhado do tecido da minha blusa e me puxou contra o seu corpo. E quando inclinei a cabeça para trás, sua boca tomou a minha com paixão.

Fogo.

Eu esperava por um beijo ardente, exigente, e foi exatamente o que recebi. Meus braços enlaçaram seu pescoço. Minhas pernas envolveram sua cintura. Era o tipo de pressão perfeita que me deixou gemendo de paixão.

As chamas me envolveram. Cada centímetro do meu corpo ardia em chamas.

Então, ele suavizou o beijo, acalmando a pressão até que a mais leve e delicada carícia sussurrasse sobre mim.

Arrepios se espalharam pela minha pele por conta do último beijo. Céus. Eu estava ofegante.

Ele estava se afastando.

E então – eu estava acordando.

Eu despertei e vi que estava tudo escuro. Minha cabeça estava confusa, mas fragmentos de uma conversa me acordaram aos poucos.

— Sim, nós fizemos… Não… Não. — Uma pausa. — Ela está, sim.

Eu me deitei novamente. Meu Deus. Eu estava sonhando com a noite passada, com aquele beijo. O *primeiro* beijo. Puta merda. Aquele primeiro beijo tinha sido épico, e eu queria esquecer e experimentar tudo de novo. Por favor… será que isso era possível?

Uma exclamação ríspida veio da outra sala:

— Se você quer vê-la, venha até aqui para isso.

A realidade desabou sobre mim como um balde de água fria. Kash estava falando com meu pai.

Bosta.

Deitada ali, depois de tudo o que havia acontecido nos últimos dias, aquelas palavras simplesmente voltaram com tudo na minha mente. *Ídolo. Pai.* Espera, *aquele cara magoou minha mãe.* E, de alguma forma, nos últimos três dias, ele se tornou *pai* novamente.

Expirei fundo, soprando uma mecha de cabelo para longe da testa. Os fios flutuaram e caíram de novo no meu rosto. Essa era a história da minha vida. Eu subia, subia, mas caía outra vez. Tudo bem... eu estava sendo um pouco dramática, mas aquela "notificação de despejo" da Quinn magoou fundo.

Que se dane.

Eu me sentei na beirada da cama e fiquei escutando. Foi bem fácil fazer isso, já que Kash havia deixado a porta entreaberta. Era só uma frestinha, mas serviu o suficiente. Ele teria ouvido minha aproximação se eu tivesse me levantado para ir ao banheiro, e a única outra opção seria voltar a dormir, mas eu estava acordada. Na verdade, estava completamente desperta agora. Tinha energia suficiente armazenada dentro de mim para ficar a noite toda no computador – e, eu estava morrendo de saudade de trabalhar com o meu código.

— Talvez fosse bom se lembrar de que foi sua esposa quem pediu para ela ser removida da propriedade... Sim. Não eu. Sua esposa. — Outro fragmento de silêncio do lado de Kash. — Será um prazer. Eu adoraria ter uma conversinha com a Quinn... O quê? Pelo amor de Deus, Peter, pense no que está dizendo. — Ele respirou fundo, pausando.

Eu pude vê-lo através da fresta, e como se ele sentisse a força do meu olhar, Kash ergueu a cabeça. Seu corpo retesou e, em seguida, ele veio em minha direção. Não tive tempo de me esconder ou me deitar às pressas, e acabei puxando o cobertor sobre meu corpo, mesmo com os pés ainda no chão.

Ele empurrou a porta e sua expressão suavizou na hora. Ele me observou com atenção, seu olhar me aquecendo.

— Peter — murmurou ele, já sem o tom áspero —... Peter. — Correção: soou um pouco áspero ainda. — Nós conversaremos mais tarde. — Ele nem sequer se despediu, apenas desligou e jogou o celular em cima de uma poltrona no canto.

Cruzando os braços sobre o peito largo, ele se recostou ao batente da porta.

— Como você está se sentindo?

Lembranças da noite passada me atingiram.

Nós nos beijamos. Fizemos mais do que beijar, e Kash era um perito fenomenal na arte de beijar. Ele era fenomenal em tudo. A forma como ele me tocava. Como sussurrava coisas no meu ouvido. Como me fazia sentir amada, adorada, satisfeita.

Meu rosto estava esquentando, só de lembrar, também lembrando como eu queria mais de tudo aquilo. Esse era o tópico central da noite: eu queria muito mais, porém nós não transamos de fato. Depois de me fazer gemer loucamente por duas horas, Kash desacelerou e mudou de posição na cama para me abraçar de conchinha.

E eu adormeci desse jeitinho. Eu queria ter acordado antes de ele se levantar, só para sentir seus braços em volta de mim novamente. Minha boca salivou somente com a visão dos músculos firmes.

— Estou bem. — Minha voz saiu rouca.

Um canto de sua boca se curvou, como se ele estivesse lendo meus pensamentos.

— Ótimo. Preciso ir atrás de Matt. A equipe de segurança avisou que ele está em outra festa. Temos que buscá-lo e levá-lo de volta para a propriedade. Aparentemente, Quinn está preocupada com o enteado.

— *Outra* festa?

— Matt é desse jeito. Se está entediado, chateado, infeliz… ele festeja. — Aquele sorriso em seu rosto desapareceu. — Olha… Nós não conversamos sobre Quinn ontem à noite, mas você tem que saber que se quiser fazer parte dessa família, será uma luta. Ela não vai facilitar para você. Nenhum deles, exceto Seraphina e Cyclone.

Ah. Agora era a hora do papo sério.

— Matt tem sido legal comigo.

— Matt está brincando com você.

Fiquei boquiaberta.

— O quê? — Não podia ser verdade. — Isso é mentira.

As sobrancelhas dele se arquearam. Suas palavras estavam me ferindo, mas ele não dava a mínima. Ele estava sendo sincero.

— É a verdade. Ele achou que você era meu novo brinquedinho e queria te perturbar como um gato faz com um rato. Depois ele descobriu suas habilidades em computação e juntou as peças. Mas se ele está agindo como se gostasse de você, é mentira. Ele está te sacaneando.

— Por que ele faria isso?

Caramba. Isso estava doendo mais do que eu desejava.

Um fardo. Era isso o que eu representava. Sem sentimentos. Certo? Eu poderia fazer isso.

No entanto, já estava falhando miseravelmente.

— Para atingir o seu pai. Peter vem pressionando Matt a atuar mais na empresa. Ele não quer que seu filho mais velho seja um fracasso… palavras de Peter, porque é o que ele pensa de Matt. Ele não tem a intenção de ser maldoso nem nada, mas qualquer um que não trabalhe com computação é um fracasso ao seu ver. O único motivo pelo qual ele não me enche o saco é porque ele sabe muito bem que posso machucá-lo fisicamente se eu quiser. Seu pai é... — Ele balançou a cabeça de um lado ao outro, escolhendo suas palavras: — Ele é como um gênio arrogante e adorado, com bastante poder. Há um lado nerd dentro dele, mas que está misturado com todas as outras porcarias que o tornam uma pessoa difícil de lidar às vezes.

Ele inspirou, antes de continuar:

— Matt não é um nerd. Nunca foi. Ele é esperto, mas cresceu aprimorando suas habilidades sociais e pegando garotas e... você sabe como é. Você viu isso ontem à noite. Peter não entende seus filhos. Nem Seraphina, que tem um coração de ouro e é tímida; nem mesmo Cyclone, que *entende* de computação. As semelhanças acabam aí. Cyclone tem TDAH e assim que começa algo, ele já parte para outra coisa. E agora Peter está sabendo cada vez mais coisas sobre a filha com quem nunca conviveu, e não está gostando disso. Matt vai tirar proveito disso. Ele está adorando ser o membro da família cochichando no seu ouvido. Esse tipo de coisa dá a ele algo que Peter quer; isso fará com que o pai saia da cola do seu irmão. Ou é isso que Matt pensa que acontecerá.

Outro golpe duplo. Com direito a um gancho e um chute na cara.

Eu estava acabada, no chão e só esperando a contagem do nocaute.

Pelo amor de Deus...

— Obrigada por isso. — Desviei o olhar para o lado.

— Ei. — Essa palavra me fez olhar para cima antes que eu pudesse me conter. A boca de Kash estava contraída em tensão. — Peter não está gostando de si mesmo nesse exato momento, porque você é a filha que mais se parece com ele. E ele está muito puto por você ter passado a noite aqui comigo. — Um sorriso irônico curvou seus lábios. — E ele realmente, de verdade, odeia que não possa me ordenar que fique longe de você, porque sou eu quem está te protegendo agora. Ele acha que você ainda é uma criança.

Eu me irritei com isso.

— Eu não sou uma criança.

— Você é uma mulher, e é bonita, inteligente e tem um lado sarcástico que eu quero que apareça mais. Gosto do seu espírito combativo e do seu sarcasmo, e você tem que fortalecer essas paredes se quiser sobreviver nesse mundo. Eles são todos lobos, Bailey. Eles não são legais como sua mãe.

Eles não são como a Sra. Jones, que chamou a polícia ao ver um veículo misterioso estacionado em sua garagem. Sim, eu li os relatórios da polícia. Eles não vão cuidar de você. As crianças, talvez, se forem ensinadas dessa forma. Porém, eles não estão sendo ensinados assim. E Matt está muito bravo com seu pai para ver que, sob todo o pretexto em te usar, na verdade, ele está começando a gostar de você. — Ele franziu o cenho. — Mas não espere que ele se apegue e comece a agir todo bonitinho. Ele não é assim. Nem o mundo de onde eles vêm.

Eles.

Não nós.

Todas as suas palavras estavam me destruindo, mas eu me concentrei naquela única palavra.

— Você não é um deles também?

Ele parou por um segundo, seu olhar se desviando pela primeira vez desde que me viu acordada.

— Eu sou metade de um e metade de outro. Eu venho de outro tipo de realidade completamente sombria e distorcida que faz o mundo do seu pai parecer como se fosse feito de algodão doce. E não… — Ele balançou a cabeça, vendo que eu estava prestes a fazer outra pergunta. — Isso é tudo por agora. Vista-se. Temos que buscar seu irmão. De novo.

Então tá.

Dava quase para considerar como se eu tivesse sido puxada por uma cordinha, levando um tapa firme no traseiro e enviada para seguir em frente.

Fui ao banheiro e avistei minhas roupas recém-lavadas dobradas e à minha espera em cima da bancada, juntamente com uma xícara de café. Então, um pouco daquela irritação se dissipou.

Apenas uma *parte* dela.

Eu não sabia por que Kash me contou tudo aquilo, ou se ele estava dizendo a verdade sobre Matt, ou como o que rolou entre nós seguiria dali para frente… Mas esse era o Kash de agora há pouco. Ou talvez esse fosse o Kash que ele tinha que ser quando estava em modo de trabalho? Talvez? Eu não sabia. Só sabia que gostava do Kash de ontem à noite. Aquele Kash – meu olhar aterrissou na caneca – era o tipo que me trazia uma caneca de café antes mesmo de eu pedir.

A quem eu estava tentando enganar?

Eu estava em uma situação muito complicada.

Encontramos Matt em um estado semelhante ao da noite anterior, rodeado por seus amigos, em uma tenda separada do resto da festa. Ao invés de uma boate, dessa vez ele estava em uma festa diurna.

Os olhos de Matt estavam vidrados quando ele levantou a cabeça e nos viu.

— Ei! Olha. É minha família.

Kash fechou a cara.

— Você vomitou por uma hora inteira ontem à noite.

— Sim. — Matt soluçou, sorrindo amplamente. Suas pupilas estavam dilatadas. — Obrigado por aquele acesso venoso lá. A enfermeira me conectou naquele bagulho e me fez sentir bem o suficiente, daí pensei, por que não? — Ele começou a rir, sendo acompanhado por Chester e outro amigo. — Né? Estou certo, né, Doidão?

Chester parou de rir na mesma hora.

— Cala a boca, idiota.

Matt riu ainda mais. O outro amigo também. Chester lançou aos dois um olhar sombrio. O amigo não deu a mínima. Até mesmo a garota do lado estava rindo.

Eu estava tentando me lembrar do nome dela. Fleur! Era Fleur. Como esqueci *aquele* nome? Chester também lhe lançou um olhar irritado.

— Cale a boca, Rodadinha.

Ela arfou, chocada.

— Seu babaca!

Ele deu de ombros, com um sorriso escroto no rosto.

— Isso é o carma, querida.

— Kash! Kash! — Matt estava ignorando seus amigos, cambaleando até Kash. Batendo uma mão em seu ombro, o rapaz não notou o olhar que Kash deu à mão. Ele estava acenando uma garrafa de tequila no ar novamente. — Galera! Vocês não têm ideia do que Kash faz pela nossa família. Nenhuma ideia.

— E eles não vão saber, porque acabou pra você — disse Kash, acenando para os seguranças, que como na noite anterior, entraram em ação. As meninas foram expulsas dali.

Doidão, Rodadinha e o amigo foram os últimos. Kash arrancou a garrafa da mão de Matt e a jogou para fora da tenda. O líquido começou a entornar no chão, mas um dos guarda-costas a pegou e levou dali.

— Essa é a segunda vez em 18 horas que você ameaça revelar segredos — disse Kash, em tom de advertência.

Levei um segundo para registrar a tranquilidade na voz de Kash, mas assim que ouvi o tom, calafrios percorreram minha coluna. Olhei para ele, e lá estava. Não era evidente, mas ardia em fogo baixo.

Kash estava furioso.

Matt deu uma risada debochada, os olhos ainda mais selvagens.

— Tanto faz. Que segredos? Eu não sei de nada. O bom e velho papai não compartilha porcaria nenhuma comigo. Você também não. Eu não faço ideia do que está acontecendo.

Sua cabeça balançava de um lado para o outro, balançando, balançando, até que seu olhar semicerrado aterrissou em mim. E foi aí que eu pude ver – o lado cruel de Matt, aquele que Kash havia me alertado na noite anterior.

— Exceto ela. — Seu olhar agora calculista denotava a amargura que o consumia. — Eu sei do segredinho dela. E Quinn odeia que eu saiba.

Ele deu outro passo instável em minha direção, e quando eu recuei, senti os pelos da nuca se arrepiando. Kash se moveu um centímetro para se colocar entre nós – foi um movimento sutil, mas imperativo.

Matt continuou:

— E o meu pai... — Ele inclinou a cabeça para trás, soltando uma risada estridente. — Meu Deus... É melhor ainda. Ele odeia que ela esteja aqui. Odeia. — Ele me encarou de novo, os olhos entrecerrados cintilando com uma zombaria cruel. — Você acha que sua vida foi cheia de problemas, Bailey? Pois não foi. Você teve tudo de bom. Uma mãe amorosa. Nada das merdas com as quais lidamos. Sim, sim, pobrezinha, abandonada pelo papai. Certo? É isso que passa na sua cabeça, não é? Mas você está tão errada. *Errada*. — Suas narinas se dilataram. — Você teve tudo de bom. Até parece que você não terá garantia eterna na vida por causa dessa sua inteligência. Porra. Aposto que *você* poderia desenvolver um programa que renderia milhões em apenas um dia. Não eu.

Ele se inclinou em minha direção, mas Kash se colocou quase

completamente entre nós dois. Meu irmão ergueu o braço, ainda inclinado para frente, o ódio inundando seu olhar, a embriaguez e a loucura se dissipando.

— Eu sou o burro. Tive uma mãe burra. Mas esse aqui, não — Apertou o ombro de Kash, que retesou o corpo na hora. O rapaz ainda não tinha terminado: — Nem Seraphina ou Cyclone. Merda. Quinn pode ser uma puritana frígida, mas ainda é inteligente. Sabia?

Ele parou por um segundo, refletindo em suas palavras e começou a rir.

— Não, não. Você não tinha como saber disso, né? Você não sabe nada sobre nós. Nada. Só nos conhece por nome. O que você sabe do seu papaizinho é só aquilo que as revistas, sites e programas de TV dizem sobre ele, mas não o conhece de verdade. Tem muita coisa da qual você não faz ideia. Nenhuma ideia.

Ele estava devaneando. Então se virou, o olhar focado no chão.

— Ela não sabe. Não sabe, não é, Kash? Ela não faz ideia sobre você, sobre sua família, sobr…

— Chega — ralhou Kash. — Você tem duas opções. Sair daqui por boa vontade ou ser levado à força.

— Por quê? — Matt respirou fundo.

— Quinn quer um dia de família — Kash retrucou, com ironia. — Com todos nós presentes.

Matt revirou os olhos ao levantar a cabeça. Ele balançou a mão novamente, apontando para mim.

— Mas ela, não. Ela não está incluída, e você sabe disso. O que você vai fazer com ela?

Ela… que estava parada bem aqui.

— Ela vai com a gente — disse Kash.

Matt observou Kash com atenção, contemplando um semblante que eu não conseguia ver, porque ainda estava totalmente atrás do corpo forte e protetor. Fosse lá o que ele viu ali, o rapaz começou a rir, e ainda deu um tapinha no próprio joelho.

— Isso vai ser bom demais! — Ele balançou a cabeça, decidido. — Beleza. Não precisa me levar na marra. Vou por vontade própria. Tudo para ver a queima de fogos na primeira fila.

Seu olhar se fixou em mim com a última frase.

Isso não me passou uma boa vibração.

— Vamos. — Kash deu um passo para trás, estendendo o braço em direção à entrada da tenda. Ele queria que Matt saísse primeiro, e ao perceber que essa era a intenção de Kash, meu irmão resmungou:

— Tá, tá. — Ele segurou um punhado do cabelo antes de soltar os fios e se afastar.

Um dos seguranças abriu a tela da tenda para que ele saísse quando concluiu que a conversa estava acabada. Matt sequer nos esperou – apenas seguiu na direção dos carros. Por algumas vezes, ele teve que parar para recobrar o equilíbrio e não tropeçar em ninguém no caminho, então Kash ordenou a alguns dos guarda-costas:

— Fiquem ao lado dele.

Os homens obedeceram às pressas e nos deixaram ali na tenda. Fiquei esperando para ver o que faríamos a seguir, mas Kash não fez menção de sair. Ele observava Matt o tempo todo, pela abertura da tenda que ainda era mantida aberta por um dos seguranças.

Sem saber o que estava acontecendo, dei um passo para sair.

Kash segurou meu braço.

— Espere um pouco.

— O que houve?

Eu não estava me sentindo bem com isso – bem, com nada disso. Matt era cruel mesmo, do pior tipo. Ser advertida sobre esse lado dele não me preparou totalmente para o que testemunhei agora há pouco. Eu me sentia como se estivesse andando em brasas. Não tinha ideia de onde pisar para seguir em frente e estava começando a ficar desconfiada de que Kash também se sentia assim. Porém, parecia que ele escondia ainda mais segredos.

Ele fechou os olhos por um segundo, massageando a testa antes de olhar para mim. Dava para ver que estava cansado, mas também apreensivo com alguma forma.

— Preciso saber como você está.

— Como estou sobre o quê?

— Sobre Matt e sua atitude. Sobre as coisas que ele está revelando, insinuando.

Detectei o brilho de anseio em seu olhar quando ele se aproximou de mim. Kash inclinou a cabeça para que pudesse me olhar bem de frente. Estávamos separados apenas por alguns metros, então ele baixou o tom de voz para que somente eu pudesse ouvi-lo:

— Matt mais late do que morde, mas a mordida dele pode doer. Eu já o vi fazendo isso, e estou vendo outra vez. Esses caras... — Lançou um olhar severo por sobre o meu ombro. — Eles não crescem querendo coisas. Eles crescem entediados. Eles não têm preocupações normais como o resto de nós.

Nós?

— E por causa disso, eles gostam de joguinhos, gostam de brinquedos e adoram extrair suas emoções de lugares de onde não deveriam. — Seu olhar encontrou o meu novamente, com uma espécie de advertência. — Matt não está pretendendo te machucar, mas também não está agindo com a menor consideração. Ele não vai se dar conta de que bateu tanto no brinquedo, até que esteja completamente destruído. Daí ele vai se sentir mal. E só então vai parar e pensar no que não deveria ter feito, mas não antes disso. Tem sido assim desde que ele era criança.

Um peso incômodo repousou nos meus ombros, me empurrando para baixo. Pensei no que ele estava dizendo, porém não estava preocupada com Matt. De verdade. Meu irmão não tinha a capacidade de me destruir.

Kash, por outro lado…

— Matt não passa de um garotinho mimado — afirmei. — Tem um monte de coisas boas e ruins ali, mas ele precisa aprender a fazer mais as coisas boas do que as ruins. — Meu tom era seco, porque aquele trabalho não era meu. E eu me recusava a tornar isso minha obrigação. — Eu posso lidar com ele.

— Mas?

Kash se aproximou ainda mais.

— Eu te perguntei uma vez se você era o chefe da segurança do meu pai. — Inclinei a cabeça para trás conforme Kash, por fim, se postava bem perto de mim. Ele estava bem ali, os olhos focados nos meus. — Você disse que não era… mas mentiu pra mim, não é?

Eu me lembrei de mais algumas coisas que Matt dissera.

— Matt comentou que a mãe *dele* era burra, mas a sua, não. — Fiquei à espera, reparando no olhar agora cauteloso. Então prossegui: — E seu pai? Sua mãe? Como era sua família?

Kash não respondeu. Seu olhar permaneceu fixo no meu, e eu não conseguia ver nada.

Ele me trancou do lado de fora, e depois de trinta segundos fiz menção de sair da tenda. Dei apenas um passo, até que sua mão agarrou meu braço e me puxou para trás. Ele envolveu minha cintura com o braço musculoso e nos manobrou para que ficássemos longe da vista de qualquer pessoa. Então me puxou para perto e inclinou a cabeça para falar no meu ouvido:

— Meu pai era um homem bom, mas humilde. E minha mãe… — Ele parou, a mandíbula travando. — Os Francis me consideram como parte da família. Eu cresci com eles. Dormi na casa deles. Porém *não* sou um deles. Sou uma espécie completamente diferente de animal. — Ele pausou, esfregando o rosto com uma das mãos.

Segredos estavam sendo revelados. Para onde eu olhasse, uma armadilha de segredos pipocava e dava um vislumbre das histórias sobre as quais fui alertada.

Segurei a mão de Kash e dei um aperto suave.

— Eu posso me adaptar a qualquer coisa. Nós, mulheres Hayes, somos conhecidas por esse talento. Seja lá o que for acontecer, posso lidar com isso.

Sim. Matt tinha um lado cruel. No entanto, todo mundo também tinha.

Sim. Eu estava com saudades da Chrissy e da minha antiga vida.

Sim, havia razões pelas quais eu não queria ir embora. Eu tinha três irmãos para amar e conhecer.

Kash…

Mas havia algo que nenhum deles conhecia, também. Não por inteiro. Não de verdade. Pelo menos, não ainda.

Ninguém *me* conhecia de fato.

Eu estava pronta. Capacete de batalha a postos. Pintura de guerra aplicada. Figurativamente.

Eu estava preparada e pronta para destruir qualquer um ou qualquer coisa que viesse em minha direção – exceto água. Eu não estava preparada para ser encharcada por um balão d'água assim que saí do carro de Kash.

— Eu peguei a Bailey! — Ouvi gritos e gargalhadas assim que levantei a cabeça, e tive um vislumbre de listras em tom vermelho-claro correndo de volta atrás do portão que cercava a piscina. Eu podia ouvir Cyclone gritando, rindo tanto que mal conseguia falar: — Eu peguei ela, gente. Bailey está encharcada. — E, então: — Madeeeeeeeira!

— Cyclone!

— Não, Cyclone!

— Aaaaahh!

O som de um corpo caindo de barriga na água foi ouvido, água espirrou para todo lado. Cadeiras foram empurradas para trás. Passos apressados também ecoaram. Kash e eu nos entreolhamos antes de sairmos correndo, mas quando chegamos ao portão aberto, a cabeça de Cyclone estava acima da água e ele estava rindo. As pontas de suas orelhas estavam vermelhas, combinando com o short de banho. Ele apontou para nós ali de pé.

— Eu peguei vocês direitinho.

— Você acabou de cair de barriga na piscina. — Seraphina o encarava com raiva, as mãos pequenas cerradas em punhos.

Ele deu de ombros, antes de flutuar de costas.

— Tudo bem. Eu consigo suportar a dor. — Ele olhou para Kash. — Não é, Kash? O que é um pouco de dor aqui e ali?

Todo mundo franziu o cenho ao ver a vermelhidão se alastrando pela barriga do garoto.

Kash respondeu, arrastado:

— Não o tipo besta de dor. Um tombo de barriga é bem besta, a não ser que tenha sido por acidente.

— Não foi um acidente. — Marie estava cerrando os dentes. Os braços cruzados sobre o peito, as bochechas tão vermelhas quanto o short de Cyclone. — Entre aqui, garotinho. Chega de correr por aí. Você me ouviu?

Ele parecia pronto para argumentar, mas começou a nadar de cachorrinho até a escada. Assim que chegou lá, outro som de *"woosh"* foi ouvido atrás de nós quando alguém gritou:

— Bola de canhão!

Quinn estava do outro lado da piscina, acompanhada de um casal. Os três se afastaram rapidamente da piscina assim que Matt entrou correndo, de roupa e tudo e saltou, abraçando as pernas dobradas ao peito, espirrando água em todo mundo.

A maior parte atingiu o casal ao lado da madrasta.

A mulher gritou, mas estava rindo.

— Matthew!

O homem contraiu os lábios, em desaprovação. Eles usavam roupas normais, assim como Quinn – não para uma festa na piscina. A mulher ainda estava rindo enquanto se afastava da piscina.

Quinn se aproximou, a expressão severa.

— Preste atenção aos detalhes, Matthew. Os Bonham e eu não estamos vestidos para nos molhar. Da próxima vez, seria bom observar isso, por favor.

Espera. Aqueles eram os tais Bonham?

Ele apenas sorriu, mantendo o olhar focado na outra mulher por mais um segundo antes de dar atenção a Quinn. Esperneando na água, ele disse:

— Eu notei isso. — Então ele se lançou para trás, jogando água em Cyclone.

A boca de Quinn estava franzida. Ela parecia pronta para a batalha. Mas Cyclone subiu e pulou da escada em cima de Matt quando a cabeça do irmão mais velho despontou na superfície, e aí começou. Matt começou a perseguir pelas cercanias, então agarrou a mão de Seraphina e a puxou para a água. Ela gritou, procurando desesperadamente por Marie, que estendeu a mão para a pessoa ao lado dela... que era Theresa.

As outras duas foram parar na água.

Durante toda essa interação, Quinn e o casal se dirigiram para o interior da mansão. A mulher olhou para trás, com uma expressão indecifrável no rosto conforme observava todos na piscina.

— Okay, já chega. Deixei de ser a Marie boazinha. Agora acabou pra você, Matthew! — rosnou Marie.

Theresa também tinha voltado à superfície.

Marie trocou um olhar com a filha, e as duas avançaram.

— Matt vai levar um caldo e todo mundo pode ajudar!

— Uhuuuu!

Cyclone tinha subido a escadinha de novo, mas com esse grito de guerra, ele pulou na água, tentando fazer uma bola de canhão em cima do irmão. Depois disso, caos. Completo e total caos, e eu adorei ver aquilo. Eu estava sorrindo de orelha a orelha. Não dava para conter a alegria que eu sentia.

Isso. Aqui e agora. Diversão com irmãos – era por isso que eu estava aqui. Eu não me importava com os motivos verdadeiros, mas se eu fosse do tipo que acreditava em uma força maior, isso ficava evidente agora. Gratidão florescia no meu peito, me enchendo, e eu estava a um passo de piscar para afastar as lágrimas. Lágrimas de felicidade.

Sempre fui filha única. Então, éramos somente eu e Chrissy.

Eu tinha familiares perto de Brookley, mas Chrissy era orgulhosa e teimosa. *Muito* teimosa. Ela não aceitava a oferta de ajuda de nenhum parente. Qualquer pessoa que fosse incumbida de cuidar de mim tinha que ser alguém que entrasse na vida de Chrissy em seus próprios termos, não por laços familiares. E embora eu adorasse ir à escola com meus primos, esse jeito da minha mãe acabou impondo certo distanciamento entre mim e eles. A gente não sabia disso na época, mas era o que sentíamos. Parecia errado ficar louca para comer na casa da minha tia quando minha mãe estava trabalhando no segundo turno. E quando cresci o suficiente para não precisar de uma babá, eu ficava na companhia do meu computador.

Com os computadores eu não tinha limites.

Havia amigos ali, vidas, devaneios que eu podia criar, e era tudo meu. Ninguém me dizia com quem eu podia ou não falar. Ninguém me impunha restrições. Aquilo era meu domínio. Mas, estar aqui, em pé ao lado da piscina e ouvir Cyclone rir enquanto Matt fingia jogá-lo em cima de Seraphina – eu estava assimilando cada pedacinho possível deste novo domínio.

E continuaria a fazer isso, até que me mandassem embora.

— Kash! Bailey! — Cyclone estava nadando em nossa direção. — Venham!

Eu queria. Meu Deus, como queria.

Então, senti uma mão no meu braço.

Quando levantei a cabeça, percebi que Kash estava olhando para algo às minhas costas. Seu olhar se tornou afiado antes mesmo de eu conferir do que se tratava.

Peter Francis estava de pé na calçada que interligava a área da piscina ao imenso terreno além dos portões. Atrás dele, a passarela levava de volta à casa, e parecia que ele tinha acabado de sair ali para fora depois de certa reconsideração.

Ele usava uma calça azul-marinho. Mocassins. Uma camisa social branca, com o colarinho abotoado. O homem segurava um telefone em uma mão, uma pasta de arquivos na outra, e estava já quase preparado para voltar para casa.

Peter pigarreou de leve, o olhar ainda focado em mim.

— Kash.

Eu não tinha desviado o olhar.

Depois de dar uma segunda pigarreada e arquear uma sobrancelha, ele se forçou a desviar o olhar para o cara às minhas costas. Ele levantou a pasta de arquivo e disse:

— Podemos trocar uma palavrinha lá dentro?

E ali estava. Outro encontro com o cara que ajudou a formar meu DNA. No entanto, ele pronunciou outro nome, e não o meu.

Ele pediu um momento a sós com outra pessoa, não comigo.

Peter se afastou e entrou na casa, e eu tentei a todo custo não demonstrar que o mundo havia desmoronado sob os meus pés.

Kash continuou imóvel ao meu lado, a mão ainda firme no meu braço.

— Você está bem?

Dei um aceno de concordância na marra. Eu não estava nada bem, mas de jeito nenhum eu os deixaria saber disso. Com um sorriso no rosto, adotei um truque antigo que usava quando Chrissy perguntava se eu estava feliz e eu não queria magoá-la: pensei em coisas felizes. Unidades de processamento central. Placas-mãe. Uma atualização de hardware. Cada uma dessas coisas fazia meu sorriso ser um pouco mais genuíno, e eu assenti.

— Estou bem.

Ele não se moveu.

— Sério, Kash. — Manual de como tranquilizar alguém: ofereça toque físico. Então toquei o braço dele; logo após, pergunte se pode ajudar em algo. — A menos que você precise de mim? — Outra lição valiosa: ofereça um presente. Como eu não podia fazer isso, passei para o próximo item da lista. Contato visual direto. Um sorriso genuíno no rosto e uma leve inclinação de cabeça para cimentar a aparência de tranquilidade. Por último, apertei o braço dele de volta, apenas um pouco.

Então, esperei.

Kash semicerrou os olhos.

Eu tinha a sensação de que ele estava detectando a minha mentira, mas, caramba, eu merecia era um Oscar.

— Sim. Tudo bem. — Contraiu os lábios. — Vou te mandar o código de acesso à casa, se você precisar por algum motivo.

— Hmmm?

Ele passou por mim, mas olhou por cima do ombro e deu um sorriso perspicaz.

— Vamos ficar aqui esta noite.

Arregalei os olhos na mesma hora, pois não esperava por isso.

Ele reparou na minha reação de surpresa e deu um sorrisinho ao gesticular com o queixo para a piscina. Inclinando-se, ele disse, baixinho, só para mim:

— Não dou a mínima para o que Quinn quer. Eu estou aqui. Você está aqui. É assim que as coisas funcionam. Você é livre para se divertir ou não com eles. Eu não me importo. Apenas certifique-se de que ninguém te intimide.

Nada de intimidação. Balancei a cabeça para cima e para baixo enquanto ele desaparecia da área da piscina. Eu poderia fazer isso. Sem problemas.

Matt olhava para mim com certa compaixão. Marie evitava erguer o rosto; seus olhos estavam focados em Cyclone, que nadava ao seu redor. Theresa estava fingindo fugir de Seraphina, que espirrava água em sua direção.

Certo. *Eu posso fazer isso.*

Podia reivindicar meu lugar. Foi basicamente isso que Kash disse, certo?

Pronta para a batalha. *Ninguém vai me intimidar ou me expulsar de novo.*

— Bailey. — Seraphina havia parado de jogar água e começou a flutuar na parte funda da piscina, apoiando-se em Theresa com uma mão; ela deu um sorriso daqueles que me fazia derreter por dentro. Acenando, com as bochechas coradas, disse: — Pule! Matt fez isso de roupa e tudo.

Mais tarde eu me daria conta de que aquele foi o momento em que *eu* tive o poder de escolha.

Não fui forçada a ir a algum lugar. Não me mandaram embora ou me coagiram a brincar. Eu poderia ficar ou ir. Eu poderia ter inventado alguma desculpa – esfarrapada ou não – e desaparecido na casa de Kash. Ele não me julgaria. Ninguém o faria. E percebi isso quando Marie e Theresa olharam para cima depois do pedido de Seraphina. Ambas haviam me dado mais abertura durante a última semana. Marie nunca chegou a dizer em voz alta, mas agora era nítido. Finalmente. Havia um acolhimento em seus olhos.

Naquele momento, eu podia fazer o que bem entendesse.

Se eu pulasse naquela piscina, era porque estava escolhendo ficar – escolhendo manter um relacionamento com meus irmãos.

Não havia sombra de dúvida.

Eu pulei.

Kash juntou-se a nós uma hora depois.

Ele trocou a roupa formal para um short e correu em direção à piscina, dando um salto completo no ar antes de cair entre Cyclone e Matt. Eu não tinha ideia de como ele sabia fazer isso, mas o homem direcionou os respingos para acertar a cara de Matt.

Eu não me importei, porque foi incrível.

Rosnando, Matt limpou o excesso de água do rosto e deu início a uma nova guerra. Meu irmão perdeu. E perdeu feio. Ele se lançava na direção de Kash, que o evitava, nadando em volta ou se esquivando, ou pulando para fora da piscina para, em seguida, atacá-lo novamente. Depois de vinte minutos disso, com Cyclone tentando ajudar – mas com o menino apenas se movendo e um lado ao outro –, e com a torcida eufórica de Seraphina na beirada da piscina, Matt esqueceu o rancor. Embora tenha sido humilhado, ele sabia que não páreo para Kash.

Kash parecia um peixe.

— Você se divertiu hoje? — perguntou ele, quando entrou no meu quarto, com as mãos nos bolsos, me dando um olhar de soslaio.

— Sim, muito. E você?

Nós tínhamos voltado mais cedo para tomar banho e trocar de roupa. Quinn iria a um evento beneficente e Peter a encontraria lá, então seria um jantar descontraído novamente. Isso significava que o prato principal seria *nuggets* de frango, ou pizza. Eu tinha acabado de vestir uma *legging* e uma blusa branca. A blusa era leve o suficiente para ser transparente, então optei em usar uma regata da mesma cor por baixo. Eu não estava tentando ficar elegante, mas as duas peças de roupa deixavam minhas costas à mostra, e eu me sentia toda feminina para ficar bonita para Kash.

Eu me virei e estiquei para pegar um elástico de cabelo, e senti o olhar de Kash focado na minha bunda.

Meu corpo aqueceu por inteiro, e eu baixei o olhar enquanto prendia o cabelo em um coque bagunçado. O frio na minha barriga estava circulando com força total. Eu odiava essas coisas, mas não as sentia há muito tempo.

— Você está bonita.

Ele não tinha respondido minha pergunta.

Levantei a cabeça e notei que os olhos dele escureceram – e, minha nossa, meu corpo estava pegando fogo. Eu sabia que estava prestes a me meter em encrenca. Eu tinha certeza disso, mas não podia evitar. Ele estava me olhando daquele jeito, eu estava sentindo tudo aquilo, e só havia um caminho a seguir dali em diante.

Eu desconhecia os segredos que ele guardava, mas tinha uma sensação de que este era um momento raro na minha vida.

Minha presença aqui, agora, se devia por conta de quatro pessoas.

— Você está bem? — perguntou ele.

— O quê? — Eu tentei me lembrar do que estávamos falando. Ah, sim. Ele disse que eu estava bonita. — Obrigada. Você também está bonito. — Porque ele estava muito gostoso com aquela calça de moletom cinza-chumbo pendendo um pouco nos quadris, e uma camiseta branca.

Meu sangue estava esquentando.

— Você não é humano.

As palavras saíram antes que eu me desse conta. Fiz uma careta quando ouvi o que falei em voz alta.

— Quero dizer… — O que eu *queria* dizer?

Os cantos de sua boca se curvaram em um sorriso sexy, e havia um brilho divertido em seu olhar, mas ele simplesmente se recostou ao batente da porta. Depois, inclinou a cabeça de leve para o lado e arqueou uma sobrancelha como uma espécie de "continue".

Eu gemi.

— Quero dizer… — De novo. Cacete. Eu o encarei, ou senti como se estivesse fazendo isso. — Por que as pessoas neste mundo te consideram importante quando a mídia não faz ideia de quem você é? — Apontei para ele. — Você é supergostoso. Do tipo 'minha-nossa-senhora-dos-ovários- -ensandecidos', e além de tudo, mora com a família de Peter Francis. Você tem uma supermodelo querendo te namorar. Como é que você não está nos sites de fofocas com o Matt? Como é que você diz que cresceu com essa família e está trabalhando para ajudar a encontrar o grupo Arcane que me sequestrou? — A barragem verbal arrebentou de vez. — Você se coloca como um "nós", quando não é. Você não é como eu. Você não é normal. Você é como eles. — Gesticulei para um lugar além deste quarto. — Você é poderoso. Como é que tem o poder de dizer ao meu pai bioló- gico o que fazer? E ele ouve você.

Eu queria dizer muito mais.

Quem ele era para me fazer sentir viva? Segura? Protegida?

Quem ele era para me pegar no colo?

Quem ele era para me fazer sentir coisas que eu não deveria?

Mas eu não podia fazer nenhuma dessas perguntas. Se fizesse isso, era fim de jogo. Eu estaria entregando tudo de mim a ele, e de jeito nenhum poderia fazer isso. Tudo o mais já tinha sido tirado de mim.

Eu me virei, abraçando meu próprio corpo. Quanto mais eu apertava meus braços, mais tentava me esconder.

— Bailey... — Havia um pedido suave em sua voz.

Meu coração doeu. Mesmo esse som escavou através do meu sofri- mento e puxou aquele órgão do qual eu precisava tanto para viver. Eu co- mecei a balançar a cabeça; não conseguia mais olhar para ele. Se eu olhasse, estava perdida. Não agora.

Eu estava muito exposta.

Minhas entranhas estavam se contorcendo. Ele não ia me responder nada. Eu o conhecia. Eu expressei todas essas perguntas sem motivo. Ele não se abriria comigo. Não compartilharia nada, e eu estava lentamente morrendo de vergonha.

Eu precisava dar o fora dali. Agora. Eu precisava me afastar dele.

Retirada. Recuar. Fuja!

— De qualquer forma... — Graças a Deus, minha voz saiu animada e otimista, o oposto de como eu me sentia. Então passei por ele. — Estou com fome. Você está pronto para ir?

Dei dois passos, e senti o toque de sua mão no meu braço. Tentei me libertar, fingindo que não havia sentido nada, mas ele apertou um pouco o agarre e me puxou de volta. Não completamente para ele. Ah, não, porque isso teria ajudado. Eu acho…? Talvez não. Ele me puxou o suficiente para ainda ser humilhante ficar sob seu olhar atento. Eu podia sentir a preocupação em seus olhos, mesmo que não estivesse olhando para ele. Se olhasse, eu desabaria ali mesmo. Eu estava fazendo o máximo para não levantar a cabeça, então mantive o olhar focado em seu peito.

Ele se aproximou mais.

Isso não estava ajudando.

Sua mão começou a deslizar para cima e para baixo no meu braço, em uma carícia deliciosa, e o frio atacou minha barriga de novo. Cacete.

— Olha… — Não. Se eu olhasse, estava perdida. — Eu sei que as coisas estão meio estranhas entre nós.

Eu queria dar uma risada de deboche. "Estranhas" era um eufemismo. Mas mantive a boca selada. Não saiu um pio.

Ele me puxou ainda mais, até que minha cabeça repousou em seu peito forte. Sua mão passeou pelas minhas costas, o braço livre me envolveu, parando pouco acima da curva da minha bunda. Ele começou a acariciar os músculos para cima e para baixo.

Por que tinha que ser tão gostoso?

Seu queixo descansou no topo da minha cabeça e, em seguida, ele virou o rosto e apoiou a bochecha.

— Eu sei que você tem perguntas sobre mim. Sei que a noite passada foi intensa. — Seus braços me apertaram ainda mais. — Eu sei que há muita merda acontecendo agora. Apenas, confie em mim, pode ser? — Ele se afastou, colocou o dedo sob o meu queixo e inclinou meu rosto para cima. Nossos olhares se encontraram. Com a mão abarcando minha bochecha, senti a carícia suave de seu polegar. — Eu quero pegar esses filhos da puta e, então, você e eu vamos descobrir como fazer dar certo. Okay?

Eu não sabia o que isso significava, mas soava com tanta ferocidade. Eu sussurrei de volta:

— Okay.

Ele abaixou a cabeça e seus lábios encontraram os meus. E eu me rendi. Eu estava perdida.

— Não vamos conseguir encontrar essas crianças nunca.

Mais tarde naquela noite, cutuquei Matt com o cotovelo enquanto andávamos em silêncio pelo mausoléu. Não fazia sentido andarmos em silêncio, já que o escolhido para procurar os escondidos neste jogo não precisava ser discreto, mas lá estávamos nós, às nove da noite. Depois de duas grandes pizzas enquanto assistíamos ao *Touro Ferdinando*, e depois que Marie e Theresa foram para casa e que a babá da noite assumiu o posto, Kash teve a brilhante ideia de brincar de pique-esconde.

Seraphina e Cyclone gritaram de alegria e saíram correndo.

E dois segundos depois, Matt se voltou para Kash.

— Você está de zoeira?! Você cresceu aqui também. Este lugar tem um milhão de lugares para se esconder. E estamos tentando colocá-los na cama.

Kash lançou um olhar arrogante para Matt.

— Relaxe. O que você acha que acontece com uma criança hiperativa depois de comer pizza, nadar, assistir a um filme, e que tem que ficar na mesma posição enquanto espera para ser encontrado? Ela dorme. — Ele deu um tapa na parte de trás da cabeça de Matt. — Está com *você*.

— Ei! — Matt o encarou, abaixando a cabeça, mas Kash se dirigiu para outro corredor. — Ei! Para onde você está indo?

— Vou me esconder. — Kash não olhou para trás, então deu uma carreira e sumiu no canto do corredor.

— Estamos realmente ferrados se tivermos que encontrá-lo.

A ideia de Kash era válida. Toquei o pulso de Matt, gesticulando para frente.

— Vamos lá. As crianças geralmente não são muito espertas na hora de escolher os esconderijos. Debaixo de camas, atrás de portas, atrás de um pilar.

Matt resmungou, seguindo atrás de mim:

— Você nunca brincou disso com um pequeno gênio.

Eu comecei a rir, mas então parei. Ele estava certo.

— É verdade. — Matt estava lendo minha expressão. — Essa foi uma péssima ideia. Levaremos horas para encontrá-los, e como saberemos se eles ainda estão vivos até lá? Eles poderiam estar escondidos em um freezer. Ou...

Cobri a boca dele com a minha mão, e por cima do eco de sua voz... lá estavam... as risadinhas.

Quando ouviu também, Matt arqueou as sobrancelhas.

Nós nos viramos de um lado ao outro, até que identificamos o local de onde as risadas vinham. E eu acertei em cheio.

Então quase tive um ataque. O duto da lavanderia.

— Ai, meu Deus! — Corri até a parede e abri a porta que levava ao duto da lavanderia no andar de baixo.

— Cyclone! — Matt se lançou para pegá-lo.

Ele estava encaixado dentro do duto, com as mãos e os pés apoiados nas laterais para não cair.

— Ah, cara. Sério? Vocês me encontraram rápido demais.

E com um sorriso matreiro, assim que Matt estava prestes a enfiar os braços por baixo do irmão para pegá-lo, ele se soltou.

— Cyclone!

Ouvimos um *"A gente se vê mais tarde, perdedores!"* ecoando por todo o duto, até que um baque surdo ressoou.

— Curt! — Matt gritou para baixo.

Eu estava bem ao lado dele.

— Cyclone!

Eu não podia acr...

Ai, meu Deus, ai, meu Deus, ai, meu Deus...

Até que Kash gritou abaixo para que ouvíssemos:

— Eu peguei ele.

— Que porra. Como ele sabia?

Kash respondeu Matt:

— Esse pirralho me encontrou uma vez escondido no mesmo lugar. — Ele estava rindo. — Não acredito que ele lembrou.

Eu mal conseguia respirar direito. Então perdi a compostura, apoiando as mãos sobre a borda e me inclinando para baixo:

— Alguns de nós são humanos, Kash! Não podemos escalar prédios, pular cercas e não mantemos todos os membros se despencarmos de um duto de lavanderia de dois andares.

Os lábios de Matt se contraíram.

— Eu estou bem, Bailey! Eu juro. — Ele precisava parecer tão feliz também?

Eu respondi a Cyclone:

— Apenas tenha cuidado!

— Pode deixar! Prometo, prometo, prometo.

Matt sussurrou:

— Essa é a promessa definitiva nesta casa. Ele vai ter cuidado.

Um segundo depois, Kash gritou:

— Nós vamos nos esconder novamente. Venham nos encontrar.

Meu telefone vibrou no bolso, com uma mensagem do próprio Kash.

> Kash: Eu fiz com que a segurança me enviasse as imagens do circuito interno. Seraphina já está dormindo na sala de cinema. Vá tomar uma bebida com Matt no bar. Irei até lá assim que Cy adormecer.

Uma onda de alívio me inundou. Cutuquei Matt, mostrando a mensagem.

— É por isso que os adultos devem sempre ter um plano em cada jogo. — Então, completei: — Vocês têm seu próprio bar?

Como não notei isso quando fiz um tour pela mansão?

Era um bar de verdade, com um longo balcão elegante que cobria quase toda a parede.

Matt se encaminhou para a parte de trás e serviu as doses de bebida. Em seguida, ele deslizou uma para mim e gesticulou para uma das banquetas.

— O maior período em família que já tivemos por muito tempo aconteceu essa semana. — Ele se encostou na parede, apontando sua bebida para mim. — Por sua causa.

— Sério?

Deu um lento aceno de cabeça.

— Por que acha que a Ser e o Cyclone se apegaram a você tão rápido? A Marie está ficando aqui por mais tempo. A Theresa está sempre por perto. Eu estou aqui. O Kash estava por aqui hoje. Tudo por sua causa.

— Você chamou o Cyclone de Curt agora há pouco. Esse é o nome dele?

Eu sabia que era, mas queria que me contassem. Parecia o tipo de informação que deveria ser compartilhada, não obtida através de uma tela de computador ou de um arquivo.

Um segundo aceno com a cabeça.

Ele estava estudando o fundo do copo agora.

— Sim. A Quinn costumava chamá-lo assim: meu pequeno ciclone. — Os cantos de sua boca se curvaram. — O apelido pegou porque... sabe como é... — Ele olhou para cima. — O lance do TDAH.

Comentei, mesmo sem saber se deveria:

— Ele é o favorito dela. É óbvio.

— Sim. — Baixou o tom de voz conforme encarava o fundo de seu copo. — Ela é muito rígida com a Ser.

— Sim.

Matt me lançou um sorriso triste.

— Você. Eu. Eles. Mães diferentes. Papai teve uma vida agitada. — Ele franziu o cenho. — Não sei por que ele não está te assumindo de vez. Não seria nenhuma surpresa. Ele estava com a minha mãe, traiu ela com a Quinn. Bem... — Ele olhou para mim antes de voltar para aquele copo. — Também traiu com a sua, aparentemente. Daí veio a Quinn. Ela teve a Ser e alguns anos depois, o Cyclone. O mais engraçado é que os dois estavam discutindo direto. Ela foi embora para a casa da família, depois voltou com o Cyclone.

Eu fiquei em silêncio. Não sabia o que pensar sobre nada disso – a traição ou qualquer coisa.

Matt deu uma risada repentina.

Seu maxilar se contraiu e os dedos apertaram o copo antes de ele entornar a bebida de um só gole. Ele nem mesmo fez careta diante do líquido ardente. Mesmo que fosse quase álcool puro. Então gesticulou para o meu copo.

— Quer mais uma?

Ele não esperou a resposta, apenas se virou e começou a se servir de outra dose.

Continuei calada, só esperando que ele terminasse antes de se virar

TIJAN

para mim. Quando o fez, Matt sequer olhou na minha direção. Seu olhar agora estava fixo no balcão. Os pensamentos nitidamente em outro lugar.

— Foi meio estranho.

— O que foi estranho?

Ele levantou a cabeça e a baixou de novo, os olhos cintilando de raiva.

— Eu ouvi Peter conversando com Kash uma noite. Quinn queria ter outro filho, mas ele a estava traindo. Quinn conhece a família de Kash, aliás, mas foi por causa da traição que ela abandonou meu pai antes. Acabou como deveria ter acabado, acho. Quinn sempre quis um menino. — Ele olhou para cima. — Ela conseguiu o que queria, né?

Senti na mesma hora uma onda de angústia. Não a minha. E, sim, a de Matt. A sensação era tão intensa e poderosa que ele não conseguia disfarçar. Embora estivesse se esforçando ao máximo para isso. Sua mão continuava flexionando e relaxando ao redor do copo várias vezes. Eu fiquei de olho nele, me perguntando se em algum momento o copo se quebraria.

— *Outro* menino. — Sua voz falhou. — Ela não queria um menino de 9 anos de outra mulher.

— Matt. — Meu coração doeu por ele.

— Ela queria um *bebezinho*. Um menino para combinar com a sua garotinha perfeita.

Sem aviso, ele arremessou o copo para o outro lado, que se espatifou contra a parede. Matt apenas ficou parado ali, observando o líquido se esparramar pelo chão. O maxilar continuava se contraindo, as narinas infladas.

— Vadia maldita. É isso que ela é. — De repente, ele olhou para mim, me fuzilando com o mesmo olhar angustiado e que quase me derrubou da banqueta. — Tenha cuidado com ela. Quinn não gosta de você. Ela não gosta da sua presença aqui, e mesmo que fique ausente o tempo todo, a mulher sabe o que está acontecendo. Ela sabe que você e Kash têm alguma coisa rolando.

Merda.

— Aposto que ela não vai gostar disso também. Ela vai fazer algo para te tirar daqui. Não sei o quê, mas pode ter certeza de que será alguma coisa.

— Já chega. — Um rosnado veio da porta.

Kash estava lá.

— Não acontecerá nada com a Bailey.

Matt soltou uma risada áspera.

— Isso não significa nada com a Quinn. Você sabe disso. A Bailey pode ver isso. A Ser e o Cyclone também podem sentir isso. A Ser... Meu Deus... a Ser tem medo da própria mãe, a mãe que paparica o Cyclone mais do que ela. A Seraphina é obrigada a ser perfeita. Sempre bem arrumada. Quieta. Ela deve ter amigos populares, garotas que são umas vacas. Você já esteve por perto quando elas aparecem? Elas são maldosas com a Ser, e a Quinn adora essa merda. Essa porra deixa aquela vadia com tesão.

— Cale a boca.

— Não. Não, cara. Já passou da hora de alguma coisa acontecer. — Matt gesticulou na minha direção. — A Quinn vai acabar com toda a bondade da minha irmã e irá destruí-la. Vai tirar tudo e preencher com nada. Teremos sorte se ela não morrer.

Ele parou, simplesmente parou.

E piscou diversas vezes.

Ninguém disse nada. Ninguém o impediu.

Então seus olhos se tornaram sombrios. Ele massageou a nuca e baixou a cabeça.

— Estamos tão fodidos. Somos podres, Kash. Todos nós. Somos muito danificados. — Ele olhou para mim e tentou focar. — Você deveria se afastar de nós, antes de se tornar parecida com a gente. Desapareça, Bailey. Tô falando isso a sério e para o seu próprio bem.

Ele passou por Kash e foi seguindo em direção à porta.

— Aonde você vai?

Matt parou, balançando a cabeça.

— Isso realmente importa? — Então saiu.

Eu limpei uma lágrima, sentindo a garganta fechando com um nó.

— A mãe dele se matou.

O quê? Isso foi como um golpe físico. Matt...

Eu queria ir atrás dele, abraçá-lo até que ele se curasse, não importando quanto tempo levasse. Eu o abraçaria por anos, se precisasse.

Kash se acomodou na banqueta ao meu lado, de costas para a bancada.

— O relatório diz "acidente de carro", e, tecnicamente, foi assim que ela morreu. O que o relatório não diz é que ela jogou o carro contra uma árvore, como as câmeras de segurança do outro lado da rua mostraram. Não havia nada de errado com ela. Ela parecia uma estátua ao volante. Então, ela o virou, se recostou ao banco, desabotoou o cinto e pisou no acelerador.

Inspirei fundo, chocada, e lancei uma olhada na direção para onde Matt havia saído.

— Ele não sabe sobre as imagens, apenas que ela escreveu um bilhete de despedida para ele e que estava morta. Morta por causa de uma árvore. — Kash também estava olhando para o outro lado da sala. — Ele é esperto, e sempre soube, sem perguntar. Porém esse é um assunto do qual não falamos.

Eu estava sofrendo. Por Matt. Por Seraphina. Por Cyclone. Por Kash também.

Quando estendi a mão até ele, não tinha certeza de qual seria sua reação. Não esperava que ele virasse a palma para cima e entrelaçasse os dedos aos meus. Não esperava ser puxada subitamente para os seus braços, nem que sua cabeça se enterraria na curva do meu pescoço. E realmente não esperava que ele pressionasse um beijo ali.

— Nunca deixarei que *nada* aconteça com você. Que *ninguém* te faça mal.

Entreabri as pernas e ele se encaixou entre elas. Apenas me abraçando.

Eu retribuía o abraço. E foi assim que ficamos por minutos. Uma hora. Eu não sabia. E também não me importava. Até que escutamos passos no andar acima e Kash retesou o corpo.

Ele praguejou baixinho e disse, entredentes:

— Eles voltaram.

O que significava que nós iríamos embora. Eu estava começando a entender a dinâmica desta família. Entendendo, sim, mas não gostando nem um pouco. Como poderia gostar?

Estávamos passando pela cozinha, de mãos dadas, quando Peter apareceu na porta.

Kash parou. E eu fiz o mesmo.

Peter me fulminou com o olhar antes de se focar em Kash, rosnando:

— Matthew saiu com o Lamborghini. Ele tinha bebido.

Depois de lançar outro olhar na minha direção, ele desapareceu.

Suas palavras ecoaram em minha cabeça primeiro.

Preocupação por Matt me atingiu em segundo lugar.

E em terceiro, fui fulminada.

Peter tinha se afastado de mim outra vez.

Eu já deveria estar acostumada com isso a esta altura.

Kash ligou para a equipe de segurança para que localizassem Matt e, duas horas depois, estávamos estacionando em frente a uma mansão meio sombria. Levamos um tempão para encontrar o local.

— Onde estamos?

Kash deu um sorriso de leve e guardou as chaves no bolso. Ele havia escolhido um carro esportivo dessa vez, mas havia dois SUVs estacionando atrás de nós. Eu reconheci os seguranças.

— Tinha uma equipe nos seguindo?

Kash havia me lançado uma olhadela antes de se concentrar novamente na estrada.

— Sempre há uma unidade junto. Eles podem não estar no mesmo carro, mas estão por perto.

A casa não se localizava em um condomínio fechado. Parecia esquisito, mas a estrada até lá era isolada. Não avistei nenhuma outra casa pelas cercanias, apenas floresta. Árvores ladeavam a estrada conforme percorríamos o caminho até aqui, aumentando ainda mais a sensação de isolamento. A casa em si era de três andares. A entrada de veículos não era longa, mas havia três carros estacionados na frente. Reconheci um Lamborghini e deduzi que fosse de Matt. Os outros eram igualmente caros.

Kash foi andando na minha frente, então segurou minha mão para me conduzir até uma cerca. Ele deu uma olhada para a câmera posicionada acima e, sem dizer nada, apertou um botão – que abriu o portão adiante.

Luzes estroboscópicas iluminavam o quintal. O baixo de uma música ressoava. O cheiro forte de fogueira e maconha permeavam o ar. Mas a vista… Caramba. A vista ali era espetacular. Foi por isso que essa casa foi construída aqui. Um despenhadeiro se abria em um vale repleto de casas iluminadas e que se alinhavam em um lado do lago; ainda havia um rio ao fundo com barcos cintilando suas luzes de neon abaixo dos cascos.

TIJAN

Gramados verdes e exuberantes se espalhavam até a borda do precipício. Luzes em neon e lustres de cristal cintilantes iluminavam todo o quintal.

Eu estava tendo outra visão de um mundo completamente distante daquele onde cresci.

Kash me guiou para seguir adiante, contornando a casa, e então viramos a esquina. Avistei um casal na piscina; os lábios do rapaz se movendo pelo pescoço da moça. Kash passou sem nem ao menos lançar um olhar. Como se aquilo não fosse nenhuma novidade, como se fosse algo que ele via todos os dias.

Passamos pelo restante da casa e vimos outros casais. Todos fazendo sexo.

A mão de Kash apertou a minha quando ele abriu uma porta que levava ao porão. O tom grave que ouvimos do lado de fora estava ainda mais alto aqui. Estávamos nos dirigindo direto para a fonte, e uma sensação ruim me dominou. Eu não sabia o que veríamos lá embaixo. Kash sabia. Seu semblante estava fechado, inexpressivo, e isso já dizia o bastante. Mas continuei seguindo ao seu lado.

Mais casais, mais orgias.

Matt estava aqui. E ele estava sofrendo e estava aqui, com um monte de drogas, e eu não sabia em que estado iríamos encontrá-lo, até que, finalmente, *finalmente*, Kash abriu uma porta dos fundos.

Meu irmão estava com a calça desabotoada; sem camisa. Tinha uma garota curvada diante dele, conforme a penetrava por trás. Outra garota estava por baixo, abocanhando os seios da outra.

A parte dos fundos da sala estava ainda mais movimentada.

Conforme meus olhos se ajustavam à escuridão, reconheci Chester, Tony e o outro cara da tenda mais cedo. Os três estavam transando com uma terceira garota.

Kash acendeu a luz principal.

Ninguém reagiu.

Bem, isso não é verdade.

Matt olhou diretamente para nós, e mesmo através da névoa do lugar, consegui ver toda a depravação. Ele não parou de penetrar a menina em momento algum. Agarrou os quadris dela e arremeteu com mais força, até gozar.

Quando terminou, Matt puxou a calça para cima e passou por nós, afastando-se pelo corredor.

Kash não o seguiu, pelo menos não de imediato. Seu olhar estava focado nas garotas na cama. Ele cerrou a mandíbula antes de voltar a me encarar. Nós trocamos um olhar, e eu tinha certeza de que havia uma advertência ali. Ele estava tentando me fazer lembrar que crianças que cresceram com tudo na vida, que tinham o poder de conseguir qualquer coisa... costumavam usar pessoas em seus jogos.

A raiva estava se avolumando dentro de mim. Eles não sabiam o quão privilegiados eram.

Kash sentiu meu incômodo.

— Bailey.

Um rosnado irrompeu de mim. Eu não podia... simplesmente não podia lidar com aquilo. Saí dali às pressas e corri às cegas pela casa. Atravessei o corredor, os quartos, subi as escadas, uma porta e... estava perdida novamente. Os dedos de Kash envolveram meus braços. Assumindo a liderança, ele me puxou pelo resto do caminho. Mantive a cabeça baixa. Eu não queria ver o que mais estava acontecendo, de onde vinham os gemidos, o que estava sendo *cheirado* ali.

Matt estava do lado de fora, esperando por nós.

Este mundo – eu não o queria. Mas se as coisas fossem diferentes, eu teria visto isso muito antes. Eu estava meio zonza, sentindo como se estivesse cambaleando.

Alguém gritou:

— Francis. Você está indo embora?

Matt resmungou:

— Estou encrencado. Meus "parentes" me encontraram.

Outra pessoa perguntou:

— Quem é a garota?

Os dedos de Kash se apertaram no meu braço, e ele não diminuiu o passo.

— Espera! — O tom de voz deles aumentou por conta da animação. — Colello? É você?

Uma mulher arfou:

— Kashton Colello? Onde?

Kash aumentou o ritmo de seus passos.

— Kash!

Ele ignorou todo mundo, e não parou até chegar aos carros.

— Não mexa comigo. Não agora. — Ergueu a mão.

Matt revirou os olhos, mas vasculhou os bolsos e jogou as chaves para Kash. Ele as pegou e arremessou para alguém da segurança que se aproximava.

Kash apontou para a traseira do nosso carro, e Matt entrou. Ele fechou a porta, bocejando.

— E pensar que você quase perdeu toda essa diversão. Certo, Bailey?

Mas ele não estava olhando para mim – que o observava pelo espelho retrovisor. Sua cabeça estava virada, de olho no pequeno grupo de pessoas que se reuniram no portão e estavam testemunhando a confusão. Matt deu uma risada de deboche e mostrou o dedo médio, ainda rindo.

— Olhe só pra eles. São todos um bando de lixo, porra. — Mostrou o dedo outra vez, ainda rindo.

A veemência em seu tom denotava superioridade. Meu estômago revirou outra vez.

— Quem é a garota? — um cara gritou, apontando para mim.

Matt ergueu o tom de voz:

— Kash não dá a mínima pra vocês, caras. Vão lá bancar suas próprias porcarias. Vocês são inferiores a nós.

Kash estava dando ré no carro. Fiquei esperando que ele repreendesse as palavras de Matt, mas ele não disse nada. Simplesmente ficou em silêncio.

Matt soltou uma risada amarga.

— Você não tem que dizer nada, Kash. Estou te apoiando. Agora é a minha vez, mano.

A vez dele? Para o quê?

Kash parou o carro em um cruzamento, com a cabeça baixa.

Quando ele virou à esquerda, Matt começou a rir.

— Ele não confia em mim para ficar sozinho na minha própria casa e não quer passar a noite com você lá. Eu não posso ir para a casa dele. Ele não quer isso também, então estamos voltando para a propriedade. — Riu consigo mesmo, falando sozinho: — A porra de Chesapeake. Nosso pai é muito chato.

Se ele esperava uma resposta, ficaria desapontado. Ninguém falou nada. Havia coisas a dizer, mas não era o momento certo. Depois de um tempo, a respiração profunda de Matt foi o único som no carro. Talvez eu tivesse adormecido se fosse uma noite normal, mas não era. Eu estava completamente acordada, e quando reduzimos a velocidade na entrada, o portão se abriu.

Depois que ele estacionou, não esperei por Kash. Eu saí e fui em direção à vila.

Ele me chamou, dando a volta pelo lado de Matt.

— Espere por um segurança para te acompanhar.

Eu não esperei.

— Vou ficar bem.

— Bailey.

Diminuí a velocidade dos meus passos, e meio que me virei para ele.

Filho da mãe. Bastava fazer um pedido gentil e meus joelhos bambeavam.

Ele acrescentou, quase suavemente:

— Espere por um segurança.

Eu esperei, mas estava rangendo os dentes enquanto o fazia. Um carro parou logo atrás e três guarda-costas desceram do SUV, e outros dois saíram do Lamborghini de Matt. Kash acenou para mim.

— Dois com ela. O resto com Matt. — Eles se separaram; três foram até Matt e o carregaram para o interior da casa.

Eu estava prestes a seguir em frente, agora com dois na minha cola, mas a porta principal se abriu. Meu pai estava lá, com uma expressão de desagrado assim que viu o estado de Matt. Ele usava um roupão, e segurava um telefone. Ele se afastou para o lado para que passassem, e guardou o celular ainda com a tela acesa no bolso.

— Kash — ele o chamou.

Kash já estava lá, seguindo atrás dos seguranças de Matt. Ele entrou e a porta ficou entreaberta. Eu não podia ouvi-los. Eles estavam subindo os degraus da casa. Eu só podia ver o rosto de Kash quando o telefone de Peter foi colocado entre eles. Um segundo depois, a porta se abriu completamente. Kash saiu e se aproximou de mim, diminuindo as passadas.

Reparei na expressão arrependida a metros de distância.

— Eu tenho que averiguar uma coisa. — Acenou para alguém às minhas costas.

Ouvi os passos suaves dos seguranças se afastando, nos dando privacidade.

— Você está bem? — A boca pairou pouco acima da minha, nossas testas recostadas. Nosso lugar favorito.

— Não.

Um canto de sua boca se curvou.

— Pelo menos você é honesta.

Segurei um punhado de sua camisa, mas sem olhar em seus olhos. Meu foco estava concentrado em seu peito forte.

— Quem é você? Eu pensei que você trabalhava para o meu pai, depois pensei que tivesse sido criado por eles e agora todas aquelas pessoas...

Eu não queria ver as mentiras, as paredes, as reservas. Eu precisava que ele se abrisse.

Então, continuei:

— Aquelas pessoas têm dinheiro, riqueza que eu nem conseguia imaginar antes de vir aqui. Eles estavam disputando sua atenção. — Apertei sua camisa com mais força. — Eu preciso saber. Eu preciso saber quem você é.

Eu não conseguia admitir que já estava emocionalmente envolvida.

Kash segurou meu rosto entre as mãos e fez com que eu olhasse para ele. Logo antes de sua boca tomar a minha, ele sussurrou:

— Eu vou te contar tudo.

— Quando?

— Hoje à noite. Quando eu voltar. — Ele esperou um instante. —

Ou amanhã. Matt será bem-cuidado e nós dois poderemos ir para o meu apartamento no centro. Eu quero tempo sozinho com você de qualquer maneira. — Inspirou fundo. — Eu *preciso* de tempo a sós com você.

Nosso beijo se intensificou e eu parei de questionar. Eu não podia. Luxúria. Desejo. Necessidade. Todas essas sensações e mais, muito mais, surgiram em mim, e me deixaram ofegando quando ele se afastou.

Um segundo beijo. Um segundo sussurro:

— Irei até você esta noite, o mais tardar pela manhã.

Os seguranças me acompanharam de volta à vila. Eles entraram na casa e me fizeram esperar um pouco na sala, e somente quando atestaram que o local estava seguro, decidi me deitar.

Eu achava que não conseguiria dormir. Continuei repassando tudo. A casa. As pessoas. O sexo. As drogas. A crueldade de Matt.

"Vocês são inferiores a nós."

Aquilo me fez encolher.

A maneira como Matt falava com aquelas pessoas, como seu grupo se encontrava no quarto dos fundos da casa – como se outras pessoas não fossem permitidas, como se não fossem boas o bastante para participar do que acontecia ali. Como ele não ficou nem um pouco chocado ao ver Kash.

Como Kash sabia exatamente para onde ir...

Eu tinha adormecido.

O lençol foi erguido e eu me assustei.

Uma mão tocou meu quadril, deslizando pela minha cintura, e senti o colchão afundar sob seu peso.

— Sou eu — disse Kash, me puxando de volta para ele, alinhando todo o seu corpo contra o meu, e beijando meu ombro. — Volte a dormir.

Ele aumentou o aperto do seu braço ao meu redor.

Outro sussurro:

— Estou aqui.

Outro beijo.

E eu dormi.

Acordei com calor. Muito calor. Eu estava ofegante. Uma boca cobria a minha, me beijando, lambendo, provando. Quando acordei de sobressalto, Kash estava acima de mim, sua mão no meu estômago, a boca na minha – ele estava me reivindicando. Legitimamente reivindicando como um alfa possessivo. Um rosnado ecoou de sua boca quando ele ergueu a cabeça e disse, rouco:

— Você está de acordo com isso? — Sua mão desceu pelo meu pescoço, indo para o sul, descendo, descendo, seguindo até minha regata e retirando-a como se fosse nada. — Por favor, me diga que está tudo bem.

Ele se movimentou contra mim, sua ereção bem ali, rígida.

O desejo atingiu meus sentidos e eu gemi diante da minha necessidade violenta por ele.

— Sim — ronronei. — Por favor, sim.

Curvando-me de lado, enlacei seu pescoço e sua boca voltou para a minha.

Eu já era uma mistura derretida de músculos e ossos. Ele estava me dominando, a boca me consumindo, a língua deslizando para dentro, e eu o correspondia. Eu ia de encontro a ele, quase a ponto de arranhá-lo todo para que chegasse mais perto. Sua mão tocou minha coxa. Estávamos deitados de lado, nossos corpos pressionados um contra o outro, e ambos precisando de algo mais. Minha perna se movia entre as dele e seus quadris arremetiam contra os meus. Bem ali. Nós paramos de supetão. Ambos sibilando pelo toque. Um desejo ardente me atravessou.

Eu precisava dele agora.

Não ontem. Não daqui a uma hora. Agora.

— Kash — gemi.

— Bailey.

Todo pensamento racional desapareceu.

Impaciência e urgência eram dois temas muito proeminentes que se alastravam dentro de mim agora. Deslizei a mão pela sua barriga. Ele estava sem camisa. Melhor ainda. Rolei meu corpo contra ele, salivando com a sensação de seus músculos. Eles estavam tensionados, contraídos por contra do controle que ele tentava manter. Kash estava se contendo.

De repente, eu não queria que ele se reprimisse. Nunca. Certamente não agora, não quando tudo doía, latejava. Eu me esfreguei contra ele, deliciada com seu grunhido quando agarrou minha coxa.

— Porra, Bailey — Kash arfou, a testa grudada à minha, os olhos procurando por mim. — Eu quero…

Ouvi o tom hesitante. E balancei a cabeça em concordância, pois não queria hesitação nenhuma. Não havia espaço para isso, não nesta cama. Eu estava prestes a dizer isso, com a voz rouca de desejo, quando ele inverteu nossas posições. Ele me virou rapidamente de costas e pairou acima de mim. Abrindo minhas pernas, Kash se colocou entre elas e, então, se moveu contra mim. E mais uma vez. Um movimento delicioso, agonizante. Em uma lentidão boa pra caralho. Eu gemi, mordendo meus lábios. Cerrei os punhos e dei um soquinho de leve em seus ombros.

— Kash, por favor.

Ele se abaixou e capturou o gemido que escapava da minha boca. Mesmo grunhindo junto comigo, ele não acelerou ou intensificou o ritmo. Kash se conteve, os braços me ladeando, e com o olhar focado ao meu, arremeteu novamente.

Ele estava usando cueca boxer; eu usava um short de baby-doll.

Por que diabos nós dois ainda estávamos vestidos?

Eu queria arrancar as peças, rasgar em pedaços, mas ele apenas riu, a boca prestes a tomar a minha outra vez.

— Não aqui. — Um beijo suave. — Não quando há dois seguranças que podem nos ouvir. — Um beijo intenso. — Neste fim de semana. — Outro beijo mais avassalador. — No meu apartamento no centro.

Com o beijo voraz, agarrei sua nuca antes que ele pudesse se afastar novamente.

— Porra, sim. — Ergui um pouco meu corpo, agarrada a ele e o beijando com vontade.

Eu estava reivindicando aquele homem.

Todas aquelas garotas naquela casa na noite passada. Ah, caralho, de jeito nenhum. Todas aquelas orgias rolando. Ah, não. Elas o queriam. Victoria. Suas amigas. O que quer que rolasse por lá. Não, não, não. Uma sede primitiva havia se espalhado dentro de mim, e eu não a reprimiria. Eu estava extravasando e me regozijando com isso.

Kash era meu. Eu não dava a mínima para quem tentasse tirá-lo de mim, ou quem o afastaria de mim. Ele era meu agora.

Meu. Só meu.

E durante a próxima hora, ele me mostrou o quanto eu também era dele.

Toda aquela história de revelação da verdade nunca aconteceu.

Kash ficou de me contar tudo... mas não o fez.

Acordei tarde na manhã seguinte e ele tinha ido embora, mas deixou uma mensagem no meu celular.

> **Emergência. Voltarei quando puder.**

Eu não sabia qual era a emergência. Ninguém compartilhou e ninguém parecia saber do que se tratava. E Kash sumiu nos dias que se seguiram. Como Matt também havia ido embora, estávamos somente eu, Marie, Theresa e as crianças. Quinn continuava atuante em suas reuniões/eventos beneficentes. Meu pai estava por perto. Ouvi a voz dele um dia quando estava no meu computador, instalado no escritório de Marie. Depois que Kash saiu, pedi para voltar e Marie concordou. O fato de ser ela quem me permitiu não me passou despercebido. Por ironia do destino ou carma. Qualquer um dos dois, mas eu era eternamente grata a ela.

Trabalhar naquele computador me salvou, porque aqueles poucos dias se transformaram em semanas.

Kash conseguia voltar, mas apenas à noite, então, na manhã seguinte, ele desaparecia. Eu sabia disso porque ele me acordava ao se deitar na cama. Se eu não despertasse dessa forma, acabava acordando com sua boca sobre mim. Ele rolava por cima de mim e me levava a novas alturas, noite após noite. Ou *era* assim, em noites seguidas, até que começou a espaçar.

Eu sentia falta dele.

Adorava passar tempo com Cyclone e Seraphina. Adorava poder trabalhar no meu programa de segurança, e uma pequena parte minha até estava gostando dos momentos breves em que meu pai entrava no escritório de Marie para conversar com ela. Eu sabia que ela o avisava que eu estava atrás da parede divisória, porque ele se calava na mesma hora e saía dali. Mas depois de uma semana, ela parou de contar para ele. E eu ficava imóvel.

Ficava paralisada até que ele saísse.

Peter sempre ia até lá para receber um relatório geral. Ele queria saber como Cyclone estava durante o dia, em que projetos ele passava tempo, até mesmo quais eram seus hábitos alimentares. Ele perguntava sobre Seraphina, e se ela tinha notícias de Matt. Ele se atualizava sobre a equipe, quem estava reclamando, quem estava indo bem. Ele gostava de elogiar aqueles que mais se esforçavam, e alegava que ficaria de olho naqueles que Marie dizia que estavam fazendo corpo mole. Depois de uma semana, um desses foi demitido. Depois de duas semanas, um segundo foi demitido.

Ele até perguntava sobre Quinn, querendo saber quando ela saía, quais instituições de caridade ela havia mencionado a Marie.

Ela relatava o que sabia. Marie nunca hesitava ou mentia.

As únicas duas pessoas sobre as quais ele nunca perguntava eram sobre mim e Kash.

Magoou a princípio. Quero dizer, como não magoaria? Um pai ao qual eu fui imposta; que ficou ausente nas primeiras semanas, depois passou a ficar por aqui, e ainda não falava comigo – ou *sobre* mim. Mas, por outro lado, talvez ele perguntasse quando eu não estava por perto? Talvez ele soubesse que eu estava lá? Talvez por isso continuasse a fazer essas perguntas a ela, sabendo que eu estava lá, querendo, de uma maneira estranha, construir uma conexão comigo?

Eu não sabia.

Ele simplesmente não perguntava sobre mim. E era isso.

Um mês passou e mais algumas semanas também.

Mais dias na companhia dos meus irmãos. Mais noites com Kash. O mês de julho estava chegando ao fim, e eu sentia saudades de Chrissy.

— Oi, irmã solitária, porém muito mais madura do que eu.

Matt desabou na cadeira atrás de mim, exalando um suspiro de cansaço. Ele inclinou a cabeça para trás, bocejou e deu um gemido.

— Está muito quente. — Girou na cadeira, lançando um olhar astuto para Marie, que estava sentada em sua mesa. — Eu sei que você gosta de calor, mas não mataria colocar um ventilador aqui, né? — Ele fez um gesto para mim. — Pelo menos pela Bailey. Tem um rastro grandão de suor descendo pelas costas dela.

— Tem mesmo? — Eu o encarei. — Idiota. Eu estou bem.

— Não importa, porque — Matt se levantou, dizendo para mim: — eu vim para te salvar.

— Salvar? — Eu ainda estava chateada com ele. Nós nunca conversamos sobre a noite do clube de sexo.

— Da Victoria e do tutor alemão para o Cyclone. Eles têm aula daqui a uma hora, e eu sei que a Quinn está planejando convidá-los para almoçar.

Marie interrompeu:

— A senhora Quinn ainda está aqui?

Ele acenou para ela.

— Ela chegou quase junto comigo. Ligou do carro para me convidar para almoçar.

Marie saiu apressada da sala, fechando a porta com um baque.

Matt sorriu para mim, com uma sobrancelha arqueada.

— Quer me dizer por que mentiu agora há pouco? Dá pra ver que você está desconfortável e essa sala está quente como uma sauna.

Mais especulação. Eu não gostava disso, nem um pouco.

— Desembucha. — Ele estava de cara fechada.

Eu me virei de volta para o monitor do computador.

— Eu só não quero ser um incômodo. Para ninguém.

Desliguei o computador e Matt continuou em silêncio.

Se ele tinha vindo me salvar, eu sabia que não me obrigaria a ficar para o almoço. Não que Quinn fosse me convidar. Nós havíamos nos evitado, e não era a primeira vez, desde que cheguei aqui, que o tutor e Victoria vinham à propriedade.

Eles apareciam uma vez por semana.

Marie sugeriria de forma incisiva que eu consertasse algo em seu computador, ou no monitor de Theresa, ou diria que eles me traziam algo para comer na vila de Kash.

Ninguém mencionou suas visitas, e embora eu tenha visto Victoria saindo uma vez, eu também não mencionei nada.

Eu me virei e me levantei. Então, ao olhar para o semblante Matt, eu congelei.

Ele estava putaço. Muito pau da vida.

— O que foi?

— Por que você acha que é um incômodo?

Ai, meu Deus. Por onde eu começaria?

— Matt…

— Bailey — ele resmungou, entredentes.

Ele estava esperando, então arqueou a outra sobrancelha.

— Olha, não é nada. Sério. Eu não quero incomodar a Marie. Só isso.

Ele esperou, ainda me avaliando.

Eu também estava esperando. Não queria que ele me pressionasse no assunto. Parecia errado reclamar sobre sua própria família, porque não era apenas Marie ou Theresa que eu não queria incomodar. Era todo mundo. Bem, exceto Kash. Eu gostava de incomodá-lo. Muito. Todas as noites. Várias vezes por noite. Comecei a sentir um formigamento por dentro, e eu sabia que essa sensação só desapareceria quando Kash voltasse. Três noites já haviam se passado desde sua última visita. Eu era viciada nele, e precisava sentir seu corpo contra o meu para continuar respirando.

Quero dizer, nós mal conversávamos. Tipo... esse lance não daria assim tão certo o tempo todo.

Mas, era o Kash. Ele era minha droga.

— Você tem certeza de que é só isso?

Meus joelhos quase cederam de alívio.

— Sim. Só isso.

Ele ainda não estava satisfeito, mas pelo menos estava cedendo. O olhar irritado desapareceu e seu sorriso sarcástico voltou.

— Quer sair daqui comigo?

Eu hesitei.

— Para onde? Eu sei em que tipo de festas você vai, e Matt... — Eu não queria me afundar naquele antro. — Não aguento a sua turma. Eu não sou assim.

— Assim como? — Mas ele estava sorrindo. Ele sabia muito bem o que eu queria dizer.

— As orgias. As drogas. Não, obrigada.

— Eu sei. — Seus olhos cintilaram em um pedido de desculpas. — Olha, eu fiquei envergonhado. Muito envergonhado. O que você viu naquela noite, ou nas outras noites. Desculpa, Bailey. Desculpa mesmo. Sério, a forma como você estava olhando pra mim, pra todos. — Seu pé se movia para frente e para trás no tapete. — Kash me deu o maior esporro no dia seguinte.

Ele fez isso?

— Eu acordei e a noite voltou para mim em flashes. Caralho, Bailey. Você me viu fodendo uma desconhecida por trás. Isso é... sim. — Ele bufou uma risada sem-graça. — Isso está bem no topo da minha lista de constrangimentos. — Seu olhar encontrou o meu. — Mas eu não estava drogado naquela noite. Na outra noite, sim. Mas não na última. É estranho. Eu geralmente começo com as pessoas se decepcionando comigo, sabe.

Ele estava tentando ser engraçado.

— Ei. — Minha garganta estava se fechando. — Eu não estou te julgando. Não pense isso.

— Mesmo assim. — Ele enfiou as mãos profundamente nos bolsos. — Eu quero me redimir com você, e confie em mim, te tirar daqui antes que Cyclone e Seraphina insistam que você se junte ao Trio do Terror é uma pequena forma de acertar as coisas novamente. Eu tenho um amigo que está participando de um torneio de polo hoje. Você quer ir?

Eu não tinha certeza.

— Será tudo chique e elegante. Vinho. Chapéus. Vestidos. Caras que se vestem como se tivessem paus de vassoura enfiados no rabo. O pacote completo. E se você não quiser ficar na área do clube, eu conheço o lugar onde o torneio está acontecendo. Nós temos um celeiro lá, e há um *loft* em que podemos ficar sentados. Não vou deixar ninguém subir lá, se você não quiser.

Eu estava avaliando minhas opções.

Ficar aqui. Trabalhar no computador. Fazer algo que eu amava? Ou ir para esse lugar de polo, onde eu tinha certeza de que não gostava de nenhum dos amigos de Matt? Se eu ficasse, Cyclone e Seraphina poderiam tornar as coisas estranhas, caso insistissem para que eu me juntasse a eles no almoço. Isso significava suportar Quinn e Victoria – que, mesmo sem ter trocado uma frase inteira comigo, eu já sabia que me odiava.

Não havia dilema aqui.

Eu resmunguei:

— O que eu visto para essa festa?

O sorriso de Matt se abriu.

— Aí está a minha irmã que eu amo.

Uma risada abrupta me escapou.

Irmã. Amor.

Eu me senti fraca das pernas. Ele poderia ter me derrubado ali mesmo.

Nós estávamos descendo a estrada quando o telefone no carro de Matt tocou. Tínhamos um carro à nossa frente, com seguranças, e um SUV atrás de nós, mas ele queria dirigir por conta própria. Apertando o botão para atender o telefone, ele disse:

— Diga lá.

— *Há um problema no campo.* — Era alguém de uma das equipes de segurança.

Matt franziu o cenho.

— Qual é o problema?

— *Na verdade, são dois. A imprensa está lá, e o seu loft está sendo usado.*

Matt empinou o nariz um pouco, o semblante carregado.

— Imaginei que haveria a imprensa, mas estava esperando entrar pelos fundos e deixar a Bailey no *loft*. Quem está usando aquela merda? Deveria estar fora dos limites, a menos que déssemos permissão.

— *De acordo com a gerente do campo, o seu pai deu o aval.*

— Meu pai? Ele está lá?

— *Não, mas ele deu a permissão para que fosse usado.*

— Eu quero essas pessoas fora. Não posso levar a Bailey lá, a menos que isso aconteça.

Houve silêncio do outro lado, até que:

— *Talvez você possa ir outro dia?*

O semblante de Matt ficou mais carrancudo.

— Que se foda essa porra. São só um bando de cavalos e pedaços de pau balançando no ar. Sim, tem a imprensa, mas ninguém que represente um risco para a Bailey. Nós vamos; isso é uma ordem. Mande a gerente esvaziar o *loft*. Chegaremos lá em vinte minutos.

Eu estava mais distraída com o comentário sobre a imprensa.

— Você acha que a Camille Story estará lá?

Eu não tinha pensado nisso, mas ela era conhecida por ir a eventos desse tipo. E ela adorava reportar tudo sobre o Matt. Muito. Ela tinha uma coisa por ele. A garota nunca professou isso, mas essa era minha teoria. As estatísticas de suas histórias sobre o Matt em comparação com as dos outros estavam desproporcionais em favor dele. Quase um massacre.

Seu rosnado em resposta confirmou minha pergunta:

— Espero que não. Ela é um pé no saco.

Eu estava começando a gostar disso.

— Vocês já dormiram juntos? Porque ela adora fazer matérias sobre você... tipo, muito, muito mesmo.

Silêncio. Novamente.

Meus olhos se arregalaram.

— Você tá falando sério? Você se pegou com a Camille Story?

Ele se remexeu no assento, ajustando-se e rolando os ombros para trás.

— O quê? Ela é gostosa. E eu estava bêbado.

— Ela nunca relatou isso.

Minha nossa, eu estava adorando a fofoca. Então, perguntei:

— Você a rejeitou? Ela é uma das garotas das quais afirma que você pega por uma noite e depois as joga fora como lixo?

— Não. — Uma pausa. — Talvez. Eu não sei. Ela tirou fotos do meu pau. E ia postar essa porra no site dela, mas o Kash descobriu e a processou com uma ação judicial que a teria falido de forma definitiva.

— O Kash faz esse tipo de coisa?

— O Kash cuida de nós. Fisicamente ou com esse tipo de merda. Ele a assustou. Ela recuou, assinou um contrato em que era obrigada a destruir todas aquelas fotos; e ele fez o primeiro site dela ser fechado por causa disso.

— Ah, uau. — Eu lembrei quando ela desapareceu por um mês.

— Temos que ficar de olho se ela estiver lá. Mas ela tem medo do Kash. Ele é a razão pela qual ela posta apenas metade da merda que quer. Ela não pode se dar ao luxo de cruzar com ele novamente.

Na boa... O que mais eu poderia descobrir sobre esse cara que estava se arrastando para minha cama?

Eu não conseguia me controlar. A necessidade de saber era intensa demais.

— Quem é o Kash para sua família?

Matt olhou para mim.

— Quero dizer, o que exatamente ele faz? Como ele cresceu com vocês?

— Ele não te contou?

Eu balancei a cabeça lentamente.

As pálpebras de Matt se fecharam por um segundo antes de se abrirem novamente para continuar a olhar para a estrada. Ele falou com firmeza:

— Acho que você deveria esperar por essa conversa com ele.

Bosta.

— Mas, Bailey...

— Sim?

Seu tom suavizou consideravelmente:

— Kash cuida de nós, e não é porque ele é pago. Ele assumiu esse papel por conta própria e nem mesmo eu conheço os motivos. Só estou dizendo que ele é complicado. Se ele te contar tudo, então você saberá mais do que qualquer um de nós.

— Nem você sabe?

— Eu sei de algumas coisas. Eu sei... — Ele balançou a cabeça para o lado. — Sei o que me é permitido saber, acho que devo esclarecer. Kash é... como eu disse...

Eu terminei por ele:

— Complicado.

— Sim.

Sua mão apertou o volante e, então, estávamos diminuindo a velocidade. A seta ligada indicou que pegaríamos outra estrada. Esta não estava tão vazia como as outras. Havia carros alinhados no acostamento, e quanto mais avançávamos, mais esportivos eles se tornavam. Eram veículos de gente muito rica – Bentleys. Navigators. Mais alguns Audis do modelo novo. Uns dois Rolls-Royces. Range Rovers. Porsches. Até um Bugatti.

— Quem joga neste torneio?

Matt me lançou um sorriso, diminuindo a velocidade do carro novamente, já que o restante do tráfego tinha se acumulado onde estávamos. Não estávamos nos movendo, então ele se recostou, descansando o pulso sobre o volante e fez menção de ligar o rádio.

Uma batida veio na janela.

Era um dos seguranças habituais de Matt.

— A gerente disse que podemos dar a volta e entrar pelo portão dos fundos, mas o *loft* não está disponível. Seu pai deu permissão específica para a festa que está rolando lá pelo dia todo. Ela tentou entrar em contato com seu pai, mas ele está indisponível no momento.

Matt praguejou.

— E o Kash? Ele, às vezes, pode revogar essas ordens.

— Estamos, hmm… — seus olhos se voltaram para mim e se desviaram em seguida — tentando entrar em contato com ele sobre outro assunto. Seu telefone estava desligado.

Desligado. Isso não é grande coisa.

Né?

Mas lá vinha aquele nervosismo de novo. Não era um evento comum para mim, mas eu tinha entrado em contato com ele algumas vezes nas últimas semanas. Um simples texto, e toda vez, Kash havia respondido imediatamente. Às vezes, ele até me ligava.

Ele nunca tinha desligado o telefone.

— Merda. — Matt recostou-se, franzindo o cenho. — Não há sentido em vir se…

O telefone do segurança tocou e ele nos mostrou a tela.

— É a gerente. Aguarde um momento. — Ele atendeu e se afastou. Não esperamos muito antes de ele voltar. — Ela disse que a festa migrou de local por conta própria. Estamos liberados para entrar.

Não dava para avançar no trânsito, mas dez minutos depois, uma caravana de veículos passou lentamente por nós. Cheguei até mesmo a reconhecer algumas estrelas de cinema. Até uma princesa do Pop passou por ali.

— Puta merda. — Eu estava tentando não escancarar a boca aqui.

Fracassei total nessa missão.

Meu queixo estava no chão.

— Provavelmente eram os caras no *loft*. O empresário daquela garota conhece o meu pai.

Então ele me deu um sorriso e se inclinou para a frente em seu assento. Agora que tínhamos permissão para avançar e a fila começou a se mover, o humor de Matt melhorou drasticamente. Ele estava relaxado e normal antes, mas agora estava ficando inquieto. Impaciente. Eu estava reconhecendo a hiperatividade que ele havia exibido antes. Suas palavras eram mais ásperas. O sorriso beirava o nervosismo.

Estávamos avançando.

A primeira equipe de segurança nos esperava à frente. Um dos funcionários da guarita liberou nossa entrada. Fomos conduzidos por uma estrada de acesso, contornando o campo, o prédio principal onde a maioria das pessoas parecia estar se reunindo. Havia um celeiro mais distante, na extremidade sul do campo, e ao ver um pátio imenso rodeando o prédio, imaginei que era para lá que Matt nos levava.

Nós ultrapassamos mais carros, a galera bebendo e confraternizando ao lado do campo. A parte de trás do *lodge* principal era bonita. Tudo era, na verdade, e fiquei feliz por ter dado ouvidos a Matt na hora que ele escolheu minha roupa – uma calça capri preta e uma blusa branca cruzada ao peito. O tecido de renda frufru me fazia sentir meio que exposta.

Mas era perfeita para a ocasião.

Reparando nos vestidos que as mulheres usavam, olhei para Matt.

— Você disse que eu não precisava usar um vestido.

Ele sorriu.

— Minha irmã não precisa mostrar as pernas. Para ninguém. — Ele deu de ombros, virando em outra estrada de cascalho que levava direto ao celeiro. — Além disso, nós vamos ficar só no *loft*. Qualquer pessoa que vier não vai se importar. Eles ficarão felizes só por liberarmos a entrada deles lá.

— Pensei que seríamos só nós dois hoje…

— Hmm? — Mas ele estava distraído.

Duas grandes portas de celeiro estavam sendo abertas para nós. Um bando de funcionários corria lá dentro, recolhendo coisas do chão.

Eu me inclinei para a frente, apoiando a mão contra o painel.

— O que está acontecendo?

— Os carros geralmente não entram no celeiro, porque isso assusta os cavalos. Mas estamos fazendo uma exceção hoje. Eles estão garantindo que está tudo limpo para que nada fure os pneus.

Parecia muito trabalho, mas já tínhamos chegado até aqui, e com toda essa caravana que trouxemos, acabamos atraindo atenção.

Perguntei mais para mim mesma do que qualquer coisa:

— O que todos eles pensam disso?

— Disso?

— Da nossa presença aqui. — Gesticulei para o celeiro.

Matt deu de ombros novamente, com indiferença. Os cantos de sua boca se curvaram em um sorriso desdenhoso.

— Não sei. Quem se importa? Não é como se alguém fosse se aproximar de você. Temos um exército ao nosso redor. — Ele piscou para mim antes de entrar com o carro no celeiro.

Este era o Matt quando ele estava drogado, quando estava delirando na tenda, ou em uma festa de orgia.

Eu o reconhecia agora. Um medo se infiltrou em mim, cavando um buraco.

Estacionamos no meio do lugar e ficamos esperando. A maior parte da equipe de segurança entrou junto, verificando tudo ao redor e aguardando que os funcionários saíssem. Um cara encrencou com isso, mas um dos guarda-costas estava lidando com ele. Os últimos poucos foram escoltados para fora e as portas da frente e de trás foram fechadas. Os seguranças tomaram suas posições conforme Matt saía.

Eu desci do carro quando minha porta foi aberta.

Passamos por alguns estábulos até uma porta. Assim que ela se abriu, subimos a escada e chegamos ao segundo piso que se estendia por todo o comprimento do celeiro. Era um apartamento completo.

As portas do celeiro foram abertas novamente, e o carro de Matt foi conduzido para fora.

Meu irmão fez questão de dizer:

— Não se preocupe. Ninguém virá aqui em cima. Temos seguranças por todo o celeiro. — Ele acenou para os dois que ficaram dentro do cômodo, ao lado da entrada.

— Essa é a única maneira de subir aqui?

— Sim, a menos que alguém tente fazer paraquedismo do deck. — Ele apontou para a área do pátio aberto. — Mas aí, eles serão abatidos, e temos os caras atrás de nós. Eles vão correr atrás de qualquer intruso. — Ele me deu um tapinha no braço antes de se dirigir ao bar. — Está tudo bem. Vamos beber e relaxar, beleza?

Eu fui até ele em passos lentos. Isso não parecia certo. Havia muitas pessoas por perto. Por outro lado, foi Matt quem me levou à boate naquela noite. Kash não ficou nem um pouco feliz com a minha presença lá. Depois disso, Kash que me levou aos outros dois eventos, mas foram festas realizadas em casas. A gente entrou e saiu rapidinho.

Olhei ansiosamente para um dos seguranças.

Ele notou e se aproximou.

— Senhora?

— Vocês ainda não conseguiram falar com Kash?

Ele franziu o cenho.

— Senhora? — repetiu.

Dei de ombros, contornando o resto do *loft* em direção a ele.

— Eu... só... Ele iria querer saber que estou aqui, certo?

Ele entendeu minha preocupação e assentiu.

— Sim, senhora. Continuaremos a atualizá-lo com nossa localização. Sempre fazemos isso de qualquer maneira. É protocolo.

— Ah. — Levantei a cabeça. — Isso é bom então.

— Sim, senhora. — Ele assentiu novamente. — Você pode relaxar, se divertir, assim como o Sr. Francis está fazendo agora. — Flagrei o leve sorriso em seu rosto e desviei o olhar.

Ele estava certo.

Matt estava pegando uma bebida, já flertando com a bartender. A garota estava retribuindo a paquera, até me ver. Uma camada gélida cobriu seu sorriso, então Matt disse:

— Esta é minha... — ele se corrigiu a tempo — prima distante. Família. Família distante. — Ele revirou os olhos, me puxando para o seu lado. — Vamos, prima. Vamos tomar uma dose. — Sorriu para a bartender. — Doses para nós dois. Para você também.

Depois disso, a bartender se tornou mais simpática comigo, porém seu foco era Matt. Quando outro bartender apareceu uma hora depois, para substituí-la, a garota se sentou no colo de Matt e ficou por ali.

Eu me acomodei.

Os sussurros deveriam ter me alertado. Mas não o fizeram.

Notei um movimento no canto e pela minha visão periférica percebi que a garota estava se levantando e ajudando Matt a sair do sofá.

— Ei.

Nossa. Eu parei por um segundo. Eu estava sentindo o efeito da terceira taça de vinho. O celeiro estava meio que rodando. Os cavalos. Onde estavam os cavalos? Eu tinha visto um monte no gramado um momento antes. Mas então ouvi sons no piso inferior. Os cavalos estavam sendo conduzidos para lá, pois uma partida havia terminado. Eles entravam e saíam de suas baias para serem hidratados e alimentados.

Isso aconteceu diversas vezes enquanto estávamos aqui. Outra partida começaria em breve. No entanto, Matt... Eu o procurei por ali.

Ele tinha sumido.

— Matt?

Ele estava no canto, sussurrando no ouvido da garota. Segundos depois, ele veio até mim e cochichou:

— Você se importa se eu sair para uma rapidinha?

— O quê?

Matt sorria para a garota, com um olhar safado.

— Eu serei rápido.

Dei uma risada de deboche.

— Se eu fosse você, não me gabaria disso com as garotas.

Ele me lançou um sorriso.

— Sério. Você se importa? Os seguranças ficarão aqui. Só alguns irão me acompanhar. Eu não demoro.

Olhei por cima do ombro. Havia uma área de estar atrás de mim. Uma mesa comprida. Três sofás no outro canto. Uma cozinha contra a parede – com uma ilha central. Depois vi um corredor que, no mínimo, devia levar para um banheiro e um quarto, provavelmente mais de um.

— Vá para um dos cômodos lá atrás. Por que sair daqui?

Ele fez uma careta.

— Porque isso é meio que uma grosseria. Além do constrangimento da última vez, eu não quero que minha irmã realmente me ouça gozar. — Ele cutucou meu ombro. — Qual é... Vou demorar só um pouquinho. Ficarei no *lodge* principal. Tem um monte de quartos para isso, e eu vou dar um pulo lá, daí direi um 'oi' para alguns amigos, e volto em seguida.

Não era uma boa ideia. De jeito nenhum. Eu não podia aceitar isso.

— Bailey. — Ele se agachou, olhando para mim intensamente. Sua voz era persuasiva. Suave.

Filho da mãe.

— Você deveria ficar aqui.

— Por favor. — Ele bateu com a testa na minha, sorrindo. — Ela me deixou com tesão. Vou me divertir um pouco, depois volto. Podemos ir embora depois, se quiser.

— Comida.

— O quê?

Eu não estava nada feliz com isso, mas ele ia acabar fazendo o que queria de qualquer jeito. Pelo menos poderia conseguir algo em troca. Meu estômago estava roncando.

— Comida. Eu não comi hoje.

— Por que você não disse nada?

Dei de ombros.

— Porque você me serviu vinho, daí eu esqueci? Não sei.

Não tinha dito nada porque não queria incomodar, e eu sabia que por esse mesmo motivo, Matt conseguiria fazer o que queria aqui. Porque eu não tinha coragem de me impor e exigir que fôssemos embora. A mesma razão pela qual não falei quando comecei a ter um mau pressentimento sobre vir aqui.

— Por favor, por favor, por favor — ele sussurrou: — Prometo te levar pra onde você quiser para jantar, assim que eu voltar. O que acha? Ou podemos pedir comida, curtir uma noite de cinema na casa de Kash? Boliche? Festa na piscina. Qualquer coisa. Fico te devendo uma. Prometo.

Eu odiava promessas. Elas sempre eram quebradas.

Mas, baixando a cabeça, concordei e ele gritou de alegria. Sua mão apertou meu ombro.

— Obrigado, Bailes. Já volto. Prometo, prometo, prometo.

Então ele se foi.

Bailes.

Argh… Gostei do apelido que ele me deu.

Alguns seguranças foram com ele, e outros dois se aproximaram. Eu os reconheci como os que geralmente eram designados para mim. Eu me levantei e fui até o corrimão da galeria, observando Matt e sua bartender caminhando pelo gramado em direção à área principal do evento. Três guarda-costas os seguiam de perto.

— Você disse que estava com fome?

— Hmm? — Eu me virei. O outro bartender se aproximou, com um sorriso amigável no rosto.

— Seu estômago está roncando. — Ele acenou para mim. — Dá pra ouvir daqui.

— Oh. — Pressionei uma mão na boca do meu estômago. — Sim.

Ele sorria abertamente. Até mesmo seus olhos estavam sorrindo.

Minha cabeça estava nublada e a vista embaçada, mas eu achava que se comesse alguma coisa, ou bebesse água, eu ficaria sóbria de novo. E ficaria tudo bem.

Ele ofereceu:

— Posso ligar para a cozinha e pedir que eles enviem algo. O que acha?

Esperei um segundo.

— Sim, pelo amor de Deus.

Ele riu, voltando para a parte de trás do bar, levando meu copo com ele.

— Vou encher isso para você também.

Pouco segundos se passaram, e um dos seguranças se aproximou, com um celular em mãos.

— Senhorita Bailey?

— Sim?

O bartender estava servindo o vinho, sem prestar atenção em nós, mas havia um eco no local. Certeza de que ele seria capaz de nos ouvir.

O segurança estendeu o telefone.

— O Sr. Colello está na linha.

Eu não consegui conter o arrepio que percorreu meu corpo ao ouvir isso. Peguei o celular, tentando ser discreta e evitando pular. O chão parecia estar querendo me engolir.

O bartender estava trazendo o vinho quando coloquei o telefone no ouvido.

— Alô?

— *Onde você está?*

O rapaz estendeu a taça para mim.

Eu a peguei, tentando manter a mão longe da dele, mas o bartender moveu o dedo no último segundo, roçando minha pele. Olhei para ele na mesma hora, detectando o brilho lascivo, o leve sorriso sedutor. Pensando que meu olhar era de aprovação, ele acariciou minha mão outra vez, de um jeito bem mais sugestivo.

Eu recuei bruscamente, espirrando vinho para todo lado – meu rosto, o celular, minha blusa branca.

Então, arquejei.

— Ah, não, me desculpe. — O bartender e o segurança se moveram ao mesmo tempo.

O primeiro foi em direção à minha blusa, a toalha que ele mantinha sobre o ombro já a postos, pronta para ajudar a secar alguma coisa. Eu. Minha blusa. Eu nem sabia qual era o alvo ali. Mas o segurança rosnou e deu uma cotovelada no cara, empurrando-o para longe. O outro guarda-costas se adiantou até nós.

Kash estava dizendo algo no telefone.

— *O que está acontecendo?*

Eu estava ardendo em chamas. Meu rosto, pescoço. Orelhas. Eu estava morrendo de vergonha. Eu só conseguia olhar, horrorizada, os seguranças imobilizando o bartender no chão.

— Parem com isso! — Eu me apressei até onde eles estavam, com o celular na mão, mas ignorando Kash por completo. Fui até um dos seguranças, puxando seu braço. — Pare. Deixe o cara levantar. Ele estava tentando ajudar. A culpa foi minha. Eu que me afastei muito rápido e derramei o vinho.

— *Bailey!* — berrou a voz ao telefone.

Coloquei o aparelho de volta no ouvido, dizendo, apressada:

— Eu tenho que desligar. Preciso resolver um negócio.

— *Um negócio?*

Encerrei a chamada, entregando o telefone ao segurança. Ambos deram um passo para trás, deixando o bartender se levantar.

Agora era eu quem estava lá, dando tapinhas em seu braço, no peito.

— Me desculpa mesmo, viu? — Por que eu estava fazendo isso? Eu era a que ainda estava molhada. Eu me sentia mal. Era por isso. — Novamente. Sinto muitíssimo. Eles só estão…

Ele estava se afastando de mim, colocando uma distância segura entre nós dois, então, assentiu.

— Fazendo o trabalho deles. Entendi. — Ergueu as mãos, dando um passo de cada vez até que estava atrás do balcão. — Eu vou… hmm… Vou fazer o meu trabalho. — Seu comportamento era todo profissional. Frio e distante. Não havia nada do cara paquerador de segundos antes. Pigarreando de leve, seu olhar continuava focado nos seguranças às minhas costas.
— Vou só… fazer aquele pedido para a cozinha, senhora.

Ótimo.

Não que eu me importasse, mas agora mais uma pessoa pensava que eu era uma párea. Isso não deveria importar. Eu estava dizendo isso a mim mesma enquanto voltava para o sofá. A próxima partida já estava prestes a começar, com novos cavalos, parecendo revigorados sob seus cavaleiros.

Estava tudo bem que eu fosse uma vergonha.

Quero dizer, quem estava aqui que poderia se importar com isso? Matt tinha ido embora. Eu estava bem. Totalmente sozinha.

Não precisava de companhia.

Eu deveria ter ficado na propriedade. Pelo menos lá estava começando a me sentir à vontade. E não era tratada como uma párea total. Quero dizer, eu era uma párea que estava sendo protegida, mas, ainda assim. O sentimento persistiu. Se eu fosse para aquele *lodge*, não conheceria ninguém dali. Eu nunca conheceria aquelas pessoas.

Aquelas pessoas… a quem eu observava, além de uma pequena comoção por ali. Eu me inclinei para tentar ver um pouco mais.

O que estava acontecendo?

Uma grande multidão havia começado a se formar, vindo da entrada e seguindo devagar até o *lodge* e mais além. As pessoas corriam para o outro lado, até que um carro se destacou e conseguiu passar pelo grupo.

Estava vindo em minha direção.

Eu me levantei, ciente, sentindo, sem ousar esperar, e fui até a beirada da varanda. Ao contrário do que aconteceu quando Matt e eu tivemos que esperar que todos saíssem do celeiro, a fim de que descêssemos do carro com privacidade, Kash saiu do dele. Ele jogou as chaves para um dos seguranças, então ergueu o olhar para o meu. Com as mãos enfiadas nos bolsos, ele abaixou a cabeça, ignorando alguns caras que tentaram chamá-lo. Alguns funcionários da estrebaria ficaram do lado de fora da porta, confusos sobre quem era Kash, então ouvi o som de seus passos na escada.

Bem, eu não *ouvi* propriamente dito. Ninguém ouvia a aproximação dele. Mas eu o senti.

Eu sabia que ele estava vindo.

Um dos guarda-costas foi até a porta, e a abriu antes que Kash chegasse lá. Assim que ele entrou, seu olhar se manteve travado com o meu, sem se desviar.

Ele não diminuiu os passos, vindo na minha direção sem hesitar. Pareceu que ele precisou dar apenas três passadas para atravessar a sala antes de agarrar meu braço e me puxar pelo corredor. Ele não olhou para ninguém, apenas abriu a porta do quarto dos fundos, me arrastou para dentro e fechou a porta. Então a trancou antes de se virar.

Seu olhar me prendeu ali mesmo; os olhos entrecerrados, conforme se recostava à porta.

Kash murmurou apenas uma palavra:

— Explique.

Eu engoli em seco.

Meu Deus.

Eu estava louca para senti-lo contra mim, mas ele estava me encarando, furioso.

Sua voz parecia tranquila, mas ele, não. Ele não estava nem um pouco calmo. Seu corpo estava tenso. Os olhos tempestuosos. O cabelo estava um pouco desgrenhado de um jeito sexy. Sua mandíbula se contraía a cada poucos segundos enquanto esperava minha resposta, e o ar ao redor ficou eletrificado. Eu sentia uma atração intensa para ir até ele, e estava tentando me esforçar para lembrar o que ele queria que eu dissesse.

Explicar.

Eu franzi o cenho.

— Explicar o *quê*?

Ele se afastou da porta, vindo na minha direção. Recuei a parte superior do corpo, mas as pernas estavam plantadas no chão, porque eu estava completamente cativada por ele.

Ele abaixou o tom de voz, e um formigamento sensual me percorreu até se instalar entre as pernas.

— Explicar o quê? Explicar por que você está aqui. Explicar por que está sozinha. Explicar onde diabos está o Matt. Explique, Bailey. Explique para que eu não saia daqui e arranque a cabeça de alguém que considero como um irmão.

Ele parou, resfolegando acima de mim, a poucos centímetros de distância. Senti seu calor, quente e intoxicante, e estava tendo dificuldades para respirar por conta própria.

Eu queria o ar que ele respirava.

— Ah. — Estendi a mão, tocando seu abdômen, e, meu Deus do céu, ele estava tenso. Seus músculos firmes indicavam que ele estava fazendo de tudo para se controlar. Eu podia sentir a contração em cada fibra, e isso piorou com meu toque. Kash fechou os olhos, inclinando o rosto para o meu.

Eu disse tão baixinho, que nem sabia se chegou a ser audível:

— Senti sua falta.

Três longas noites.

Seus olhos se abriram – angústia, necessidade, frustração e tormento ficaram nítidos e me olhando de volta. Senti meus pelos se arrepiando. Meu coração parou, *literalmente* parou.

Ele agarrou minha nuca e me puxou contra o seu corpo. Assim que nós nos tocamos, voltei a me sentir equilibrada.

O mundo passou a fazer sentido, apenas por um momento, mesmo que fosse somente aquele momento. Tudo girava e girava, me deixando confusa. Tudo me confundia. Família. Anos de solidão. Amor. Desejo. Querer um pai, agora querer minha mãe. Não saber de onde eu vim, como se eu não soubesse onde minhas raízes me ancoravam ao chão.

Tudo isso sumiu. Bastou um toque de Kash, e eu me senti... bem.

— Porra — ele sussurrou. Sua mão deslizou para abarcar minha bochecha. — Você não deveria estar aqui. Não sem mim. Nunca sem mim. E recebi a ligação informando para onde Matt havia te trazido, e estou tentando não matar aquele moleque agora.

Sua mão era gentil, o polegar começando a acariciar minha pele. Ele fazia muito isso. Ele me acolhia na palma de sua mão, e toda vez, eu me sentia mais rendida.

Eu não me contive dessa vez. Simplesmente me permiti desfrutar daquela sensação, porque era bom demais vê-lo, ouvir sua voz, sentir seu toque.

— Ele pediu desculpas pela festa, então me trouxe aqui porque Victoria está na mansão. Ela e o cara que dá aula particular para Cyclone. Matt disse que Quinn ia almoçar com eles, e Cyclone e Seraphina teriam me implorado para fazer companhia.

Kash não se moveu.

Nem um centímetro. Mas seu braço, sim. Seu músculo do bíceps contraiu por um segundo, então relaxou. Kash suspirou fundo.

— Merda. Ele estava certo, mas errado. Victoria está aqui. Ela mandou mensagem, pedindo para eu encontrá-la aqui. Mas ele estava certo sobre Quinn. Ela e Victoria juntas seriam um pesadelo.

Victoria estava aqui?

Meu pulso acelerou. Eu não gostei disso.

— Kash. — Arrastei minha mão pelo seu peito, pairando sobre seu abdômen. Ele ficou paralisado com meu toque, sem nem ao menos respirar.

— Você disse que explicaria as coisas. — Eu o encarei. — Está na hora de fazer isso.

— Eu sei. — Ele suspirou, mas seus braços se entrelaçaram ao meu redor e me abraçaram. Ele disse contra o meu pescoço: — Eu vou. Eu prometo. É muita coisa para você saber. — Ergueu a cabeça outra vez, os olhos cintilando com promessas obscuras e sensuais. — Eu vou dar uma surra em Matt, então, você e eu iremos para a minha casa. Estou de volta por um tempo agora. Eu posso explicar tudo.

Podem me chamar de fracote, mas fiquei feliz pra caramba por ele estar de volta. Então, assenti.

— Okay.

Seu olhar ficou focado em minha boca, deixando claro que estava com fome. Com um gemido, ele acariciou meu lábio inferior com o polegar. Ele adorava fazer isso. Então, ele se obrigou a recuar. Segurando minha mão, Kash entrelaçou os dedos aos meus e disse, áspero:

— Vamos.

Senti o olhar do bartender me acompanhando conforme Kash me guiava pela sala.

Kash parou e informou os planos para a equipe de segurança, e só então saímos dali. Eu não sabia o que esperar, mas estávamos andando a passos rápidos. Descemos a escada, saímos do celeiro e caminhamos pelo pátio. As pessoas reparavam em nossa presença ali agora. Todos os seguranças, com exceção dos que acompanharam Matt, estavam nos cercando.

Kash se posicionou um pouco atrás de mim, uma mão em minha nuca enquanto seguíamos adiante.

— Colello! — Um homem gritou, correndo na nossa direção.

Correndo? Sério?

Ele estava com a mão erguida.

— Colello! Qual é a novidade sobre você assumir o lugar de seu pai na Phoenix Tech depois de todos esses anos?

A mão de Kash apertou um pouco em minha nuca. Ele ignorou o homem.

Outro cara se juntou a ele, e logo mais pessoas. Eram jornalistas, assim como alguns participantes regulares da festa que vieram para assistir ao torneio. Uma mulher gritou:

— Kash! Festejamos juntos no Noi. Você ainda tem meu número?

Outro perguntou:

— Quem é a garota?

Mais um disse:

— Seu avô deixou claro que quer você de volta na família. Qual é a sua resposta para isso?

— Kash! Há rumores de que você estava ajudando o governo a ir atrás do seu avô. Existe alguma verdade nisso?

— Devemos esperar aparições regulares nas baladas noturnas?

Estávamos quase chegando à casa principal, quando uma mulher da equipe saiu e veio ao nosso encontro. Ela foi impedida pelos guardas, mas acenou com seu crachá.

— Nós reservamos uma sala para o Sr. Colello e sua convidada.

O segurança olhou para trás.

Kash inclinou a cabeça em um aceno, a boca cerrada e contraída. Ele me guiou para frente à medida que nos aproximávamos do *lodge*. Uma multidão estava na plataforma acima de nós, e perto da área de estar repleta de mesas e tendas. Todos nos observavam, alguns curiosos e outros surpresos.

Fomos conduzidos por sob a cobertura, todos os olhares focados em nós, então seguimos para um corredor nos fundos.

Uma garota se aproximou, com um drinque na mão. Ela sorriu, embora o sorriso não chegasse aos olhos, e se inclinou.

— Kash!

Ele parou para esta, olhando para cima.

Eu estava cerrando os dentes. Era Victoria, e ela estava tão impressionante como sempre. Seu cabelo brilhava com a luz do sol, os lábios curvados em um sorriso sedutor.

— Me convide para descer. Eu gostaria de conversar com você.

Ele rosnou, inclinando a cabeça para trás:

— Não agora.

— Mas, Kash!

Nós já estávamos dentro. A funcionária nos guiou para uma sala de estar nos fundos. Havia um bar em um dos cantos. Sofás. Cadeiras. Uma televisão fixada em uma parede. As persianas estavam fechadas, com a claridade se infiltrando pelas frestas, e éramos capazes de ouvir o burburinho das pessoas do lado de fora. Alguém esbarrou em uma das janelas e risadas explodiram na mesma hora.

— Isso é o melhor que pudemos fazer sob as circunstâncias. — Ela apontou para as persianas. — Essas são portas corrediças do pátio, mas estão trancadas e cobertas. Contanto que vocês fiquem relativamente quietos, ninguém saberá que estão aqui. — Ela hesitou, seu cabelo soltando do coque, dando-lhe uma aparência desleixada. — Vocês… — A funcionária se virou e percebeu que o bartender não estava lá. — Vocês querem algum atendente aqui?

— Não. — Kash tirou a mão da minha nuca e a posicionou na parte inferior das minhas costas. — Obrigado.

Ela apontou para um telefone na parede.

— Basta interfonar se precisarem de alguma coisa.

Kash esperou a moça sair antes de se virar para seus seguranças.

— Onde ele está?

Um dos homens seguiu para a porta.

— Posso te levar até ele.

Fiz menção de acompanhá-los, mas Kash apoiou a mão na minha barriga para me impedir.

— Fique aqui, onde estará segura.

Todas as mesmas perguntas que eu tinha há um mês e meio ainda se atropelavam na minha cabeça, mas eu apenas assenti. Ele e o segurança saíram, e levou apenas cinco minutos antes que Kash voltasse. Sozinho. Seu temperamento tempestuoso havia evoluído para um tornado. Um furação bem feroz.

Kash parecia capaz de matar alguém.

Ele entrou na sala e veio direto para mim, segurando meu cotovelo sem hesitação.

— Vamos.

Não perguntei onde Matt estava, porque nem deu tempo para isso. Kash estava me conduzindo para o corredor – os seguranças à frente e atrás de nós dois. Ouvimos uma algazarra conforme avançávamos pelos fundos, depois pela cozinha até uma porta dos fundos.

O carro de Kash já se encontrava lá. Ele abriu a porta e me ajudou a sentar no banco. Em seguida, deu a volta pela parte da frente e se acomodou ao volante. Um SUV seguia na frente e outro protegia nossa retaguarda, com os seguranças se amontoando nos dois veículos.

Esperei até que tivéssemos saído da área do *lodge*, antes de perguntar:

— Cadê o Matt?

— Ele foi embora — Kash rosnou, freando com brusquidão quando algumas pessoas saíram do nada do prédio.

Ele apertou a buzina, virando o volante com força para passar pelo grupo. Alguns funcionários se apressaram em bloquear as pessoas para que pudéssemos passar.

Aquilo foi bizarro demais. O povo estava agindo como se Kash fosse da realeza e estivesse se escondendo por anos.

Eu nem conseguia processar tudo isso, então me concentrei no que podia.

— O que você quer dizer com "ele foi embora"?

Ele me deixou?

O SUV à nossa frente começou a acelerar. Então tivemos que parar por um instante até pegarmos a estrada. Assim que chegamos à rodovia, Kash não quis mais esperar. Ele ultrapassou o veículo à nossa frente e pisou fundo no acelerador.

— Ele te deixou para ir transar com alguém.

— Ele me disse que ia para algum lugar no *lodge*.

— Não. — A voz dele era gélida. — Ele te disse isso para que você ficasse lá numa boa. O desgraçado achou que você estava segura no *loft* e foi para outro lugar.

— Ele foi com a bartender?

Kash me lançou um olhar de soslaio, os lábios curvados em escárnio.

— Nada de bartender. A menos que ele a tenha levado junto. Não. Matt está transando com uma mulher casada. Ele foi para a casa dela. Você era o álibi dele se fosse pego.

Aquela informação doeu como se Matt estivesse aqui e tivesse dado na minha cara com uma pá.

— O quê? — Não. Isso não podia ser verdade.

— Pode acreditar — disse ele, pau da vida. — Eu vou machucá-lo.

Parecia que eu tinha engolido um pedaço de casca de árvore.

— Era tudo mentira? O almoço? Victoria?

Kash não respondeu de imediato. Ele me olhou de relance, franzindo os lábios.

— Não sei. O almoço provavelmente era uma verdade que ele distorceu. Matt tem a habilidade de fazer isso.

Minha cabeça latejava, mas fiquei em silêncio pelo resto do caminho.

Estávamos nos arredores da cidade, e Kash manobrava o carro em meio aos outros na pista, seguindo em direção aos subúrbios na extremidade sul. Diminuindo a velocidade, ele pegou um acesso e o tamanho das casas talvez não devesse ter me surpreendido, considerando a propriedade de Peter, mas, ainda assim, o fizeram. Acho que eu tinha deixado de considerar aquele lugar dos Francis como um lar. Era apenas isso – uma propriedade. Pessoas moravam lá, mas era mais do que uma simples casa. E essas construções aqui eram gigantescas. Algumas eram grandes o suficiente para serem consideradas mansões, mas a maioria podia ficar no status de casarões – ainda que impressionantes.

O carro esportivo diminuiu a velocidade e parou em frente a uma casa que tinha uma torre de vidro que se estendia por três andares. A construção era retangular em um lado; a torre conectava a estrutura a outra parte da casa. Deduzi que a sala de estar e a cozinha deviam se localizar na área retangular, e que os quartos e outros cômodos ficavam na ala oposta. O carro de Matt estava estacionado na frente de uma garagem seccionada em quatro vagas, ao lado de um Mercedes Benz elegante e novinho em folha, dado como a pintura lustrosa ainda brilhava. A placa tinha uma moldura rosa.

Kash estacionou atrás do carro de Matt para bloqueá-lo e saiu. Pensei que ele iria direto para a casa, mas ele deu a volta e se preparou para abrir a minha porta. Assim que saí, ele a fechou, trancou o carro e enfiou as chaves no bolso conforme caminhávamos até a entrada.

— Qual é o plano?

Kash olhou para mim, a mão apoiada na parte inferior das minhas costas. Ele se adiantou quando chegamos à porta, no momento exato que os seguranças se postaram ao nosso lado. Um dos homens saiu de dentro da casa, tocando o intercomunicador auricular. Ele lançou uma olhada para Kash e para mim, bem como para os outros guarda-costas espalhados na garagem. Com um aceno breve, ele abriu a porta e informou à medida que passávamos:

— Terceiro andar. Último quarto à direita.

Kash subiu as escadas de dois em dois degraus. Eu fui atrás em um ritmo mais lento, atordoada por tudo o que estava acontecendo. Os seguranças de Matt o delataram, mas Kash era o chefe. E quando ele chegou ao terceiro andar, lançou um olhar para mim por cima do ombro. Eu ainda estava no segundo andar, e gesticulei para que seguisse em frente. Eu queria ver com meus próprios olhos a traição brutal de Matt, mas não precisava testemunhar meu irmão mandando ver em uma mulher.

Eu estava quase chegando ao terceiro andar quando ouvi a confusão.

Uma mulher gritou.

Matt começou a gritar:

— Sai daqui, porra! O que você está fazendo? Kash! — Mais gritos. Algo se chocou contra a parede, depois caiu no chão.

Ouvi passos acelerados. Um segurança se postava ao lado da porta, observando minha aproximação com um semblante fechado.

Ah, que beleza. Isso não era bom.

— Socorro! Max!

O segurança lançou uma olhadela para o quarto por um segundo, depois voltou a olhar para mim.

— Seu pequeno filho da puta. — Era Kash, pouco antes de praguejar com ódio.

Outro baque.

A mulher começou a gritar novamente.

— Ai, meu Deus. Não. O que você está fazendo? Não machuque ele!

O som de socos ecoou pelo corredor.

Fiz uma careta, mas me obriguei a seguir em frente, mesmo que com passos lentos. Inspirei fundo e cheguei à porta.

A mulher estava se cobrindo com um lençol.

Eu a reconheci – era a esposa de Bonham, do casal amigo de Quinn. Ela estava pelada, o lado de seu corpo exposto. Ela não me viu, mas seus olhos estavam arregalados em horror.

Matt caiu no chão, mas estava tentando revidar os golpes recebidos. Ele se levantou e tentou golpear o ar com chutes aleatórios. Qual era a intenção daquilo, eu não fazia ideia.

Era quase humilhante de assistir.

Ele tentou dar um murro que foi facilmente desviado por Kash. Em resposta, ele levou um soco ainda mais brutal. O rosto do meu irmão estava sangrando, e ele, por fim, desistiu e desabou no chão.

De pé acima dele, sem nem mesmo estar ofegante, Kash recuou quando notou que Matt havia parado. Ele pegou um dos travesseiros e jogou com força contra o rapaz no chão.

Gemendo, Matt só conseguiu abrir um olho.

— Seu babaca.

— Você é o babaca — retrucou Kash. — Você a largou naquele *loft*.

Matt empalideceu.

— Oh.

— É isso aí. — Desgosto e desdém exalavam de cada palavra. — Você tem sorte de ainda poder andar. Você não tem o direito de usar Bailey dessa forma e largá-la sozinha. Nunca.

— Qual é! Ela tem seguranças. Ela está bem.

Kash estava olhando para mim.

Matt parou de falar, e seu olhar vagou pelo quarto até me avistar.

— Ah, não — disse ele.

Um grunhido de frustração escapou da boca de Kash antes de ele se afastar.

— Estou me segurando aqui para não te dar uma surra até te deixar inconsciente. Levante-se.

A Sra. Bonham – eu não sabia o nome dela – me encarava agora, mas evitei contato visual. Eu achava errado violar a intimidade deles, mas eu tinha que ver por mim mesma. Matt não negou as palavras de Kash. O que significava que era verdade. Contando com o tempo que levamos para chegar aqui, e ciente de que meu irmão havia me usado intencionalmente e mentido na cara dura, quanto tempo mais eu teria ficado lá sozinha?

Uma lágrima escorreu pelo meu rosto, mas eu a limpei. Eu me recusava a chorar por isso.

— Como você pretendia resolver as coisas? Você ia tentar encobrir suas mentiras?

Que mentira ele teria usado quando, finalmente, fosse me buscar? No entanto, vi a culpa surgir em seu semblante, seguido da vergonha. Então ele virou a cabeça, literalmente olhando para o outro lado.

Ele não pretendia voltar.

Entrei no quarto e fui na direção dele, gritando:

— Você está falando sério? Você ia me deixar lá? O dia inteiro? — Havia um tom meio histérico na minha voz.

Nem parecia que era eu ali falando. Mas era. Cheguei a me encolher toda por conta disso, mas não conseguia me conter. Eu nem mesmo tinha me conscientizado de que havia entrado no quarto.

— Responda! — berrei.

Um segurança entrou e se postou atrás de mim. Ele enlaçou minha cintura, mas mudei de posição na última hora e corri até Matt.

Kash praguejou baixinho e se adiantou para bloquear meu caminho. Ele passou por cima de Matt e me agarrou no segundo em que eu ia dar um chute na cara do meu irmão. Eu estava esperneando no ar, com a barriga meio apoiada no ombro forte dele conforme Kash se afastava me carregando dali.

Eu estava gritando, histérica:

— Hein, Matt? Seu merda! Você ia me deixar lá para descobrir por conta própria? Por quanto tempo? Quanto tempo?

Kash grunhiu, ordenando ao segurança:

— Cuide dele. Quero que ele seja levado de volta para a propriedade. Lidarei com ele amanhã.

Ele me levou para o corredor. O segurança se posicionou à minha frente para que eu não pudesse ver Matt, mas a última imagem que tive dele foi de seu rosto virado para o outro lado. A mulher, quem se importa com ela? Eu não dava a mínima, mas nossos olhares se encontraram por um segundo. A mesma expressão horrorizada ainda estava presente, e tudo o que eu queria era mostrar o dedo médio para a vaca.

Mas não mostrei.

Kash me colocou no chão antes de começarmos a descer as escadas. Minhas pernas tremiam. Ele me pegou no colo novamente. Quando chegamos ao piso inferior, eu me contorci em seus braços.

— Eu posso andar. Estou bem.

Kash me soltou, mas quando fiz menção de subir a escada de novo, ouvi sua risada áspera antes de ele se postar às minhas costas e me conduzir na marra para o lado de fora.

Eu me afastei assim que saímos da casa.

— Ele estava falando sério?!

Kash não me respondeu; apenas manteve a mão firme no meu cotovelo enquanto me guiava até o carro.

— Eu posso andar sozinha. — Puxei o braço com força de seu alcance.

— Mesmo assim. — Ele parou, certificando-se de se manter às minhas costas para que eu não pudesse voltar correndo para a casa.

Por fim, eu desisti e praguejei, entrando no carro com a cara emburrada.

Kash ficou de pé na calçada, o olhar fixo em mim; a cabeça abaixada, as mãos enfiadas nos bolsos. Um segurança parou ao seu lado e os dois trocaram algumas palavras antes de Kash entrar no carro. Nós não conversamos conforme saíamos dali.

Eu nem prestei atenção para onde íamos, tamanha era a raiva que borbulhava dentro de mim.

Foi então que notei os arranha-céus.

— Para onde estamos indo? — Estávamos no centro.

— Para o meu apartamento.

— Por quê?

Ele me lançou um olhar irritado.

— Porque está na hora de você saber de tudo.

TIJAN

— Você conhece Calhoun Bastian?

Havíamos acabado de chegar ao apartamento do Kash e eu estava observando tudo ao redor. Da última vez em que estive aqui... foi bem rápido e intenso. Nem tive tempo de realmente admirar o lugar, e agora eu estava boquiaberta com toda a decoração moderna e masculina. Piso de concreto polido. Sofá de couro escuro – tipo, couro de verdade. Um mural imenso com a foto de um Mustang acima da lareira.

Ele tinha uma lareira.

— Você realmente usa isso? É seguro? — Apontei para a lareira.

Ele se encostou ao balcão da cozinha, com as mãos nos bolsos, a cabeça baixa e os olhos semicerrados. Ele sempre me lançava esse olhar e, caracas, isso causava coisas engraçadas dentro de mim. Meu coraçãozinho dava cambalhotas só de ver.

Seu cabelo estava bagunçado de novo.

— Você ouviu o que eu perguntei?

— Hã? — Voltei ao momento presente e assenti. — Sim. Ele é o sexto homem mais rico do mundo. Como você o conhece?

Ele me encarou. Um olhar longo e severo.

Não havia alegria naqueles olhos, seu lado sombrio vindo à tona novamente. Meu corpo inteiro arrepiou. Meu coração deu outra cambalhota no peito. Eu sabia que o que ele me diria não era nada bom. Isso era tudo o que eu sabia.

Então, ele disse:

— Ele é meu avô.

Abri a boca, chocada.

Eu não podia acred...

Caramba.

Fiquei ainda mais boquiaberta.

— Aquele cara? Mas ele é... — Malvado. Essa era a melhor palavra.

Kash olhou para o chão, as mãos repousando no balcão às suas costas. Os nódulos de seus dedos estavam brancos.

— Ele se relaciona com ditadores, líderes do terceiro mundo. Ele conhece seis grupos de máfias diferentes. Já fez negócios com todos eles. Seus amigos são assassinos, e essa é a *melhor* maneira de nos referir a eles. — Inspirou rapidamente. — Ele também tem duas filhas, uma que está morta e outra que provavelmente também está. Ele tem dois netos: eu e meu primo. E é o maior narcisista que já conheci.

Ergueu a cabeça e eu quase tropecei ao vislumbrar a agonia em seus olhos. Puro tormento e angústia.

— Ele declarou que minha mãe estava morta para ele quando ela se casou com Joseph Colello. Minha família por parte de pai é de classe média, eles são superorgulhosos e tão teimosos quanto meu avô. Quando meu pai apresentou minha mãe a eles, eles viram a tortura pela qual ela havia passado. Eles testemunharam isso, porque era a realidade. Era isso que meu avô fazia com ela. Ele dizia que mataria a irmã dela se ela não deixasse meu pai. Ele mandaria vídeos dela sendo estuprada. Meus parentes viram e ouviram tudo isso, e é só o que posso contar pra você. Havia mais. Coisas bem piores. E, durante todo esse tempo, ele nunca apareceu e a obrigou a voltar para ele. Ele não podia fazer isso porque, em sua mente distorcida, isso não representava *ela* voltando por *ele*. Seu objetivo era acabar com a filha, destruí-la por completo. Essa foi a única chance que minha mãe teve de permanecer onde estava, e foi quando ela me deu à luz.

Senti uma tontura súbita.

— Kash... — murmurei, querendo ir até ele.

Quando fiz menção de me mover, ele inclinou a cabeça para o lado em uma negativa quase brutal.

— Não — rosnou ele. Ele estava começando a respirar com mais dificuldade agora, as narinas infladas.

Eu podia sentir o ódio que ele sentia pelo avô. Estava fluindo em ondas de Kash.

E eu estava agonizando, pois queria ir até ele, confortá-lo, afastar tudo isso, protegê-lo de sua própria família. Eu queria fazer o que ele estava fazendo por mim o tempo todo.

Sua voz soou baixa, áspera:

— Meu avô é o homem mais poderoso que conheço, e ele me quer de

TIJAN

volta ao seu lado. — Seus olhos se fixaram em mim. — É aqui que toda essa feiura se conecta a você. — Uma pausa. Uma inspiração profunda.

Ele fechou os olhos, mas permaneceu completamente imóvel.

— Meu pai conheceu o seu quando Peter Francis era jovem e estava começando a construir seu império. Ele ainda não estava lá; precisava de mais capital e investidores. Meu pai investiu. Por ter entrado no início, Peter renunciou a uma fatia suficiente de forma que o meu pai fosse o acionista majoritário. Até que ele morreu.

— O que aconteceu? — Consegui chegar mais perto, sentindo como se tivesse que romper um vórtice ao redor dele. Kash parecia um animal encurralado. Eu precisava me aproximar com cautela.

Ainda com a voz rouca, ele disse:

— Quando meus pais morreram, essas ações não foram vendidas ou franqueadas. Seu pai as manteve, e ele meio que me representa. Porque eu detenho essas ações.

Eu recuei.

— Você disse acionista majoritário? Isso é...

Meu Deus. Ele possuía mais do que...

Eu engoli em seco.

Um brilho severo surgiu em seus olhos.

— Eu possuo mais do império do seu pai do que ele mesmo — disse, entredentes, e sorriu, embora não de verdade quando se afastou do balcão. — Eu também recebi uma herança da minha mãe que me tornaria o décimo homem mais rico do mundo. Meu avô fodeu tudo. Ele matou a filha errada. Ele matou aquela que era inteligente, que sabia como investir, como usar o dinheiro que herdou dos pais, que tinha o talento dele para ganhar dinheiro. Ela fez tudo isso debaixo do nariz dele. Ele nunca soube, até um tempo atrás.

Uma pausa.

— Os relatórios dizem que meus pais morreram por envenenamento por monóxido de carbono devido a uma falha acidental em uma cabana. Esses relatórios não detalham como o chefe da segurança do meu avô reservou uma passagem de avião para Aspen no dia anterior à chegada dos meus pais. Nem dizem que há imagens das câmeras de trânsito mostrando que ele dirigiu pela estrada até a cabana deles, ou como pegou um voo tardio na mesma noite em que eles morreram. — Seu humor sombrio estava afiado. — Eles morreram de forma pacífica, e não tenho dúvidas de que isso foi a pedido *dele*. Porque ele amava minha mãe mais do que amava minha tia. Era sua fraqueza. Ele podia torturar minha tia por dias e dias, mas em relação a minha mãe? Ele a respeitava. É por isso que ele nunca a forçou a se juntar a ele. Mas deixá-la viver livre de sua influência? Ele não podia fazer isso, não quando descobriu quanto dinheiro ela tinha acumulado, porque ele o queria. Ele ainda o quer.

— Ah, meu Deus. Kash.

Eu precisava tocá-lo. Eu precisava ajudá-lo. Então me postei à sua frente e levantei a mão. Ele a agarrou quase com violência. Eu estava prestes a tocar seu peito quando ele se moveu como uma cobra, agarrando meu pulso e me impedindo. Fiquei hipnotizada, com o braço erguido enquanto nos encarávamos.

Um olhar primordial se acendeu. Profundo. Primitivo.

Eu senti isso em mim, como uma reação a ele. Eu estava queimando viva, consciente. Eu precisava tocá-lo e tentei novamente, me aproximando devagar. Nada. Ele me manteve imobilizada no lugar, sem permitir que eu chegasse perto. No entanto, ele não desviou o olhar em momento algum. Ele não conseguia. Estava me encarando como se estivesse faminto por mim.

— Porque minha mãe estava afastada da família, ela tinha documentos dizendo que em *qualquer* circunstância, eu deveria ficar sob a tutela do seu pai. Eu nunca fui adotado, mas fui criado por eles. Se Peter me adotasse, meu avô não permitiria. Seu ego não permitiria. Seu pai me criou quando não pôde criar você. — Ele inspirou, os olhos fumegando. — Eu sou a razão pela qual você não foi trazida para a família.

— O quê? — Um buraco foi aberto dentro de mim.

— Quando sua mãe contou a Peter sobre você, ele disse a ela que era muito perigoso crescer como filho dele. Sua mãe escolheu criar você sozinha. Sua mãe fez isso. Não o Peter. E foi por minha causa. Ele estava preocupado que meu avô tentasse prejudicá-lo através de seus filhos. Um filho bastardo por um filho bastardo. É assim que ele pensa de mim. Um filho bastardo. Então, você não está sozinha nessa categoria.

Eu achava que ia passar mal ali, naquele momento.

Tentei me afastar, mas ele não me soltou.

— Outras tentativas de sequestro para pedido de resgate já foram feitas por algumas gangues. Isso acontece, às vezes, quando alguém é tão rico quanto seu pai, mas a que chegou mais perto foi com Cyclone. Eu os destruí. A notícia se espalhou sobre minha identidade, de onde eu vinha, de quem estava me escondendo, aprendendo a lutar e a me proteger a vida toda, e aquelas tentativas cessaram. Até você. Eu fiz seu pai apagar tudo na internet sobre mim.

Ele parou por um segundo.

— Nós não sabemos muito, mas sabemos o suficiente. Arcane foi enviado por alguém que conhece meu avô. Não sabemos se foi por uma ordem direta dele ou não. Não fomos capazes de descobrir essa informação, mas tivemos conhecimento de que havia um intermediário, alguém que entrou em contato com as conexões do meu avô e que contratou Arcane e sua equipe. Meu avô culpa seu pai pelo abandono de minha mãe. Seu orgulho não o permite considerar que ela escolheu ficar longe por amar um investidor de classe média baixa, e, sim, um bilionário gênio da tecnologia; é isso o que ele considera válido como adversário.

Ele me puxou para mais perto, a mão se alinhando à minha, abrindo meus dedos e conectado palma com palma.

Eu poderia me afastar, mas não foi isso o que fiz. Ao invés, eu me virei e olhei para ele através de nossos dedos alinhados.

Eu encarava um semblante aflito que me deixou sem chão. Kash olhava para mim como se eu fosse sua boia salva-vidas. Ele abaixou o tom de voz novamente, quase um sussurro:

— Eu não sou um homem bom. Cresci com a ameaça do meu avô pairando sobre mim, como se ele pudesse me levar embora a qualquer segundo... ou me matar. E eu *odiava* essa sensação. — Seu olhar se tornou frio e vazio. — Então eu me tornei alguém pior. Você me perguntou por que algumas pessoas me conhecem, mesmo que não haja fotos minhas espalhadas nos sites de fofocas. É por causa do seu pai. Qualquer imagem minha que aparece é retirada do ar em questão de segundos. Ele desenvolveu um programa específico para isso. Eu não poderia lutar contra meu avô se todos soubessem quem eu era. Meu mundo é em meio às sombras. Seu mundo, o mundo da sua família, está debaixo dos holofotes.

Nossos dedos se entrelaçaram.

Kash olhava para nossas mãos unidas ao invés de mim.

— Eu não estava lá quando tentaram te levar, mas estou aqui agora. E não vou embora. Não vou deixá-los te pegar.

Senti um último puxão para me aproximar.

Sua mão se afastou da minha e deslizou até minha garganta, os dedos rodeando o pescoço e acariciando minha nuca. Senti quando eles se entremearam nos fios, quando puxou de leve e recostou a testa à minha – seu lugar favorito. Nossos olhares se conectaram, muito perto, a ponto de eu me ver no reflexo de suas íris.

Ele suspirou.

— Tenho sacaneado com ele, enganando-o para que pensasse que eu estava voltando para a família. Mas minha intenção era apenas protelar. Sou adulto. Ele me quer sob seu comando, e estou ficando cada vez mais sem tempo. Eu deveria ter assumido o lugar do meu pai como acionista, e tomarei posse da minha herança em três meses. Quando tudo isso acontecer, não haverá mais como me esconder. O mundo saberá tudo sobre mim, e será o fim do jogo. Ele saberá que não vou me juntar a ele, então enviará alguém para me matar. É só uma questão de tempo.

— Kash — sussurrei. Era por minha causa, mas eu não podia consertar nada disso. Era um fardo pesado demais. Isso estava além das minhas capacidades. — O que eu posso fazer?

— Fique comigo.

Ele acrescentou:

— Nem que seja somente por essa noite.

Era um sussurro tão repleto de anseio que senti uma dor apunhalando meu peito. Como se fosse eu a pessoa morrendo naquele momento, reagi sem pensar duas vezes. Fiquei na ponta dos pés e colei meus lábios aos dele em um beijo cálido.

Essa noite. Só uma noite?

Eu não poderia fazer isso. Eu precisaria de mais. Eu já precisava de mais.

Sua boca tocando a minha enviou formigamentos por todo o meu corpo, me aquecendo. Eu me entreguei, me perdi nele, só nele, e ele grunhiu, aumentando o agarre sobre mim. Kash me levantou e me colocou sentada sobre a bancada, abrindo minhas pernas para se encaixar ali. Seus lábios não se afastaram dos meus em momento algum. O beijo se tornou mais exigente, mais possessivo, e eu estava me derretendo nele. Estava me agarrando a qualquer coisa, e a inclinação da minha cabeça aprofundou ainda mais a carícia; sua língua deslizando e duelando contra a minha.

Eu gemi, e ele capturou o som, respondendo com um grunhido profundo. Suas mãos deslizaram pelas minhas costas, enviando sensações ardentes a cada centímetro, até espalmarem minha bunda. Ele me agarrou com vontade e eu o senti. Ele estava duro, sua ereção pressionando contra minha virilha, e nós dois fizemos uma pausa para apreciar o contato.

Ambos gememos.

— Bailey — ele rosnou. — Porra. Você é tão gostosa.

Todas aquelas noites em que ele se enfiava na minha cama, me provava, me tocava, me beijava, me lambia. Ele me fazia gozar, seus dedos deslizando para dentro de mim, às vezes, sua língua, e eu ofegava, então explodia, e de manhã... ele já tinha ido embora. Ele nunca me deixou retribuir. Ele estava esperando, e eu estava meio preocupada que ele não me deixaria fazer isso desta vez, que não se permitiria, mas quando ele começou a se esfregar contra mim, ficou nítido o que queria.

Eu estava ardendo por isso. Minha pele estava formigando, o corpo inteiro arrepiado. Meu sangue estava fervendo, lavando meu corpo e me aquecendo a um nível de calor vertiginoso.

— Agora. — Pressionei meus quadris contra os dele, me afastando para escorregar da bancada.

Kash me segurou, as mãos agarrando meus quadris com força, e seu corpo impulsionou contra o meu. Eu estava com tesão, desesperada, e um som gutural escapou de sua garganta conforme ele beijava meu pescoço com voracidade. Beijando. Lambendo. Mordendo.

Ele conhecia cada centímetro meu, havia chegado a explorar por horas. Ele sabia como minha pulsação reagia quando ele lambia a pele sobre a carótida. Como meu corpo estremecia quando ele fazia uma pausa sobre meus seios. Mas hoje à noite... Hoje à noite, ele não estava se controlando como nas outras vezes. Hoje à noite, ele estava faminto e tão selvagem quanto eu. Seus beijos eram mais ásperos, mais primitivos. Mais ensandecidos. Seus lábios abocanharam um mamilo enquanto eu continuava a sarrar contra ele. Ele estocava de volta, com força, seu corpo inclinado sobre o meu na bancada.

— Puta merda — arfou. — Você é linda pra caralho.

Isso era... indescritível. Ele estava me consumindo, e o que estávamos prestes a fazer significava alguma coisa. Havia palavras que eu queria dizer, mas não sabia se ousaria ir tão longe. Eu não sabia se podia. Não tínhamos definido nada. Mas então ele gemeu, seus olhos agora quase pretos, e tomou minha boca em um beijo mais suave, porém o mais avassalador que já senti na vida.

Eu me abri para ele. Não havia resistência em mim, apenas fome. Apenas necessidade.

Então, sussurrei contra seus lábios:

— Eu quero você.

Outro gemido, e ele se inclinou sobre mim, o joelho se acomodando entre minhas pernas. Sua mão desceu pelas minhas costas, movendo-se para baixo até chegar ao meu quadril, e ele me levantou no colo, me carregando até a cama.

Ele se arrastou sobre mim, pairando acima, então se abaixou um pouquinho e tomou minha boca novamente. Eu retribuí de igual maneira.

Um beijo... dois... três. Continuamos nos beijando, provando um ao outro.

Kash se afastou, se livrou da calça e da boxer e, em seguida, se aproximou.

Arregalei os olhos diante do tamanho de seu membro, mas eu já imaginava que seria assim, pois já o havia sentido pressionado contra mim em tantas outras noites.

Ele reparou no meu olhar apreensivo e um sorriso curvou seus lábios.

— Não se preocupe. Vou fazer com que você goste. Eu prometo.

— Não é com isso que estou preocupada.

Eu nunca desejei outra pessoa. Ele me arruinaria para qualquer outra coisa, mas ele não perguntou, e pegou um preservativo. Depois de se revestir, seus olhos cintilaram com malícia.

— Na próxima vez, você coloca. Isso será um tipo diferente e divertido de preliminares.

Gemi novamente. Aquele homem ia me matar.

Então, lá estava ele de novo, os dedos ágeis se livrando da minha calça. Ele a puxou, tirando a calcinha em seguida, até que fiquei ali exposta ao seu bel-prazer. Kash parou por um segundo, me admirando de cima a baixo, até que abriu minhas pernas e se abaixou para depositar um beijo lá, antes de se posicionar sobre mim. Eu o senti cutucando minha abertura, e ele parou e focou o olhar em mim.

— Pronta?

— Minha nossa, siiim...

Na palavra "nossa", ele me penetrou, e eu arfei, arqueando as costas no colchão, pressionando meus seios contra seu peito. Eu estava... preenchida. Ele fez uma pausa antes de se mover ainda mais dentro de mim.

Eu vi estrelas.

Eu *senti* estrelas.

Ele começou a se mover e eu não conseguia mais me segurar. As sensações. A luxúria. Ele se movia devagar, me levando ao fundo, me puxando, me empurrando, me possuindo, e eu estava me segurando a ponto de perder o controle por completo. Kash acelerou o ritmo, e eu o acompanhei com o movimento frenético dos meus quadris. Arranhei as costas largas e ele ofegou contra o meu pescoço.

Ele fez uma pausa, ofegante:

— Devagar ou forte? Você escolhe.

Seus quadris pressionaram os meus. Ele se moveu, me sarrando gostoso, rebolando em todas as direções, e eu mal conseguia respirar.

— Escolha — disse ele, suavemente, inclinando-se para dar um beijo demorado na minha garganta. — Ou eu escolherei.

Eu não conseguia escolher. Balancei a cabeça, só precisando dele.

— Os dois jeitos.

— Ah, vou te pegar dos dois jeitos, mas quero que escolha essa primeira vez.

Eu senti a tensão aumentando, o orgasmo se avolumando por dentro, então gritei:

— Com força! Com força, por favor.

Ele grunhiu e acomodou a mão no meu quadril. Em seguida, se afastou até que somente a ponta estivesse dentro, e então arremeteu com força. Com as mãos espalmando minha bunda, ele ergueu minha pelve e impulsionou com vontade, rápido, até que vi estrelas novamente.

— Kash!

Seu ritmo não cessava, não diminuía. Até que ele me segurou no lugar e seu corpo arqueou contra o meu. Ele se moveu para dentro e para fora, deslizando em um movimento ininterrupto. Outra onda de frenesi se formava sob os espasmos do clímax anterior. Ele estava entrelaçando ambos, juntando-os. Kash pausou novamente, me agarrou, e me levantou. O movimento era tão intenso que nós estávamos quase na cabeceira da cama. Com os joelhos apoiados no colchão, ele me imprensava conforme continuava a arremeter contra mim.

Eu podia sentir o orgasmo viajar pela minha coluna vertebral.

Ele estava tomando, me ajudando, me possuindo, e quando se inclinou e me beijou, outro clímax avassalador me rasgou. Gritei contra os seus lábios que me reivindicavam, e, um segundo depois, ele gozou com vontade.

Kash continuou me abraçando até que ambos paramos de tremer, e pouco depois, ele deslizou para fora com gentileza. Ele saiu da cama, descartou a camisinha, mas voltou em segundos, me puxando contra o seu corpo.

— Kash? — Olhei para cima, com a cabeça apoiada em seu ombro. — Eu não quero apenas uma noite.

Seus olhos escureceram de luxúria – e por outra emoção.

— Então não será apenas uma noite.

Ele se inclinou, seus lábios encontrando os meus, e não demorou muito até que se movesse e me posicionasse acima, e, desta vez, eu o cavalguei sem piedade.

Fui descalça até a cozinha.

Nós acordamos duas vezes durante a noite. Na primeira vez, Kash me procurou e na segunda, eu o puxei para mim. Ainda rolou uma terceira rodada esta manhã, no chuveiro, e eu estava completamente satisfeita. Completamente saciada. E quase não conseguia andar direito.

Eu estava dolorida, mas valeu a pena. Valeu a pena demais.

Lancei uma olhadela para o relógio na parede e vi que já passava um pouco das onze.

Kash estava no fogão, sem camisa, e precisei parar para admirá-lo. Ninguém me culparia por isso. Ele estava de pé, meio virado de lado, e se espreguiçando enquanto lia alguma coisa no celular. Seus músculos dos ombros estavam contraídos. Sua coluna se achatava enquanto a musculatura das costas... Nossa... isso era algum tipo de obsessão? Minha boca secou só de olhar para ele. A calça de moletom pendendo nos quadris. Aqueles quadris que se moveram contra os meus, para dentro e para fora, para dentro e para fora, girando, indo mais fundo.

Seus olhos me flagraram ali.

Senti meu rosto corado por conta disso e abaixei a cabeça.

Kash sorriu e largou o celular no balcão.

— Como você está se sentindo?

— Bem.

Ele me observou enquanto eu me movimentava pela cozinha até chegar à cafeteira.

— Você não está dolorida? — sondou.

Eu me virei e olhei para ele, me sentindo um pouco mal em admitir.

Seu sorriso se tornou ainda maior, com uma pitada de malícia.

— Você pode estar dolorida. Imaginei que ficaria. Eu deveria pedir desculpas, mas estaria mentindo. Não sinto muito, de jeito nenhum. A noite passada foi incrível.

Eu peguei o bule da cafeteira.

— Esta manhã também.

Seus olhos escureceram, passeando pelo meu rosto, demorando nos meus lábios, percorrendo todo o caminho até que pude sentir o olhar fixo na minha bunda. Eu estava vestindo a camisa dele, com nada por baixo, e a visão o deixou feliz. A luxúria começou a se avolumar.

Eu me servi com um pouco de café, me virei e recostei ao balcão, e assoprei o líquido fumegante por um segundo. Então, concordei com um aceno de cabeça.

— Você está certo. Estou dolorida. Vou precisar de pelo menos uma hora para me recuperar.

Ele riu, virando-se para os ovos na frigideira sobre o fogão.

— Você gosta deles duros?

Eu estava tomando um gole e acabei cuspindo tudo diante da pergunta.

— Muito engraçado. — Lancei uma olhada maldosa em sua direção.

Ele continuou rindo, mas ficou sério pouco depois ao apontar para o celular.

— Temos que ir à propriedade hoje. Eu tenho que lidar com o Matt mais tarde.

— Pode ser, tipo… beeeeem mais tarde?

Ele me analisou por um segundo.

— Você precisa de um tempo?

— Deles. — Gesticulei com o queixo para o telefone. — De Matt. Sim. Com certeza. — Lançando uma olhada ao redor, perguntei: — Podemos ter um dia de folga? Isso é possível?

— Você quer ficar aqui o dia todo?

Eu meio que brinquei:

— Podemos ficar aqui para sempre?

Seus olhos escureceram novamente, pousando diretamente sobre os meus lábios.

— Podemos ficar aqui, sim. — Ele atravessou a cozinha, se abaixou para depositar um beijo leve na minha boca e murmurou: — Eu estava pensando que você gostaria de checar sua mãe hoje também.

Eu me afastei.

— Eu posso fazer isso? Podemos fazer isso?

Ele acenou para o laptop às minhas costas.

— Você pode usá-lo para verificar como ela está, se quiser. Sua mãe instalou um sistema de segurança. Deduzo que você seja capaz de encontrar uma maneira de vê-la... Tem o programa do seu pai para apagar seu rastro, embora os caras maus já saibam que você está comigo.

Caras maus. Certo. Seu avô.

Reprimi um arrepio conforme pegava o laptop dele e levava para o sofá. Coloquei minha caneca de café na mesinha, cruzei as pernas e acomodei uma almofada entre elas antes de posicionar o computador no meu colo.

Agora, *isto*, sim, era o paraíso.

Kash sem camisa. Café. Eu vestindo a camisa dele. Uma noite de sexo intenso e gostoso. E um computador.

Eu quase ronronava.

Abri o tampo e notei que já estava pronto para mim, e não demorou muito até que a encontrei, invadindo seu sistema. Fiquei surpresa com as câmeras de segurança; estavam por toda parte, exceto – comecei a rir –, exceto no banheiro dela. Claro. Seu tempo no banheiro era precioso. Dei um zoom ao redor e a encontrei na sala de estar, encolhida no sofá, com uma manta a cobrindo. Ela estava deitada. A tela da televisão no canal quatro, com as notícias do fim da manhã.

Então notei a tigela de pipoca cheinha de lenços de papel – também espalhados no chão. Reparei quando ela se sentou, e como secou o rosto com o braço. A forma como ela se levantou como se fosse uma velhinha de 80 anos, e não uma mulher saudável de 45. Sua pele estava pálida, quase esquelética. Seus olhos, fundos, assim como as maçãs do rosto. Ela tentou se abaixar para recolher alguns dos lenços de papel e se desequilibrou, as mãos tremendo.

Meu corpo inteiro esfriou diante do pânico. Ela não estava nada bem.

Eu me virei para Kash.

— Você sabia disso?

Ele franziu o cenho.

— Hã?

— Pensei que tinha uma equipe de segurança vigiando minha mãe. Eles não viram isso? E não relataram nada? — Apontei para o computador.

Eu estava com raiva. Estava furiosa.

— Kash! — gritei, quando ele demorou para responder, desligando o fogão e vindo pela parte de trás do sofá. Sua testa franziu ao ver o que eu via, e ele não respondeu. — Kash.

Ele me ignorou, pegando o telefone.

Indo para o quarto, eu o ouvi conversando.

— Quem está vigiando Chrissy Hayes agora?

Então ele fechou a porta e só pude ouvir o som abafado da discussão do outro lado. Eu não conseguia distinguir as palavras, mas não demorou muito para ele silenciar e voltar à sala.

Ele parou no batente, olhando fixamente para mim, segurando o telefone como se fosse uma barreira entre nós.

— Eu sinto muito.

Eu me levantei, largando o laptop dele no sofá. O tecido de sua camisa fez cócegas na parte superior das minhas coxas.

— O que eles disseram?

— Ela não está comendo. Ficou arrasada quando acordou no hotel. Ninguém relatou isso para mim, e eu estava distraído. — Seu olhar se desviou, os lábios franziram. Ele estava constrangido.

Uma onda de vergonha me inundou.

Eu também andava distraída. Isso não era só culpa dele.

Minhas pernas estavam meio dormentes, então me sentei e segurei a cabeça entre as mãos.

— Eu deveria ter perguntado. Eu deveria ter te perturbado para saber notícias. Eu... estava... — Eu estava focada na possibilidade de ter um pai, irmãos pela primeira vez. Uma nova família.

Um soluço escapou, e segundos depois Kash estava ali. Ele me levantou e me colocou em seu colo. Seus braços fortes me envolveram, o queixo apoiado no topo da minha cabeça.

— Me desculpa. Sinto muito mesmo. Vou consertar isso. Eu prometo — ele sussurrou.

— Kash. — Ele não conseguiria garantir isso, a menos que contasse a ela onde eu estava. — Eu pensei que ela soubesse que eu estava bem...

— Ela deveria ter sido informada. Vou descobrir o que aconteceu. Eu prometo. — Ele afastou alguns fios do meu cabelo da testa, me beijando ali, depois na bochecha, finalmente nos lábios. — Sinto muito. — Recostou o rosto na lateral da minha cabeça.

Depois de um momento em silêncio, ele me cutucou de levinho:

— Fale-me sobre sua mãe.

Eu me sentei direito, olhando para ele com atenção.

— Você provavelmente sabe de tudo.

Ele sorriu.

— Mas não de você. Eu quero saber de você.

Era esquisito falar sobre isso. Enquanto eu crescia, poucas pessoas me perguntavam sobre o que eu estava pensando a respeito de algo ou alguém. Perguntavam onde Chrissy estava; perguntavam sobre a escola que eu frequentaria; que bolsas de estudo eu estava tentando conseguir; perguntavam quem eram meus amigos, que nota eu havia tirado. As pessoas perguntavam coisas para me rotular de uma forma que os outros entendessem, mas perguntas como essas não eram nem um pouco normais, e me deixavam envergonhada. Experimentei um erro besta por culpa de bebida alcóolica na faculdade, um beijo desengonçado quando eu estava solitária uma noite, mas isso foi tudo, ainda mais quando se referia a outros caras. Eu não tive amigos de infância. Meus primos eram os extrovertidos, populares... frequentavam as festas. Eu era a nerd, tipo, "crânio".

Talvez tenha sido um dos motivos pelo qual me apeguei tanto aos computadores. Eu entendia aquele mundo. Já o mundo exterior, não tanto. Este mundo. De repente, eu estava me sentindo sem palavras. Kash reparou nisso, arqueando as sobrancelhas.

— O que houve?

— Com tudo o que aconteceu, eu acabei de perceber que você é o meu primeiro cara-*cara*. — E se não estivéssemos na mesma página? Fiquei tímida na mesma hora.

— Ei. — Eu tinha abaixado o rosto, para desviar o olhar. Kash colocou os dedos abaixo do meu queixo. — Você disse que não era apenas por uma noite. No meu entendimento, isso me faz o seu *cara*. Entendeu?

— Entendi — sussurrei, e eu sabia que ele podia sentir o calor irradiando do meu corpo. Seu polegar se espalhou pela minha bochecha.

— Me conte sobre sua mãe. Quero entendê-la através de você.

Então eu contei. Disse a ele que ela era uma geminiana, e que levava isso a sério. Ela tinha o lado "mãe" que era rigoroso e orgulhoso. Não aceitava ajuda de ninguém da família. Ela tinha aprendido essa lição em algum momento. Eu tinha que ir da escola para casa, sempre. Ela não gostava de não saber onde eu estava, mesmo que estivesse trabalhando no segundo turno. Minha mãe ligava para o telefone fixo, toda tarde, às quatro horas, só para ter certeza de que eu estava em casa, e sempre ligava em seus intervalos no trabalho, para garantir que eu não tinha escapulido ou tinha sido sequestrada... E só agora eu estava me dando conta do significado disso.

— Ai, meu Deus.

— O que foi?

— Ela sabia. Você está certo. Ela sabia o tempo todo. E estava preocupada que eu acabasse sendo sequestrada em algum momento. — Meu peito apertou. — Pensei que era apenas algo com o que toda mãe se preocupava, sabe... o lance de ser mãe e tal.

— Isso *é* algo com que toda mãe se preocupa. — Ele estava me observando atentamente. — Só que, para ela, tinha um significado além.

— Sim.

— Me fale sobre o outro lado dela.

Ele estava me instigando a continuar, ainda gentilmente. Ele não queria que eu ficasse ali sentada, remoendo uma culpa crescente. Eu estava aqui. Ela estava lá. E estava magoada, e por culpa minha. Mas depois que ele disse meu nome novamente, revelei o outro lado dela.

— Mães solteiras, mães jovens, às vezes, não querem crescer. Ela também era assim. Quero dizer, ela era. Ela era adulta. Mas em outros aspectos, não. Eu era a que não queria festejar na véspera de Ano-Novo, e ela queria. Eu não gostava de sair para pedir doces no Halloween. Ela gostava. Ela é tudo o que eu não sou, na boa. Às vezes, ela se distrai com coisas sociais, coisas do dia a dia. Dinheiro, criação dos filhos, trabalho, nisso ela é ótima. Em todo o resto? Não. Mas ela é divertida. — Eu estava sorrindo sem nem perceber. — Ela ficou um pouco bêbada uma noite, no evento dos Veteranos de guerra, e ficou brincando comigo de "esconde-esconde" do lado de fora. Eu achei muito engraçado.

Suspirei.

— Ela gosta de aventuras. Você sabe aquela história no noticiário, da mulher que bebia vinho de um recipiente de batata frita naquela loja de descontos, andando pra cima e pra baixo no carrinho de supermercado? Isso é algo que ela faria. Ela não era imprudente. Nisso ela era esperta. Mas, sim, ela gostava de fazer coisas bobas do tipo. Como ser puxada em um trenó atrás de um cortador de grama porque não podíamos pagar nenhum outro jeito de fazer passeios assim. Ou construir fortes na sala de estar e dormir lá por algumas noites. Histórias de fantasmas. Assustar seus amigos quando eles iam acampar. Coisas assim.

Eu estava sentindo falta da minha mãe. Estava com muita saudade dela.

E depois de terminar de falar, quando as lágrimas escorreram pelo meu rosto – lágrimas do tipo bom, de saudade –, Kash me pegou no colo e me levou para a cama.

Nós ficamos lá pelo resto da tarde.

Eu podia sentir a batida do baixo da música sob os pés.

Assim que entramos naquela boate, a mesma em que Matt me levou há tanto tempo, o gelo seco do ambiente se infiltrou nas minhas narinas. A diferença daquela noite para essa era que eu estava entrando com Kash. De mãos dadas, com ele me guiando pelo lugar. Nós entramos pela porta dos fundos, e fomos recebidos pela mesma funcionária que nos ajudou da última vez.

Ela assentiu, um sorriso leve no rosto.

— Bem-vindo, Sr. Colello. Senhora.

Ela ainda não sabia o meu nome, e isso era em parte meu trabalho, em parte do meu pai. Seu programa ainda estava em funcionamento, e toda fotografia de Kash que aparecia na internet desaparecia em questão de minutos. Até mesmo as notícias da imprensa se referiam a Kash, mas não a mim. Havia fotos minhas, mas sem um nome atrelado. Aparentemente, eles não sabiam quem eu era, e eu me perguntava por quanto tempo isso duraria.

Saber exatamente quem Kash era me dizia quão grande era a proeza de manter sua identidade um mistério. Ele explicou que era em parte porque seu avô nunca anunciara publicamente seu parentesco, e Kash nunca tinha assumido as ações de seu pai. Assim que fizesse isso, sua privacidade acabaria. Ele seria colocado em destaque. Eu entendia por que ele se mantinha nos bastidores o máximo possível, mas com sua associação à família do meu pai, eu também tinha que me perguntar quão realista isso seria. Era apenas uma questão de tempo antes de alguém conseguir uma foto que não pudesse ser apagada, não importava a magia poderosa do programa do meu pai.

Então, o fato de a funcionária não saber meu nome era, em parte, porque aqueles que conseguiram registrar uma foto minha não sabiam realmente quem eu era. Somente uma pessoa conseguiu descobrir, mas eu a *hackeei* e deletei tudo o que ela tinha sobre mim, Kash e Matt. E havia um arquivo inteiro sobre Matt.

Camille Story ainda estava a fim de Matt, a julgar pela quantidade de informações que ela armazenava sobre ele.

Eu não contei ao Kash que havia feito isso – ou a qualquer um. Não tinha certeza se deveria, mas, olhando ao redor, e percebendo a atenção que estávamos atraindo, decidi que deveria. Em algum momento, tudo se voltava contra você. Eu acreditava nisso. Então, sim, eu tinha que contar a ele.

Ele nos conduzia para a mesma seção VIP dos fundos – em que eu havia sentado com Matt antes –, e como naquela noite, meu irmão se encontrava na mesma cabine. Embora não tivesse nenhuma garota sentada em seu colo, ele estava ao fundo, com os braços abertos e descansando sobre o encosto, com duas meninas o ladeando. Uma brincava com os botões de sua camisa; o braço da outra estava abaixo da mesa... brincando com outra coisa.

O olhar de Matt estava fixo em nós e não parecia nem um pouco feliz. Seu lábio superior chegou a se curvar em uma careta. Não. Então, não estava feliz.

Eu desacelerei meus passos, mas Kash firmou o aperto em minha mão e me instigou a seguir em frente. Julgando pela mandíbula cerrada em seu rosto, ele também não estava feliz.

Àquela altura do campeonato, eu estava começando a reconhecer alguns dos amigos de Matt. Chester estava lá, acariciando o pescoço de uma garota com a ponta do nariz. Mas eu não conhecia o outro cara que conversava com Matt. Esse também tinha uma paquera afoita brincando com sua camisa, e o desconhecido se virou ao nos ver entrar. Havia uma leve curiosidade nele. Raiva por Matt. E medo misturado com cautela no rosto de Chester quando ele percebeu que algo estava acontecendo e levantou a cabeça do pescoço da garota.

As quatro garotas não olharam para nós. Elas nem pareciam saber que outras pessoas estavam ali. Apenas continuavam fazendo o que estavam fazendo: flertando, provocando e acariciando, a julgar pela mão da menina que nem se prontificou a se mover para longe dali.

Assim que nos aproximamos o suficiente, Matt disse, com ironia:

— Ora, ora... Olha só quem finalmente decidiu conversar comigo. — Seu olhar tinha um brilho cruel. — Você geralmente fica na minha cola, Kash. Você está perdendo o jeito. Já faz dois dias desde que você me deu uma surra.

Os hematomas ainda eram nítidos, mesmo que estivessem mais desbotados.

Fiz uma careta na mesma hora quando notei.

Chester e o outro cara estavam adorando a interação. Ambos pareciam ansiosos e se inclinaram para frente, apoiando os braços na mesa.

Matt não se moveu. Nem um centímetro.

Seus olhos agora estavam focados em mim. O brilho feio estava lá, mas quando encontrei seu olhar e ergui o queixo, ele desapareceu. Um lampejo de arrependimento cintilou rapidamente, mas logo foi embora. E, com ele, parte da rebeldia também diminuiu. Com um suspiro longo, ele se reclinou adiante, na mesa, adotando a mesma postura dos amigos.

— E você… eu realmente sinto muito. — Ele fez uma careta. — De novo. E de novo. E de novo. — Todo o espírito combativo se foi. Seus ombros se curvaram de leve. Ele resmungou um palavrão e depois apontou para as meninas. — Vão embora. Agora.

Elas não se moveram rápido o suficiente, então ele rosnou:

— Deem o fora, caralho!

Chester franziu o cenho.

— Que porra é essa? — Mas ele saiu da cabine para deixar as meninas passarem.

Uma delas olhou para o terceiro cara, que assentiu e gesticulou em direção ao bar. Ela se levantou e ganhou uma palmada na bunda, seguido de um agarro.

— Eu vou te encontrar. Não vá muito longe.

A menina lançou um olhar malicioso e um sorriso sedutor para o cara.

— Pode deixar.

Assim que foram embora, Kash levantou uma sobrancelha. Ele estava olhando furiosamente para Matt.

Matt suspirou, revirando os olhos.

— Vocês também, babacas.

— O quê?

— Caras — Matt os dispensou —, isso é coisa de família.

Ambos se levantaram, encarando o amigo.

O olhar do rapaz desconhecido foi menos intenso, e ele saiu atrás de sua garota. Chester ficou em pé, invadindo o espaço de Kash, mas bastou uma inclinada de cabeça do Kash para o moleque sumir dali.

O canto da boca de Matt contraiu.

— Os caras são todos uns covardes. Todos têm medinho de você.

Acenou para Kash, que recuou, fez um sinal para eu me sentar no lugar do terceiro amigo e se acomodou atrás de mim. Naquela posição, ele poderia ficar de olho no clube. Uma pessoa passando por ali poderia pensar que ele estava apenas focado em conversar conosco, não em observá-los. A manobra era tão inata e suave que eu nem tinha certeza se ele estava ciente disso.

Então o silêncio imperou.

O olhar de Matt intercalava entre nós dois, seu cenho levemente franzido.

— Devo agir como o irmão protetor…

— Cala a boca. — Mas não havia ódio nas palavras de Kash, e isso fez com que o sorriso de Matt aumentasse. — O que você estava pensando? Transar com Amanda Bonham? Ela é casada.

Matt deu de ombros.

— Mas não age como casada na cama.

— Ela estar transando com você não muda o fato de quem é o marido dela. Ele pode infernizar a vida do seu pai.

Matt gargalhou.

— Ah, tá. Papai pode passar por cima dele em dois segundos. *Você* sabe disso. Você pode passar por cima dele em menos tempo. — Ele olhou para mim, acenando na minha direção. — Bailey provavelmente pode derrubá-lo em uma tarde atrás do teclado. Ele é uma fuinha. Não é *nada* para mim.

Kash apenas contraiu os lábios.

Matt avançou, agora animado.

— Ele está com a corda no pescoço. Está devendo uma grana sinistra aos bancos, e sua nova empresa está falindo. Além disso, sua esposa tem traído ele por anos, e não apenas comigo. Quando ele descobrir, acabará ficando sabendo dos outros. Eu serei o menor de seus problemas. Eu sei que seus dois parceiros de negócios se meteram nessa, muito antes de mim. Rola um boato de uma tal festa de Natal, se é que me entende.

Kash não estava achando graça. Seu olhar era severo.

— Isso só significa que ele está desesperado. Ele pode descontar no último, o moleque mimado e filho do guru da tecnologia. Um cara tão desesperado não vai ficar sentado, pensando de forma racional sobre quem mais cercava sua esposa. Você entendeu?

Eles estavam em um impasse.

Matt rosnou, recostando de volta no sofá.

— Tá. Tanto faz. Não vou mais atender quando ela ligar.

Kash ignorou isso, tirando um telefone e deslizando-o sobre a mesa.

— Agora.

— O quê? — Ele olhava do telefone para Kash, com os olhos arregalados. — De jeito nenhum.

— Agora, Matt.

— Kash…

— Puta que pariu. Agora! Não estou brincando, porra. Tem muita coisa em jogo. Um escândalo assim pode ter repercussões. — Ele apontou para mim, voltando a olhar para Matt. — Você sabe muito bem quem mais pode sair prejudicado. Acabe com isso. Agora.

Matt grunhiu, até que Kash se referiu a mim. Então, o resmungo suavizou de leve, e ele fechou os olhos, arrependido. Esfregando o rosto, ele balançou a cabeça.

— Que bagunça do caralho. Certo. — Pegou o telefone e digitou uma mensagem de texto. Segundos depois, jogou o celular na direção de Kash. — Pronto. — Voltou a encará-lo com raiva. — Satisfeito?

Kash pegou o telefone, abriu o histórico e depois abriu um número diferente, entregando o telefone de volta.

— Agora, envie a mensagem de verdade para o telefone que ela usa e não para um número falso.

Matt congelou.

Até eu fiquei surpresa.

— Você… — Matt pegou o telefone, viu o novo número e ficou pálido na mesma hora. — Como você conseguiu isso…

— Você esqueceu quem é seu pai? — Kash avançou. Ele estava perto o suficiente para ser ouvido, mas abaixou o tom de voz. Havia uma promessa de violência em suas palavras, contida por uma linha velada de contenção. Era óbvio que para ele já tinha dado. Só que Matt parecia desafiá-lo ainda, até que Kash afirmou: — Eu só tive que dar a ele um nome, isso foi tudo. Ele puxou todo o resto. Mensagens de texto. Directs. Mensagens privadas. E-mails de três contas falsas. Nós temos tudo. Então acabe com isso.

— *Você recorreu ao meu pai?* — Matt estava lívido.

— Não. Eu dei a ele um nome. Isso foi tudo. E antes de você me acusar de ser um dedo-duro, eu tive que lhe dar o nome porque Bonham é uma ameaça para seu pai, sua irmã e para você agora. Foi por motivos de segurança. Não dar o nome seria imprudente e estúpido. Ao contrário do seu pênis, eu não sou um idiota.

— Caralho, Kash. Às vezes, eu realmente te odeio.

— O sentimento é mais do que mútuo agora, mas você vai me amar no segundo seguinte quando precisar da minha ajuda. Você sabe disso. Eu sei disso. Todo mundo sabe disso, porra.

Eu tinha observado a troca acalorada, mas com a menção de Kash sobre os motivos de segurança, esperei um momento. Era agora.

Eu me intrometi, levantando uma mão.

— Camille Story.

Ambos olharam para mim, e se calaram.

Eu esperei.

Eles não disseram nada até que Kash soltou:

— Explique.

Senti o rosto pegando fogo quando me lembrei da outra vez em que ele deu essa mesma ordem. Mas, seguindo em frente, contei o que tinha feito. Inclusive a invasão ao sistema e a procura por todos os arquivos de Matt.

— Eu deletei tudo para que ela não percebesse que tinha sumido até que fosse atrás dessas informações.

Eles ficaram em silêncio por um momento depois que acabei de contar.

Comecei a tamborilar os dedos na mesa.

O que fiz foi o correto? Quero dizer, talvez não se pensássemos em ética e tal, mas ela teria nos prejudicado. Isso poderia afetar Kash. Matt. De certa forma, eu estava retribuindo todo o favor que eles faziam por mim. E não foi diferente do que já fiz no passado. Eu estava protegendo as pessoas que eu amava. Nesse sentido, eu não tinha feito nada de errado. O carma estava do meu lado.

Eu ainda encarava Kash, que não tinha desviado o olhar.

O que havia de errado?

Então ele disse, devagar:

— Ela sabia o seu nome?

Eu concordei, tão lentamente quanto ele.

— Sim.

— E quantas informações ela tinha sobre Matt?

— Muitas. — Revendo em minha mente, acrescentei: — Ela sabia sobre a Sra. Bonham.

Matt se sobressaltou ao ouvir isso, recuando como se tivesse levado um tapa. Ele rosnou:

— Que porra é essa?

Kash entrecerrou o olhar, ainda focado em mim.

— Me diga tudo o que ela tinha sobre nós.

Ele esperou e ouviu atentamente enquanto eu repassava tudo. Demorou um pouco, tempo suficiente para que uma garçonete chegasse oferecendo bebidas. Matt a dispensou com um aceno de mão, Kash apenas a ignorou. Quando terminei, os semblantes dos dois estavam diferentes de quando comecei o relato. Inquietação. Um pouco de pânico por parte de Matt e uma vibe mais sombria pela raiva que Kash emanava, como se ele tivesse intenção de fazer algo bem ruim. Eu percebi essa inquietação, mas era sobre Camille Story. Eu tinha gostado de ler o blog dela de fofocas, até descobrir mais sobre seus encontros com Matt e depois descobrir quão extensa sua pesquisa sobre ele tinha sido.

— Ela tinha uma foto sua — eu disse a Kash.

— Minha?

Assenti com um aceno de cabeça.

— Não sei por que não foi apagada… — Reavaliando a situação, notei que havia algo errado. Então me dei conta. — Ela alterou a imagem. Passou por um programa e a transformou em um esboço. Não era propriamente uma foto, mas era você retratado na imagem. O programa dele não teria sinalizado isso.

Merda. Isso foi inteligente e exigiu planejamento.

Eu adicionei:

— Ela sabe sobre o programa que apaga qualquer foto sua.

O que significava que poderia haver mais coisas offline. Isso não era bom.

— Merda — disse eu.

— Bosta. — Foi a vez de Matt.

Quanto a Kash, ele não disse nada. A mandíbula dele apenas se contraiu, e tive a certeza de que esta noite não ficaríamos juntos. Ele iria para outro lugar.

Eu sabia que era apenas questão de tempo até Kash escapulir. Eu não sabia se ele me levaria com ele, se me levaria para a propriedade, para casa ou para outro lugar. Ou se ele mandaria a equipe de segurança me levar, ao invés dele mesmo. Eu só sabia duas coisas: ele estava indo para onde Camille Story morava, e eu estava aproveitando ao máximo meu tempo com ele.

Nós não fazíamos coisas de casal.

Toda essa coisa entre nós rolou do nada. Nós não éramos normais, mas éramos, definitivamente, um "nós". Eu sabia disso muito bem. Kash era possessivo comigo, mas de um jeito bom. Do jeito que uma garota adora, da maneira que a preenche, fazendo-a se sentir especial, amada e protegida.

Isso era o que eu sentia, e era o que Kash estava fazendo quando nos ofereceram uma suíte privativa e nós a aceitamos. Estávamos um pouco mais acima no clube, em uma plataforma mais elevada que a área onde Matt estava sentado com seus amigos. Dava para olhar abaixo; o piso era de vidro espesso, do outro lado havia um espelho refletindo a multidão. Como era uma espécie de deque, bastava apertar um botão para abrir o vidro, daí ouviríamos melhor a música e as batidas.

E nós dois não sentíamos apenas a vibração do lugar. Nós sentíamos um ao outro.

Kash estava atrás de mim, os braços ao meu redor, seu corpo pressionado contra mim, e sua boca explorando meu pescoço. Ele mordiscou, lambeu a pele, e uma onda de desejo triplicou dentro do meu corpo. Foi como se eu tivesse sido eletrocutada. Meu sangue fervilhava a fogo brando. Uma mão deslizou pela minha barriga. Em seguida, senti o toque entre as pernas, explorando, pressionando e depois recuando e subindo para se esgueirar por baixo da blusa. A outra mão se arrastou pela coxa, se enfiando por baixo da barra do vestido. Ele havia me pedido especificamente para vestir isso, e agora eu sabia o porquê.

Livre acesso.

Minhas costas estavam expostas, e à medida que sua mão descia, a boca acompanhava.

Ele seguia uma trilha de beijos pela minha coluna, me fazendo arquear em desejo, ofegos. Meus seios agora estavam empinados. Ele estava garantindo que me levaria a alturas vertiginosas, antes de desacelerar o ritmo.

Conforme pressionava os quadris contra mim, ficava mais do que nítido o quanto ele me queria.

Ele não se entregaria. Eu o conhecia agora. Ele me deixaria louca, me deixaria febril e cega, e então sua mão deslizaria por baixo do meu vestido, depois para dentro de mim, e ele me levaria ao limite de novo.

Provocando. Torturando.

Eu estava uma poça derretida enquanto sua boca chupava, parava, explorava mais e depois me levava a um frenesi.

— Kash, minha nossa!

Ele não respondeu, mas sua mão se abriu no meu ventre, me equilibrando para resistir ao ataque de sua boca conforme dava um chupão em um pequeno trecho de pele na parte inferior das minhas costas. Sua língua estava fazendo coisas mágicas.

Inclinei a cabeça para trás, deixando escapar um gemido.

Senti sua risada contra minha pele, mais do que ouvi, e ele se ajoelhou completamente.

Ai, nossa...

Eu sabia o que ele estava fazendo.

— Kash — comecei.

— Shhh... — me acalmando, ele me fez virar e parou um segundo antes de olhar para cima.

Flagrei o brilho malicioso de seus olhos, e mal pude me aguentar enquanto ele levantava meu vestido. Sua cabeça se inclinou e senti sua língua um segundo depois.

Eu estava preparada.

Ou pensava que estava preparada.

Era o que eu estava dizendo a mim mesma.

Ah, céus... Eu não estava preparada.

Ofeguei, as pernas tremendo, e ele continuou me beijando. Sua língua me penetrou, circulando, e me fazendo pulsar de prazer.

Eu ia desabar em cima dele. Que vergonha, mas era o que estava prestes a acontecer. Minhas pernas estavam tremendo demais. Eu não ia aguentar isso. Daí, ele chupou meu clitóris ao mesmo tempo em que enfiava dois dedos para dentro, e me fez voar de novo.

Quando perdi as forças nas pernas, Kash já estava pronto para me pegar. Ele se levantou, com os dedos ainda enfiados bem fundo, e me segurou contra o seu corpo. Com a mão livre apoiada nas minhas costas, ele me mantinha firme no lugar. Kash esperou até que meus tremores diminuíssem.

Meu corpo inteiro estava tremendo.

Senti um beijo suave no pescoço. Um segundo roçar de lábios na minha mandíbula, depois um beijo lânguido e demorado na minha boca.

Ele estava me reivindicando.

Eu era dele.

E estava derretida como uma gelatina.

Balancei a cabeça.

— Você... não é justo.

Kash deu um sorriso sacana.

— Confie em mim. — Outro beijo no canto da minha boca. — Você vai me dar o troco mais tarde, hoje à noite.

Nossa, por favor.

Isso significava que ele ia voltar para mim, depois do que estivesse planejando fazer. Ele não afirmaria isso se não fosse sua intenção.

Por favor, que seja verdade, pensei, de repente. *Por favor, por favor.*

Eu estava preocupada com ele. E, caracas, se essa minha preocupação estava tendo início hoje, por conta de uma blogueira qualquer, como eu seria capaz de lidar com o resto? O avô dele era Calhoun Bastian, pelo amor de Deus.

Ele passou uma mão pelo meu rosto, ajeitando uma mecha de cabelo e franzindo levemente a testa.

— O que há de errado? Você acabou de ficar tensa. — Imitou minha cara fechada. — Você não deveria ficar tensa. Esse era todo o propósito de vir aqui.

Um pensamento diferente me ocorreu.

— Você não acha que têm câmeras aqui dentro?

Ele deu um amplo sorriso.

— Se tiverem, tenho a sensação de que eles serão *hackeados* hoje à noite.

Ah, isso era uma certeza. Ainda assim, olhei por cima do ombro dele para todos os cantos. Eu podia apostar que eles tinham câmeras aqui.

Ele se inclinou novamente, o hálito quente aquecendo minha pele.

— Eu pedi para desligá-las.

Ufa. Que alívio.

Então... sondei:

— Como você sabe que eles realmente fizeram isso?

— Olhe para cima.

Eu o obedeci.

— Tem alguma luzinha vermelha no canto?

Vermelho. Vermelho. Vermelho. Eu estava procurando em todos os lugares. Neguei com um aceno de cabeça.

— Eles desligaram.

Isso era bom – muito bom mesmo. Então eu poderia me permitir um pouco mais. Deslizei minha mão pelo ombro forte e me aproximei, roçando a ponta do nariz contra seu pescoço.

Na mesma hora, senti seu suave ronronar.

— O que você está fazendo?

— Talvez eu também queira fazer você perder o controle? — Olhei para cima, o suficiente para sorrir e piscar antes de mover a mão mais abaixo.

— Bailey. — Uma advertência gentil.

Eu não me importava. Mordendo meu lábio inferior, comecei a explorar, adorando cada segundo disso.

Eu mergulhei meus dedos por baixo da camisa social, por entre os botões, e senti seu abdômen contrair em tensão.

— Porra — ele grunhiu, agarrando-se ao corrimão atrás de mim. — O que você está fazendo?

— Retribuindo o favor. — Levantei a cabeça e nossos olhares se encontraram por um segundo antes de eu me ajoelhar à sua frente.

— Bailey.

Ele estava tentando se conter, respirando com dificuldade.

Bom. Isso era tão bom.

Passei as mãos pelo tecido da calça, e ele gemeu, o corpo se movendo em minha direção. Ele estava duro, a ereção pressionando contra o zíper, e eu estava adorando isso. Era viciante fazer com que ele se sentisse bem, fazê-lo tremer com um simples toque. Baixei o zíper e enfiei a mão para puxá-lo para fora.

— Caralho... — ele sussurrou.

Olhei para cima e vi que Kash havia inclinado a cabeça para trás. Eu não podia ver seus olhos, mas sua garganta se movia em espasmos.

Então avancei e envolvi seu comprimento com meus lábios.

— Puta merda — ele sibilou.

Movi meus lábios por toda a espessura, roçando os dentes com gentileza, e ele se contraiu dentro da minha boca. Era delicioso. Intenso. Eu me sentia poderosa em lhe dar prazer nessa sala privativa, neste clube que abrigava segredos em cada canto. Aqui estávamos nós. Meu homem e eu. Eu estava fazendo ele se sentir bem, assim como ele fez comigo, e estava amando cada segundo disso. Movendo a boca, chupando com mais vontade, eu o tomava da mesma forma que ele havia feito agora há pouco. Eu o conduzia em direção ao clímax, e era nítido, pela tensão em seus músculos, que ele estava fazendo de tudo para não gozar.

Mas eu queria que ele gozasse.

— Porra, Bailey.

Ele gozou, mas eu o mantive cativo. Kash olhou para baixo, com aqueles olhos ternos que fizeram meu coração apertar. Em seguida, ele balançou a cabeça e me pegou por baixo dos braços, para que eu me levantasse. Ele não me ajudou a ficar de pé, propriamente dito, e, sim, me pegou no colo. Eu me agarrei a ele como se fosse um coala. As pernas o envolvendo, assim como os braços, a cabeça repousando em seu peitoral.

Ele caminhou até um sofá e se sentou, comigo ainda enrolada ao seu redor. Só um pouco mais tarde que Kash me fez deitar no sofá e se inclinou sobre mim, me explorando de um jeito lento e torturante... até que a luz da sala acendeu.

Dei um grito e Kash se lançou sobre mim, para me cobrir.

— É melhor que seja algo de vida ou morte — rosnou.

Uma voz apreensiva soou da porta:

— É o Sr. Francis. — E então acrescentou: — Alguma coisa está errada. Isso foi o bastante.

A tensão diminuiu e ele inclinou a cabeça em um aceno.

— Um segundo. Por favor.

— Claro, Sr. Colello.

A luz foi apagada. A porta fechada.

E o silêncio imperou.

Ele expirou com força, baixando a cabeça e pressionando a testa contra o meu pescoço.

— Desculpa. — Deslizou as mãos pelas minhas costelas antes de se sentar e me ajudar a cobrir minha nudez.

Eu estava tremendo, mas movi a cabeça para cima e para baixo. Então, gesticulei e afirmei, com a voz rouca:

— Vá ver o há de errado com o Matt.

Ele franziu o cenho.

— Tem certeza?

Outro aceno breve.

— Sim. — Minha voz estava rouca. — Deixe os seguranças, daí eles podem me conduzir para baixo. Eu só preciso de um segundo.

Talvez precisasse de mais do que um segundo.

— Okay. — Ele se inclinou e me deu um beijo cálido antes de se levantar. — Não demore muito. Se algo estiver errado, teremos que sair antes que a imprensa descubra.

— Okay. — Minha mão tremia enquanto eu tentava arrumar meu cabelo.

Kash parou e se virou para me lançar um olhar acompanhado de um sorriso. Aquele sorriso era tudo. Ele continha não somente promessas, mas também diversão. Nós estávamos nos divertindo aqui em cima como adolescentes. Talvez fazendo mais do que deveríamos para a idade referida, mas, ainda assim, era divertido. Era um alívio diante de todas as outras preocupações, e eu queria mais. Eu só queria mais. Isso era tudo o que eu estava sentindo e pensando naquele momento, e quando retribuí o sorriso, ele se virou e saiu da sala.

Promessas. Eu vi isso em seus olhos e mal podia esperar para que ele as cumprisse.

Eu estava animada para voltar para o apartamento dele mais tarde.

Depois de me levantar do sofá, encontrei um lavabo próximo à entrada, e tentei ajeitar minha aparência. Eu estava totalmente desgrenhada. Ri baixinho, comigo mesma, me esforçando para dar um trato no vestido antes de sair. Três seguranças estavam à minha espera, e, assim como ocorreu quando subimos para a área VIP, todos os olhares estavam focados em nós no retorno. Abaixei a cabeça para evitar o olhar de qualquer um ali. Eu já tinha notado umas encaradas irritadas antes, e não queria ver isso de novo. Eu não queria me sentir mal ou deixar que seus problemas tirassem minha felicidade com o que acabara de acontecer lá em cima.

Foi lindo, especial, valioso.

Ainda estava repetindo isso para mim mesma quando, de repente, ouvi um grito. Alguém gritou histericamente. As pessoas começaram a correr para todo lado. Os seguranças me cercaram; uma mulher disparou para passar por nós, e foi empurrada para o lado. Ela teria me atingido com força total em sua corrida desabalada para a parte da frente do clube.

A frente do clube...

Isso não era bom.

Matt. Kash.

Onde eles estavam?

Acelerei meus passos e comecei a correr em seguida. Os guarda-costas se moviam junto comigo, me protegendo em uma barreira, já que as pessoas não davam a mínima para mim ali. O que eles queriam mesmo era chegar ao tumulto que ocorria mais adiante.

Senti meu telefone vibrar, e quando o peguei do bolso, vi que era Kash.

— Onde você está? — gritei ao atender.

Os gritos e berros ali dentro me deixaram surda. Eu não conseguia ouvi-lo, apenas o ruído. Então ele desligou.

Ainda estávamos tentando sair, e agarrei o braço de um dos seguranças.

— Matt e Kash. Onde eles estão?

Ele não respondeu, apenas segurou meu cotovelo e me instigou a seguir em frente.

Meu telefone vibrou novamente. Kash.

> Lá fora. Agora.

Mostrei meu celular para o segurança e ele assentiu. Pelo jeito, ele já sabia para onde ir, pois havia tocado o intercomunicador auricular.

Kash me avisou, certificando-se de que eu estava a par da situação, mas ele deve ter mantido o contato com sua equipe de segurança. À medida que nos aproximávamos, todos tentavam sair.

Se o pânico se instalasse, as pessoas começariam a empurrar, e uma debandada poderia acontecer. Era como um efeito de gargalo. Apenas alguns sairiam ilesos dali.

Os seguranças devem ter pensado a mesma coisa, porque, de repente, estávamos mudando de direção. Uma funcionária acenava para que saíssemos por uma área; era a mesma mulher que havia nos ajudado antes. Seu olhar apavorado revelava que ela estava tentando se conter. Segurando uma porta aberta, ela gesticulou para que entrássemos e seguíssemos para um corredor vazio. Podíamos ouvir mais gritos da área da cozinha aos fundos.

TIJAN

— O que está acontecendo?

Ela estava nos apressando a seguir pelo caminho, mas falou por cima do ombro:

— Não temos certeza. Matt Francis desmaiou e começou a convulsionar. Uma ambulância já está a caminho. O Sr. Colello está com ele.

— Mas isso não teria causado toda aquela correria ali atrás.

Viramos uma vez, e mais outra.

Ela respondeu, ao empurrar uma porta lateral:

— Ouvimos alguns ruídos que poderiam ser tiros ou fogos de artifício. Não sabemos. A ambulância do Sr. Francis… — Ela hesitou, saindo para um beco.

Todos avistamos as luzes vermelhas e brancas.

Meu coração se apertou. Matt. Ele estava em apuros.

Eu comecei a correr em direção à ambulância, com um segurança ao meu lado.

— Srta. Hayes, não.

Sim, eu sei. Não era seguro.

Foda-se a segurança.

Meu irmão estava ferido.

— Eu vou. — Continuei correndo.

— O quê? O que está acontecendo? — a funcionária perguntou.

Ouvi os seguranças na minha cola e acelerei ainda mais os passos. Eu só tinha que chegar à ambulância antes que eles me alcançassem, mas eles chegaram lá. Eu mal consegui avançar alguns metros de distância. Um deles tocou meu braço e eu me virei, furiosa.

— Não! Estou falando sério. Não! Eu vou até aquela ambulância e vou gritar como um louca se vocês não me deixarem.

Eles apenas me encararam por um tempo. Um deles assentiu com a cabeça.

— Fique dentro do círculo de segurança.

Concordei com um aceno. A decisão estava tomada, e nós iríamos até lá.

Eles avançaram pelo perímetro e percebi que a funcionária estava junto. Na mesma hora, eu parei.

— O que você está fazendo?

Ela hesitou por um segundo, antes de responder:

— O Sr. Colello me disse para cuidar de você.

Eu franzi o cenho, confusa.

Mas então chegamos à rua principal. As perguntas teriam que esperar, o que provavelmente seria bem mais tarde que eu conseguisse as respostas.

Os *paparazzi* estavam alinhados nas ruas.

Flashes de suas câmeras piscavam loucamente conforme contornávamos uma das esquinas. A ambulância estava estacionada em frente ao clube. As portas abertas do estabelecimento davam vazão à saída da multidão. No meio de tudo isso, avistei uma maca sendo carregada.

— Matt! — Comecei a correr de novo.

Kash estava na calçada ao lado, conversando com um policial. Sua cabeça se levantou rapidamente ao ouvir meu grito, e sua expressão se fechou na mesma hora. Ele já se preparava para me interceptar, com a mão erguida, mas eu interpelei:

— Não estou nem aí. Eu só preciso ter certeza de que Matt está bem. — Eu o contornei, mas não era Matt quem estava deitado naquela maca.

— O quê? — Eu estava confusa.

Uma garota me encarou, o rosto parcialmente coberto por uma máscara de oxigênio. A moça estava suando, o rosto pálido coberto de lágrimas. Céus, ela estava muito pálida. E aterrorizada. Avistei um cara ao lado dela, segurando sua mão, antes de as portas traseiras da ambulância serem fechadas. O paramédico se acomodou ao volante e saiu em disparado dali.

— Onde está Matt?

Kash segurava meu braço. Ele me ignorou, conversando com o segurança por sobre a minha cabeça.

— Você deveria tê-la levado de volta.

— Ela não cooperou.

A mão de Kash apertou meu braço, um reflexo a essa resposta. Ele rosnou:

— Você deveria tê-la obrigado a cooperar. — Seu olhar se voltou para a funcionária do clube. — O que você está fazendo aqui?

— Não estou de plantão esta noite. Eu vim porque você pediu. — Ela fez um gesto para mim. — Você pediu que eu a vigiasse por você.

A mandíbula de Kash se contraiu.

Ele acenou para o guarda-costas.

— Peça o carro.

Kash não disse nada para mim, me afastando da multidão em direção ao beco. O lugar já não estava mais vazio como antes. Muita gente corria em disparada, passando por nós. Alguns estavam ensanguentados. A maioria estava apenas suada, aos prantos.

Mas todos pareciam apavorados.

A mão de Kash entrelaçou à minha, e ele me puxou para longe. Pegamos um acesso para outra rua; agora vazia. Todos os seguranças estavam em seus celulares. A funcionária ainda nos acompanhava e Kash se virou para me encarar.

— Eu não ligo, está bem? — Espinhei, pronta para brigar. — Eles disseram que Matt estava em perigo e, em seguida, a confusão começou. Já estou preocupada com minha mãe. Já perdi o suficiente. Não... — Calei a boca, sentindo uma lágrima escorrer. — Não o Matt também. Ele também, não.

Seus olhos suavizaram, mas ele continuou calado.

Um segurança se aproximou.

— O carro está vindo pela viela de trás. As ruas estão bloqueadas lá em cima. A polícia atendeu ao chamado rapidamente, e eles estão tentando conter a multidão.

Kash soltou um palavrão, passando a mão pelo rosto.

— Isso foi um pesadelo. Era som de tiros que ouvimos?

O guarda voltou ao telefone e depois balançou a cabeça.

— Eles ainda não sabem.

A funcionária se aproximou, olhando para cima após conferir a tela de seu celular.

— Alguns funcionários encontraram fogos de artifício vazios no banheiro masculino, no porão. Provavelmente foi isso.

— O *timing* é que foi muito suspeito — Kash comentou.

Ele não estava feliz. Não estava feliz mesmo.

No entanto, um SUV estava entrando pelo beco, e nós nos afastamos para a calçada até que ele parou. Kash abriu a porta traseira, e quando fiz menção de entrar, ele me impediu e sinalizou para a garota.

— Entre, Torie. Você está conosco agora.

Ele me instigou a entrar e logo depois se sentou ao meu lado.

Torie? Eu olhei para ela.

Como se lesse minha mente, ela me deu um sorriso.

— Oi.

— Oi — murmurei, sem-graça. — Eu sou a Bailey.

Outro sorriso dela.

— Eu sei. Eu trabalho na Naveah. Kash me avisou que uma garota poderia estar vindo com Matt Francis. Pediu para que eu cuidasse de você, então foi o que eu fiz.

— Você disse ao Kash que estávamos no clube naquela noite?

— Sim, mas ele já sabia. — Seu olhar se desviou. — Deduzo que sua equipe de segurança o notificou quase que de imediato...

Kash não respondeu à pergunta um pouco velada. Ele estava mexendo no celular, que começou a tocar, arrancando um resmungo irritado de sua parte:

— Você pode controlar isso? — Silêncio. Ele estava ouvindo. — Eu não sei... Já disse que não sei. Eu fiquei para trás por ela. — Pausa. — Estamos indo agora... Sim. Ela também.

Mais um momento de silêncio.

A mandíbula dele se contraiu novamente. Era sexy, mas meio que *assustador.*

Ele fechou os olhos. Inspirou fundo e sua voz baixou o tom:

— Se quer começar a me dizer como manter sua filha segura, você e eu teremos um novo nível de problemas. — Manteve o silêncio por um tempo. — Entendeu? — Ele nem sequer esperou, dizendo imediatamente: — Estamos a dois minutos de distância. Se quer saber como ela está, pergunte a ela mesma. Se quer saber como seu filho está, venha perguntar a ele mesmo.

Então, desligou, deixando o telefone no colo e se concentrando na janela.

Eu estava atordoada.

Era Peter no telefone. Ele perguntou por mim, e ainda insistiu no assunto. Os dois chegaram a discutir. Por minha causa. Eu, a filha *dele.*

Eu podia sentir meu interior todo espremido. A pressão estava vindo de todos os ângulos.

— O que precisa ser controlado?

Kash suspirou fundo, até que ele disse tranquilamente, contrastando com a raiva que fluía dele em ondas:

— A imprensa conseguiu descobrir seu nome. E a notícia se espalhou. — Logo acrescentou: — Eles sabem que você é filha de Peter Francis.

Foi Camille Story quem vazou a informação.

E isso aconteceu logo depois que eu a *hackeei*. Ela tinha um arquivo offline com tudo. Inteligente. E irritante. Mas quase não ligava para isso, porque naquela noite todos os *paparazzi* conseguiram fotos minha parada ao lado da ambulância, de mãos dadas com Kash. O programa de Peter para deletar a foto de Kash travou. O sistema ficou sobrecarregado naquela noite, então quando Kash alertou que a notícia havia se espalhado, era um lance real.

Sobre ele.

Sentada na sala de espera, enquanto Matt estava sendo atendido no hospital, fiquei tentando descobrir o que fazer. E depois de uma hora, tive que concluir que não era muito. Eu só tinha meu telefone comigo, e a fotografia de Kash estava em todos os lugares.

Ele era o grande furo. Não eu.

A imprensa já sabia sobre sua imagem. Inúmeros artigos sobre ele foram postados, mas no mínimo não era o tanto que eles gostariam. Escrever uma matéria sobre o neto de Calhoun Bastian me faria temer minha própria sombra. Tipo, para sempre. Eu nem teria coragem de escrever a história, então eu quase precisava respeitar aqueles que ousaram fazer isso.

Deduzi que muitos já sabiam quem era Kash, já que alguém cujas imagens são proibidas de completar um download parece importante. Isso te fazia se perguntar quem diabos era aquele cara. Agora o mundo sabia, e depois dos primeiros sites reportando, o volume de matérias repostando era impressionante. Calhoun Bastian não poderia ir atrás de todos eles. Acho que, de alguma forma, era seguro pela quantidade de gente fazendo o mesmo.

Daí, minha presença não era notícia quente. Já meu namorado não podia dizer o mesmo.

Ele era um furo sinistro de reportagem. E já estávamos vendo o resultado da notícia se espalhando como um incêndio. Fomos solicitados a sair da sala de espera principal imediatamente, não por causa de Kash, mas por causa de todos os seguranças presentes. Já havíamos chamado atenção o bastante por causa disso, aí nos pediram para trocar de sala pela segunda vez, agora alocados em uma terceira sala mais privativa.

Eu tinha certeza de que estávamos na sala de descanso dos médicos.

Trinta minutos depois, quando ainda estávamos na segunda sala de espera, Peter e Quinn chegaram. O clima no hospital mudou novamente. Eles estavam vestidos na maior elegância. Quinn trajava um vestido formal, com decote coberto de pedrarias e brincos de diamante. Seu cabelo estava preso em um coque lateral torcido, com mais diamantes inseridos entre as mechas. Peter usava um fraque, os sapatos pretos lustrosos.

Havia uma tensão nervosa que foi gradualmente aumentando, mas quando esse casal entrou em cena, não fiquei surpresa quando um homem que os acompanhava tinha toda a vibe de "administrador do hospital". A merda agora era séria.

As enfermeiras continuavam aparecendo de vez em quando, verificando como estávamos, os olhares focados em Kash. Eu tinha certeza de que todas as enfermeiras que estavam atendendo Matt não eram as mesmas que vinham conferir nosso bem-estar. Isso era tudo por conta das fofocas. E eu sabia disso porque aquelas enfermeiras estavam trabalhando. Essas, não.

O hospital era quase uma segunda casa para mim, desde a infância, por conta das inúmeras vezes em que tive que esperar por Chrissy. Eu sabia como a equipe e os turnos funcionavam. No entanto, tudo parou quando o administrador chegou. As enfermeiras passavam, e quando deparavam com a reprovação no olhar do homem, saíam rapidinho.

Quando Peter e Quinn entraram na sala de espera, Kash não foi até eles. Ele permaneceu no assento ao meu lado. Fiquei surpresa com isso. O casal também percebeu isso, e o cenho de Quinn chegou até mesmo a franzir. O semblante de Peter permaneceu inexpressivo, seu olhar alternando para mim, como se estivesse querendo garantir que eu estava bem, mas depois ele se concentrou total no que o administrador dizia.

Mais vinte minutos se passaram, depois da chegada dos Francis e de todo o atendimento VIP que receberam, até que um médico passou pela porta e todos nos aproximamos.

— Fomos capazes de descobrir qual veneno seu filho ingeriu.

— Veneno?! — Quinn arfou.

Kash recuou um passo, rosnando.

Peter e Quinn o encararam, confusos.

O médico franziu o cenho, mas continuou:

— Foi um pouco difícil no início, mas uma vez que fomos capazes de identificar o veneno, administramos um antídoto. O estado de saúde de seu filho estabilizou desde então. Ele está com acesso intravenoso e suporte de oxigênio extra. Queremos ter certeza de que todas as funções e órgãos não apresentem nenhum dano persistente, mas a última bateria de sinais vitais foi muito boa. Muito boa mesmo. Queremos monitorar Matt por mais uma noite, ter certeza de que tudo está bem. Também o transferiremos para um andar mais seguro.

— Obrigada, doutor — disse Quinn. — Podemos vê-lo?

— Ele está dormindo, mas assim que o levarem para o quarto, uma enfermeira virá buscá-los.

Peter estava olhando diretamente para Kash, que falava ao celular conforme se afastava grupo. Ele conversava em voz baixa, com a nítida intenção de garantir que nenhum de nós pudesse ouvir.

Ele estava planejando algo. Sem nós.

Não gostei nem um pouco disso. Alguém tinha machucado meu irmão. Eu queria participar da vingança, mas isso era ridículo, certo? Kash cuidaria do assunto, porque era isso o que ele fazia.

Então Peter pigarreou.

Ele ignorou o médico, atropelando uma pergunta que a esposa fazia, e falou diretamente com Kash:

— Você está na mira dos holofotes, Kash.

Kash retesou a postura, olhando para trás. Ele falou ao telefone:

— Eu te ligo de volta. Siga minhas ordens até que eu entre em contato.

Ele enfiou o celular no bolso e levantou a cabeça em um gesto quase desafiador. Havia um ar de "foda-se" nos olhos de Kash. Ele não estava sendo desafiador coisa nenhuma. Ele estava furioso. Estava sendo Kash. Isso era o que ele fazia.

— Foi Bonham. Ele foi visto nas câmeras de segurança do clube, saindo alguns minutos antes de Matt desmaiar.

Quinn gemeu.

O franzido no cenho de Peter aprofundou.

— Bonham? Mas...

— A esposa — Kash rosnou. Seu olhar focou em Quinn antes de voltar para Peter. —Vingança.

— Querido Deus. Você está falando sério?

— O quê? — Quinn estava olhando entre os dois. — O que está acontecendo?

Ambos a ignoraram.

Peter disse:

— Isso é insano. Ele saberia o tipo inimigo que eu seria para ele.

— O homem está com a corda no pescoço. Ele sabe disso. A esposa foi a gota d'água. — Os olhos de Kash se estreitaram. — Ele estava desesperado e não estava pensando direito.

— Jesus. — Peter se afastou, uma mão indo para a testa. Ele estava pensando. — A esposa agora? A casa dele? E os filhos...

Kash interrompeu:

— Já chamei a polícia. Eles estão verificando a casa.

— Eles tinham uma cabana. Eu tinha uma reunião marcada no final da semana com Bonham para discutir a diretoria da qual ele ainda faz parte. Ele pediu para adiar. Disse que estaria no norte em uma cabana.

Kash olhou para mim, e então eu entendi.

Eu poderia ajudar dessa forma.

Pegando meu telefone, já estava procurando.

— Vou arranjar o endereço.

— Tome. — Um iPad foi oferecido para mim.

Demorei um segundo para entender. A mão que o segurava era... do meu pai. Ele acenou novamente.

— Você trabalha mais rápido nisso do que no seu telefone.

Ele estava certo.

Eu peguei o dispositivo e fui em direção às cadeiras. Mais tarde eu poderia pensar nesse assunto: meu pai me dando seu iPad, para me deixar fazer o que faço de melhor.

Não era um computador, mas descobri o endereço em questão de minutos.

— Consegui!

Kash estava ao meu lado, com o celular já a postos. Ele leu em voz alta para quem estava do outro lado da linha:

— Levará um pouco de tempo, mas posso desligar o programa de segurança dele. Ou pelo menos conseguir os códigos, se precisarem.

TIJAN

Recebi um olhar significativo de Kash, que ainda dizia ao telefone:

— Sim, detetive. Você pode falar comigo neste número. Obrigado. — Ele guardou o telefone e me encarou outra vez. — Um oficial da lei ouviu você oferecendo *hackear* ilegalmente um sistema de segurança.

Aaaah…

Foi mal.

— Ops.

Ele balançou a cabeça, exasperado, mas se inclinou e beijou minha testa.

— Só você mesmo, viu? Só você. — Ouvi a diversão em sua voz, e isso diminuiu um pouco da minha ansiedade.

Esperamos mais vinte minutos antes que uma enfermeira viesse conduzir Quinn e Peter ao quarto de Matt. Eu queria salientar que Matt não desejaria a presença da madrasta lá. Se ele tivesse uma escolha, eu seria a mulher que ele teria preferido, mas Kash apenas sinalizou para que eu ficasse quieta. Ele ficou para trás, dizendo que iria atrás do médico novamente.

Ele queria verificar mais uma coisa.

Torie havia esperado em nossa companhia até agora há pouco. Kash a dispensou, mas ela se despediu de mim e fez questão de dizer que eu poderia contar com ela para qualquer coisa. Fiquei feliz com isso. Ela se tornou uma amiga rapidamente, e neste momento, eu estava sendo flexível na minha classificação de amizades. Ela era a única, por enquanto.

Uma hora depois, nos disseram que o prognóstico de Matt era bom, melhor do que bom, na verdade. Todos poderíamos ir para casa e deixar Matt dormir à noite.

Assim que recebemos o relatório, a exaustão bateu forte.

E foi nesse instante que ouvimos os gritos. Kash andava ao meu lado por um corredor; ao mesmo tempo, Peter e Quinn acabavam de sair de um elevador. Como nos viram ali, sem demonstrar surpresa, devem ter planejado ir embora na mesma hora que nós dois.

Mas então uma porta de escadaria foi aberta de supetão, e eu ouvi:

— Eu vou ver minha filha, quer vocês queiram ou não! Ela é minha! Eu a vi no noticiário, fiquei sabendo do que aconteceu e este hospital é o mais próximo daquele clube, para onde os pacientes seriam enviados. Não precisa ser um gênio para descobrir que ela está aqui, e eu sei que está. Chame isso de intuição materna.

Avistei uma cabeça loira no corredor, conforme discutia com dois funcionários do hospital que a seguiam. Outra enfermeira estava atrás deles, parecendo contrariada, e do final do corredor, a equipe de segurança do hospital estava vindo em nossa direção.

Então, aquela bola loira de fúria olhou na minha direção, e juro que pude ver vapor saindo da cabeça de Chrissy Hayes.

— Rá! Aqui estão vocês!

Minha mãe havia chegado.

Não era *a* Chrissy Hayes que tinha chegado. Era Christina Kathryn Hayes, e ela não estava para brincadeira.

Fui repreendida no trajeto para fora do hospital. Fui repreendida no percurso de carro de volta para a propriedade. Fui repreendida enquanto ela me seguia até a vila de Kash, pausando apenas uma vez para comentar sobre a beleza da residência. Ela evitou olhar para o mausoléu, até franzindo o nariz em despeito, mas não deu pausa nas broncas.

Ela não perdeu o ritmo em momento nenhum.

Minha mãe continuou o sermão mesmo depois que Kash voltou após conversar com Peter. Ele se sentou no sofá. E, ainda assim, Chrissy não parou.

Eu era uma imbecil.

Eu não estava pensando.

Eu estava sendo governada por esperanças e sonhos de infância.

Eu estava sendo egoísta.

Eu não batia bem da cabeça. Esse era um dos seus favoritos. Ouvi isso dezesseis vezes. Sim, eu comecei a contar.

Como pude fazer isso com ela?

Eu não era esperta o bastante?

Ela me deu à luz. Ela não precisava ter feito isso. Ela poderia ter mantido sua barriga tanquinho por toda a eternidade. Eu deveria ser grata por ter saído da vagina dela. E era uma bela vagina. E eu a tinha arruinado por um tempão. A bichinha nunca mais foi a mesma.

O que meus avós pensariam? Eu tinha pensado no meu outro lado da família? Meus primos estavam sentindo minha falta — mesmo que eu tivesse certeza de que eles nem sabiam que eu tinha ido embora. Aparentemente, a prima June se casou e todos se perguntaram onde eu estava. *Ela estava humilhada* — minha mãe não tinha ideia de que eu sabia que a prima June tinha ido para a Guatemala em uma viagem missionária. *Eu perdi a feira do condado. E eu nunca perdia a feira do condado* – eu dava um jeito de cabular a feira o tempo todo. *Eu perdi o bingo no Clube de Veteranos. Eu não estava por perto para ser a oradora do torneio de bingo da casa de repouso* – tudo invenção da cabeça dela, porque nunca fui a um bingo sequer. Idosos jogando bingo eram assustadores. Erros eram para os fracos.

Houve saldão de confeitaria.

Rolaram inúmeros jogos de futebol – a temporada nem tinha começado ainda.

E o tanto de partidas de basquete.

Softball. Beisebol. Todo esporte imaginável que nunca pratiquei, assisti ou acompanhei. Eu perdi tudo isso no verão passado.

Um jogo de pinball. Ela não sabia nem o que era isso, mas eu perdi.

As palavras deveriam ter sido ofensivas, mas eu sabia que ela não queria dizer nenhuma delas. Ela estava magoada, assustada e falava sem parar até poder lidar o suficiente para conversar comigo. Todo o resto: não passava de besteira.

Kash ouviu por um tempo, esperando por uma pausa para poder se apresentar. Não houve nenhuma. Depois de uma hora, sinalizei que ele poderia ir para a cama. Seu alívio quase me fez ir junto, porque eu não estava nem um pouco aliviada. Eu estava com inveja. Se tivesse ido embora com ele, Chrissy teria apenas escovado os dentes, ainda resmungando, trocado de pijama, ainda gritando do banheiro, e então teria se enfiado na cama com a gente.

Ela teria feito isso. E nem podia dizer que era exagero.

Kash voltou do quarto vestindo calça de pijama e uma camiseta branca. Ele se curvou, me beijou levemente, o cheiro mentolado de seu creme dental pairando no ar, e murmurou:

— Você vai ficar bem?

— *Me salve.*

Ele riu, embora ambos soubéssemos que eu não estava brincando. Passando a mão pelo meu cabelo, perguntou:

— Quer que eu fique?

Eu queria, mas sabia que ele tinha coisas a fazer pela manhã e, como Chrissy ainda estava falando, sabia que ela não pararia até desmaiar de cansaço. Isso poderia ser às quatro... da tarde, do dia seguinte.

Neguei com um aceno de cabeça, meus ombros curvados em derrota.

— Não. Provavelmente vou desmaiar enquanto ela está falando. Vai ficar tudo bem.

— Tem certeza?

Ele era maravilhoso. Eu segurei a mão dele e assenti novamente.

— Sim.

Outro beijo, mais uma carícia no meu cabelo, antes de ele subir as escadas para o meu quarto. Tínhamos usado meu quarto o tempo todo, porque ele havia se enfiado lá. Eu nem tinha dormido na cama dele. Agora estava pensando que isso era tolice.

— Kash.

Ele parou no patamar da escada.

— Vamos dormir no seu quarto. — Fiz um gesto para minha mãe. — Ela pode ficar no meu.

— Você tem certeza? — Ele inclinou a cabeça para o lado.

— Sim.

A cama dele era maior. E isso o deixava mais perto da porta, caso acontecesse alguma coisa. Eu estava certa. E queria me enroscar e aninhar nos mesmos lençóis que só ele havia dormido. Então, eu sentiria seu cheiro. Sua presença. Tudo. Meu quarto não era mais *meu* quarto.

Ele voltou, murmurando ao passar:

— Venha para a cama quando puder.

Assim que a porta dele se fechou, Chrissy parou de falar.

Olhei para ela na mesma hora.

— Você acabou?

Seu olhar estava focado na porta do quarto em que Kash tinha acabado de entrar. Ela encarou o lugar por um segundo, depois se concentrou em mim com um olhar determinado. Um olhar que dizia que sua fúria não seria aplacada, e que eu deveria ser sincera a respeito de tudo ou ficaria de castigo até os 60 anos.

— Ele é seu namorado?

Aquela era uma pergunta de verdade. Agora, sim, havíamos começado a conversar.

— O quê?

Seus olhos se estreitaram.

— Ele é seu namorado.

— Mãe. — Eu me ajeitei no sofá, puxando meus joelhos contra o peito.

Ela continuou, me ignorando por completo:

— Você tem um namorado muito gato.

— Mãe!

— Gato. Rico. Famoso. — Ela me encarou. — Ele é poderoso.

Eu comecei a massagear a testa.

— Mãe.

— Não ele — ela grunhiu, levantando um ombro. — Bem, ele também. Eu estava falando do avô dele.

Ai, meu Deus. Eu realmente queria sumir agora.

— Mãe, por favor. — Balancei a cabeça. — Agora não. Não depois de tudo o que aconteceu à noite.

— Por que não agora? — Ela se inclinou para frente, apoiando os braços nas coxas e me encarando com total atenção. — Porque seu meio-irmão está no hospital depois de uma overdose naquela boatezinha indecente de luxo?

— É *isso* que os jornais estão dizendo?

— Eles estão dizendo que um garoto rico e privilegiado usou drogas em uma boate e está no hospital. A notícia bombástica não é sobre ele. É sobre você e seu namorado. Principalmente seu namorado.

Abaixei a cabeça, abraçando meus joelhos com mais força. Eu queria um escudo contra toda essa conversa.

— Ele foi envenenado.

Ela ficou quieta por um momento. Então soltou:

— Eles sabem por quem?

Merda. A resposta confirmou o desprezo que escorria de sua voz. Eu só dei de ombros.

— Eles ainda não têm certeza.

Ela soltou uma risada sarcástica.

— Sempre soube quando você estava mentindo. Não pode enganar sua mãe.

— Sério? — Eu me sentei ereta no sofá e me virei para encará-la. — Você não fazia ideia de que eu estava indo embora. Estava toda animada para passar uma noite livre em um hotel luxuoso.

— Você está certa — disse, em voz alta. — Eu estava. — Então se postou na minha frente. — Pensei que tinha te criado melhor!

Eu me levantei rapidamente.

— Ele sabia sobre mim.

Aqueles olhos azuis cristalinos arregalaram e então se fecharam. Toda a raiva que emanava dela desapareceu. Ela parecia querer se encolher no sofá.

Eu continuei:

— Você tomou a decisão de me manter afastada. Não foi ele. Não fui eu. Foi você. E você mentiu sobre isso a minha vida inteira.

Ela praguejou baixinho e se levantou.

— Vamos falar sobre isso amanhã.

Eu a bloqueei para impedi-la de sair da sala.

— De jeito nenhum.

Então ela descarregou, recuando um pouco em seus passos:

— Você acha que sabe de tudo, mas está errada. Tudo isso não precisa ser resolvido assim. Você não precisa estar aqui. As tentativas de sequestro não são de verdade. Foi tudo uma fraude, um ato para te trazer aqui.

O quê?

Havia um brilho ensandecido em seus olhos. Seu cabelo estava mais desgrenhado do que o normal. Uma veia saltava de seu pescoço, pulsando rapidamente.

Eu fiz minha mãe perder a calma total.

— Mãe. — Eu tinha feito isso. Eu não podia acreditar que tinha feito isso. Eu a alcancei, mas ela se virou, rejeitando meu toque.

— Não.

Ela cruzou os braços, de costas para mim, e abaixou a cabeça. Ela estava fervilhando. Quando ela ficava assim, era inútil tentar conversar de um jeito racional com ela. Eu teria precisado de uma marreta – acompanhada de uma bebida – para fazer algum progresso.

Depois de refletir por alguns segundos, eu me decidi. Dane-se. Eu ia tentar. Eu tinha que tentar.

Eu disse tudo, mesmo que ela se recusasse a olhar para mim:

— A tentativa foi real. — Contei tudo. Ela não estava na sala com os policiais. Ela não tinha ideia do quão ruim tinha sido. Contei sobre o cara que foi meu aliado. Sobre o suposto 'estupro'. Sobre Boots, Rafe, Clemin. Sobre Arcane. Também contei como gritei por socorro ao chamar a Sra. Johnson.

E contei quão assustada fiquei.

Eu disse que não conseguia me lembrar de todos os eventos daquela noite, e isso era a única coisa que minha memória fotográfica não conseguia lembrar.

Contei sobre as outras tentativas.

Eu revelei tudo, todos os detalhes sórdidos, e ela parecia encolher a cada palavra que eu proferia.

Sobre minha decisão.

Sobre ver Kash na sala de interrogatório, depois no elevador.

Sobre deixá-la naquela manhã.

Sobre vir para esta nova casa gigante.

Sobre conhecer Cyclone, Seraphina, Matt. Sobre Marie e Theresa. Sobre ver meu pai pela primeira vez.

Eu contei sobre o primeiro dia, o segundo, o terceiro. Eu disse a ela que não podia usar um computador.

Tudo. Não deixei nada de fora, exceto a parte do sexo.

E terminei dizendo, baixinho, enquanto me aproximava de suas costas:

— E eu tenho quase certeza, não completamente, mas quase cento e vinte por cento de certeza, de que estou me apaixonando por aquele namorado que você mencionou. — Respirei fundo. Uma inspiração até dolorosa, antes de soltar o resto: — E estou aterrorizada porque, enquanto meu pai me ignora e Matt mente para mim, não faço ideia de como Kash pode me machucar, mas sei que se ele fizer isso, ele poderia me despedaçar. Despedaçar, mãe.

Então ela se virou, soluçando e com lágrimas escorrendo pelo rosto.

— Ah, minha querida. Venha aqui.

E então me aninhei nos braços da minha mãe, onde deveria ter estado o tempo todo.

Chrissy acordou antes de qualquer um de nós na manhã seguinte. Ela marchou até a casa principal e teve uma conversa com Marie. De alguma forma, as duas tiveram algum tipo de discussão. Nenhuma delas me disse sobre o que falaram, mas deixaram Quinn e Peter cientes de que minha mãe ficaria ali.

Elas não pediram permissão. Apenas informaram.

Outras palavras foram trocadas. Não fui autorizada a participar daquela conversa, mas entendi o que aconteceu mais tarde. Chrissy disse que era assunto de pais. Quinn, Peter, minha mãe e Marie estavam todos incluídos. Kash e eu não. Tudo bem que eu não estava louca para participar, mas sabia que estavam falando sobre mim.

Minha mãe *não* ficou feliz quando mencionei a parte sobre Peter me ignorar, então deduzi que ela queria dar uma bronca nele, e supus que Marie queria ser testemunha disso.

Uma hora depois, eles saíram e a decisão foi anunciada.

Minha mãe estava aqui para ficar.

Quinn saiu instantes depois para um evento beneficente, e o outro assunto foi tratado em seguida. Seraphina e Cyclone foram informados sobre a presença da minha mãe e sobre mim. Ninguém poderia estar preparado para suas reações. Cyclone começou a correr em volta, com os punhos erguidos e cantarolando:

— Sim ao matriarcado!

Seraphina caiu em prantos.

Eu estava nervosa sobre a forma como ambos reagiriam. Ter uma amiga divertida era uma coisa; ter uma irmã era completamente diferente. Ao primeiro sinal das lágrimas de Ser, quase desmoronei. Kash agarrou meu braço, me segurando firme até que Seraphina tivesse secado o rosto o suficiente e viesse até mim. Aqueles braços finos enlaçaram minha cintura, e ela enterrou o rosto no meu peito.

Mas foram suas palavras que solidificaram tudo.

— Sinto muito — sussurrou ela, com o nariz pressionado na minha camiseta.

— Querida. — Troquei olhares preocupados com as outras mulheres na sala. Quinn era uma mãe totalmente ausente. Não havia surpresa nisso, e Chrissy também percebeu.

Soltando seus braços ao meu redor, eu me abaixei para que ficássemos no mesmo nível. Ou o mais perto disso, porque a garota era quase tão alta quanto eu.

— Ser? Pelo que você está se desculpando?

— Pela forma como você deve ter se sentido. — Seus olhos não estavam focados em mim. Cabisbaixa, ela mordia o lábio inferior enquanto remexia na manga da camisa, afastando fios de cabelo inexistentes ali. Seu cabelo estava perfeitamente preso em um coque. Parecia apertado demais para a cabeça dela, para ser honesta.

— Como me senti?

Sua cabeça abaixou ainda mais, a testa quase repousando no meu ombro. Eu mal conseguia ouvir suas próximas palavras.

— Com o fato de a gente não saber. Você... nós já te amamos. — Ela ergueu o olhar, encontrando o meu. Lágrimas os nublavam. Ela ainda sussurrava, mas com renovada energia: —Você, como nossa irmã... agora podemos te amar ainda mais. Deveríamos ter te amado assim desde o começo. Nós não sabíamos. — Ela baixou o olhar novamente para o chão. Sua voz escapou em um soluço: — Sinto muito por não saber.

Ela se sentia mal por mim, por eles não terem ficado sabendo desde o início.

Pronto. Agora era definitivo mesmo. Eu já havia me apaixonado por meus irmãos antes, mas agora estava ainda mais apaixonada. Chrissy e eu nunca iríamos embora. Fodam-se os estudos. Bem, não os estudos e a vida em geral, porque eu não podia ficar aqui para sempre.

Ela fungou, e na mesma hora perdi minha determinação.

Eu nunca sairia do lado dessa garotinha. *Arranjem uns beliches aí, porque não vou me mudar. Para o infinito e além do infinito.*

— Ah, Ser. — Foi tudo o que consegui dizer. Um grande nó se formou na garganta, me impedindo de falar e fazer qualquer outra coisa. Eu só a abracei, pensando que nunca conseguiria soltá-la. Então, consegui dizer: — Você me amando do jeito que aconteceu, já é mais do que suficiente. Eu não vou a lugar algum.

TIJAN

Nós duas estávamos chorando.

Chrissy estava assoando nariz.

Marie piscou várias vezes, depois se virou bruscamente para o lado, para inspirar fundo.

Os homens... eu não tinha ideia do que estavam fazendo. Kash estava na sala, atrás de mim em algum lugar. Cyclone tinha se acalmado. E Peter estava lá também, mas como em todas as outras vezes, ele sempre ficava em segundo plano e ainda em silêncio. Desde que minha mãe chegou, ele não tinha olhado para mim, mas por que eu esperaria o contrário? Comportamento passado prevê o futuro. Bem, ele estava agindo como sempre. Estava sendo o mesmo.

Então Cyclone se lançou em cima de Seraphina e de mim, e o momento acabou. Ele nos abraçou, beijou nossas bochechas e inclinou a cabeça para trás, gritando:

— Guerra de travesseiros!

E foi isso que aconteceu.

Pof!

Ele acertou Marie bem no rosto.

Chrissy correu atrás dele, com uma almofada na mão. Seraphina ria, gritava, tentando ajudar Marie a se vingar. Quando começaram a se aproximar de Kash, ele lançou apenas um olhar, arqueou uma sobrancelha, e eles saíram correndo.

Podíamos ouvir Cyclone gritando pelo corredor:

— Theresa! Nós vamos te pegar!

Seraphina ainda ria junto com ele.

Olhei para cima, mas Peter tinha desaparecido.

Chrissy também reparou nisso, e juro que se ela estivesse segurando um balão, teria esvaziado de decepção. Marie assimilou tudo e então bateu as mãos nas pernas.

— Certo. Okay. — Ela disse para minha mãe: — Venha comigo. Vamos encontrar um quarto para você na propriedade em algum lugar.

E pronto.

Kash e eu fomos visitar Matt na hora seguinte. Ele havia ido mais cedo, me dando tempo com Chrissy, e eu sabia que ele também esteve checando a situação de Bonham. Ele não compartilhou detalhes quando me levou junto mais tarde, e ao ver o quanto Matt se sentia fraco, não disse nada para não aumentar o estresse pelo qual ele já estava passando. Em vez disso, contei tudo sobre a chegada da minha mãe, e ele estava sorrindo no final.

Tossindo, ele disse roucamente:

— Mal posso esperar para conhecê-la. Parece que vou amá-la.

Provavelmente amaria, e não sabia se isso era algo bom.

— Vocês dois são farinha do mesmo saco. Dois encrenqueiros.

Ele soltou uma risada, depois fez uma careta.

— Não me faça rir. — Ele olhou para Kash, com o lábio curvado em um sorrisinho. — Você consegue me imaginar levando a mãe de Bailey para uma noite de orgia?

Fiquei horrorizada.

— Meu Deus, não! Por favor, não.

Matt riu de novo, depois começou a tossir, e uma enfermeira entrou para se certificar de que ele estava bem. Kash achou que era hora de voltarmos, e Matt já estava fechando os olhos quando chegamos à porta.

Havia certos assuntos sobre os quais não conversamos, e isso pesava sobre nós. Era quase palpável conforme deixávamos a propriedade para ir ao hospital, incluindo como Kash estava lidando por estar na mídia.

A atenção que ele recebeu no hospital confirmou toda a imprensa.

Eu não tinha pesquisado nada online ou assistido televisão, então era fácil esquecer. Mas isso foi impossível quando chegamos ao hospital. Todos os olhos se voltaram para ele. Seu rosto estava na televisão, e o que era pior, ninguém se levantou para desligá-la. Eles mantiveram a TV ligada enquanto fazíamos o *check-in* para visitar Matt. Kash não precisava realmente disso, pois já havia se registrado e o pessoal sabia o nome dele. No entanto, a nova equipe de funcionários precisava do meu nome para a lista de visitantes. Durante todo o tempo, um silêncio mortal imperou no saguão, exceto pelo choro de um bebê e o repórter argumentando sobre a rixa na família de Kash e como Peter Francis o adotou como filho.

Senti a tensão nos meus ombros quando saímos. Kash pousou a mão sobre os meus músculos, massageando de leve, como se pudesse sentir meu estado de nervos. Fiquei agradecida, pois já não estávamos mais no centro da atenção de olhares curiosos, mas não melhorou em nada. As enfermeiras ficaram quietas, nos observando enquanto passávamos. Uma delas estava saindo de um quarto e se sobressaltou com nossa presença, mais ainda quando viu Kash.

— Ai, meu Deus! — disse ela, em voz alta.

Uma colega a fez se calar e as duas recuaram para o quarto de onde saíram e fecharam a porta.

TIJAN

Depois, foi a vez de seguirmos até os elevadores.

Enquanto esperávamos, ouvimos os sussurros. Quando entramos, *ouvimos* os olhares. Sim, os olhares eram tão acintosos que vibravam no ar. Alguns homens de negócios endireitaram suas posturas. Uma enfermeira estava corando. Outra estava olhando para o Kash como se ele fosse uma guloseima. Um casal idoso parecia assustado de estar no mesmo elevador que nós.

Foi assim tanto na chegada para visitar Matt, quanto na saída, ainda mais quando a fofoca se espalhou.

Assim que chegamos à sala de espera, a imprensa já se encontrava do lado de fora.

Kash suspirou, o primeiro suspiro que ouvi naquele dia, e tocou meu braço.

— Espere. — Ele estava no telefone, solicitando que o manobrista levasse o carro que havia alugado.

— Onde estão os seguranças?

— Achei que seria um espetáculo ainda maior se eles viessem com a gente hoje. — Ele parecia arrependido por ter tomado aquela decisão.

Uma mulher da equipe do hospital se aproximou.

— Fomos enviados para vocês. Há um carro esperando em uma saída lateral.

Kash franziu o cenho, mas confirmou com seu telefone e, um momento depois, acenou para ela. A funcionária nos levou novamente pelo saguão, corredores, então passamos pela recepção de enfermagem e por um departamento totalmente diferente. Fomos levados para fora da emergência. Um sedã preto estava esperando por nós, parado para que uma ambulância pudesse estacionar atrás.

— E o seu carro?

— Nós o pegaremos mais tarde. Eu posso mandar alguém buscá-lo.

— Para a propriedade, senhor? — perguntou o segurança sentado no banco do passageiro, virando-se para trás, enquanto o motorista já pegava o trânsito.

Kash assentiu, fechando os olhos.

— Sim, por favor.

Ele parecia tão cansado, e o motivo não tinha nada a ver com privação de sono. Eu me angustiava por ele, e então, estendendo a mão, entrelacei nossos dedos.

Ele soltou um suspiro e apertou minha mão uma vez. Voltamos para casa daquele jeito.

Nós éramos o pesadelo de todo e qualquer relações públicas. Isso era óbvio pela aparência estressada da assessora de imprensa. Em vez de se preocupar com Cyclone e Seraphina se esgueirando para ouvir, todo o grupo tinha se transferido para um prédio da Phoenix Tech, no centro da cidade, alguns dias depois. Matt foi considerado saudável o suficiente para viajar, e aqui estávamos. Sentados ao redor de uma mesa de reuniões. Meu pai. Kash. Matt. Minha mãe. Até Marie. A única adulta que não estava presente era Quinn. Peter estava lá para falar por ela – que precisou comparecer a um almoço.

Eu sempre devaneava quando alguém mencionava o lugar onde Quinn devia estar. Ela estava fazendo caridade ou estava em um almoço beneficente.

Honestamente, eu achava que não passava de uma desculpa esfarrapada para que as mulheres da *High Society* interagissem, fofocassem e bebessem vinho.

Quero dizer, eu faria isso se tivesse sido criada dessa maneira.

No entanto, eu não fui. E estava feliz com meu lugar – naquele momento, com Matt à minha direita e Chrissy à esquerda.

Quando entramos na sala, Kash tinha ido a outra área do prédio para falar com alguém. Ele entrou logo depois que a equipe de assessores de imprensa marchou para dentro.

A líder era uma mulher baixinha, cabelo loiro todo escovado emoldurando o rosto redondo, óculos no alto do nariz e maquiagem impecável. Ela tinha cerca de 1,60m, o físico malhado. A mulher não era magra, mas não estava acima do peso. Era sólida, e quando se dirigiu para a cabeceira da mesa de reuniões, notei as panturrilhas tonificadas.

Ela, definitivamente, malhava em seu tempo livre.

Isso até me inspirou. Um pouco.

O resto de sua equipe seguiu em um ritmo mais tranquilo. Tinha um cara magrelo com óculos, cabelo castanho. Mais duas mulheres jovens, talvez alguns anos mais velhas do que eu. Elas estavam olhando para Matt, mas também enviavam alguns olhares furtivos para Peter. Matt foi o único que piscou de volta, recebendo um sorriso malicioso em troca. Havia uma mulher mais velha entre eles que permaneceu de pé aos fundos, com o semblante austero. Matt, acidentalmente, a incluiu na piscadela, e pude jurar que ouvi um pequeno grunhido da mulher.

Fui com a cara dela na hora.

Mas tinha que confessar que também estava com um pouco de medo dela.

A mulher mais velha deu um olhar maldoso para Kash quando ele entrou, porém ele nem deu bola – caminhou até o final da mesa e se sentou. Ele e Peter se acomodaram do outro lado, com três cadeiras entre eles. Logo depois, as apresentações foram feitas. A chefe do time se chamava Martha. O nome do cara era Colin. A garota do sorriso malicioso era Coral. A outra se chamava Mia. A mais velha do grupo se chamava Poppy.

Eu *realmente* gostava dela agora. *Poppy*. Que nome fofo.

Mas ainda estava com medo.

Ela e Marie trocaram um olhar desafiador, que se estendeu para uma encarada, até que ambas lentamente ergueram as cabeças, com um olhar de respeito mútuo passando entre ambas.

Chrissy estava observando tudo, como eu. Uma sobrancelha ligeiramente arqueada, queixo para baixo como se ninguém soubesse o que estávamos fazendo, e meio voltada para a parte da frente da sala. Matt ainda secava a garota maliciosa, mas tentando fazer a outra se juntar à paquera.

Passando um olhar pela mesa, vislumbrei um leve divertimento no rosto de Peter enquanto ele observava minha mãe. Kash não olhava para ninguém. Seus olhos estavam afiados, cansados e frustrados. Estavam fixos nas janelas atrás de Martha, mas, como se sentisse minha atenção, se desviaram para mim. Senti um choque súbito, como sempre acontecia quando nossos olhares se encontravam. Ele me deu o mais leve dos sorrisos antes de olhar para Martha.

— Okay. Bem... — Martha juntou as mãos, esfregando-as, aquelas unhas pintadas de rosa brilhando, antes de apoiá-las nos quadris e empinar os ombros para trás. A postura a fez ganhar quase um centímetro de altura. — Vamos colocar as mãos à obra. — Seu olhar varreu toda a mesa e abrangeu a equipe. — Temos vários incêndios para apagar aqui.

Ela começou com o menor, relatando que algumas matérias foram publicadas sobre os processos de divórcio pendentes de Bonham. O cara era rápido para seguir em frente.

Ela acrescentou:

— Mas essa história não se conecta ao menor problema da nossa pilha. — Seu olhar se voltou para Matt e permaneceu ali. — Graças ao funcionário do Sr. Colello, na Naveah, nenhum vazamento veio da boate conectando a aparição de Bonham e o incidente de Matt.

Matt resmungou diante da escolha de palavras:

— Incidente. Legal. — Sua boca se contraiu. — Fui envenenado. O filho da puta...

— Matt. — O tom de Kash tinha um leve toque de advertência.

Meu irmão desviou o olhar para ele, que o encarou com firmeza. Matt soltou um suspiro e assentiu.

— Tudo bem. Ótimo. — Seu tom foi cortante, e ele afastou a cadeira para se virar para a frente, visivelmente não na direção de Kash.

Peter intercalava o olhar entre os dois, com as sobrancelhas franzidas em leve apreensão, porém não disse nada.

Chrissy, por outro lado, levantou a mão.

— Eu tenho uma pergunta! — disse ela, em voz alta.

Martha estava prestes a prosseguir, mas parou.

— Hmm... Sim, Srta. Hayes?

— É senhora, obrigada. — Chrissy não lhe deu tempo para digerir a informação. Ela apoiou os cotovelos na mesa e inclinou-se para frente. — Qual é o plano de ação de vocês quando vazar na imprensa o que Bonham fez? Porque é só uma questão de tempo. Boletins judiciais podem ser públicos, e tenho quase certeza de que Bonham adoraria isso, só para ser um incômodo para Matthew.

— Hmm — murmurou Martha —...Vou lidar com isso quando acontecer, mas até lá, o nosso próximo problema a ser resolvido é o próprio Matthew. — Ela virou a cabeça para o lado, focando em Matt. — Há uma boa quantidade de matérias se concentrando na sua overdose na boate. — Ela olhou para Peter, e depois para Kash. — Não são tantas como teria havido sem as outras duas histórias, mas é o suficiente para se preocupar. — Pausou. — O suficiente para que possa repercutir contra Matthew ou você mesmo.

Peter assentiu, endireitando-se na cadeira.

— Quais são suas sugestões?

— Agora, temos dois outros problemas maiores acontecendo ao mesmo tempo. — Seu olhar se demorou em mim e em Kash. Suas palavras, no entanto, eram para Peter: — Sua filha e o Sr. Colello. — Em seguida, ela franziu o cenho, reparando no lugar onde eu me encontrava e onde Kash estava sentado. Ela tossiu antes de prosseguir: — Há imagens de vocês dois se tocando...

O olhar de Kash se tornou ácido.

— Como é que é?

Viu só? Ela estava toda empolgada e pronta para tudo, mas sob a atenção de Kash, tornou-se uma cordeirinha hesitante. E essa porcaria me deixou com tesão e incomodada ao mesmo tempo.

Com mais uma pigarreada de leve, a mulher baixou o olhar e tamborilou as unhas no tampo da mesa antes de erguer a cabeça mais uma vez.

— Há fotos de você e da senhorita... — ela olhou para mim, depois para minha mãe — Hayes. — Uma pausa. — Em um momento íntimo.

Ai, meu Deus.

Matt estava sorrindo para mim.

O chão podia se abrir nesse instante e me sugar.

— Que fotos? — A voz de Kash soou tensa.

Ela acenou para alguém de sua equipe.

Que alegria... Tinha que ser logo a mais sexy delas.

A moça deslizou as fotos para Kash primeiro. Vi sua mandíbula cerrar antes de ele arrastar as fotografias para mim.

Minha mãe se inclinou para ver.

— Uau! — Isso foi Matt.

— Querida... — Isso foi minha mãe.

Eu. Estava. Morrendo.

De novo.

A foto deve ter sido tirada assim que Torie saiu da nossa suíte privativa. Ela estava de lado, se afastando. A porta estava começando a se fechar, e o corpo de Kash estava em cima do meu. Nossas pernas estavam entrelaçadas, e ele estava começando a se sentar. Uma boa porção de pele ficou exposta, juntamente com minha camisa enrolada na cintura.

Pelo menos não dava para ver a lateral dos meus seios. Amém por isso.

Ainda assim, eu estava morrendo de vergonha.

Kash estava mexendo no celular, e quando o aparelho vibrou em sua mão, ele o deslizou na minha direção. Eu peguei, lendo uma mensagem de Torie.

> **Torie:** Mandarei que a equipe de segurança dê uma olhada, mas talvez sua garota possa descobrir mais rápido?

Digitei de volta no telefone dele.

> **Kash:** É a Bailey. Vou cuidar disso depois da reunião.

> **Torie:** Procure agora, caso haja mais alguma vazando.

Entreguei o telefone para Kash. Toda a reunião estava esperando por nós. Kash leu a mensagem, depois acenou para mim. Ele se levantou.

— Estamos indo embora.

— O quê? — Martha exclamou, arregalando os olhos.

— As habilidades tecnológicas de Bailey são necessárias, e o mais cedo possível. — Ele apontou para as fotografias. — Elas deveriam ter sido trazidas à minha atenção no instante em que você ficou sabendo disso.

— Mas…

Peter se levantou e foi para um canto da sala. Ele pegou uma maleta e a trouxe de volta, abrindo-a novamente.

— Com licença, mas acho que isso permitirá que minha filha… — ele parou na hora, assim que se deu conta da palavra que usou — faça o que ela tem que fazer, e todos podemos ficar aqui. — Ele abriu o laptop para mim. — Essa reunião é necessária, Kash. Você deve ficar.

Não esperei a resposta de Kash. Já estava de pé e contornando a mesa.

Peter estava puxando um mouse e um par de fones de ouvido. Eu quase ronronei como um gato, e logo comecei a mexer neles.

Eu estava tentando não focar nisso, mas estava tendo um momento. De novo.

Estava bem ali, no fundo da minha mente. Eu tentava ignorar, mas, minha nossa, eu estava usando o laptop pessoal de Peter Francis. A capacidade de memória da máquina, por si só, já me deixou boquiaberta, e quando detectei a velocidade de sua banda larga – uau, mais um momento de puro amor. Daquele tipo que todo *hacker* nerd e apaixonado por tecnologia amava. Além disso, esse cara tinha sido meu ídolo desde criança. Descobrir quem ele realmente era, a forma como vinha me ignorando… Isso acabou com o momento, mas havia anos de história de idolatria arraigada.

Anos.

Eu podia sentir a atenção de Chrissy em mim, como um falcão, mas eu tinha que ignorá-la.

Entrar nas transmissões de segurança do Naveah foi um trabalho bem rápido; a senha de Torie ajudou. Eu só precisava vasculhar todo o acervo de imagens. Algumas foram excluídas. Eu estava fazendo uma nota mental para procurar onde elas foram parar e quem fez isso, mas então encontrei nossa filmagem.

Era a mesma de onde a imagem havia sido extraída. Não havia ninguém lá. Quem quer que tenha divulgado essa imagem trabalhava no Naveah.

— Graças a Deus a outra câmera estava desligada. — Baixei o tom de voz.

Kash concordou, sua mandíbula rígida novamente. Ele olhou por cima de mim para Peter.

— Você pode verificar as contas de seus funcionários? — Seu olhar pousou em mim, antes de voltar para Peter.

Eu tinha certeza de que Kash estava pedindo a Peter para violar a lei. Eu poderia fazer isso, verificar os extratos bancários dos funcionários do clube, mas a bomba lançada aqui não tinha nada a ver com isso. Era o fato de que Peter era dono do clube. Que surpresa havia nisso? Ele era dono do hotel onde Matt morava, e eu sabia que ele possuía uma boa parte da cidade.

Peter concordou, sua própria mandíbula cerrando.

— Farei as pesquisas necessárias. — Sem perguntar, pegou o computador e foi trabalhar.

Eu estava boquiaberta. Eu era meio que uma stalker daquele homem. Eu era uma fã.

Estava abertamente babando por tudo o que ele estava fazendo. Mais uma vez. Ele estava manuseando seu computador em uma velocidade vertiginosa em que eu mal tinha tempo para identificar qual tela se projetava antes de passar para a próxima. Então, ele estava puxando algumas coisas da *dark web*, e eu quase desmaiei ali mesmo.

A mão de Kash pousou na minha coxa, me trazendo um pouco de equilíbrio. Olhei para ele e o encontrei me observando com um sorrisinho em seus lábios. Sem pensar duas vezes, eu me aninhei ao seu corpo.

— Hmmm… — Martha estava falando.

Olhei para cima. Todos nos observavam. Alguns olhares eram confusos. Outros era hostis – de Chrissy, da mulher sedutora. E outras pessoas sorriam – Matt e Marie. O cara magro estava perplexo. Seu lábio inferior se contraía e ele coçava a testa, empurrando seus óculos para cima.

— Como eu estava começando a dizer, sinto que alguns dos problemas podem ser resolvidos por uma entrevista conjunta com Matthew e Bailey.

Peter parou de digitar, olhando para cima.

— Hein?

— O quê? — Matt esbravejou.

— Sim. — Esta era a parte que ela não queria lidar. Aquela postura de líder que assumia o controle fazia mais sentido agora. Ela nos forçaria a fazer algo que não queríamos.

Uma entrevista? Comigo? E Matt?

Ela não sabia do sequestro, ou das outras *tentativas*?

Eu esperava que Peter dissesse algo, mas ele apenas desviou o olhar para Kash e deu um firme aceno. Era a área de Kash e ele não perdeu tempo.

— Não.

— Mas…

— Não — falou com clareza e de forma concisa, sem irritação. Ele estava sendo gentil com ela, não *latindo* como Matt. — Não haverá entrevistas com Bailey. Você divulgará o que for preciso através de processos judiciais. Matthew pode ser entrevistado, mas não haverá menção à Bailey ou sua relação com ela. Você quer ajuda? Distraia-os. Dê a eles algo mais para se concentrar, além de Bailey ou de mim.

Ela ergueu o queixo.

— Com todo o respeito, nem sequer chegamos à confusão que envolve você.

Ah. Essa mulher tinha culhões. Grandes e bem peludos.

Kash entrecerrou os olhos por um instante, antes de continuar, sem elevar o tom de voz ou mudar a postura:

— Eu não sou seu cliente. Não estou interessado em ter minha "história" manipulada de nenhuma forma. Você quer envolver meu avô? — Ele esperou.

Ela engoliu em seco. Isso a entregou.

Ele continuou:

— Acho que não. Concentre sua energia em Matthew e tente distrair o público em relação a Bailey o máximo possível. Temos um mês antes que ela comece a pós na faculdade. Gostaria que um plano fosse colocado em ação para diminuir lentamente a curiosidade sobre a identidade dela. — Ele parou, dando uma olhada para meu irmão, então suspirou. — Porra. Entregue tudo sobre Matthew.

— O quê? — Matt levantou a cabeça de supetão. Ele tinha estado reclinado em sua cadeira, mas também apreciando a troca de palavras ao seu redor.

Kash assentiu.

— Sim. Dê a eles Bonham. O divórcio. O caso. O envenenamento.

— Vá se foder! — A cadeira de Matt foi empurrada para trás, e ele avançou em direção a Kash. — Pode esquecer essa porra. De jeito nenhum...

— É uma boa ideia.

— Então faça isso.

Ele parou, na metade do caminho. Seu corpo quase perdeu o equilíbrio pela forma abrupta com que parou. Ele encarou Martha, que disse a primeira frase, e depois Peter, que acrescentou o segundo comando. Ambos foram cuidadosos com suas palavras, baixas, mas firmes.

Martha estava concordando com Kash:

— Se o foco é desviar a atenção de Bailey, então você está certo. Precisamos usar o que temos.

— Pai? — Matt estava boquiaberto, mas foi sua angústia que fez a culpa revirar meu estômago. Ele se apoiou na mesa. — Você não pode estar dizendo...

Peter parou o que estava fazendo e se virou para o filho.

— Pense na sua irmã.

Irmã.

Jesus.

Eu não sabia se gostava de ouvir isso ou... A sensação de prazer nadava bem perto da culpa, superando-a. Quase. Ainda me sentia culpada, porque Matt estava abalado. Ele estava realmente abalado.

Peter continuou:

— Você não tem nada a perder aqui. Sempre teve sites de fofocas espalhando coisas sobre você por anos. Você é festeiro. Ter um caso com uma mulher casada não é novidade nenhuma. Eles ficarão sabendo que você foi envenenado, não que teve uma overdose. Pode ser que te julguem um pouco, mas também talvez o vejam com mais simpatia. Ou, pelo menos, algumas opiniões mudarão. Você nunca se importou com o que o público pensa ao seu respeito, então é isso que será feito. Você os manterá distraídos para que não foquem a atenção em sua irmã, porque precisa se lembrar do motivo que a trouxe até nós em primeiro lugar.

Direto ao ponto. *Cacete.* Um lembrete não tão sutil do que imaginei que a equipe de RP não sabia, com base na confusão de todos agora.

O entendimento trouxe alguma cor de volta ao rosto de Matt.

— Ah, entendi. — Ele olhou para mim, mostrando constrangimento, depois isso também desapareceu. Resolução fez com que ele levantasse mais a cabeça, assim como o pai, então ele concordou: — Tudo bem. — E disse a Martha: — Pode me usar. Também posso liberar as mensagens de Amanda e qualquer outro detalhe sórdido que você precise.

O olhar de Martha intercalava entre mim, Peter, Matt e Kash. Suas sobrancelhas estavam firmemente franzidas. Então ela tomou uma decisão, e seu semblante suavizou.

— Okay — ela disse a Kash. — Você não é nosso cliente. Eu não sabia desse detalhe. É bom que eu saiba agora, e nossa prioridade mais importante é proteger Bailey. Podemos nos adaptar a esses parâmetros e fazer isso. Você vai cooperar? — A última pergunta foi para Matt.

Ele concordou, os lábios franzidos mais uma vez.

— Eu disse que sim. — Mas ele não estava fazendo isso de bom grado. Isso ficou claro.

Martha se dirigiu à sua equipe:

— Muito bem, podemos sair e já começar a trabalhar nisso. — Seu olhar pousou em Chrissy e ela vacilou quando o pessoal de seu time começou a deixar a sala. — A menos que haja outro assunto que não tenhamos abordado?

— Não há — Peter falou antes que minha mãe pudesse. Ele havia voltado para seu computador. — A mãe de Bailey está aqui por sua filha. Isso é tudo.

Foi uma dispensa educada, mas tinha certeza de que havia um insulto adicional sendo enviado em direção à minha mãe. Isso se confirmou quando vi os olhos dela nublarem, mas Kash se levantou, segurou minha mão e me fez levantar. Ele me puxou junto, balançando a cabeça quando olhei para ele. Foi uma advertência para que não me metesse entre os dois.

Matt seguia atrás da equipe de RP, batendo papo com as duas garotas.

Martha caminhava à nossa frente, e, mesmo depois de deixarmos a sala, não trocamos mais nenhuma palavra. Kash não queria que a equipe de RP de meu pai ficasse a par de qualquer outra coisa, mas nos dirigimos juntos ao elevador.

Olhei para trás.

Chrissy estava vindo pelo corredor com Marie, as duas conversando em voz baixa.

As portas do elevador se abriram. Kash esperou enquanto a maioria dos publicitários entrava. Como estava cheio, Matt fez menção de ficar para trás, mas Martha recuou e acenou para ele.

— Pode ir com eles. Eu pego o próximo.

As portas se fecharam.

Marie e Chrissy se juntaram a nós, e ficamos todos em silêncio. Aguardando outro elevador chegar.

Quando chegou, Kash ainda não havia se movido.

Marie e Chrissy passaram por nós, aguardando depois de entrarem.

Kash disse a Marie:

— Leve a mãe de Bailey para a propriedade. Nós iremos depois.

Era nítido que Martha esperava ir conosco, mas quando ele lhe deu um olhar determinado, ela entrou. Estendendo a mão para manter as portas abertas, ela disse em tom baixo:

— Estive ciente de quem você é enquanto trabalhava para Peter Francis. Eu não sabia todos os detalhes, e estou impressionada com o quanto você conseguiu manter em segredo. Mas não se engane. Esse tempo acabou, Sr. Colello. Você está de maneira irrevogável, e acredito que permanente, no centro das atenções; suas ações da Phoenix Tech, a identidade de seu avô… e tenho a sensação de que você está escondendo ainda mais coisas. No entanto, você não é apenas um interesse nacional, e, sim, global agora. Governos estarão interessados em você. Não adie o esquema em melhorar a opinião pública ao seu respeito. Você ficará chocado como ajuda trabalhar em parceria com a imprensa, ao invés de contra.

Essas foram suas palavras de despedida antes que ela se afastasse.

As portas se fecharam entre nós e eles.

Deduzi que não iríamos com eles. A mão de Kash estava no meu ombro, me guiando para dentro do elevador quando as portas se abriram novamente, e assim que se fecharam, ele me empurrou contra a parede. Havia uma câmera no canto, mas droga. Eu não me importava. Kash me observava com atenção, quase perto o suficiente para me beijar, pairando sobre mim enquanto pressionava o botão no painel. Pensei que ele acabaria com a distância entre nós, mas não aconteceu. Ele ficou apenas parado à minha frente, me encarando e sentindo meu coração acelerar.

Nem uma palavra foi dita.

Estávamos bem ali, juntos. Observando um ao outro. Sentindo um ao outro. Respirávamos com dificuldade, e então reparei no detalhe sobre Kash. Ele estava dividido. Estava cansado. Estava revirado por dentro. E ao perceber que eu o via por inteiro, ele ergueu sua mão como sempre fazia. Então tocou meu queixo, o polegar roçando meus lábios. Seus olhos escureceram e ele começou a se inclinar, a boca a centímetros da minha.

As portas se abriram e alguém pigarreou.

Ele praguejou entre os dentes, apoiou a mão na parte inferior das minhas costas e nos conduziu para que passássemos pelo pequeno grupo de espectadores. Os olhos estavam arregalados conforme somavam dois mais dois. Eu estava assumindo que Kash não era uma presença constante no prédio. Estava me perguntando se meu pai era, porque não estávamos na sede, apenas em um dos prédios dele no centro.

Ele me guiou para fora, onde um carro nos aguardava. Assim como a imprensa. As câmeras começaram a disparar enquanto entrávamos. As pessoas faziam perguntas a Kash. Algumas foram direcionadas a mim, mas a assessora de imprensa estava certa. Todos pareciam fascinados por Kash.

Ele se inclinou para frente, dizendo ao motorista:

— Minha casa. — Então ele se recostou, capturando minha mão e entrelaçando nossos dedos. Ele se agarrou a mim como se precisasse do meu toque para apenas existir. Meu coração estava entalado na garganta, sentindo todas essas emoções avassaladoras. Eu estava apenas vivenciando isso, até que o motorista entrou no estacionamento subterrâneo e saímos.

— Kash — comecei, assim que chegamos ao seu apartamento, mas ele não queria ouvir.

Ele me pegou no colo e me levou para o quarto.

Senti sua urgência na mesma hora.

Ele me despiu por completo e me fez deitar na cama, então adorou o meu corpo.

Era isso que ele precisava. Eu senti em cada centímetro do meu ser.

Kash precisava me amar, me fazer gozar – várias e várias vezes, se eu estivesse me baseando em noites passadas –, e só então, permitiria a si mesmo o orgasmo. E enquanto ele se livrava do restante de suas roupas, expondo cada centímetro firme e duro da obra-prima que eu tanto aprecia-va, ele voltou para mim, me trazendo a certeza do que eu já sabia.

Ele não teve a menor pressa em me fazer gemer, implorar e gritar até que minha voz ficasse rouca, até que estivesse suplicando para que me pos-suísse, e só então ele colocou uma camisinha e se encaixou dentro de mim.

Lento. Profundo. Ele me penetrou e ficou imóvel, os olhos fixos nos meus, e começou a se mover.

Arremetendo.

Devagar.

Em um ritmo controlado pra caralho.

Eu ia de encontro a ele, tentando fazê-lo perder o controle, mas ele esta-va preso em algum tipo de restrição que eu não conseguia penetrar. Eu ten-tei. Eu o beijei. Arranhei suas costas, seu peito. Quando ele se afastou, tentei alcançá-lo, mas ele apenas agarrou minha mão e a prendeu ao lado da minha cabeça. Ele voltou a arremeter devagar, ainda lento demais, me esticando, me fazendo sentir cada centímetro dele, antes de sair e entrar de novo.

— Kash. Por favor.

Ele abaixou a cabeça, sua testa descansando no meu ombro, e um gemido profundo escapou de sua boca. Ele estocou com mais força, mais profundamente, e então algo estalou.

Ele se movia mais rápido, com mais voracidade.

Eu podia sentir se avolumando dentro de mim, se mesclando a uma emoção mais profunda, se entrelaçando, e enquanto ele empurrava, fundo, com sua mão acariciando meu clitóris, eu gemi sem me reprimir.

Apertando meu quadril com força, ele virou a cabeça em meu pescoço.

Um rosnado vibrou de seu corpo, que estremeceu contra o meu, desabando sobre mim conforme nós dois alcançávamos o orgasmo em sincronia.

— Puta merda — murmurou, me abraçando ao se retirar de dentro de mim.

Ele me puxou para que ficasse esparramada sobre seu corpo. Kash não falou nada, apenas enfiou o rosto na curva do meu pescoço, me abraçando com força. Meus seios estavam pressionados contra o peito forte. Nossas pelves juntas. Eu senti que ele estava começando a se animar, mas ele não fez nada além disso. Seus olhos estavam fechados, a cabeça contra o meu ombro e pescoço, seus lábios roçando a pele.

— Porra, Bailey. — Um gemido suave escapou. Recostado de leve à cabeceira da cama, ele abriu os olhos e me encarou.

Eu podia ver a aflição em suas íris.

Perdi o fôlego, sentindo uma onda alarmante me atravessar, então ergui um pouco o tronco, apoiando uma mão em seu peito.

— O que houve?

— Nada. — Ele piscou, e quando olhou para mim novamente, a angústia havia desaparecido. Ele estava completa e unicamente focado em mim. Ele parecia meio dopado, com uma satisfação nadando profundamente em seus olhos castanho-claros da cor de uísque.

— Ei. — Segurei sua bochecha. — O que houve? Você precisa me dizer.

Ele não falou por um momento, virando a cabeça. Agarrando minha nuca, ele ergueu o tronco até tomar minha boca.

Porém, ele não se abriu.

Ele não disse nada pelo resto da noite, em vez disso me aninhou abaixo de seu copo outra vez e não demorou muito até que estivesse deslizando para dentro novamente.

Ficamos daquele jeito pelo resto do dia, daquela noite e nos outros que se seguiram. Apenas ele e eu.

Parecia perfeito. Mas não era.

Kash não estava me deixando entrar.

TIJAN

Eu não queria admitir que todos nós nos escondemos depois disso, mas foi o que fizemos. Nós ficamos fora dos holofotes. Acabaram as viagens dele para tentar descobrir o que meus sequestradores estavam fazendo, ou o que o avô dele estava planejando. Quando descobriram quem Kash era e onde estava, e que em breve ele assumiria suas ações na Phoenix Tech, a coisa parou por aí. Algo estava vindo. Ninguém sabia o que era, mas todo mundo sentia, e por causa disso, estávamos tensos.

Quero dizer, todo mundo estava fingindo que não estava, mas estávamos.

Kash e eu ficamos em seu apartamento até a imprensa descobrir onde ele morava, e depois disso, mesmo que pudéssemos entrar e sair com relativa privacidade por causa do estacionamento subterrâneo, havia uma sensação de aprisionamento por eles saberem em qual prédio estávamos. Ele recebeu algumas ligações da recepção sobre pessoas tentando entrar sob a pretensão de entregar flores ou presentes. Kash me disse que nunca lidou com isso antes, então o fato de estar recebendo ligações dizia muito. Se ele recebia qualquer entrega antes, fosse o que fosse, era assinado pela recepção e deixado de lado até que ele o buscasse no seu próprio tempo.

A administração também havia ligado para avisá-lo de que seus vizinhos estavam começando a reclamar.

A resposta de Kash foi:

— Lidem com isso, ou comprarei o prédio inteiro só para expulsá-los. — As ligações pararam depois disso, e na verdade, os vizinhos realmente iriam se mudar dali? Em algum momento a confusão esfriaria.

Certo?

Kash não queria esperar. Depois que alguns vizinhos começaram a tentar conhecer, conversar ou "socializar" com ele quando cruzávamos o saguão, ou quando um cara se aproximou de mim quando eu estava usando a bicicleta ergométrica na academia...

Eu sei, chocante. Eu fazia exercícios físicos. De vez em quando...

Senti que o destino estava me dizendo para ficar em forma para correr. Mas não durou muito tempo.

Voltando ao cara que me abordou – não era que estivéssemos sendo grosseiros. No começo, eu gostava de alguns dos vizinhos tentando se aproximar e ser amigáveis. *Eu* gostava; Kash não. Ele não era assim, de qualquer forma. Ele não precisava fazer amigos. Nesse aspecto, eu era a mais extrovertida. E tinha sido uma mudança agradável das reclamações anteriores. Mas esse cara tinha extrapolado. Ele começou a me cantar assim que me viu, propondo que eu sentisse o que era um *verdadeiro* garanhão.

Meu relacionamento com exercícios foi rápido e breve. Assim como a lição que aquele cara recebeu.

Um telefonema tranquilo aconteceu depois que contei ao Kash sobre ele, e na manhã seguinte o vi carregando caixas para uma van de mudança. Kash mandou o cara embora. E foi também nessa época que voltamos para sua vila em Chesapeake.

Eu falei com a minha mãe ao telefone, então não fiquei completamente surpresa quando chegamos lá e a encontrei, se encaixando como se nunca tivesse estado lá. Matt estava ficando no seu antigo quarto, que se localizava em sua própria ala do mausoléu. Seraphina e Cyclone estavam extasiados. Agora tinham Marie, Theresa, Chrissy e Matt o tempo todo lá. Kash e eu estávamos de volta, o que deixou a todos muito felizes.

Cyclone queria comemorar com uma festa de boliche, então comemos pizza e jogamos a noite toda, usufruindo das pistas privativas que se conectavam ao bar. De alguma forma, isso se transformou em uma festa, e alguns amigos do Matt apareceram. Então, naquela noite, tive o *prazer* de reencontrar Fleur, Victoria e a terceira amiga novamente. Elas foram muito mais amigáveis e simpáticas, agora que sabiam da minha relação de parentesco com Matt. Com exceção de Victoria. Ela continuava a agir com frieza, mas eu não esperava outra coisa. A garota fechou a cara ao me ver com Kash, e sua atitude só piorou. Isso poderia ter afetado outra pessoa, mas não eu. Fiquei feliz por ela manter distância. Os outros caras do grupo do Matt, não tanto. Eles ficaram na nossa cola, agindo como se Kash e eu fôssemos amigos de longa data.

Chester. Tony. E o outro que descobri se chamar Guy. Nome estranho, mas de família também, já que ele era, oficialmente, Guy IV.

Dos rapazes – depois de Matthew –, ele era o mais amigável. Ou talvez fosse o mais descontraído. Essa era a palavra que melhor o descrevia. Ele não parecia afetado por eu ser irmã de Matthew, ou intimidado por Kash. Ele foi o primeiro a se aproximar – depois deu um tapinha nas costas de Kash e pediu um empréstimo. Isso foi seguido por um piscar de olhos, mas quebrou o gelo.

Todos nesse grupo já sabiam quem era Kash, mas agora que estava revelado mundo afora, eles não sabiam como tratá-lo. Eles entraram com cautela, mas quando Kash rejeitou o pedido de empréstimo de Guy com base no crédito dele, todo mundo relaxou.

Bem, pelo menos eles relaxaram. Victoria ainda estava mal-humorada. Chester ainda continuava nojento. Tony me secava com os olhos, e Matthew estava inquieto, mas isso era apenas com eles. Não foi a primeira noite em que Matt teve seus amigos por perto, mas durante o próximo mês, não foi um evento comum. Eles apareceram mais duas vezes, principalmente para dar apoio moral a Matt depois de sua nova entrevista, cumprindo os planos da assessoria de imprensa.

Recebemos uma atualização de Martha, e segundo ela, estava dando certo… com relação a mim. Porque eu havia deixado completamente de ser o centro das atenções e não havia mais o menor interesse em aparições minhas; além disso, eu estava fora dos sites de fofocas e das redes sociais. De vez em quando, saía uma ou outra matéria sobre mim. Eles tentaram entrevistar pessoas do meu passado, mas fiquei contente que poucas pessoas da minha cidade natal foram citadas. Isso dizia alguma coisa. Eles estavam mantendo a boca fechada.

Martha foi rápida em nos informar que isso não significava que eles tinham esquecido quem eu era, apenas que o lance do caso extraconjugal de Matthew e as acusações policiais contra Drew Bonham estavam recebendo mais atenção da mídia. Ela não disse nada sobre Kash. Os olhares furtivos que lançou na direção dele foram o suficiente. E depois de uma pesquisa online – da qual também tirei uma folga –, vi que minha suposição estava correta.

Ele ainda estava em toda parte, mas agora a história estava sendo direcionada para outros sites, como os sites de finanças, além das páginas de fofoca normais. As matérias falavam sobre como sua nova presença na Phoenix Tech impactaria suas ações e se haveria uma batalha entre Peter Francis e Calhoun Bastian, que supostamente havia começado a comprar ações em empresas concorrentes de tecnologia.

Interessante.

É alarmante.

Kash me flagrou lendo uma dessas histórias, veio até mim, fechou meu laptop e me pegou no colo. Ele estava fazendo aquela coisa típica de não falar nada, mas fazer outras coisas comigo. Estava funcionando. Eu não resistia muito, mas o momento chegaria.

Até lá, eu o deixaria me levar sempre que quisesse para a cama.

Na manhã seguinte, ele me pediu para não me preocupar com "aquelas coisas".

Coisas. Era assim que ele as chamava.

Eu estava me preparando para discutir, quando ele abaixou a cabeça no meu ombro, arrastando a mão pelo meu corpo e se acomodando sobre mim. Sentindo sua preocupação e exaustão, mordi a língua. Literalmente. Ele não queria que eu me preocupasse porque era *tudo* o que ele estava fazendo.

Eu fiz o que pude, que não era muito.

Então desfrutei do meu tempo com Kash no mês de agosto. Adorei ter a companhia da minha mãe por ali. Eu não estava entendendo a dinâmica entre ela, Peter e Quinn, mas também não estava procurando causar problemas. Eu gostava de tê-la lá. E usufruí de todo o tempo possível ao lado dos meus irmãos.

Continuei trabalhando no meu sistema de segurança e pesquisei tudo sobre Calhoun Bastian.

Era uma daquelas noites em que todo mundo estava na piscina. Uma tela de cinema foi instalada com um projetor. Eles planejavam ter uma experiência tipo de drive-in, mas relaxando em boias na piscina. Pizza, refrigerante – e algumas opções saudáveis foram fornecidas, porque Quinn também deveria estar lá.

Eu já havia nadado antes, mas pedi desculpas. Uma atmosfera hostil e de educação forçada imperava no ambiente, e quanto mais Quinn ficava por ali, mais ela crescia. Eu me sentia mal porque ela era mãe de Seraphina e Cyclone. Eles queriam a presença dela, mas minha mãe estava lá por minha causa, então uma camada inteira de culpa me cobria, pesando sobre mim.

Levei meu computador para uma espreguiçadeira na parte dos fundos da vila de Kash. Eu estava na cadeira, com meu laptop entre as pernas, e ainda podia ouvir as risadas provenientes da área da piscina.

E porque eu não podia me controlar, estava fazendo minha pesquisa habitual por qualquer informação que pudesse encontrar sobre Calhoun Bastian. Se Kash fosse enfrentá-lo – o que todos sentiam que seria em breve –, eu queria dar a ele o máximo de munição possível.

TIJAN

— Você tem noção de que ele sabe, não é?

Ai, droga.

Endireitei-me na cadeira, e olhei ao redor da porta do pátio de Kash, que estava aberta. Peter Francis estava lá, as mãos nos bolsos, a camisa social fora do cós e o cabelo bagunçado. Parecia que ele teve um dia difícil no escritório. A gravata havia sido tirada e uma sombra de barba recobria seu maxilar.

Era bem óbvio isso, e uma filha há muito tempo perdida apenas saberia.

Um arrepio percorreu minha coluna, um daqueles que sempre acontecia, e eu sabia o que estava por vir.

Essa era a conversa. A conversa.

Ou eu estava deduzindo, já que a primeira vez que estivemos sozinhos não tinha nada a ver com coisas pessoais entre pai e filha.

Eu estava pronta. Estava mais do que pronta. Isso deveria ter sido feito muito antes.

Então ele disse:

— Você não está ajudando Kash.

Ele me pegou logo com *isso*? O homem não jogava limpo.

— O que você quer dizer?

Cabeça baixa. Voz áspera. Eu podia fazer isso. Eu podia lidar com ele. Foram anos me preparando, certo?

Ele se sentou na espreguiçadeira ao meu lado, de frente para mim, apoiando os braços nas coxas e inclinando-se um pouco para frente.

Eu o observei, lançando olhares de soslaio, mas ele não levantou a cabeça. Ele a mantinha abaixada, focado no chão ou nas próprias mãos, eu não sabia. Eu só sabia que meu pai ainda não conseguia me encarar nos olhos.

— Se você acha que o Kash não estava pronto para essa guerra desde os 6 anos, você não sabe com quem está dormindo.

Outro golpe baixo.

Fechei os olhos. Eu não achava que conseguiria fazer isso olhando para ele.

Sua voz se tornou mais suave:

— Conheci Calhoun Bastian quando tinha mais ou menos a sua idade, com a mente cheia de planos e ideias como as suas. Eu ia conquistar o mundo e, droga, cheguei perto pra caramba. — Um tom de arrependimento permeou suas palavras. Agora ele olhava para cima, os olhos cercados pela mesma emoção. — Eu sei que isso demorou bastante, mas por mais que eu tentasse, não sabia o que dizer.

Sobre Kash?

Não.

Eu me dei conta e me inclinei para frente.

Ah.

Ah!

Ele estava falando sobre *mim* agora.

Tentei controlar, mas as emoções emergiram. Minha garganta se fechou. Senti o nó entalando ao mesmo tempo em que as lágrimas ameaçavam cair.

Não, não, não. Eu não podia lidar com isso.

Não mais.

Mas ele não sabia disso, e continuou falando, em tom mais suave:

— Quer saber qual é o momento mais humilhante da vida de alguém?

Franzi o cenho, confusa.

— É tentar explicar para a filha que você sempre soube que existia, cuja mãe decidiu mantê-la afastada e longe dos holofotes, como eu queria cuidar dela, amá-la, apoiá-la, mas não podia... e agora, de alguma forma, o motivo de ter sido decidido mantê-la em segredo não importa mais, porque aqui está ela, com sua vida ameaçada do mesmo jeito.

Caramba.

Isso foi um *nocaute*.

Ele me pegou. Um soco de direita nos sentimentos.

— Ahn... — sussurrei.

Gênio fabuloso, aqui. Eu mesma.

— Não tenho nada a dizer em minha defesa, especialmente depois de finalmente a ter aqui e ainda não conversar com você. — Ele riu com amargura. — Sua mãe quase comeu o meu fígado por causa disso. Fui alvo do seu ataque de fúria na estrada hoje de manhã. Os pneus ainda estão fumegando.

Uma risada suave, ainda repleta de arrependimento.

— A verdade é que não faço ideia do que dizer a você. Ainda não sei. Estou aqui e estou tentando descobrir, me equilibrar, mas estou fracassando. Estou fracassando totalmente, e não faço ideia de como falar com a filha mais parecida comigo dentre todos os meus filhos. Eu estraguei tudo da primeira vez que te vi também.

Algo estava se abrindo dentro de mim. Algo pequeno, mas era *alguma coisa*.

Uma pequena rachadura.

Ele continuou, ainda sem olhar para mim.

— Eu deveria ter dito isso no primeiro dia em que você foi trazida para cá depois da tentativa de sequestro. Droga. Eu deveria ter me esforçado mais. Então eu soube o que aconteceu e... fiquei constrangido.

Eu estava concentrada na minha cadeira, minhas mãos cutucando o vime da estrutura.

— Eu estava envergonhado. A razão pela qual sua mãe decidiu mantê--la afastada era exatamente a mesma razão pela qual você estava vindo até mim, e eu estava radiante. Finalmente iria ver minha filha em pessoa. Não era apenas um relatório na minha mesa, ou um trecho de áudio. Ou ficar sabendo que ela estava se candidatando às minhas bolsas de estudo, que ela queria um emprego onde eu trabalhava. Minha filha. *Minha*.

Ele parou por apenas um segundo.

— Você ganhou aquelas bolsas de estudo por mérito próprio, caso alguma vez duvide de si mesma. Foi você. Não eu. Não tive a menor influência na equipe que escolheu o vencedor, mas fiquei feliz. Eu estava extremàmente orgulhoso, porque ainda fazia parte da sua vida, embora você nunca precise me dar atenção. *Você*. Estou orgulhoso de quem você se tornou, e — seu tom de voz diminuiu — estou humilhado, porque tudo isso foi por causa da sua mãe. Não por minha causa. Não sei se você teria se tornado o que é se estivesse sob meus cuidados.

Eu sabia a quem ele se referia.

— Você não dá crédito suficiente a ele. — Ergui a cabeça. Matt merecia isso de mim. — Dê a ele estrutura. Dê a ele propósito. Ele vai te surpreender.

Ele manteve o olhar fixo nos meus, seus próprios olhos se enchendo de lágrimas.

Ele disse:

— Nós tentamos.

Eu respondi com raiva:

— Tente de novo. — Matt já teria sua própria empresa agora, se tivesse sido desafiado como eu fui. Porém, ele não foi. Deram a ele o que ele queria. — Desafie-o, mas não por decepção. Por orgulho. Por respeito.

Peter assentiu, baixando a cabeça e passando a mão pelo cabelo. Ele massageou o pescoço antes de levantar a cabeça novamente.

— Vou fazer isso. Você está certa. Deixei as coisas relaxarem desde a morte da mãe dele. — Sua voz ficou embargada. — Não vou mais permitir isso.

Então ficamos em silêncio.

Não senti a necessidade de dizer nada, de me explicar, de provar meu valor. Talvez me chamem de arrogante, mas senti que meu histórico falava por si só. E ele... Ele já tinha compartilhado o suficiente. Talvez fosse o bastante para a primeira conversa verdadeira entre nós?

— Eu não vou a lugar nenhum. — Ele precisava saber disso. Eu me manifestei, erguendo o queixo quase de forma desafiadora: — Só para você saber. Não vou a lugar nenhum. — Que se dane a gramática. Falei com o coração: — Matt. Seraphina. Cyclone. Eles são minha família.

Kash.

Eu estava encarando-o, desafiando-o a me confrontar.

Seus lábios se curvaram e ele assentiu.

— De qualquer forma, eu não deixaria você ir. — Ele assentiu novamente antes de se levantar. — Tenho mais coisas a dizer, mas podemos conversar outra hora. Acho que deveríamos conversar com frequência, na verdade. — Ele começou a caminhar em direção à porta corrediça atrás de mim, mas parou e apontou para o meu computador. — Calhoun tem sua própria equipe. Cada pesquisa que você fez por ele, posso te garantir que ele sabe que é você. E isso lhe dirá muita coisa se não encobrir seus rastros. Ele saberá que você se importa com o neto dele. Ele saberá seu nível de habilidade e onde você está toda vez que pesquisar.

Porque eu não deveria... Eu me sentei o mais ereta possível. Meu orgulho estava ferido.

— Tenho encoberto meus rastros. Eu tinha um programa rodando para bloquear todos os endereços IP que ele possa imaginar.

— Não será o suficiente. — Ele me deu um sorriso triste. — Você não é a primeira a tentar lutar contra Calhoun assim. Estou em guerra com esse homem há vinte anos, desde que conheci os pais de Kash. E quando digo que esse homem não é como ninguém que você já enfrentou, é sério. Você pode fazer o que puder contra ele, mas não será suficiente. Eu sei disso. Calhoun sabe disso. — Ele ficou quieto por um momento. — Kash sabe disso. Se você quer ajudar a derrubá-lo, deixe que Kash assuma a liderança. Ele conhece o avô melhor do que ninguém. Ele é o único que tem chance de vencê-lo. Confie em mim nisso. Confie em *Kash* nisso.

Confie em Kash nisso.

Ele disse o nome do meu namorado em um tom como se eu não conhecesse o meu próprio homem.

Encarei a tela do laptop depois que ele saiu, um ícone piscando, me dando a localização de Calhoun Bastian, e suspirei, desligando tudo.

Talvez ele estivesse certo. Talvez não.

O que eu lhe dava crédito era que ele estava nesse jogo há muito mais tempo do que eu, e isso era por Kash. Eu me importava demais para ser imprudente. E com isso em mente — e com toda a conversa entre mim e meu pai, que me permitia caminhar com a cabeça um pouco mais erguida, com um pouco mais de leveza nos pés, com um pouco menos de peso nos ombros —, fui em busca do meu homem.

Fui ao encontro da minha família.

— Vocês conversaram.

Aquelas palavras saíram com um tom acusador, e vieram da minha própria mãe. Ela estava escarnecendo ao dizer aquilo. A piscina estava animada, já que os amigos de Matt tinham acabado de chegar, então ignorei todos eles.

— Do que você está falando?

— Você e seu pai. — Seu tom de deboche era direto. Não era nem um pouco sutil. Sua expressão dizia tudo. — Você e ele conversaram. Eu consigo ver isso em você. — Ela arquejou e se virou para o outro lado. — Uma pena.

— Ei! — retruquei. — Ele é meu pai. Já estava na hora de ele conversar comigo, e você sabe disso. Não entendo por que está tão irritada. Ele disse que você caiu matando em cima dele por me ignorar.

Ela parou, depois bufou.

— É verdade, mas… — Ela se virou parcialmente, abaixando a voz: — Só não se esqueça da sua mãe, okay?

Meu Deus.

Tentei alcançá-la, mas ela se afastou e agarrou Cyclone quando ele passou correndo. Ele riu, tentando se soltar, e os dois começaram a brincar de pega-pega em questão de segundos. Ela se esquivava, desviando de todos, e de alguma forma Seraphina acabou sendo empurrada para a piscina. Cyclone voltou e empurrou minha mãe quando ela estendia a mão para ajudar Ser, e então pulou na água por cima deles.

Ele estava feliz.

Seraphina também estava feliz.

Passando um olhar pela área da piscina, vi Quinn sorrindo afetuosamente para ambos, também. Então seu semblante se fechou quando a cabeça da minha mãe emergiu na piscina, e o olhar carrancudo foi direcionado para mim do outro lado. Seu sorriso desapareceu por completo e, com os ombros rígidos, ela seguiu para dentro da casa.

— Você é temporária, sabia?

Droga.

Eu me virei. Victoria estava ao meu lado, e – parabéns para ela – só agora percebi que eu tinha recuado até ficar encurralada no canto. Ninguém estava perto o suficiente para ouvir. Ela me pegou. Mas, espere. Não. Parabéns para *mim*. Ela estava irritada comigo desde o início. Eu tinha um pressentimento de que sempre se tratava de Kash, com todo mundo dizendo que ele era o ex dela, mas talvez fosse a hora de descobrir.

Suspirei.

— Qual é o seu problema comigo?

Ela sorriu, segurando uma taça de vinho na mão.

— Apenas um?

Ela escureceu o cabelo, fazendo-o parecer um pôr do sol, um tom de loiro-trigo com algumas mechas mais claras. Membros longos. Pernas compridas. Uma túnica amarelo-claro, transparente o suficiente para que o biquíni branco pudesse ser visto, terminava logo acima das coxas. Ela não usava short, apenas a parte de baixo do biquíni. Seus saltos eram altos, mas brilhantes e rosa. Óculos de sol cobriam seus olhos, e ela tinha um leve brilho labial cobrindo a boca.

Eu não caí na provocação dela.

— Por quanto tempo você e Kash namoraram?

Suas sobrancelhas se ergueram. Eu a peguei desprevenida. Mas ela se recuperou rapidamente, recuando nos saltos e dizendo suavemente:

— Ficamos juntos por dois anos. — Ela hesitou antes de continuar: — Mas eu o conheço desde sempre.

Eu estava tentando entender. De verdade.

Estava tentando fazer as contas em minha cabeça, de Kash com ela, mas não conseguia visualizar. Essa era uma conversa que eu deveria ter com Kash, não com ela. Eu tinha visto coisas demais para saber que não deveria acreditar nas coisas que ela dizia. Eu não era uma pessoa ciumenta, embora pudesse me sentir intimidada, rebaixada.

Eu apenas ficaria magoada, não com raiva.

O que estava acontecendo agora, um pouco, porque havia uma pequena voz na minha cabeça se perguntando por que ele me escolheu.

Voltei a prestar atenção no que Victoria estava dizendo.

— Kash e eu estamos destinados a ficar juntos. Todos sabem disso. Por que você acha que a Quinn me chama para ver a Seraphina? — Ela soava toda arrogante enquanto falava: — Eu sou da família. Já faço parte. Ele vai se cansar de você. Você é apenas uma novidade para ele, um brinquedo novo e reluzente. Acredite em mim; ele vai voltar para mim. Ele sempre volta. — Ela parecia tão confiante.

Mas ainda não conseguia ver, porque ele nunca olhou para ela, nunca. Se o nome de Victoria fosse mencionado, ele nem mesmo hesitava.

Ele teria feito isso. Teria havido um olhar, se ele se importasse, se ela fosse aquela com quem ele deveria ficar. Então revelei a ela exatamente o que pensava.

A expressão em seu semblante se tornou sombria. Tempestuosa.

— Você não sabe de nada. — Ela baixou a cabeça, quase sussurrando entre os dentes: — Todos vão se cansar de você, e vão se lembrar do porquê você não foi trazida para a família em primeiro lugar. Há uma razão pela qual você foi mantida em segredo. Assim que a imprensa parar de se importar com você… e isso também vai acontecer … você será enviada de volta para o lugar de onde veio. Todos vão te esquecer. Matt. Seraphina. Cyclone. Eles seguirão em frente, continuarão com suas vidas, porque você está abaixo deles. Você é um segredinho sujo. Não é digna dessa família.

As palavras machucaram.

Eu rangi os dentes.

— Você não sabe de nada.

— Eu sei que…

— Chega! — Um rosnado irrompeu atrás de nós, e nós duas nos viramos.

Engoli em seco.

Victoria empalideceu.

Peter estava parado ali. Os punhos cerrados. Fumegando. A mandíbula travada. Ele estava pau da vida. Então seu olhar se focou em mim.

— É isso que as pessoas têm dito para você? Que você não é digna dessa família?

— Senhor Francis…

Ele não a interrompeu. Ele não disse nada para fazer Victoria recuar, apenas a encarou. Só isso. Apenas um olhar demorado e devastador que disse tudo. Se a garota falasse novamente, ela estaria arriscando sua vida… e aquilo foi… impressionante.

De repente, todas aquelas palavras que ela havia dito para mim não eram tão dolorosas assim.

Mas ele ainda estava esperando que eu respondesse, e quando olhou de volta para mim, eu abaixei a cabeça. Era uma coisa ver como ele destruía Victoria com um olhar, mas era diferente ter o pai que nunca conheci, que tinha me ignorado, que finalmente conversou comigo pela primeira vez hoje à noite, olhando para mim como se estivesse me vendo com um filtro totalmente novo.

Coisas. Coisas irritantes estavam entaladas na minha garganta.

— O que está acontecendo?

Matt e Kash se aproximaram. Kash falou por cima da minha cabeça:

— O que você disse, Vic?

Vic.

Bosta. Ele tinha um apelido para ela.

— Nada…

Peter a interrompeu:

— Ela despejou um monte de besteiras, é isso que ela estava dizendo. — Ele fez uma pausa, falando mais suavemente: — Bailey. — Ele esperou. Então: — Olhe para mim. Por favor.

Eu olhei, mesmo sem querer fazer isso. Eu não tinha minhas emoções sob controle, e uma lágrima escorreu pelo meu rosto.

Ouvi Chrissy ofegar enquanto contornava a piscina também.

As mulheres Hayes não choravam. Nós aguentávamos qualquer coisa. Éramos fortes. Seguíamos em frente.

Nós não chorávamos.

Exceto que essas coisas nos olhos continuavam vazando. Meus olhos deviam estar com defeito.

— Que diabos? — Lá estava minha mamãe-urso, rosnando: — O que você disse para ela? — Mas ela não estava acusando Victoria. Suas palavras foram dirigidas a Peter, o dedo apontado para o ar.

Ele ergueu a cabeça, uma expressão incrédula no rosto.

— Contenha seu ódio, mulher. Estou tentando fazer as coisas direito, pela primeira vez. E estou cansado de esperar. — Ele varreu toda a área da piscina com o olhar, seus olhos se fixando em mim. Então, falou: — O feriado do Dia do Trabalho será daqui a uma semana e meia. Vamos fazer uma festa nesse dia.

Quinn se aproximou.

— Querido?

Matt franziu o cenho.

— Pai?

Sua mandíbula se contraiu.

— Está na hora de anunciar minha filha para o mundo.

Ele não tinha terminado. Então se virou para minha mãe.

— Eu nunca mais vou deixá-la ir embora, nunca mais. Não me desafie quanto a isso e não dificulte as coisas. Vou enfrentar você se for preciso.

— Ela é adulta. Ninguém tem a guarda dela — Quinn estava dizendo, avançando em seus próprios saltos altos e usando uma roupa surpreendentemente semelhante à de Victoria. — Ela pode tomar suas próprias decisões…

— Exatamente! — Ele estava alfinetando sua esposa e minha mãe ao mesmo tempo, com o mesmo olhar. — Ela faz parte desta família a partir de agora. Não aceitarei nada contra isso, vocês duas entenderam?

Eu estava confusa. Não em relação a Quinn, mas em relação à minha mãe. Chrissy não tinha tentado me convencer a ir embora. Ela tinha ficado. Ela estava tão envolvida com Seraphina, Matt e Cyclone quanto eu. Mas a culpa ainda era visível. E estava lá por um motivo.

Uma mão pousou nas minhas costas. Kash. Em seguida, ele a deslizou até segurar minha nuca.

— A segurança terá que ser reforçada.

Um pouco da irritação de Peter arrefeceu, e ele baixou a cabeça em um aceno abrupto. Ele passou a mão pelo cabelo, esfregando o rosto rapidamente, porém sua outra mão ainda se encontrava cerrada em um punho.

— Sim. Vamos elaborar um protocolo. — Ele disse para mim: — Espero que esteja bem com isso, mas você é minha filha. Você sempre foi minha filha, e é hora de todos perceberem como seu lugar é aqui conosco e sempre deveria ter sido. — Lançou um olhar furioso para Victoria mais uma vez, mas ela tinha se afastado um pouco, e estava quase escondida atrás de suas amigas.

Ele saiu pisando duro depois disso, com Quinn em seu encalço.

Minha mãe vacilou, me observando, e eu balancei a cabeça em negativa. Eu não queria ouvir o que quer que fosse que ela diria. Minha mãe sempre tinha boas intenções, mas talvez nem sempre fosse a pessoa certa para ouvir.

Então, Kash perguntou rapidamente:

— O *que* ela te disse?

Eu estava uma bagunça.

Os dez dias passaram muito rápido. Tantas coisas aconteceram enquanto todos se preparavam para a festa. Foi um grande acontecimento. Minhas notificações estavam uma loucura com as pessoas postando sobre isso. O esquema de segurança seria insano. Havia até um helicóptero sobrevoando a propriedade. Eu estava tentando não me concentrar em todas as especulações ou em como a Martha ficou furiosa quando Peter contou o plano para ela. Ele não se importou. Apenas disse que ia acontecer e que ela precisava ajustar o plano traçado, então ela fez isso. A mulher era competente, se alguém precisasse de uma palavra para descrevê-la.

O escândalo do envenenamento dos Bonham/divórcio pendente foi abortado e, em vez disso, saíram histórias brilhantes sobre mim. Falaram sobre coisas que eu tinha esquecido que aconteceram, como prêmios que recebi na escola primária ou como me candidatei e ganhei tantas bolsas de estudo da Phoenix Tech quando não se sabia que eu era filha dele. Eu conquistei essas coisas por mérito próprio, cuja competição foi acirrada.

Falaram sobre minha memória fotográfica, o programa de pós-graduação que eu estava frequentando e como até mesmo isso era prestigioso. O fator surpresa estava em pleno efeito. Todas essas pessoas que vinham para a festa agora estavam vindo não apenas porque eram fofoqueiros que queriam conferir os detalhes da família de Peter Francis, mas também porque estavam curiosos sobre mim.

Outra pessoa que estava sendo comentada nos jornais: o avô de Kash. Os jornais financeiros relataram que ele estava nos Estados Unidos e viajando para a nossa região.

O blog de Camille Story não era o único a especular se Calhoun Bastian faria uma aparição surpresa na festa — mesmo sem ter sido convidado —, e eles estavam relatando que Kash havia obtido uma ordem de proteção contra ele.

Isso foi novidade para mim, e como Kash havia se fechado em relação a tudo, exceto em relação a transar comigo, eu não mencionei o assunto.

Quando disse "se fechou", não estava exagerando.

Ele não falava nada. Literalmente. Estava em silêncio total. Tenso. E isso afetava a todos ao redor.

A tensão vinha aumentando ao longo do último mês, mas agora havia atingido um nível exorbitante. Kash estava se preparando para uma briga, e parecia que ele achava que era o único que lidaria com isso. Eu tentei perguntar sobre seu avô, mas ele apenas me pegava no colo ou me beijava ou, bem, basicamente me carregava para a cama... E que garota poderia dizer não a isso? Um toque e eu me derretia toda. Meu corpo inteiro formigava com apenas um olhar dele. Mas eu sabia que ele estava preocupado. Havia noites em que eu acordava e o encontrava sentado na sala de estar, em seu escritório, na mesa da cozinha, sozinho e no escuro. Às vezes, na companhia de um copo de *bourbon*. Outras vezes, era apenas ele e a escuridão.

Eu me aconchegava em seu colo ou ele se levantava e me pegava nos braços, me levando de volta para a cama. Minhas perguntas eram abafadas por sua boca, e eu me sentia exausta todas as manhãs, quando acordava bem mais tarde. Estávamos dormindo em média três horas por noite por causa disso, e por causa do meu próprio nervosismo em relação a mim mesma, só de saber que os amigos esnobes do Matt viriam para a festa, as amigas intimidadoras de Seraphina também, e alguns do Cyclone. Quinn parecia cada vez mais gélida, e minha mãe não estava muito melhor. Eu *estava* prestes a explodir.

Ou ter um colapso nervoso.

Secretamente, eu estava torcendo pelo último, porque isso poderia significar tempo no hospital e... que delícia, talvez até desfrutasse de umas férias bem caras. Era para isso que essas internações serviam, certo?

Até meu senso de humor estava desvanecendo. Isso era lamentável.

— Você está preparada para a programação da festa?

Era Martha.

Eu me virei, com minha caneca de café em mãos, e franzi o nariz. Ela estava literalmente exalando profissionalismo rigoroso. Um fone de ouvido grande, um microfone fino descansando logo abaixo da bochecha, e uma prancheta em mãos, com uma porrada de listas de afazeres. Seu telefone estava na outra mão, e ela estava vestida com a mesma elegância de sempre. Salto alto. Uma saia soltinha de tule. Uma blusa com lantejoulas. Seu cabelo estava enrolado e torcido com pequenas flores entremeadas para fazê-la parecer uma deusa da terra.

— Você está acordada demais para mim agora. — Olhei para o lado. Eram sete da manhã. Se ela estava assim, que horas essa mulher havia acordado? Talvez ela não dormisse. Ou respirasse. Talvez ela nem fosse humana? Isso fazia mais sentido.

Ela e Kash eram membros da mesma espécie.

Lamentável. *De novo*. Eu estava sendo tão lamentável.

Coçando minha mandíbula, abafei um bocejo e peguei o café novamente. Eu precisaria dele intravenoso, a esse ritmo.

Ela se aproximou de mim, olhando para onde o lugar que eu observava – o quintal, onde todas as cadeiras e mesas estavam sendo colocadas. Theresa estava no comando da cozinha, mas hoje eles tinham contratado uma empresa extra de bufê, considerando a multidão que viria. Seguranças patrulhavam a propriedade a todo momento pelos últimos dias, e enquanto estávamos ali, olhando, três deles passaram fazendo suas rondas.

— Isso deve ser avassalador.

Dei uma olhada de soslaio em sua direção. Ela parecia diferente. Mais compreensiva? Eu não confiava nisso.

Beberiquei meu café mais uma vez.

Ela acrescentou:

— Você foi arrancada de um mundo e jogada nesse aqui, e não por escolha. Você foi forçada a vir para cá. Isso deve ser… — Ela estava me observando agora. — Nunca parei para considerar seu ponto de vista. Você está lidando bem com tudo?

Meu café estava realmente interessante – tipo, superinteressante. Eu podia sentir a textura dele. A forma como a caneca o estava aquecendo. Quero dizer, droga. Lá vinha o nó emocional se formando novamente. Por que ela teve que ir lá, olhar para mim como uma pessoa?

Funguei, terminando o restante do café, e dei de ombros.

Mais compreensão, mais do que eu me sentia confortável em sentir, a fez suavizar o tom, então tocou meu ombro, dando uns tapinhas ali.

— Tudo ficará bem hoje. Seu pai quer que todos fiquem sabendo que você é uma Francis agora. Eles vão tratá-la como uma Francis depois disso, e Kash tem trabalhado incansavelmente com a segurança. Ninguém entrará a menos que tenha sido convidado pessoalmente. Até mesmo a equipe extra do bufê foi verificada. O programa de computador que você criou, também ajudou em tudo isso.

Finalmente. Um tópico sobre o qual eu poderia falar:

— Sim. Bem. Ainda está em fase inicial. É apenas uma versão beta por enquanto.

— Mas foi de grande ajuda. Você é uma jovem muito impressionante. Droga. O nó triplicou de tamanho.

— E você é muito amada.

Meu Deus. Sem lágrimas. Mulheres Hayes não choravam. Eu não ia começar agora, e estava ignorando a última vez em que algumas lágrimas escaparam. Elas foram arrancadas de mim. Eu estava me apegando a essa mentira. Pigarreei de leve, tentando me livrar do nó incômodo.

— O cronograma?

— Ah, sim. — Voltamos ao trabalho. Ela levantou sua prancheta. — A comida para o café da manhã será colocada daqui a uma hora, para a família e os entes queridos mais próximos que já chegaram. Será uma refeição estilo buffet, então vá quando quiser, mas tudo será retirado até as dez. Onze e meia é quando o *brunch* será servido e continuará sendo reabastecido ao longo da manhã. É quando o próximo grupo de convidados deve chegar. Colegas de trabalho, membros agregados da família, amigos do Matthew, da Seraphina. Esse grupo. O *brunch* será desmontado por volta das duas. As bebidas serão mantidas o dia todo, mas teremos mais funcionários de bar chegando por volta das cinco, e então o jantar será servido às seis e meia. É quando todos estarão presentes. Seu pai quer fazer um pronunciamento oficial sobre você. Será reproduzido um slide show.

Uma apresentação em slides?

— E então, depois disso, haverá dança, bebidas e *hors d'oeuvres* pelo resto da noite. Você precisa ser vista, interagir e sorrir. Seu pai a levará aos grupos depois do anúncio para conhecer pessoalmente alguns dos convidados. — Ela guardou a prancheta debaixo do braço, focando em seu telefone. — Você não pode pular nenhum dos eventos. Este dia, em específico, é aquele em que você precisa estar "ligada". Todos os convidados são importantes, seja local, nacional ou mundialmente. Temos CEOs de empresas bilionárias, celebridades que fazem doações milionárias, altos funcionários do governo. De certa forma, este é o primeiro dia da sua nova vida. Você estará oficialmente sob os holofotes agora. As pessoas vão esperar que você mude seu sobrenome para Francis. Elas vão esperar que você use as últimas tendências da moda. Vão esperar distinção de você...

— Saia.

Eu estava ficando mais tensa a cada palavra que ela dizia. A cada frase,

TIJAN

menos oxigênio entrava em meus pulmões – que agora pareciam vazios. Ouvir o rosnado de Kash me deu um alívio. Eu me curvei, ofegando em busca de ar.

Martha me lançou um olhar de desaprovação, o cenho franzido antes de focar em Kash.

— O quê?

— Saia da minha casa, porra.

Ela se virou para enfrentá-lo, erguendo o queixo.

— Kash.

Até mesmo o tom dela soava condescendente.

Ela estava em apuros.

— Saia — ele rosnou novamente. — Agora.

Ela apenas balançou a cabeça.

— Haverá expectativas em relação a ela agora. Ninguém a informou. Ela precisa saber antes de sair lá fora...

— Ela não irá lá fora sozinha. Ela estará comigo. Seu pai fará o anúncio. Isso é tudo. Ela pode ficar lá se quiser, pode ir embora se quiser. Ela não precisa fazer absolutamente nada, e você pode muito bem parar de lhe dar ordens, se acha que tem esse direito.

Agora ela havia entendido.

Agora seus olhos estavam arregalados.

Agora, sim, ela recuou.

Agora ela estava cautelosa.

Agora era tarde demais. Kash já estava quase com o nariz colado ao dela. Ele podia estar se contendo, mas estava prestes a perder a calma total.

Sussurrei:

— Se eu fosse você, eu daria no pé.

Ela me encarou, incrédula, as sobrancelhas arqueadas, mas levou a minha advertência a sério, sumindo em questão de segundos.

— Você está bem? — Ele me puxou para si, me envolvendo em seus braços, uma mão acariciando meu rosto.

Senti-lo contra mim me confortava, então inclinei a cabeça para sorrir para ele.

— Agora estou.

Seus olhos escureceram.

— Você está sempre bem.

— Sempre.

Compartilhamos um sorriso antes de ele gemer, retesar o corpo e enfiar a cabeça na curva entre meu ombro e pescoço.

— Ela não está completamente errada. Precisamos fazer aparições esta noite.

Passei a mão suavemente em suas costas.

— Se você ficar comigo, ficaremos bem.

E o engraçado era que eu acreditava nisso. Eu realmente acreditava. Tudo ficaria bem. Eu não iria me divertir durante a noite. Nunca gostei de grandes festas, mas entendia o motivo para o meu pai fazer isso. Era hora. E ao me reassegurar disso, eu confiava que tudo ficaria bem desde que Kash estivesse ao meu lado.

Eu estava errada.

Quebrei a regra de "ficar com o Kash o tempo todo" dentro da primeira hora.

Ele foi chamado para uma reunião com a equipe de segurança e meu estômago roncou. E sendo a garota superinteligente que sou, fui para o *brunch*. Mas – ponto para mim –, entrei escondida. Peguei uma rosquinha com cara de chique, um café, uma maçã para os deuses da nutrição saudável, e voltei para a vila sem que nada acontecesse.

Eu podia ouvir a empolgação lá fora, as conversas, o riso.

A agitação ficava cada vez mais evidente conforme o dia avançava.

Chrissy mandou uma mensagem para verificar como eu estava. Eu estava bem, e isso a tranquilizou. Ela estava experimentando um vestido para usar durante o dia inteiro. Matt também entrou em contato. Ele estava na mansão, seus amigos tinham acabado de chegar, e ele queria saber se eu queria ir lá. Recusei, dizendo que estava me arrumando na vila de Kash.

Até certo ponto, era verdade. Mais ou menos.

Eu havia experimentado todas as roupas na semana anterior, e um dos membros da equipe de Martha trouxe várias opções diferentes para eu usar durante o dia. Na verdade, eles trouxeram mais do que algumas opções. Eu tinha um suporte inteiro. Três conjuntos diferentes para escolher no café da manhã. Mais três para o *brunch*, e quatro vestidos para a noite.

O cabeleireiro estava marcado para a manhã, no quarto da Quinn, mas não era possível que eles não soubessem que eu não tinha a menor intenção de comparecer. Eu podia cuidar do meu próprio cabelo. Não poderia ser tão ruim, certo? Bastava prender; colocar um prendedor chique e *voilà*. Pronta para uma revista de moda.

Errado. Tão errado.

Eu estava em pânico por volta das duas horas. Kash ainda estava fazendo o que tinha que fazer – seja lá o que fosse –, e meu cabelo estava mais liso do que uma tábua. Eu precisava de ajuda, urgentemente.

Minhas opções eram limitadas. Minha mãe, mas eu não queria aguentar as reclamações que ela poderia fazer sobre a festa em geral. Matt, que… provavelmente estava bêbado e entretido com alguma garota. Eu tinha que ser honesta aqui. Então, liguei para Torie.

— E aí, superstar?

Música soava de onde ela estava. Eu franzi o cenho.

— Você está trabalhando?

Ela riu.

— Quase nada. Mas meio que sim. Seu namorado queria que eu estivesse na sua festa caso você precisasse de ajuda.

Ela era um presente.

— Você sabe alguma coisa sobre cabelo?

Ela riu.

— Não sei, mas minha colega de quarto é cabeleireira. Quer que eu a traga para cá, às escondidas?

Hesitei, mas decidi:

— Sim. Mas me passe o nome dela primeiro.

Tamara Harris.

Ela era colega de quarto da Torie…

— Qual é o seu sobrenome mesmo?

Torie riu.

— Hanson.

Certo.

Depois de fazer uma rápida pesquisa por conta própria e enviar os detalhes do que estava acontecendo para o Kash, ela foi autorizada a entrar, e uma hora depois eu estava olhando de um lado para o outro entre as duas. Tamara tinha cabelo loiro platinado que moldava seu rosto em formato de coração. Ela tinha lábios carnudos, usava um batom vermelho-escuro, sombra esfumada nos olhos e delineador bem-marcado. Ela estava usando uma saia xadrez plissada e uma camisa branca de botões, amarrada na cintura. Além de botas pretas na altura dos tornozelos.

Ao lado dela, com o cabelo castanho e liso, parecendo molhado – porém descobri que era o estilo do penteado –, estava Torie. Ela usava uma saia de couro preta. A mesma camisa branca de botões, mas não estava amarrada na cintura. Estava solta, com as pontas pendendo sobre o cós. E estava calçada com uma sandália branca de salto alto com diamantes nas tiras.

As duas eram estilosas de um jeito ousado.

TIJAN

Elas eram tipo... *aliens.*

Eu me senti com dois palmos de altura na frente delas e tinha apenas o *latte* que a Torie trouxera da casa como meu escudo. Eu segurei o copo com força.

O canto da boca da Torie se curvou.

— Você está surtando, não é?

Tamara assentiu com a cabeça, os olhos nunca se desviando de mim.

— Ah, sim. Ela está surtando total.

Porcaria. Eu estava mesmo.

Meu lábio tremulou.

— Não estou.

As duas riram.

— Você está mentindo muito mal agora.

Tamara deu a sua opinião, ainda balançando a cabeça:

— Mente mal pra caralho quando está surtando, a propósito.

— Completamente — Torie grunhiu.

Nenhuma das duas desviou o olhar. Elas permaneceram focadas em mim. Isso era estranho.

Engoli em seco, e Torie percebeu o movimento, seus olhos se estreitando.

— Certo. Okay. — Ela estava assumindo o controle.

Graças a Deus.

— Mostre o material. Tamara vai arrumar seu cabelo, e eu vou cuidar das suas unhas.

Minhas unhas? Ergui as mãos e observei meus dedos.

Como se lesse minha mente, ela riu.

— De jeito nenhum você vai aparecer lá para aquele grupo sem uma manicure e pedicure adequadas. Tome um banho. Nós vamos escolher sua roupa.

Eu não sabia o que fazer, e reconhecia isso agora. E depois de tomar banho, desisti de qualquer controle que estivesse tentando demonstrar.

Torie e Tamara poderiam ter seu próprio programa de *reality* ou de beleza. As duas se moviam uma ao redor da outra como se tivessem trabalhado juntas por anos. Monossílabos aparentemente eram o suficiente, e de alguma forma a palavra "agora" significava para Torie mudar todo o meu visual. Ambas olharam, acenaram com a cabeça e aprovaram, e se curvaram para continuar trabalhando.

Isso foi apenas um exemplo.

Elas eram muito legais, e se eu pudesse ser amiga delas, eu poderia ter alcançado o paraíso da amizade.

Eu estava pronta quando Chrissy apareceu. Suas sobrancelhas quase tocaram a raiz do cabelo, sua boca se entreabriu. Eu raramente via minha mãe sem palavras, mas eu estava reagindo da mesma forma só de olhar para ela.

— Mãe. — Eu estava emocionada. — Você está incrível.

Ela usava um vestido dourado cintilante, o cabelo cacheado ao redor do rosto, com aplicações de glitter que combinavam com o brilho radiante de seus brincos e colar de diamantes.

— Onde você conseguiu as joias? — perguntei.

Ela estava ocupada me admirando, mas sua mão foi para o colar.

— Ah. — Uma pequena linha de expressão se formou em sua testa. — Este foi um presente das antigas. Eu só não o usei por muito tempo.

Um presente?

— De quem?

Ela balançou a cabeça, se aproximando.

— Você está linda, Bailey. — Ela estava maravilhada, ainda me olhando dos pés à cabeça.

Eu estava começando a ficar desconfortável – quero dizer, mais do que já estava. Meu sentimento estava na escala do 8, e o elogio dela, somado à surpresa, estava me levando a um 10 total. Mais um pouco e eu ia explodir.

Colapso nervoso. Quarto de hospital. Eu só podia desejar esse paraíso.

Ela começou a piscar rapidamente, secando o canto do olho.

— Oh, querida. Você está tão… tão linda. — Ela engolia em seco, fungando.

Estávamos entrando na zona vermelha de expressar sentimentos.

— Obrigada, mãe.

Torie e Tamara observavam nossa interação. Eu as apresentei.

Chrissy assentiu, sorrindo para ambas.

— É um prazer conhecer vocês. Fico feliz que Bailey tenha amigas a quem pedir ajuda com essas coisas. Nós não… — Ela estava corando. Um pouco. — Nós não fazemos isso com tanta frequência em nossa outra vida.

— Mãe! — Isso saiu mais alto do que o necessário.

— Você já comeu?

Alívio.

— Não.

Ela estava assentindo, com um sorriso.

— Vou buscar algo para você. Só uma coisinha? — Ela se dirigiu à porta. — Talvez algo para beber também?

Eu tinha quase certeza de que a bebida era para ela.

Passei a mão suavemente pelo meu vestido. Já era quase cinco da tarde, mas eu não tinha me olhado no espelho. Estava com medo. E se eu não me reconhecesse? E se essa fosse a nova pessoa que eu deveria ser a partir de agora? E se... e se eu não estivesse à altura?

Uma nova pessoa apareceu na porta, e eu não tinha palavras.

Todos os meus pensamentos sobre mim desapareceram. Eles simplesmente voaram para longe da minha cabeça como um pássaro fugindo da gaiola.

Agora eu não conseguia nem pensar.

Eu nem tinha piadas.

— Kash — eu só consegui murmurar, me aproximando dele. — Você está...

Os ombros largos preenchiam o *smoking*, que ficava ajustado na cintura e quadris estreitos, e eu sabia o que havia por baixo daquele terno. Minha boca estava salivando.

Kash era deslumbrante diariamente, mas naquele *smoking*? Ele era uma arma letal.

Seus olhos estavam fixos em mim, e o ar crepitava. Sem brincadeira. Eu sentia vapor no ar.

Talvez fosse por causa do meu café.

Seu olhar me percorreu de cima a baixo, e quando seus olhos escureceram, me tranquilizei por saber que ele também gostava do que via. Isso deixou meu sangue fervendo, mas tentei me acalmar. Eu não seria capaz de enfrentar essa noite se meu único desejo fosse pular em cima dele sempre que ele olhasse para mim.

Reaja, Hayes!

O motivo pelo qual minha voz interior mais parecia com minha professora de educação física do sétimo ano era algo que eu nunca entenderia, mas dei um sorriso.

— Você está um arraso.

Alguém deu uma risadinha, mas não fui eu, e não foi o Kash.

Seu olhar aqueceu e ele segurou minha mão. Inclinando-se até o meu ouvido, sua mão pousou na parte inferior das minhas costas e ele me puxou para si, sussurrando:

— Eu quero tirar isso e passar o resto da noite enterrado bem fundo dentro de você.

Oh, meu Deus.

Ele riu baixinho e pressionou um beijo na minha bochecha antes de sussurrar outra vez:

— Você está linda. — Em seguida, ele se inclinou, sua boca deslizando e pairando sobre a minha.

Perdi o fôlego novamente. Ele conseguia fazer isso com apenas um olhar. Pouco depois, ele cumprimentou as meninas às minhas costas e se afastou.

— Estarei na porta.

Todo o meu interior estava tremendo.

Torie balançou a cabeça novamente.

— Ele é sempre assim?

Uma risada fraca e trêmula foi minha única resposta, e seus olhos se arregalaram com isso.

— Uau.

Concordei com aquilo.

— Uau.

— Okay. Vamos finalizar aqui.

Tamara prendeu meu cabelo em um coque trançado à nuca. Alguns fios soltos emolduravam meu rosto e foram fixados com spray para dar volume, com algumas rosas pequeninas e cor-de-rosa presas acima do coque. Meu vestido era um modelo elegante com o decote em V e alças finas. Não era apertado, e parecia mais como se o tecido estivesse me abraçando. A parte de baixo tinha uma fenda até a coxa, com um brilho prateado-azulado. Conforme eu me movia, sentia o vestido deslizando de um jeito sensual. As costas ficavam expostas, então não precisava de sutiã, e a brisa roçava minha pele em uma sensação agradável.

Saí para encontrar Kash, que abriu a porta, inspirando profundamente. Sua mão se acomodou nas minhas costas de forma protetora, e ele se inclinou para mais perto.

— Você está usando calcinha?

Apenas sorri para ele.

— Você vai descobrir esta noite.

Sua mão pressionou com mais força, e seus olhos faiscaram.

— Se você acha que vou esperar até esta noite, está enganada.

Tive que parar e buscar apoio em Kash por um segundo. Sua mão deslizou para meu quadril antes de subir pelas minhas costas, e ele segurou minha nuca. Ele me segurou ali, seus lábios exigentes sobre os meus, mas então ele gemeu. Seu corpo se contraiu, e ele se forçou a se afastar.

— Você me faz querer esquecer o mundo. — Seus lábios depositavam beijos suaves no canto da minha boca e subiram pela minha mandíbula antes de encontrarem a curva do meu ombro.

Eu estava tremendo. Ele não estava sozinho nisso.

Coloquei a mão em seu peito, precisando de ajuda para me manter de pé. Ele me centrava, e sua mão encontrou a minha, cobrindo-a. Kash ergueu a cabeça novamente, uma necessidade profunda e primal ardendo em seu interior enquanto me analisava novamente.

— Você está bem?

Balancei a cabeça. Não conseguia falar. Eu sabia o que precisava fazer. Ele começou a avançar.

Mas então me decidi. Eu sabia exatamente o que dizer.

— Espera. — Eu o puxei de volta.

Ele se virou completamente para mim, e falei baixo, porque não ia repetir:

— Você e eu, esta noite, você não vai se afastar de novo.

Suas sobrancelhas se franziram.

— Vamos conversar, e quando eu digo "conversar", estou me referindo a usar nossas cordas vocais para fazer sons que possam formar frases. — Eu me aproximei, minha mão em seu peito. Senti seus músculos retesando, mas eu não tinha terminado: — Se você e eu formos realmente um "você e eu", na verdade vamos agir como um casal. Isso significa que você fala, eu falo, você ouve, eu ouço. Igualdade. Entendeu?

E não esperei por resposta. Desta vez, eu liderei o caminho para fora.

Havia pessoas por toda parte. Eram ricas, privilegiadas, poderosas, e eu estava oficialmente enlouquecendo. Esqueci que eles estavam aqui por minha causa, embora soubesse que isso era apenas uma desculpa. Quando Peter Francis dava uma festa, as pessoas compareciam. Essa era a impressão que eu tinha, e sabia que era verdade ao ver três políticos, uma megaestrela pop pela qual eu estava surtando lá dentro e... ai, minha nossa... a rainha de uma emissora de televisão. Ela estava rindo com um grupo de apresentadores de TV e minha mãe.

Minha mãe?

Estaquei em meus passos e Kash se aproximou ao meu lado, seguindo a direção do meu olhar.

Ele riu, mas era um riso forçado. Ele não disse uma palavra sobre a minha "conversa" com ele.

— Por que não estou surpreso em ver Chrissy Hayes se encaixando como se fosse dona desta casa?

Eu lhe lancei um olhar de desaprovação.

— Falando nisso, você tem uma ideia da dinâmica entre ela e meu pai? E Quinn? Todos eles têm se mantido calados sobre isso. É estranho.

Ele deu de ombros, me puxando adiante.

Um garçom passou com taças de champanhe, com morangos dentro, e eu peguei duas. Nem fingiria que peguei a outra para o Kash. Ele não beberia, então... era para mim mesmo. Era a minha festa. Eu podia beber se quisesse.

— Acho que há uma história entre os dois que nenhum deles quer falar — ele disse.

Assim que as pessoas começaram a notar nossa presença, as conversas se tornaram mais comedidas. Os olhares se voltaram para acompanhar nossos passos. Qualquer um pensaria que estavam me observando. Não mesmo. Eu não acreditava em nada daquilo. Todos aqueles olhares estavam focados em Kash, para logo repararem em sua mão, que agora estava nas minhas costas, enquanto, sim, eu segurava as duas taças de champanhe. Elegante.

Eu poderia corrigir isso, então bebi rapidamente o conteúdo de uma delas.

Kash me guiava em direção ao local onde Matt estava sentado. Ele estava na companhia de seu grupinho habitual de amigos, todos acomodados nas poltronas do *lounge*, perto de uma fogueira chique de vidro temperado. Matt ergueu a cabeça em um aceno, sorrindo conforme nos aproximávamos. Ele se separou de seu grupo e enfiou uma das mãos no bolso do terno.

— Vocês dois estão incríveis pra caralho. — Seus olhos brilhavam. Ele me analisou. — Caramba, Bailes. Você está linda, mesmo sendo minha irmã.

Seus lábios se curvaram ainda mais para cima e ele fez um gesto indicando todo o quintal. As mesas da festa estavam montadas no pátio, atrás do mausoléu, mas as pessoas se espalharam pelo gramado que fazia parte do campo de golfe privativo da propriedade.

Alguns convidados até estavam na quadra de basquete, e avistei algumas crianças correndo e jogando basquete na extremidade oposta. Cyclone estava entre eles.

Seraphina se encontrava em um grupo de outras meninas. Fiz uma nota mental para descobrir os nomes de cada uma delas. Lembrei do diário online que invadi na conta da Seraphina. Não foi uma boa ideia naquela época, e agora parecia ainda pior.

A irmã mais velha protetora estava aqui para ficar.

Ficamos com Matt e seus amigos – amigos que estavam muito interessados e que, de repente, queriam ser amigáveis comigo. Que surpresa. Eles também estavam reparando na mão que Kash mantinha em minhas costas.

Eu gostava da forma como interagíamos.

Eu não estava grudada nele. Ele não estava me reivindicando. Ele não me puxava para o seu lado, mas estava perto. Havia certa distância entre nós, mas sua mão se encontrava atrás de mim caso eu precisasse dele. Era quase perfeito.

Às vezes, Matt se postava do meu outro lado, às vezes se adiantava e ficava à nossa frente, de modo que éramos nós três; ao dar as costas para todos, automaticamente isso afastava as pessoas. Às vezes, ele simplesmente se afastava e sorria quando as pessoas vinham "me conhecer".

Afinal, eram os amigos dele em primeiro lugar.

Fleur e a terceira garota que formava o trio com Victoria chegaram em seguida, embora não a própria "V".

Imaginei que ela estivesse por perto em algum canto.

Torie e Tamara estavam na mesa de petiscos, depois rodeando nosso círculo. Elas riam de algo que Chester e Tony falaram. Torie olhou para o lado em um momento, trocou um olhar com Kash antes de voltar seu olhar para mim e me dar um sorriso. Então entornou seu champanhe e voltou-se para o que quer que Guy estivesse dizendo. Ele havia substituído Chester em algum momento.

Quanto mais o tempo passava, como um relógio marcando cada segundo, mais tensa eu ficava. Eu não havia saído daquele lugar, mas sabia que estava chegando a hora. Até que chegou.

As conversas silenciaram quando Peter cumprimentou primeiro o círculo externo, avançando em direção aonde Matt, Kash e eu estávamos.

Ele fez uma pausa, parecendo incerto pela primeira vez. Suas sobrancelhas se uniram e ele lançou um olhar para Matthew, depois Kash, e por último para mim. Seus lábios se contraíram e ele endireitou os ombros. Peter ergueu a cabeça e pigarreou de leve.

— Você está pronta?

Matt deu um passo para trás, olhando para Kash, que avançou e perguntou:

— Pronta para o quê?

Peter olhou para ele.

— Eu ia apresentá-la às pessoas. — Ele fez uma pausa, apenas uma pequena pausa, abaixando o tom de voz: — Você sabe que tenho que fazer isso.

— Você não precisa fazer nada.

Peter franziu os lábios, a exaustão se manifestando pela primeira vez. Só então notei as olheiras em seu rosto.

— Na verdade, eu preciso. É a única maneira de consertar as coisas, por ela. Se você quer algo duradouro com ela, sabe que isso vai facilitar as coisas. Se eu não circular com minha filha, em uma festa para *minha filha*, vai parecer que não quero que a tratem como *minha filha*. — Ele continuou dando a Kash um olhar significativo cada vez que pronunciava essas palavras.

Sua cabeça se ergueu novamente.

— Networking não é algo que aprecio, e sei que você odeia, mas é uma necessidade. Pode não ser para você e para o local que você ocupará na hierarquia, mas Bailey não tem essa sorte… ou azar, como preferir ver. Se eu não circular com ela ao meu lado, ela vai parecer um constrangimento e — seus olhos se voltaram para mim —… ela está longe de ser um constrangimento.

TIJAN

Ele se virou diretamente para mim, focando somente na minha pessoa.

— Isso já se demorou por tempo demais. Ela merece esse respeito.

Lágrimas.

Minha garganta estava se fechando.

E não parecia nem um pouco bom para mim.

Eu precisava de alguma piadinha. Nesse exato momento.

Matt sorriu, vendo meu dilema, e se inclinou.

— É, irmãzinha. Não se engasgue. Aguente firme. Seja uma Quinn.

Peter lançou a ele um olhar de desgosto, seus olhos se inflamando.

— Você está brincando...

Matt fez um gesto para mim com sua bebida.

— Funcionou.

Uma risada me escapou e eu comecei a tossir, tentando me livrar da inquietação restante. Eu estava quase me engasgando. Não conseguia processar. Não conseguia pensar, sentir. Era hora de agir como um robô.

Toquei o braço de Kash, nem um pouco surpresa ao notar quão tenso ele estava.

— É só uma circulada, e depois eu volto.

Seu semblante fechado não amenizou, mas os olhos se desviaram rapidamente para meu pai.

— Não me apresente.

Apresentar Kash? Então... entendi o que ele queria dizer.

Peter – estava me adaptando ainda –, meu pai... Peter – eu ia chamá-lo de Peter agora – assentiu, dizendo:

— Tudo bem.

Meu pai/Peter saiu comigo em sua companhia, e com Kash atrás de mim. Meu pai me apresentou às pessoas. Algumas, tentei nem desmaiar, porque... minha nossa, eram famosos. Mas foram aqueles do mundo da tecnologia que fizeram minhas pernas tremerem. Alguns funcionários do governo e algumas celebridades deixaram meu estômago revirado, mas não tinham o mesmo impacto dos conglomerados cibernéticos.

Meu pai me apresentou, me conduzindo para os grupos. Apertei diversas mãos, mantive um sorriso simpático no rosto, e a cada segunda pergunta que me faziam, eu respondia com uma na mesma linha.

Todos eram simpáticos, mas eu não era a única razão pela qual eles estavam ali. Assim que a apresentação terminava, e, às vezes, antes mesmo de começar, seus olhares se desviavam para o ponto atrás do meu ombro.

Todos queriam conhecer Kash.

Alguns tentaram. Os funcionários do governo tentaram estender a mão para um aperto, mas Peter se aproximava com uma pergunta ou um comentário e a atenção se desviava.

Quando terminamos, peguei minha quinta taça de champanhe. Eu já estava virando à esquerda, quando Peter segurou meu braço e me fez virar para a direita. Ouvi a risada de Matthew de algum lugar às minhas costas, então tentei lançar um olhar furioso em sua direção, mas Peter já me guiava para o meu pior pesadelo.

Eu deveria estar preparada. Eu *estava* preparada.

Eu sabia que isso ia acontecer, daí a necessidade das cinco taças de champanhe, mas então todos foram conduzidos mais para o final do jardim. Peter me levava para o topo do pátio/terraço, então... merda... era como se estivéssemos em um palco.

Isso. Bem aqui. O pior pesadelo de todos.

Eu não estava nem um pouco preparada.

De repente, percebi o quanto odiava atenção, detestava. Tipo assim, tracei todo um plano de carreira para não chamar atenção. Nunca. E aqui estou eu. Também estava me lembrando dos benefícios de não ser conhecida como filha de Peter Francis. Sim, sim. Eu não poderia ter os dois, ser reconhecida como sua filha e não chamar atenção. Era o que era. Mas eu poderia reclamar, não é? Então eu estava reclamando. Na verdade, estava bebendo. E estava quase terminando minha quinta taça de champanhe, e enquanto Peter falava – um microfone foi colocado em suas mãos, eu pensava: "será que realmente precisávamos disso?". Daí, tentei chamar a atenção de um garçom que passava por perto. *Mais champanhe, por favor. Mais champanhe.*

—... São momentos na vida que sempre lembraremos, e o dia em que soube que tinha outra filha foi um deles.

Eu estava começando a entender, e vi como Peter ficou ao lado, com um sorriso no rosto, nenhum brilho nos olhos, e o microfone na frente da boca. Ele estava se exibindo. Ele estava fazendo um show aqui. Isso deveria ser apenas um anúncio, apenas para dizer a eles quem eu era e quão feliz ele estava por eu fazer parte de sua vida. Mas não era isso que ele estava fazendo.

Ele estava mentindo.

Ele sabia desde o início.

Minha mão apertou a taça de champanhe e lutei para não perder o equilíbrio, mas ele estava mentindo. Eu odiava isso. Detestava. Não era uma das minhas grandes regras. Eu era bastante tolerante com toda essa farsa de ser... falso. Mas agora, ouvindo o pai que não me reconheceu por tanto tempo agir como se eu fosse essa grande e maravilhosa surpresa para ele – me deixou rangendo os dentes.

Eu queria partir para cima dele, arrancar aquele microfone de suas mãos e contar a verdade a todos.

Ele continuou, com a maior tranquilidade do caralho:

— Ela escreveu para meu escritório, e nós não a levamos a sério. — Uma risada irônica escapou dele. A multidão riu junto, achando que ele era hilário.

O que estava acontecendo aqui?

Ele era gentil, depois gentil novamente, atencioso até, e agora isso? Eu não estava entendendo nada, absolutamente nada. Nada fazia sentido para mim.

Meu sangue começou a fervilhar.

Seu olhar endureceu ao notar minha confusão, mas ele manteve a voz leve e alegre. Como ele conseguia fazer isso?

Ele estava dizendo, virando-se para a multidão atrás dele:

— E então percebemos que ela realmente era minha filha, e ninguém poderia imaginar o turbilhão que aconteceu depois disso.

Droga, ele era bom. Ele parecia quase sincero.

O ponto de fervura estava avançando para a próxima fase.

Sua voz soou baixa, rouca:

— Esperávamos ter um pouco de privacidade enquanto nos conhecíamos, mas agora é a hora. — Ele se virou, encarando todos, sua mão livre segurando a taça de champanhe. — Unam-se a mim para um brinde, pois a família Francis agora tem mais um membro, minha filha.

Ele se virou novamente, os olhos calorosos, agora genuínos, e piscou para conter uma lágrima. Sua voz vacilou no microfone, mas isso só aumentou o efeito encantador. Vi algumas mulheres enxugando suas próprias lágrimas.

Eu ultrapassei o estágio de fervura. Havia chamas ardendo dentro de mim.

— Bem-vinda, Bailey. Eu quero que o mundo te conheça. Quero que o mundo te ame tanto quanto eu já amo. — E, então, ele não conseguiu dizer mais nada. Uma segunda lágrima escorria por seu rosto, e seu pomo-de-adão subia e descia enquanto ele tentava controlar as emoções.

Ele simplesmente parou. Suspirou em seguida, levantou sua taça – e todos fizeram o mesmo –, e sorriu para mim enquanto dava um gole.

Mentiras. Todas essas malditas mentiras. Eu estava cansada delas.

Um brado se elevou abaixo de nós, então Peter se aproximou de mim. Ele me envolveu em seus braços, me abraçando, e sussurrou no meu ouvido, fora do alcance de todos:

— Eu tive que seguir o roteiro que a assessoria de imprensa me deu, mas quis dizer cada palavra. Eu já te amo, e estou muito feliz que você veio até nós, mesmo que de uma maneira não convencional. — Pressionou uma mão na parte de trás da minha cabeça enquanto eu resistia ao abraço, mas... merda.

Eu era fraca.

Então o abracei de volta.

Senti a emoção percorrendo-o, e puta merda... se isso não mexeu comigo. Eu estava derretendo, então me afastei.

— Obrigada. — Foi tudo que consegui dizer.

Ele piscou para conter uma lágrima, então alguém chamou seu nome e ele se afastou.

Que adequado.

— Você não deveria ter se tornado um problema.

Um arrepio percorreu minha coluna e eu me virei. Estava parada no pátio dos fundos, com um pouco de comida no estômago, então o zumbido completo que senti antes agora era apenas uma sensação agradável e suave. A noite já havia avançado, embora eu tivesse perdido a noção do tempo. Todos se divertiam, inclusive eu. Não era algo que eu esperava, mas também não estava reclamando. Apesar do discurso mentiroso da equipe de RP, eu tinha sido tocada pelo quanto Peter havia se emocionado no final, e aquela sensação permaneceu.

E eu me permiti desfrutar disso.

Cyclone ainda estava correndo solto com seus amigos. Avistei Seraphina rindo com as amigas. Ainda queria investigá-las, mas ela parecia feliz naquela noite. Chrissy estava no modo paquera total com um homem mais velho que se sentara com ela há mais de uma hora. Nunca a tinha visto rir tanto, então eu estava curtindo.

Kash até relaxou.

O grupo de Matt havia entrado na mansão por um tempo, mas voltaram há meia hora. Eles se instalaram perto da mesma fogueira de antes. Todos se encontravam sentados, relaxando. O fogo estava aceso, as chamas lambendo as pedras de cristal dentro. As bebidas circulavam para todo lado. Também havia risadas. Algumas das garotas circulavam por ali. Reconheci Fleur, sentada no colo de Matt, recostada em seu peito. Ela continuava lançando olhares furtivos para Kash, no entanto. A terceira amiga estava no colo de Chester. Torie e Tamara tinham ido embora, depois de se despedirem de mim antes de me informar que estavam indo para Naveah, e os demais falavam sobre terminar a noite na balada. Então perguntaram se eu queria me juntar a eles.

Dizer que fiquei surpresa quando Quinn se aproximou de mim seria um eufemismo, mas então entendi as palavras dela e tudo fez sentido. Sim. Agora eu não estava tão surpresa.

Ela estava saindo pelas portas abertas do pátio, ainda com seu visual incrível. Seu cabelo estava preso no alto da cabeça em coroa trançada. Algumas mechas caíam soltas, emoldurando seu rosto. A maquiagem não parecia nem um pouco borrada. Com seu cabelo loiro e o tom azul-claro do vestido, ela passava toda uma vibe de rainha do gelo, e aquele arrepio duplicou quando notei o frio calculista em seus olhos.

Ela não estava bêbada de jeito nenhum. Ah, não. Aqueles olhos estavam alertas, sóbrios, e havia planos, muitos planos ali.

Olhei rapidamente, me tranquilizando ao ver que Kash estava dentro do alcance da minha voz. Ela não podia fazer nada comigo, não aqui, não com todos tão próximos – embora os ruídos da festa ainda estivessem altos. O DJ tocava pelas últimas duas horas, e ao seguir meu olhar além dela e para dentro da casa, vi que o interior estava vazio no momento.

— Eu não deveria ser um problema? — Eu precisava de uma bebida. Certo? Talvez não. Talvez eu precisasse ter todas as minhas habilidades o máximo possível para essa conversa, porque eu sentia que não ia acabar bem.

— Não. — Ela parou ao meu lado, virando-se para observar todo o quintal às nossas costas. Então ergueu a cabeça, inspirando profundamente, e seus olhos se fecharam por um momento. Ao abri-los, com a cabeça erguida, ela se virou para me encarar. A lateral de seu corpo se apoiava de leve na grade atrás de nós. Seus lábios se curvaram em um sorrisinho nem um pouco convidativo, e ela se aproximou ainda mais, baixando a voz para que mesmo quem estivesse ali perto não ouvisse: — Peter e eu tivemos problemas desde o início.

Relaxei um pouco.

Ela estava desabafando. Isso era um bom sinal, certo?

Mas meu instinto ainda gritava com toda força para me afastar dela. Em vez disso, me aproximei da grade e me segurei a ela.

Quinn soltou uma risada suave e abaixou a cabeça.

— Peter é um adúltero. Sempre foi, até com sua primeira esposa. Colleen nem era uma esposa ruim, mas isso não importava para seu pai. Ele era um gênio da tecnologia em ascensão. Todo mundo no Vale do Silício queria tirar um pedacinho dele. Então, a mãe dele, em Saint Louis, adoeceu e, bem, você sabe o que aconteceu depois disso. Ele e Colleen não tinham terminado as coisas, mas era questão de tempo.

TIJAN

Ela parou, um brilho cruel voltando aos seus olhos. Sua boca se fechou, se contraindo.

Uma nota mais áspera se misturou à sua voz:

— Peter amava a mãe. Foi devastador para ele quando ela piorou da última vez, e ele queria passar mais tempo com ela. Disse que ficaria lá por enquanto, que nada mudaria. Ele ia deixar Colleen.

Suas palavras se fundiram ao desprezo que sentia.

— Estou te contando isso para que você saiba que sua mãe não era especial. Você não era especial.

Eu estava quase cativada, de uma maneira horrível.

— Ninguém deu certo com Peter até *eu* entrar em sua vida.

Eu não conseguia me afastar e só queria ouvir o que mais ela tinha a dizer. Havia um motivo para aquilo tudo. E ela estava chegando a ele. A caridosa Quinn não estava ao meu lado esta noite. Ela era um tipo completamente diferente de pessoa.

Amargura. Ela estava emanando essa emoção. E continuava falando, uma crueldade surgindo em seu rosto, distorcendo sua feição em algo feio. Eu nunca tinha visto isso em outra pessoa. Era fascinante.

— Meu pai estava em dívida com Calhoun, mas ele não foi a razão pela qual seduzi Peter… embora seduzir seja um termo amplo demais para ele. Eu olhei para ele, abaixei um pouco minha blusa e prometi que ele poderia me pegar por trás.

Tão desnecessário. Tão desnecessário.

Espera aí.

"Meu pai estava em dívida com Calhoun…"

Seduzir.

Então uma lembrança diferente cintilou na minha mente – *"Quinn conhece a família de Kash…"*

Tinha alguma coisa muito errada aqui.

Onde estava Kash?

Eu me virei e procurei por ele, franzindo o cenho. Ele estava vindo na nossa direção, mas Victoria se colocou em seu caminho. Claro. Que *timing* perfeito do caralho, quase um evento cósmico, certo? Eu esperava que ele a ignorasse, que passasse por ela, mas não. Isso não estava acontecendo. Ela tocou seu braço.

Ele inclinou a cabeça em direção a ela.

Uma expressão preocupada surgiu em seu rosto, mas seu olhar se encontrou com o meu. Ela disse algo mais, puxando sua manga, e ele olhou de volta para ela.

O que ela estava fazendo? O que *ele* estava fazendo?

Eu estava magoada.

Isso não era o Kash normal. Ele a ignorava. Ele a repreendia. Isso era o que ele fazia antes. Mas então recordei do meu sermão de antes. Eu disse a ele como as coisas seriam. Declarei meus sentimentos, dizendo que ele tinha que se abrir comigo.

Uma pontada de dúvida me atingiu. Será que errei em fazer isso?

Horrorizada, em câmera lenta, vi ele me lançar um olhar severo antes de se virar e segui-la.

Ele a seguiu.

Que diabos?

Fiz menção de ir atrás deles, mas Quinn se postou na minha frente, bloqueando meu caminho. Sua boca se movia, e ela ainda falava alguma coisa.

O que ela estava dizendo?

Ela continuou:

— Ele estava ansioso demais. Não foi difícil enredar Peter, fazê-lo se apaixonar por mim, ou pelo menos dar a ele todas as promessas que ele queria. A infidelidade fazia parte do nosso acordo. Eu estava bem com ele ficando com outras mulheres. Era o que eu podia oferecer que Colleen não podia. Seu pai nunca controlou seu desejo por mulheres, ainda não controla, embora ultimamente seu foco tenha sido mais singular.

O que estava acontecendo aqui?

Por que Quinn estava me contando tudo isso? Por que agora? Ou – um nó estava se formando no meu estômago –, por que aqui?

Porque ela se sentia segura.

Não. Eu rejeitei esse pensamento, embora tenha vindo até mim num sussurro, do fundo da minha mente. Isso não fazia sentido. Nada disso estava fazendo sentido.

"Arcane foi enviado por alguém que conhece meu avô..."

— Tudo estava bem. Tudo estava maravilhoso. Peter podia transar com quem quisesse, mas eu também podia. — Ela fez uma pausa, olhando para mim novamente com os olhos semicerrados. — Isso funcionou até o seu último ensaio para obter aquela bolsa de estudos da Phoenix Tech para a pós-graduação. Você falou sobre o pai que nunca teve, a mentira que sua mãe contou para você.

Eu escrevi aquela redação há tanto tempo.

Vá atrás de Kash.

Esse pensamento me incomodava, ecoando no fundo da minha mente.

Era um texto pessoal. Tínhamos que incluir nossos mentores na infância, juntamente com as perspectivas de um projeto de pós-graduação proposto. Os melhores dos melhores não precisavam estudar, não nessa carreira, mas Chrissy insistia nisso. Ela queria um diploma com o meu nome, dizia que a educação era a melhor maneira de garantir o futuro. Ela não entendia o mundo da tecnologia, mas enquanto eu pudesse continuar frequentando as aulas com essas bolsas de estudo, eu iria. E faria isso por ela, mas só depois descobri que foi meu verdadeiro pai quem abriu o caminho.

E aquele ensaio.

Eu deveria encontrar Kash. Agora essa urgência era mais insistente.

Eu falei sobre o pai do qual Chrissy me contou, aquele que havia lutado pelo nosso país e morrido em um ataque. Ela me deu nomes e credenciais, e tinha amigos do Clube de Veteranos que ajudaram a sustentar sua mentira. Eu falei sobre meu pai e coloquei tudo isso naquele texto, dizendo que queria ajudar nosso país, mas de uma maneira diferente. Eu queria usar as habilidades que tinha para dar continuidade ao trabalho dele, e agora eu estava me lembrando disso.

Minha voz soou baixa:

— Peter leu aquela redação?

"Quinn conhece a família do Kash..."

— Se ele leu? — ela debochou. — Ele ficou furioso. Isso o deixou louco, o fato de ter sido substituído por um herói militar. Seu pai não é um homem perfeito. Ele tem defeitos, mas também tem qualidades boas, e recuar, respeitar os desejos de sua mãe para que você tivesse uma vida normal e segura, foi difícil para ele. Eu tive que respeitá-lo por isso. Ele estava tentando, mas ele tem um ego. Ele tem orgulho, e descobrir como você era, que estava sendo guiada pela memória de uma mentira, isso o afetou. Ele começou a falar cada vez mais sobre aquele tempo com sua mãe. Ele começou a observar você mais de perto. Ele sempre manteve contato, mas aquilo se tornou mais intenso. Ele pediu que Kash, pessoalmente, cuidasse de você, e bastou ele começar a fazer isso… que ele se tornou cativo. Eu sabia que estávamos seguindo por um caminho ruim.

Kash?

"Arcane foi enviado por alguém que conhece meu avô…"

Ele estava me observando o tempo todo?

Olhei para o local onde ele estava, mas não o vi em lugar nenhum. Um alarme ressoou pelo meu corpo, mas não era suficiente. Kash não teria se afastado de vez. Ele teria se preocupado comigo, se certificado de que eu estava bem.

Mas ele não estava lá. Na verdade, não havia ninguém ali. Todo mundo tinha desaparecido. Olhei ao redor, percebendo que estávamos praticamente sozinhas.

"Quinn conhece a família do Kash…"

Eu estava sendo atormentada. Assombrada.

O que estava acontecendo?

— Drew Bonham está nesse exato momento causando um tumulto no portão da frente.

Drew?

O quê?

Eu estava confusa, mas então ela continuou:

— Victoria provavelmente atraiu Kash para um quarto. Tenho certeza de que ela está tentando seduzi-lo. Não há ninguém aqui para te salvar. Ninguém está aqui para te resgatar. Neste momento, Drew está fazendo o que lhe foi mandado. Então, você pode estar pensando que está segura porque todo mundo está por perto, porém eles não estão. — Ela falava com frieza, e total satisfação. — Todos eles estão correndo, neste exato momento, na direção oposta. Para longe de você. E você, minha querida, está completamente sozinha.

Drew…

Seu nome era familiar…

Chame Kash agora!

Bonham.

Pensamentos e peças do quebra-cabeça se encaixavam com perfeição.

Drew Bonham. O marido. Matthew.

O cara que tentou envenenar o Matt, cuja esposa estava dormindo com meu irmão… estava ajudando Quinn agora?

Eu ia vomitar.

Suor frio escorria pelas minhas costas.

"Arcane foi enviado por alguém que conhece meu avô…"

"Quinn conhece a família do Kash…"

As vozes. As lembranças. Girando em círculos.

"Meu pai estava em dívida com Calhoun..."

Girando.

De novo.

E então, nada.

Calma.

Silêncio.

Então, eu me dei conta.

Eu soube naquele instante quem contratou os sequestradores.

Seu sorriso era maligno, suas palavras suaves:

— Você é uma garotinha muito estúpida, não é?

Era tarde demais para chamar o Kash.

As palavras de Quinn eram cortantes, mas ela sorria, falando-as quase amorosamente, e ela estendeu a mão, pousando-a no meu braço. Então me agarrou com força e avançou, pressionando algo contra minhas costelas.

Senti uma dor aguda antes de me afastar.

— O qu...

Ela tentou me agarrar novamente, me puxando para perto e sussurrando entre os dentes:

— Você é um problema. Ele deveria ter te envenenado naquela noite, não o idiota do Matthew. Ele não deveria ter ficado sabendo que a esposa estava transando com o meu enteado. Quero dizer, meu Deus, por que ele se importaria? Ele estava transando comigo, mas não era o único.

Inspirei fundo.

— Você não faz ideia de quantos anos de planejamento você arruinou completamente. Você não deveria entrar na minha família e bagunçar tudo. Eu estava garantida para a vida toda. Não tenho problema algum com Peter transando por aí. Eu também gosto disso. Caramba, às vezes nós até compartilhamos. Mas isso tudo só até você chegar, até seu pai começar a se lembrar de sua mãe, até ele começar a sentir todos esses sentimentos insidiosos, como o amor, e, de repente, começar a ter outras ideias, como compromisso e monogamia. Ele quer ser um exemplo para os filhos.

Ela deu uma risada maldosa e feia.

— Ele quer ser um novo homem, melhor. — Ela suspirou diante daquela palavra. — Ele tem sido enganado há tempos, mas assim que você desaparecer, o que coloquei em ação há muito tempo voltará a ser como antes. Ele ficará com o coração partido, e lá estarei eu. Que o conheço a fundo, que sei de todos os seus prazeres obscuros, então eu o terei na palma da minha mão de novo. Você nunca deveria ter sido nem mesmo um problema. Eu queria que tivessem dado um jeito em você antes de seu pai tomar a decisão de se aproximar, mas aqueles imbecis do Arcane... estragaram tudo.

Eu mal conseguia acompanhar.

O ambiente externo começava a girar ao meu redor, movendo-se em círculos.

A voz de Quinn soava ameaçadora, seu rosto e corpo ampliando de tamanho.

Ela havia me drogado. Foi a espetada que senti antes. E agora ela estava revelando tudo.

Ela estava por trás da tentativa de sequestro.

Por causa da redação que escrevi, porque Peter começou a pensar em ir atrás de mim.

E ele amava minha mãe. Isso estava certo?

Mas Kash... Ela disse coisas sobre Kash.

O que mais havia ali? Outro planejamento de anos? Era tudo por causa de Peter?

Eu não conseguia fugir. Eu me virei e tentei, mas estava caindo. Eu ia bater de cara no piso de pedras do pátio. E essa porcaria ia doer.

Mas então alguém me segurou e levantou meu corpo.

Olhei para cima, sentindo um peito forte contra minhas costas.

Kash, pensei.

Mas não.

Era o segurança de antes. Helms. Aquele que Kash havia punido com uma suspensão.

Ele estava falando por cima de mim para Quinn.

— Você precisava drogá-la?

— Cale a boca. O pessoal de Arcane está nos fundos, atrás da van do DJ. Liberei acesso para que entrassem e vou entregá-la a eles. Espero um grande desconto por fazer o trabalho dos idiotas.

— E se você a tiver drogado além da conta? Eles estão esperando que Calhoun queira conhecê-la.

— Deixe de ser burro. O avô de Kash não faz ideia de que isso estava sendo planejado. De jeito nenhum Calhoun Bastian aprovaria isso. Traria problemas demais. Ande logo e se apresse. Drew deveria distrair todos o suficiente, e Kash também está distraído, mas eles não vão demorar muito para voltar. Falei demais. Tire-a daqui — ela ordenou pela última vez: — Agora!

Helms praguejou por entre os dentes, e me carregou em passos rápidos ao redor da parte dos fundos da mansão. Ou pelo menos eu imaginei... Eu ainda conseguia enxergar um pouco, mas a sensação de tontura era intensa. Eu ia vomitar. Estava suando, tremendo e gemendo, e o segurança estava tentando me mandar calar a boca.

Eu não estava ouvindo nada.

Eu tinha sido drogada.

Merda. Eu tinha sido drogada! Eu precisava sair dali.

Kash!

Quinn era psicótica. Eu tinha que contar a todos. Eu tinha que salvá-los.

Ela faria isso com outra pessoa.

Não. Eu tinha que *me* salvar.

Eu ia morrer – esse último pensamento ajudou. Um medo primitivo percorreu todo o meu corpo e comecei a resistir. Ou comecei a tentar fazer isso. Eu estava me contorcendo. Meus braços. Minhas pernas.

Eu poderia tentar até mesmo acertar uma cabeçada no nariz do cara.

Helms praguejou, me agarrando com mais força, me imobilizando por completo.

— Aquela piranha. Ela deveria ter te drogado, depois mentido e dito que eu estava te levando para a cama. Por que diabos ela tinha que contar tudo isso para você?

Eu não estava respondendo. Não conseguia. Mas poderia fazer outra coisa. Minha boca estava pressionada contra o pescoço dele e, sem nem pensar duas vezes, cravei os dentes ali.

Ele gritou, se sobressaltando e me largando no chão.

Assim que eu me vi livre, comecei a gritar junto com ele.

O som que ecoava da boca do segurança parecia como o de um animal sendo escalpelado ainda vivo.

— Que porra é essa?

Ouvi vários passos na parte de trás. Eu podia até mesmo distinguir as botas. E, de repente, me vi de volta à minha antiga casa.

Boots estava chegando. Literalmente.

Então reconheci a voz de antes. Era o chefe. Arcane.

— Cale a boca dessa vadia! — Uma mão cobriu minha boca com violência.

Eu mordi também, e ele praguejou:

— Maldição!

Um pedaço de fita adesiva foi colado com força suficiente para que eu sentisse lágrimas escorrendo pelo rosto devido à brutalidade. Eu conseguia sentir o cheiro de sangue, só não sabia se era o meu mesmo. As estrelas acima estavam rodopiando novamente, quase formando uma linha completa por conta própria – na maior velocidade.

Arcane rosnou:

— Você está de sacanagem? Você grita desse jeito e deixa a vagabunda cair?

— Ela acabou de arrancar um naco de pele do meu ombro. Essa vadia. — Helms girou, ergueu o pé e chutou minhas costelas.

A dor me cegou, me deixando sem fôlego.

Isso também ajudou a combater um pouco o efeito da droga.

Mãos rudes me agarraram e fui puxada para cima. Eu teria um monte de hematomas amanhã... seu eu *tivesse* um amanhã.

Consegui ver o cara segurando minhas pernas. Clemin. Boots não tinha se movido, então deduzi que devia ser o tal Rafe segurando a parte de cima. Eles estavam correndo. Eu estava balançando de um lado ao outro. Uma porta de van estava sendo aberta. Ouvi o rangido e fui jogada para dentro do veículo.

Estava um breu ali.

Eles pularam atrás de mim. Ouvi alguma movimentação. Meu Deus. Aquilo era uma lona.

Era isso. Era o fim.

As portas foram fechadas. Em seguida, deram partida no veículo.

— Todos abaixados. Os guardas vão fazer uma rápida verificação.

Era o chefe. Arcane novamente.

Chase estava aqui?

Tudo isso – eles sairiam vitoriosos.

Quinn vai vencer. Kash vai se culpar. Chrissy ficará arrasada. Meu pai, Cyclone, Seraphina – eles ficarão traumatizados. Matthew. Ah, minha nossa. Matthew se culparia.

Isso não podia acontecer, mas eu não conseguia me mover.

Eu não conseguia emitir um som sequer.

A droga estava vencendo a batalha.

Um urso polar estava correndo em minha direção, e eu tinha consciência suficiente para saber que era uma alucinação. Então, de repente, escutei um guincho atrás de nós.

A van parou abruptamente.

Palavrões. Gritos.

As portas se abriram com força.

Eles sumiram.

Eu os ouvi correndo. Era esse o barulho que eu ouvia?

Em seguida, mãos. Mãos gentis.

— Ah, meu Deus, Bailey.

Kash.

Era *Kash*.

Comecei a chorar. Não conseguia me controlar mesmo se quisesse. Eu tinha sido drogada.

Kash estava me levantando no colo, sendo todo gentil, amoroso e carinhoso. Ele estava na minha frente, me segurando, tocando meu rosto, xingando e depois… apenas raiva. Só raiva.

Ele saiu.

Mais socos.

As pessoas ainda estavam correndo?

Ouvi Matthew chamando o nome dele.

Outra voz. Não conseguia mais entender as palavras. Só conseguia distinguir quem era quem.

Peter.

— Meu Deus. Eu sinto muito, muito mesmo.

Quem estava chorando?

Chrissy? Minha mãe?

Havia outras pessoas.

Alguém estava gritando.

Kash estava de volta. Ele me envolveu com uma manta, me cobrindo, embora eu não soubesse o porquê, e em seguida estava se afastando da multidão.

Quando a multidão se formou?

Mas eu estava segura.

E enquanto Kash olhava para baixo, para mim, com uma emoção que eu sabia que ele ainda não estava pronto para declarar, eu soube que poderia partir. Finalmente.

— Bailey!

O grito dele soava tão distante…

E então apaguei.

"*Bailey.*" Um sussurro.

— Bailey. — Outra vez.

Meu nome continuava vindo até mim, me puxando de volta das trevas. Eu estava nadando em direção à superfície e, com um último impulso, emergi. Abri os olhos, mas ainda estava no escuro. Não. Espere. Era um quarto.

Um brilho suave se infiltrava por baixo da porta e, sentindo todo o meu corpo doer, eu me sentei, esticando o braço para ligar alguma coisa. Devia ter um abajur por ali. Pelo menos uma mesinha para me ajudar a me situar. Senti algo – que sumiu. Ouvi um baque quando derrubei alguma coisa, sentindo o respingo na minha mão.

Droga. Alguém deve ter colocado um copo de água ali para mim.

Por fim, consegui encontrar um abajur e acendi a luz, levando mais alguns segundos para entender onde diabos eu estava.

Eu estava em uma cama. Lençóis vermelhos. Uma poltrona vermelha no canto.

Tá…

Eu não fazia ideia de onde estava, mas ouvi vozes no corredor, então me sentei e averiguei meu corpo. Calça de pijama xadrez. Uma camiseta folgada com a estampa: CLUBE DE COMPUTAÇÃO BROOKLEY – WE BYTE BACK. Minha mãe trocou minha roupa, ou insistiu para que colocassem essas roupas em mim. Eram as mesmas que eu usava para dormir quando ainda estava no ensino médio. Droga. Eu ainda conseguia entrar nessas roupas? Caracas, sim!

Um tipo diferente de *sensação* me atingiu.

Correndo para o banheiro, parei na porta, segurando a moldura por um segundo. Uma onda de tontura me atingiu e tive que piscar para afastar as luzes piscantes. Eu tinha me levantado rápido demais, então me sentei e fiz o que precisava fazer. A gravidade se realinhou junto comigo. Então olhei no espelho, depois de lavar o rosto, e empalideci.

Eu realmente estava ostentando um penteado estilo "Supergatas"[2].

Meu cabelo era um ninho que poderia chocar ovos de águias. Havia arranhões e hematomas por todo o corpo. Puxei a parte da frente da minha camiseta e olhei para baixo. Merda. Os hematomas se estendiam por toda parte. E agora parecia que meu cérebro estava acompanhando o que eu estava vendo, porque tudo doía e latejava. Minhas unhas doíam. Minhas cutículas estavam angustiadas. A pele morta dos meus calcanhares – sim. Até isso doía.

Cada célula e nervo sofriam em agonia. Eu podia ouvi-los na minha cabeça. Todos eles diziam: *"Bailey, o que você fez conosco? Queremos um SPA. Bailey. SPA. Bailey. SPA. SPA... SPA..."*

Eu estava pirando. Minha mente também estava ferida, aparentemente.

Tentei domar meu cabelo – o que pude –, e pressionei uma toalha no rosto. Eu parecia um guaxinim. Era como se alguém tivesse tentado remover minha maquiagem, mas nem tudo havia saído. O delineador decidiu simular uma tempestade.

Sentindo o cheiro do meu bafo, enruguei o nariz.

— Bailey?

Eu me virei, ou comecei a virar. O cômodo decidiu me superar, e venceu. Eu me agarrei à pia do banheiro, e Kash estava ao meu lado num instante. Ele me segurou antes que eu desabasse. Em seguida, me levou no colo de volta para a cama. Depois de me acomodar, certificando-se de que eu não iria cair, ele voltou para o banheiro.

Ele voltou com meu próprio kit de escovação de dentes. Era uma coisa completa.

Um novo copo de água, duas toalhas e uma escova e pasta prontas para mim. Escovei os dentes, cuspi no copo que havia derrubado no chão. Kash me entregou outro copo e enxaguei a boca novamente. Agora, sim, eu me sentia refrescada, e a sessão de beijos podia começar.

Kash deixou tudo no banheiro. Então voltou, apagou as luzes, e pude ouvir o farfalhar de suas roupas sendo tiradas.

Eu não queria processar nada. Por mais que soubesse que deveria, minhas emoções estavam em greve. Tudo o que eu queria era dormir. Queria dormir em seus braços, porque ele era meu homem e ninguém iria nos separar. E porque eu ainda estava com dificuldade de formar palavras, fechei os olhos enquanto ele me abraçava.

---

2 Referência ao antigo seriado da NBC que teve sete temporadas entre os anos de 1985 e 1992.

TIJAN

Deixei seu calor me dominar. Novamente.

No dia seguinte, despertei entre os braços de Kash. A primeira vez que acordei, o relógio marcava cinco da manhã. Eu me levantei, escovei os dentes. Fiz xixi. Então voltei para a cama.

Da próxima vez que acordamos, foi porque alguém estava batendo na porta.

Um segurança enfiou a cabeça pela fresta, mantendo o olhar focado em outro ponto.

— Os convidados chegaram e se recusam a sair.

Kash se sentou na hora.

— A mãe dela?

— Sim, senhor. Matthew. Uma garota chamada Torie.

Dei um sorriso ao ouvir.

Ele continuou:

— O pai dela. — Ele hesitou um segundo, antes de dizer: — E um detetive de polícia.

Kash se levantou da cama, dirigindo-se ao armário.

— Advogados?

— Eles estão aqui desde as oito da manhã.

Mais um sorriso me escapou. Eu tinha uma imagem de três advogados sentados juntos em um sofá, mãos nos joelhos, costas eretas, trajando seus elegantes ternos, com suas maletas aos pés, e então... espera, espera e mais espera enquanto as horas literalmente passavam.

— Okay. — Kash vestiu uma calça e uma camisa Henley.

Meu Deus. *Aquela* camisa Henley que eu amava.

Minha boca não estava mais seca.

Havia uma boa chance de eu estar fazendo tudo o que podia para não me concentrar no que tinha acontecido comigo, mas a cavalaria havia, literalmente, chegado. Eles estavam lá fora, na sala de estar de onde quer que estivéssemos, e minha viagem de fuga para o Reino do Sono tinha terminado.

O tempo acabou.

Kash assentiu, dizendo:

— Nos dê mais um minuto.

O segurança assentiu, recuando e fechando a porta.

Kash direcionou aqueles olhos penetrantes para mim e ficou me encarando. Suas sobrancelhas se uniram. Os segundos se passaram antes que ele suspirasse.

— Eu tenho coisas para te dizer, mas nada disso vai acontecer com a brigada lá fora. Só preciso saber de uma coisa: você está pronta para tudo isso? Se não estiver, balance a cabeça e sairemos daqui sem que ninguém perceba.

Caramba. Quando ele dizia coisas assim, eu babava.

Mas eu também suspirei e assenti.

— Estou pronta. — Minha voz saiu rouca.

Seus olhos escureceram, mas ele apenas assentiu, passou a mão pelo cabelo e entrou no banheiro. Eu tinha me levantado e vasculhado uma bolsa que minha mãe devia ter arrumado. Havia todo tipo de roupas de Brookley lá dentro. Eu estava usando um velho par de jeans e um moletom quando ele saiu.

Ele parou, me observando, antes de seu lábio superior se curvar no cantinho.

— O que foi?

Um lampejo de diversão cintilou naqueles olhos.

— Nada. Eu só tive um vislumbre de como você deve ter sido na escola.

Eu fiquei corada.

— Eu era uma nerd na escola. — Bem, mais ou menos.

— Duvido muito disso.

Sim. Sua voz soou baixa, enviando arrepios pelo meu corpo. Eu tentei controlar minha expressão com uma careta, mas fracassei total. Meus lábios continuavam se curvando para cima, então apenas suspirei e me deitei na cama.

Ele se aproximou, inclinando-se sobre mim. Seus braços ladearam minha cabeça, enquanto ele sustentava o peso do corpo e me observava com todo tipo de promessas se refletindo em seu semblante.

— Sua mãe vai entrar e cuidar de você.

Ele estava dizendo isso, mas querendo saber se eu estava de acordo.

Eu assenti, e ele acrescentou:

— Matt vai xingar horrores, parecer bravo, mas ele está apenas aterrorizado com o que quase aconteceu com você.

Mais uma vez assenti.

Eu também não queria pensar sobre isso.

— Seu pai vai dar ordens, provavelmente brigar com sua mãe e ficar irritado com o Matthew. Será porque ele não tem ideia de como falar com você, mas ele está tão assustado quanto o Matt com o que quase aconteceu com você.

Novamente o lembrete. Ele precisava ir por esse caminho? Mas assenti pela terceira vez.

Kash suavizou seu tom.

— Torie está aqui por você. Essa é a função dela. Se precisar de mim, diga a ela. Ela me encontrará. Se precisar de um tempo da sua mãe, ela vai te levar para respirar um pouco. Ela me informou que fará qualquer coisa que você precise, exceto favores sexuais, a menos que seja para um segurança específico em quem ela está de olho. Ela fez questão de que eu repetisse essas palavras exatas. Você está bem com tudo isso?

Nossa. Eu estava sorrindo, apenas um pouco.

Ele interpretou como um quarto aceno de cabeça, e seu tom endureceu em seguida:

— A polícia precisará de um depoimento seu. Você desmaiou por causa da droga que Quinn injetou, e eles tentaram te interrogar no hospital quando estava sendo examinada. Você nem estava lúcida. Os detetives não ficaram satisfeitos quando os advogados os fizeram recuar, alegando que você precisava saber o que estava dizendo antes de falar qualquer coisa. Eles estão impacientes, e isso é dizer de forma educada. Mas, no final, eles só querem garantir que tenham um caso forte o suficiente para fazer a Quinn pagar pelo que fez e cumprir pena.

Quinn. Cumprir pena.

Agora, sim, eu estava me dando conta do que ela tinha feito comigo. Senti um baque dentro de mim, uma onda engolfando minha mente, e eu estava de volta lá.

Rafe. Clemin. Arcane. Eles estavam vindo atrás de mim.

Quinn. A forma como ela me agarrou.

Estremeci, sentindo tudo de novo.

Kash ficou tenso e praguejou baixinho. Ele saiu e eu gritei. Eu não queria que ele fosse embora, mas ele estava dizendo alguma coisa no corredor.

Então a porta se fechou e ele voltou. O colchão afundou sob seu peso e ele me puxou de volta para seus braços. Ele se aconchegou ao meu redor, como se todo o seu corpo pudesse amortecer o pesadelo que rasgava minha mente. Não podia. Ele não podia. Mas eu estava abraçada a ele também, como se ele pudesse.

Eu estava soluçando. Ou alguém estava. Provavelmente era eu, já que eu podia ouvir a mim mesma, completamente fora de mim.

Eu sabia que era inevitável… E que eu estava afundando mais uma vez.

Tudo aconteceu como Kash tinha me avisado.

Chrissy estava agitada.

Torie era meu cão de guarda, chegando até mesmo a salivar e rosnar.

Matthew não conseguia ficar parado. Ele ficava andando em círculos pela sala.

Peter estava um caos. Ele alfinetava o Matt, depois discutia com Chrissy, seguido por perguntas sérias para Kash. Ele parava, olhava para mim, e sua boca tremia antes de ele gritar alguma coisa para o Matt e o ciclo começar de novo.

Os detetives foram simpáticos. Eu esperava que fossem rudes e impacientes, mas a sessão com eles foi apenas longa demais. Os advogados interferiam de vez em quando, mas não muito. Todos queriam a mesma coisa: garantir que Quinn pagasse pelo que fez.

Quinn. Credo.

Nas duas semanas seguintes, eu realmente não me permiti pensar nela.

No dia em que os detetives finalmente registraram meu depoimento, depois que parei de soluçar, eu me ative aos fatos. Se precisassem de mais detalhes, eu fornecia. Eles ficaram surpresos com o quanto eu me lembrava, até que Peter disse que eu havia herdado a memória fotográfica dele. Os olhos deles se arregalaram, e eu podia jurar que seus ouvidos ficaram atentos depois disso. Isso significou mais perguntas, porém, e já era tarde da noite quando eles, finalmente, foram embora.

Kash me disse no dia seguinte, que meu pai tinha encontrado evidências condenatórias suficientes – mensagens de texto, e-mails que Quinn pensou ter apagado, telefones descartáveis, contas falsas e muito mais – para montar o quebra-cabeça. Juntando isso com o que ela tinha admitido para mim, veio à tona que Quinn achava que Peter sempre esteve apaixonado pela minha mãe, mesmo naquela época, apesar do que ela me disse.

Ela achava que seus dias estavam contados se Chrissy e eu voltássemos para a vida dele, e estava desesperada o suficiente para entrar em contato e depois contratar a equipe da Arcane.

Peter confessou que talvez tenha exagerado a respeito de seu carinho pela Chrissy quando conversou com Quinn sobre o passado. Ele não entrou em detalhes sobre o motivo para ter feito isso, ou se era verdade no presente ou não, e quando perguntei à Chrissy o que ela achava, recebi um tapinha no braço e me disseram que eu precisava descansar.

Essa foi a resposta que recebi para a maioria das coisas nas últimas duas semanas.

Nesse tempo, uma terapeuta veio para o novo *loft* do Kash – local em que acordei na primeira noite após o ataque. Ele havia se mudado do apartamento anterior porque a imprensa sabia seu endereço, então esse era mais secreto. Nem eu sabia onde estávamos, porque não deixei o local em nenhum momento.

Todos concordaram que eu deveria repousar, relaxar e fazer terapia por quase ter sido sequestrada e depois descobrir que iriam me matar, mas a verdade é que eu estava me escondendo. Eu estava atrasada para começar a pós-graduação. Kash disse que a faculdade entendia e prorrogou meu prazo para dar início ao curso. Se eu não pudesse começar antes das provas do meio do período, então teria que esperar pelo segundo semestre. Esse era o prazo final deles.

Eu não faria isso. De jeito nenhum. Ninguém percebia o quanto eu estaria atrasada nos conteúdos àquela altura? Sem mencionar, quem quer ser o aluno que começa um semestre depois de todos? Ninguém, óbvio. Eu sabia como os programas de pós-graduação funcionavam. Você começava com um grupo de estudantes e eles se tornavam seus parceiros fiéis nos projetos e congressos. Eu precisava desse apoio, então esperei até minha última sessão de aconselhamento para informar à terapeuta que seria minha última sessão.

Ela piscou para mim por um momento, cruzando os braços.

— Perdão?

— É hora de voltar ao mundo, começando por aqui. Estou bem. Não preciso de mais sessões.

Ela gaguejou. Protestou. Ajeitou o coque.

Nada disso importava.

Eu não era a garota traumatizada que todos estavam tratando, e embora tivesse me dado ao luxo de me esconder por um tempo, sabia que era hora. Encarar o dia. Sentir o sol no rosto. Sentir o cheiro do café. Todos esses sentimentos. Eu tinha que seguir em frente com a minha vida. Quinn tirou duas semanas minhas. Eu não ia deixar que ela tirasse mais nenhuma, e eu realmente não estava tão traumatizada quanto todos pensavam.

Eram *eles* que estavam traumatizados.

Foram *eles* que me viram sendo retirada daquela van, que viram todos os caras ensanguentados no chão. Todo aquele barulho de batidas que ouvi quando estava dopada? Pensei que eram pessoas correndo para nos ajudar. Não. A corrida já tinha acontecido. Aquele barulho de batidas era de fato uma batida – do Kash.

Ele disse que Victoria encheu o saco e insistiu que havia uma emergência, que uma válvula de água tinha quebrado em um dos quartos. Mentirosa do caralho. Kash parou na metade do caminho e voltou para onde eu estava.

Ele me viu ser jogada na van; ele fez uma chamada pelo rádio, notificando os seguranças, e então foi atrás deles.

Ele parecia um animal ao enfrentar os três atacantes. Um segurança chegou depois e ajudou, mas Kash nocauteou o último. Foi um espetáculo, como Matt me contou durante uma de suas visitas.

Eu tinha observado as mãos de Kash desde então. Levou quatro dias para o inchaço diminuir. Feridas e hematomas. Cheguei a pensar que havia alguma fratura, mas ele alegou ter feito um Raio-X, e que estava tudo bem.

Ainda assim, fiquei traumatizada ao ver as mãos dele, mas todos os outros ficaram afetados ao me verem naquela noite. Eu fui envolvida em uma capa plástica de proteção, minha respiração desacelerando a ponto de se preocuparem que eu estivesse morta. Foi um efeito colateral da droga que Quinn injetou, mas não era o efeito que ela pretendia. Ela queria me matar mais tarde, não por sua própria mão, mas tive uma reação adversa à droga.

Ri muito disso. Uma reação ruim à droga que ela usou para, eventualmente, me matar. Sem dúvida, uma reação ruim.

Ninguém mais achou engraçado, mas por favor. Tudo isso foi uma reação ruim. Mas agora eles estavam preocupados com quais outras drogas eu poderia ter alergia. Eu simplesmente pensei que uma boa maneira de evitar correr esse risco era não ser drogada novamente. Problema resolvido.

Ninguém achou isso engraçado também.

Mas voltando ao meu obstáculo atual: Kash.

Não havia mais perigo. A equipe de Arcane ficaria distante. Sem direito a fiança. Nada. Eles seriam enviados para uma prisão da qual nem mesmo outros sistemas prisionais ouvirão falar. E nem mesmo o avô de Kash era mais uma ameaça. Por que ele estava em Chicago e em nossa área, ninguém sabia. Os rumores de que ele estava aqui se provaram errados através de registros dele em Nova York. Foi noticiado que ele havia voado para Dubai.

E também me livrei da terapeuta. Ela foi embora com uma expressão desaprovadora, os lábios franzidos, o que não dei a mínima. Eu a dispensei, agradeci pelos seus serviços e fechei a porta quando ela começou a repetir que não concordava comigo.

Como se eu me importasse.

O que eu queria era ver Cyclone e Seraphina outra vez, pessoalmente. Nós tínhamos feito videochamadas em conjunto. Ambos começaram a chorar quando me viram, mas decidi contar piadas. Isso ajudou. Seraphina estava rindo um pouco depois, e Cyclone estava me fazendo perguntas sobre um ninja robô. O coelho era coisa do passado. Uma mulher passou atrás deles, e quase tive um pequeno ataque cardíaco. Pensei que fosse a Quinn.

Kash disse que era a tia deles. Ela tinha voado da Califórnia para ajudar Chrissy e Marie a cuidarem deles. Minha mãe tinha voltado para a mansão, assim que percebeu que eu não precisava dela por ali me mimando, porque eu só queria pular em cima do Kash o tempo todo, o que ele não me deixava fazer. Ele esperou até que meus ferimentos visíveis tivessem desaparecido, e só então ele fez amor comigo de um jeito gentil. Foi o sexo mais frustrante que compartilhamos. Não havia perda de controle. Era como se ele tivesse medo de me machucar, mas o fato de ser tão carinhoso, amoroso e controlado era o que estava me machucando.

Eu queria que ele grunhisse, que me pegasse de jeito, que praguejasse de tanto tesão. Eu o queria áspero e apaixonado. Desde antes da festa, eu não via esse lado selvagem dele. Era isso que eu precisava para seguir em frente e superar o que aconteceu. Eu precisava dele, só dele.

Então, depois de dispensar a psicóloga, eu estava pronta para completar minha segunda tarefa.

FAZER O KASH PERDER O CONTROLE.

Eu o encontrei na porta quando ele chegou em casa de uma reunião. Kash entrou, e uma brisa suave me atingiu pouco antes de ele fechar a porta. Assim que ele me viu, parou no lugar com um sorriso curvando seus lábios.

TIJAN

— O que é isso?

Eu estava parada no corredor, segurando uma carta para ele.

O ar estava ficando quente novamente, eletrizante. Seus olhos escureceram à medida que ele lia a carta, até o final, e então ele gemeu:

— Jesus Cristo, Bailey.

Eu sabia quais palavras ele acabara de ler, e minha garganta estava ardendo. Tudo o que eu conseguia era sussurrar:

— Eu quero dizer cada palavra escrita aí.

Ele balançou a cabeça, mesmo enquanto dava um passo na minha direção.

— Você não faz ideia.

Eu contra-argumentei:

— Pode ser que eu faça, sim.

Outra negativa com a cabeça, seguido de mais passo.

— Não, você não sabe. Você não sabe como era a sua aparência naquela van.

Umedeci os lábios.

— Então me conte. Você também tem outras coisas para me dizer.

Eu nem me importava com o que ele ia dizer. Eu só precisava que ele se abrisse. E depois de um momento de silêncio, pensei que ele me ignoraria. Pensei que seria como todas as outras vezes. Ele iria me afastar, me distrair, me excluir. Mas ele não fez isso.

Ele começou devagar no início, mas falou tudo.

Ele contou sobre os outros. Sobre mim. Sobre o evento. Sobre as consequências. Sobre o que eu deveria esperar. Mas não sobre ele. Ele nunca disse uma palavra sobre si mesmo.

— Eu não posso. — Desviou o olhar, as mãos cerradas em punhos.

— Pode, sim! Você me disse que tinha coisas a me dizer, mas nunca disse. Você tem que me contar. Você tem que me deixar entrar também.

Eu estava ansiando por essas palavras. Ele não tinha ideia. Havia um muro ao redor dele. Ele o mantinha entre ele e todos, o mundo. Eu precisava dar uma espiada por trás dele. Eu estava desesperada por isso. Se ele o erguesse só um pouquinho, ou abrisse uma fresta, eu poderia fazer o resto. Eu *faria* o resto. Eu entraria lá, assumiria minha versão Cyclone e derrubaria o resto daquele muro. Eu só precisava de uma polegada.

Então, era o que eu ia fazer. Eu me aproximei, diminuindo a distância, e pousei a mão sobre seu coração.

— Me deixe entrar, Kash.

Seu peitoral tremia sob meu toque, a respiração acelerando; em seguida, ele prendeu o fôlego, e exalou profundamente. Então se afastou, virou-se, me dando as costas.

Ele falou, mas não olhava para mim.

— Você quer saber como eu me sinto? — ele rosnou.

Por que ele cuspiu as palavras daquela forma?

Ele continuou, áspero:

— Eu me apaixonei por você antes mesmo de você me conhecer. Quando seu pai me pediu para te proteger. Depois que descobrimos que Arcane estava te perseguindo. Foi então, durante todo esse tempo, que você se tornou minha. Você só não sabia disso.

Aquelas palavras deveriam ter sido proferidas de um jeito lindo. Mas não foram.

Ele continuou:

— Eu pensei em me afastar. Pensei mesmo. — Seus ombros se enrijeceram sob a camisa, esticando o tecido. — Foi por isso que sumi quando você chegou na minha vila. Eu tinha você em um lugar seguro; ou pelo menos achava que estava seguro. Eu sabia que o que estávamos prestes a enfrentar seria ruim. Seria ruim e eu não poderia te proteger disso. Nada. — Ele girou. Seu rosto estava rígido. As mãos cerradas em punhos. Sua mandíbula estava tensa. — Você quer saber o que tem me consumido todas as noites em que estou enterrado dentro de você, todas as manhãs quando te vejo dormindo, todas as vezes que você me envia uma mensagem que me faz rir? Eu. Sou eu. Eu estou te levando para uma tempestade, e terei sorte se você sair disso com vida.

Ele deu um passo em minha direção, seus olhos ardentes e ferozes.

— Porque eu não sairei. Meu avô está vindo e ele vai me matar. Talvez não o meu corpo físico, mas ele fará o que fez com a minha mãe. E se você ficar comigo, se ficar aqui, então toda essa merda obscura virá até você também. Eu vou te destruir. Talvez você não saiba disso. Talvez nem mesmo eu perceba, pelo menos não no começo. Pode ser gradual, mas acontecerá. Até que um dia você acorde me odiando. — Suas narinas inflaram. — Isso é o que está acontecendo dentro de mim, toda vez que quero te dizer que estou completamente apaixonado por você.

Ele cuspiu as palavras:

— Morte. Escuridão. Ódio. Se você ficar comigo, é isso que vai acontecer com você.

Ele parou, olhando para mim mais abaixo. Seus olhos estavam negros, turvados.

Estendi a mão sem pensar, segurando sua bochecha.

— O mundo já está fascinado por você. — Essas foram as minhas palavras. E outras mais saíram a seguir: — E seja o que for que vier em nosso caminho, eu vou lidar com isso. Eu estou aqui. Estou com você. E, meu Deus, Kash. Se você tentar me deixar, eu não vou permitir. Entendeu?

Eu também podia falar de forma ríspida.

Ele não disse nada. Nem eu.

Estávamos encarando um ao outro.

O quarto estava se fechando ao nosso redor, e então a campainha tocou.

Kash praguejou, fechando os olhos. Sua cabeça inclinou para trás, mas a campainha tocou novamente. E novamente.

Caminhando com raiva, ele apertou o botão e ficou imóvel.

Seu rosto ficou pálido na mesma hora.

Cada pelo do meu corpo se arrepiou.

Eu estava parada no final do corredor, e dei um passo em direção a ele, por puro instinto.

— Kash?

Ele não respondeu. Não olhou para mim.

Quem quer que fossem os visitantes, eles haviam passado pela recepção. Estavam no nosso andar, apenas do outro lado da porta.

Praguejando, ele abriu a porta com violência e se postou diante de quem estava do outro lado.

— Sumam daqui!

A resposta deles foi mais silenciosa, mais calma:

— Olá, Kash. — Um homem. Um homem mais velho.

Um calafrio percorreu minha coluna. Eu me movi mais rápido, me apressando para ficar ao seu lado, porque, desta vez, era Kash quem precisava de mim. Então, Kash se moveu e me bloqueou, me mantendo para trás de seu corpo. Ele fechou a porta com força, acionando todas as trancas. Em seguida, desligou a transmissão das câmeras de segurança para que eu não pudesse ver, e então apertou um botão.

— Chame a polícia. Agora.

Ele me abraçou com força até ouvirmos o elevador abrir, fechar e descer.

Eu me afastei dele, tendo um vislumbre de como um animal feroz encurralado poderia parecer. Um mal-estar percorreu meu corpo. Eles estavam sussurrando para mim, nos recessos da minha mente, descendo pela minha coluna.

Então criei coragem e perguntei:

— Quem era aquela pessoa?

Ele não me encarou, mas apertou minha mão com firmeza.

— Meu avô.

TIJAN

BÔNUS

Carta de Bailey para Kash

Eu já disse antes que queria mais noites com você.

Eu *exijo* mais noites com você. Exijo noites mais longas com você.

Eu vejo o seu exterior. E exijo conhecer o seu interior.

Eu quero as palavras, os gestos, os segredos. Eu quero o "você e eu" que mais ninguém jamais conhecerá.

Eu quero segurar sua mão. Quero sentir seus abraços.

Eu quero receber cartões fofos de você. Quero jantares, buquês de rosas e *chardonnay*. Eu quero champanhe, mas quero as outras coisas boas também. Eu quero o pôr do sol de mãos dadas. Quero o café da manhã juntos ao nascer do sol. Eu quero as risadas durante o dia, mensagens sexy, mensagens safadas.

Eu quero tudo isso, e quero com você.

Eu quero conhecer os lugares que você gosta. Quero me emocionar ao seu lado.

Eu quero a imagem completa de como você se tornou quem é, desde a sua primeira memória até a última, e quando um novo dia começa e quando essa memória se renova, eu também quero essas coisas.

Sou gananciosa porque quero tudo de você. Não só uma parte. Não um terço. Nem a parte boa, nem a parte ruim de você. Eu quero o amante, o amigo, a parte que vai caminhar comigo aonde quer que eu vá, a parte que vai andar ao meu lado, a parte que vai lutar comigo, por mim, ao meu lado.

Eu sei que você acha que preciso de mais tempo. Eu não preciso.

Eu sei que você acha que estou traumatizada. Eu não estou.

Eu sei que você acha que ainda preciso me curar. De jeito nenhum.

Estou pronta, então, além de todas as outras coisas melosas nesta carta, eu quero que você venha até aqui.

Eu quero que você me tome, me faça sua, porque eu já sou sua.

Eu sou sua, Kash. Se você ainda não percebeu, eu te amo.

Então, por favor, me dê você, okay?

AGRADECIMENTOS

À minha agente… Caramba, Kimberly! Muito obrigada!

À Monique, Macmillan e a todos que trabalharam neste livro e ajudaram a colocá-lo onde está.

Às mulheres da Turma da Tijan, assim como ao grupo do Face dos amantes de audiolivros. Sério, muito obrigada.

Todo autor sonha em ir a uma livraria, entrar e encontrar seu livro nas prateleiras. Isso aconteceu poucas vezes comigo. Tenho sido uma autora independente por muito tempo, até que esta editora decidiu apostar em mim.

Estou realmente esperando que todos tenham adorado Bailey e Kash tanto quanto eu amei criá-los! Sou grata e muito feliz por ter conseguido dar vida a todo esse mundo e personagens de *Os privilegiados*, e espero que vocês continuem acompanhando a história deles no próximo livro da série.

Que venha a faculdade de pós-graduação!

A The Gift Box é uma editora brasileira, com publicações de autores nacionais e estrangeiros, que surgiu no mercado em janeiro de 2018. Nossos livros estão sempre entre os mais vendidos da Amazon e já receberam diversos destaques em blogs literários e na própria Amazon.

Somos uma empresa jovem, cheia de energia e paixão pela literatura de romance e queremos incentivar cada vez mais a leitura e o crescimento de nossos autores e parceiros.

Acompanhe a The Gift Box nas redes sociais para ficar por dentro de todas as novidades.

 www.thegiftboxbr.com

 /thegiftboxbr.com

 @thegiftboxbr

 @GiftBoxEditora